KB078927

# 월야환담

# 월야환담 채월야 ·· 4

홍정훈 장편 소설

초판 1쇄 찍은 날  2015년  02월  23일
초판 1쇄 펴낸 날  2015년  03월  15일

지은이  홍정훈
펴낸이  서경석

편집장  권태완 | 편집책임  박가연 | 디자인  신현아

펴낸곳  도서출판 청어람
등록번호  제387-1999-000006호 | 등록일자  1999. 5. 31
어람번호  제8-0041호

주소  경기도 부천시 원미구 부일로 483번길 40 서경B/D 3F (우) 420-822
전화  032-656-4452 | 팩스  032-656-4453
http://www.chungeoram.com | E-mail  chungeorambook@daum.net

ISBN 979-11-04-90100-3 04810
ISBN 979-11-04-90096-9 (SET)

채월야 · 4 ·

# 월야환담

홍정훈 장편 소설

도서출판 청어람

차례

# 第15夜

마수(魔獸)

# 1

나는 영웅이다.

누구보다도 힘세고, 정의롭고, 용감하다.

물론 처음부터 그렇게 훌륭하지는 않았다. 오히려 처음에는 남들에게 구박받고 천대받는 자였다. 그래, 내가 공부를 좀 잘했고 행동이 굼떠서 다른 녀석들의 놀림감이 되었다는 것을 말해두겠다.

그러나 어떤 일을 계기로 나는 완전히 바뀌었고 지금까지 나에게 불가해한 학대를 가해오던 녀석들, 나를 괴롭히고 무시하고 모욕하던 이들에게 그들이 해온 모든 것을 그대로 되돌려주었다.

아, 인간이란 참 추악하고 나약한 것이다. 누구나 자신보다

강한 자에게는 굽실거리고, 자신보다 약한 자에게는 거리낌 없이 몹쓸 짓을 자행한다. 마치 약자는 평생 약자일 것처럼, 얼마 되지 않는 학생 시절에도 단지 기분이 나쁘다거나 재수 없다거나 하는 이유로 사람을 괴롭힌다. 하지만 그것이 역전되었을 때는 정말 뭐라고 형언할 수 없을 정도로 강렬한 카타르시스가 된다. 그래, 나는 지금 이 역전이 굉장히 즐겁다.

스스로도 유치하다고 생각하면서도, 그들이 해온 학대를 그대로 돌려주는 것은 즐겁다. 정당한 복수가 가져오는 정당한 쾌감. 비열하고 치졸하지만 그만큼 본능적인 쾌감을 가져온다. 며칠 전까지는 나를 해충 보듯 하던 것들이 내 발밑에서 피를 철철 흘리며 용서를 구하는 것을 보는 것은 미운 오리 새끼가 주는 카타르시스와 같다. '이 녀석들, 날 무시했겠다. 두고 봐라. 확 변해서 니들 다 앗차 하게 만들어주겠다!' 라는 더러운 심정.

그래서 나는 영웅이다.


세건은 마루에 칼들을 늘어놓고 감개무량한 듯 바라보았다. 덕연의 집에서 들고 나온 칼들, 그것 중 420 스테인리스스틸로 된 것은 드디어 다 써버리고 이제 남은 것은 죄다 단조강으로 만들어진 칼뿐이다. 물론 이것들 역시 제대로 된 검이라고 할 수는 없는데, 공장에서 나온 단조 강판을 칼 모양에 맞게 잘라내고 날을 세운 것에 불과하기 때문이다. 하지만 강철이란 소재는 스테인리스보다는 훨씬 신뢰가 가는 도검 재료다.

물론 그것 때문에 세건처럼 메마른 정서의 인간이 감개무량해하지는 않는다. 그가 잠시 감회에 젖은 것은, 덕연의 집에서 무작정 뛰쳐나온 어설픈 흡혈귀 사냥꾼이 이제 완전한 한 사람 몫을 해내게 되었기 때문이다. 통과의례를 거친 기분이랄까? 말하자면 성인식을 치른 그 심정이다. 물론 피로 피를 씻는 뱀파이어 헌터가 통과의례를 거쳤다고 기뻐한다는 것은 '나도 한 사람 몫의 강도가 되었어요!' 하면서 기뻐하는 것과 같은 짓이지만.

"문제는 이걸 누구에게 처박는가 하는 거로군."

세건은 칼날에 파란 파문이 그려져 있는 일본도를 잡고 조심스럽게 칼날 옆에 숫돌을 대었다. 하몬이라고 부르는 이 파문은 사철을 단조한 일본도에서 나타나는 자연적인 무늬지만 세건이 가지고 있는 칼은 대부분 사철을 단조한 것이 아니라 강판으로 만든 것이다. 즉 이 하몬은 인공적으로 만든 것. 과연 숫돌로 몇 번 밀자 얇은 도금처럼 벗겨져 간다.

안일하게 만든 공장제 검이지만 사람의 뼈와 살을 자르기엔 충분하고 하급 뱀파이어들에게도, 강력한 귀족 뱀파이어들에게도 고스란히 먹힌다. 모로 가도 서울로만 가면 된다.

"정야와 창영이라."

인간 이름으론 이정아와 김창현, 이 둘은 현재 뱀파이어와 헌터들 사이에서 정야(靜夜)와 창영(蒼影)이라고 불리고 있었다. 진야와 창운을 계승했지만 그들의 정신이 너무 훼손되어, 윤회 전승의 힘을 잃었다고 여겨지고 있기 때문이다. 즉 이미 그들을 진야와 창운이라 부르기에는 그 본질이 너무 훼손되었다. 그리 여기고 기존 이름에 빗대어 새롭게 뱀파이어로서의 이름을 지어주었다.

'왜 테트라 아낙스가 지은 이름을 우리가 공용으로 써야 하지? 하지만… 어울리긴 하는군.'

뱀파이어의 왕, 테트라 아낙스는 뱀파이어라는 종 전체를 관리하는 학자 같은 느낌이 든다. 그는 24계통의 뱀파이어를 일종의 멸종 위기종으로 보고 관리한다. 뱀파이어 헌터들조차 일종의 '필요악' 내지는 인구 조정을 위한 요소쯤으로 여긴다. 뱀파이어 헌터로서 목숨을 걸고 싸우는 것 자체가 테트라 아낙스의 계산 안이라는 이야기다. 그런 점에서 확실히 테트라 아낙스는 월야의 왕이다.

그렇다고 세건이 테트라 아낙스 님 이 미친놈들의 세계를 통치하시느라 수고하십니다, 하고 그를 인정할 수 있는 입장도 아니다. 온 가족이 몰살당하고, 인생과 인격, 그 자아 전체에 크나큰 충격을 받고, 결국 영혼조차 불사르게 만드는 놈이 자신의 목숨 건 저항조차 손바닥 위에 놓고 구경하고 있다면 그것이야말로 타도해야 할 적이다.

그는 장비를 갖추고 몸을 방탄방검복으로 보호한 뒤 다시 오토바이용 보호 장구를 겹쳐 입었다. 진마라고 하기엔 너무나 미약한 두 흡혈귀가 서울 거리를 방황하고 있으니 지금 밤은 그야말로 미친 달의 세계. 흡혈귀들은 그 수가 너무 늘어나 감당할 수 없을 정도가 되었다.

물론 흡혈귀가 많기보다는 그들을 사냥할 수 있는 사냥꾼들의 수가 줄어든 것이 상대적으로 흡혈귀의 수를 많게 만든 것이지만.

"그러고 보니 덕연이 요새 통 안 보이는데."

세건은 집 밖으로 나가 문을 잠갔다. 강철로 만들어진 방화문, 넓은 지하실과 방음 소재가 더해져서 지하에서 총을 쏘아도 밖에선 절대로 들리지 않는 이곳은 케네스 양에게 1억을 안기고 제공받은 새로운 은신처였다. 비록 사거리가 10미터도 제대로 나오지 않는 지하실이지만 SOM(Shooting on Move)를 연습하는 데는 그럭저럭 쓸 만한 공간이다. 몸을 굴리며 타깃에 총탄을 처박는 연습은 도시에서 주로 싸우는 흡혈귀 사냥꾼들에게 꼭 필요한 연습 중 하나였다. 물론 좁은 지하실에서의 도탄을 막기 위해 모래주머니를 쌓아둔 것은 물론이다.

이러다 보니 만약 이 집에 경찰이라도 들이닥친다면, 하다못해 좀도둑이라도 들어온다면 세건은 파멸을 맞이하게 된다. 그래서 그는 문을 꼼꼼히 잠그고, 문과 문에 스카치테이프를 붙여서 만약의 침입자에 대비하였다.

"자아, 그럼 가볼까?"

세건은 혼잣말을 하고 몸을 돌렸다. 아직 차가운 밤공기가 각종 방탄 소재로 몸을 뒤덮은 그의 몸을 식혀주었다. 오늘 밤도 망가져 버린 일상을 흡혈귀의 피로써 보상받기 위해, 그는 바이크에 몸을 싣고 질풍처럼 달려나갔다.

케네스 양은 한국에서 유통되기 힘든 총기류를 파는 전문적인 무기 상인이다. 물론 공식적인 입장의 무기 딜러는 아니다. 만약 그랬다면 더욱더 큰돈을 만졌으리라. 연한이 지나 창고에서 방출되는 폐비행기 부품도, 폐선에서 뽑아 온 쓰레기 부품도 수백만 원씩 주고 사들이는 게 대한민국 군대 아니던가?

하지만 민수 시장을 보면 한국의 무기 시장은 형편없다. 대형 방위산업체 딜러가 아닌 일개 건스미스 입장에서 한국은 불모지라 할 만하다. 케네스 양을 찾아오는 손님들의 면모를 봐도 알 수 있다.

불법 총기를 엽총으로 쓰고 싶어 하는 수렵인과 점점 그 수가 줄어가고 있는 뱀파이어 헌터, 쓰지도 않을 거면서 일단 모아두는 조직폭력배와 비싼 돈을 주고서라도 실총을 갖고 싶어 하는 총기 마니아. 돈도 안 되고 까다롭고 사건 터지면 독박 쓰기 딱 좋은 고객 구성이다. 어지간하면 거래를 삼가고 싶다.

하지만 케네스 양은 블랙 네트워크라 불리우는 암흑 조직의 일원이다. 청방(靑幇), 의화단(義和團)을 자신들의 시조라고 주장하고 있는 블랙 네트워크는 그 특성상 차이니즈 마피아처럼 보이지만 차이니즈 마피아와 독립적으로 작동하고 있었다. 이 블랙 네트워크라는 것은 말하자면 범죄 조직들의 공공재라고 할 수 있었다. 한 조직이 밀수와 밀항을 모두 담당하면 그 전문성이 떨어지게 되니… 이런 전문성이 필요한 부분을 아웃소싱할 수 있도록 만들어진 게 바로 블랙 네트워크다.

그래서 그가 주요 수입원으로 잡고 있는 것은 한국 내의 무기 판매보다는 동남아시아 블랙 네트워크의 한국 창고 역할을 하는 일이다. 일이 일이다 보니 그는 최근 필리핀, 말레이시아인 경호원들을 고용했다. 말라카 해협에서 해적질을 하는 노연이라는 그의 고객이, 최근 케네스 양이 사혁에게 폭행당했다는 것을 알고 한사코 사양하는데도 붙여준 경호원들이었다.

동남아에선 마약왕도 저택을 가지고 그 앞에 무장 경호원을 깔아둔다. 그러다 보니 이곳에 온 경호원들도 대뜸 창고 앞을 지키고 서 있으려 하기에 케네스는 그들에게 안에 들어와 있으라고 설명했다. 설명이 아니라 폭언에 가깝지만 다들 잘 알아듣는 분위기였다. 그런데 그때 갑자기 뒷문이 열리고 한 청년이 걸어 들어왔다.

"여긴 언제나 경비가 허술하군."

한세건이 창고 안에 들어온 것이다. 케네스는 막 그들에게 한차례 훈시를 하는 와중에 들어온 세건을 못마땅한 눈초리로 쳐다보았다. 과연 경호원들은 그것 보라는 듯 케네스를 바라보았다.

"오라고 해서 왔는데 왜 그런 표정이에요?"

"젠장할 놈. 야, USAS—12 구해놨다. 그리고 주문한 폭약은 C—4 두 상자, 거기에 리모트 컨트롤 신관 한 상자다. 너 설마 폭탄 테러 하려는 건 아니지?"

"요즘 파괴 공학을 공부하긴 하는데, 수학이 약해서 못해먹겠던데."

"…쓸데없는 짓 하지 마라."

케네스 양은 그렇게 말하며 박스에서 USAS—12를 하나 꺼내주었다. 세건은 물건을 확인하고 난처한 표정을 지었다.

"너무 크잖아. 바이크로 나르긴 그런데."

"내가 배달해 주지. 걱정 마라."

"친절도 하셔라. 그렇게까지 해주는 무기 상인이 있던가?"

"시끄러워. 네놈이 바이크에 싣고 가다가 검문에 걸리기라도 하면 내가 고생이니까 그런 거다. 너야말로 총은 그렇다 치고 C—4는 어디다 쓰려고 그래?"

"필요할까 봐."

"필요? 흡혈귀 잡는 놈에게 무슨 필요인데?"

"아니, 그걸 알려줄 이유는 없잖아요?"

세건은 물론 자신의 계획을 노출시키지 않았다. 그를 키워낸 덕연도 필요한 경우에는 그의 정보를 파인더에 올려 버렸다. 이 업계에 종사하고 있는 이상 어느 누구도 믿어서는 안 되는 것이다.

"자, 그럼 이만."

"사고 치지 마라. 네놈은 어떤 의미에서는 실베스테르보다 더 위험해."

"그럴까요? 그거 욕 같은데."

"들은 실베스테르도 욕할 거다."

"흥."

세건은 바이크에 올라탄 채 창고 밖으로 달려나갔다. 저 녀석은 죽음을 별로 두려워하지 않는 미친개다. 그래도 묘하게 그가 맘에 든다는 것은 신기한 일이다. 그래서 이번에 무리해서 USAS—12도 떼어다 준 것이다.

"하지만 저런 놈일수록 빨리 죽지."

케네스 양은 투덜거리며 바닥을 발로 찼다.


어둠 속에서 눈을 뜬다. 영웅 놀이도 좋지만 너무 배가 고프다. 집에 못 들어간 지 얼마나 되었지? 사흘인가?

별로 길지도 않은데 마치 3년은 집에서 멀어진 것 같았다.

주위를 둘러보니 온통 환자뿐이고, 음… 청소하는 아줌마가 나를 노려보는 눈길이 영 기분 나쁘다는 표정이다. 가출한 학생일 게 뻔한 내가 병원 응급실에서 낮에 잠을 자는 걸 보면 그럴 만도 하겠지. 그녀는 이곳을 청소해야 하는 사람이니까.

나는 그녀의 눈길을 피해 자리에서 일어나 다시 밖으로 나갔다. 학교는 어찌 되었을까? 집은… 평상시 부모님께 반항 한번 해본 적 없는 내가 이렇게 뛰쳐나와도 되는 걸까? 하지만 낮에는 태양이 무섭다.

"하하하. 이건 마치 흡혈귀잖아."

마치가 아니라 당연히 흡혈귀지! 속으론 그렇게 생각했지만 나는 주위를 둘러보았다. 어쨌거나 밤이 되자 서서히 몸에 활력이 돌아오고 졸음으로 가득 차 있던 머리통이 맑아졌다. 그러고 나니 울화가 치밀어 오른다. 이게 다 그 녀석들이 나를 괴롭힌 탓이다. 내가 무엇을 했다고 그들은 나를 학대하고 핍박했던가? 결국 나는 흡혈귀가 되어버렸고 일상으로 돌아가지 못하게 되었다.

이건 죄다 녀석들 잘못이야.

그래. 녀석들은 결국 이 사회의 낙오자였어. 학교만 졸업하면 어디 중국집 철가방이나 되라지. 엘리베이터가 고장 나면 반드시 근처 중국집에 배달을 시키는 거야. 그리고 그 자식들을……. 하지만 이런 망상에서 깨어나 보면 밤을 거닐고 있는 자신만이 남는다. 그러면 분노가 아랫배를 치고 올라와서 두개골 안의 회백질 물체를 시뻘겋게 달아오르게 만든다.

"흐읍!"

숨을 들이켜고 지면을 박차, 골목길로 사라진다. 사람들의 시선을 피해서 빨리 움직이노라면 그 속도감은 정말 일품이다. 밤바람이 귓가를 스치고 지나가면서 느껴지는 쾌감. 그래, 이 쾌감으로 기분을 풀고 나면 분노는 다른 형상을 띠게 된다.

경멸.

아마도 그들이 나에게 품었을 그 감정을 이번엔 내가 그들에게 품는다. 녀석들이 어디서 모이더라? 녀석들은 아마 어디 피씨방에서 온라인 게임을 하며 그걸로 현금 거래를 해서 유흥비를 마련한다고 들었다. 그래, 저기였던가?

나는 학교에서 그리 멀리 떨어지지 않은 피씨방을 발견했다. 귀를 기울여 보니 안에서 익숙한 녀석들의 목소리가 들려오고 있었다. 흡혈귀의 청력을 사용할 것도 없이 이따금 들려오는 그 목소리는 격한 감정, 흥분에 사로잡혀 있었다.

'여기가 확실하군.'

그렇게 생각한 나는 안으로 올라갔다. 올라가자 담배 연기 냄새부터 풍겨왔다. 입구를 여니 초췌한 얼굴의 남자—아마도 직원이리라—가 문을 열어주었다.

"어서 오세요."

"……."

물론 나는 직원에겐 눈길도 주지 않고 자리에 앉아서 게임에 열중하고 있는 녀석들에게 걸어갔다. 그 녀석들은 요 며칠간 자신들의 친구가 나에게 당했다는 걸 아는지 모르는지, 나에게는 눈길도 주지 않았다. 그만큼 게임이 더 중요하다는 걸까? 하긴 현찰이 된다면 당연히 중요하겠지.

"야!"

"뭐야?!"

단번에 네 명이 한꺼번에 일어났다. 일어난 게 네 명, 하지만 나머지 인원 역시 이들과 다들 각별한 사이다. 말하자면 나는 적의 소굴에 뛰어든 셈이다. 그러나 자우림의 격주코믹스를 들 것도 없이 주인공은 지는 법이 없다.

"뭐야, 이 새끼는! 너 좆성길 아냐?"

"뒤지고 싶냐? 왜 여기까지 처왔어, 응?!"

"이 개새끼 눈깔 부라리는 것 봐라."

녀석들은 각자 허세를 부리며 그중 한 명은 내 멱살을 잡았다. 나는 그 녀석의 팔을 잡고 말 그대로 쥐어짰다.

우드드득!

팔이 부러지고 뼈가 가죽을 찢고 튀어나왔다. 그걸 본 녀석들은 모두 다 놀라서 눈이 휘둥그레 뒤집어졌다. 하지만 녀석들에게 떠밀려서 3층에서 떨어진 적도 있는 나에게 그 정도는 약과다.

"이 쓰레기 같은 자식들!"

나는 지면을 박차고 뛰어들어서 손으로 한 녀석의 얼굴을 훑었다. 제법 얼굴이 잘생겨서 여자들에게 인기 있는 날라리, 영찬이 놈의 얼굴 가죽이 찢어지고 피가 분수처럼 튀었다. 나는 그걸 마시면서 좌석에 앉아 있는 놈의 의자 등받이를 걷어찼다. 으드득 소리와 함께 녀석은 의자와 책상에 끼어 앞으로 꺾였다.

녀석들을 진압하는 데는 그리 오랜 시간이 걸리지 않았다. 문을 향해 달려가는 놈에게 재떨이를 던지자 그 녀석은 앞으로 고꾸라져 쓰러졌고 나는 곧바로 달려가서 잔인하게 짓밟았다. 그래, 이거야. 녀석들이 나를 내버려 두기만 했어도 나는 흡혈귀 따위 되지도 않았을 것이다. 그러니까 너희들이 내 인생을 파괴한 것이다. 그렇다면 나는 그들에 의해서 얻은 이 강력한 힘으로 그들에게 복수할 권리가 있는 것이다. 실제로 내가 이러한 복수를 얼마나 꿈꿔왔던가? 꿈에 그리던 복수가 아주 통렬하게 이뤄지는 것이다.

"사, 살려줘!"

그들은 자신이 흘리는 피로 바닥을 적시며 비명을 질러댔다. 아이들 앞에서 거들먹거리던 것도 다 날아가 버리고 어처구니 없을 만큼 약한 모습으로 돌아가 내 자비를 구걸하고 있었다.

물론 나는 자비를 베풀 생각이 없다. 그들은 내가 용서를 빌때, 그래, 아무런 잘못도 하지 않았을 때 나를 용서했었나? 어림도 없는 일이다. 너희가 저지른 짓이 지금 너희 머리 위로 고스란히 떨어지는 것이다. 차라리 의연하게 받아들인다면 모를까 울고불고 난리 치는 것들을 상대로는 자비 대신 매질을 한번 더 하고 말겠다.

"겨, 경찰을 부르겠습니다."

피씨방 직원은 몇 날 며칠을 새었는지 짐작도 가지 않을 초췌한 모습으로 손을 부들부들 떨면서 수화기를 들었다. 처음엔 저자도 해치워서 제지할까 하는 생각이 들었지만 그에게는 죄가 없다. 죄 없는 사람에게 손을 대면 지금 내 발밑에 쓰러져 있는 이놈들과 똑같아지는 것이다. 나는 즉시 문을 향해 뛰쳐나갔다.

"됐어요! 갈 테니까!"

나는 그렇게 피씨방을 등지고 밖으로 뛰쳐나왔다. 대놓고 피를 빨지는 못했지만 적당히 두들겨 패면서 피를 마셨더니 몸이 후끈후끈, 열기가 오른다. 그것은 참 기분 좋은 일이다. 하지만 역시 나는 흡혈귀구나, 하는 생각에 처량해진다.

내일의 해는 어떻게 피할까?


세건은 흡혈귀들의 정보를 얻기 위해 밤이나마 열심히 돌아다녔다. 우선 그가 알아낸 정보에 의하면 플렉스 메디칼의 주인이 곧 테트라 아낙스라는 것, 그리고 테트라 아낙스의 정보력에 대부분의 흡혈귀가 목을 매고 있다는 것은 확실하다.

어처구니없게도 실베스테르도 테트라 아낙스의 정보 조작 능력 때문에 그들에게 정면 승부를 걸지 않고 묵인하고 있었다. 그것은 흡혈귀들이 실베스테르의 거처를 뻔히 알면서 습격해 오지 않는 것과 같았다. 둘 사이에는 그런 암묵적인 룰이 있는지 모르겠다. 하지만 잃을 게 없는 세건으로서는 흡혈귀들의 지배력, 그 자체라고 할 수 있는 테트라 아낙스를 공격하는 게 편하다. 아직 준비는 안 되어 있지만, 곧 준비가 끝나면 테트라 아낙스를 습격할 것이고 그때를 위한 자료를 수집하는 중이다.

"여기까지 거리가 약 사백 미터. 음, 거기서 경찰서는 여기고… 순찰 코스를 모르겠단 말야."

세건은 이미 길을 물어보는 척하면서 경찰서 안에 들어가 그 동정을 살펴보기도 했다. 이 이상 수상한 짓을 했다가는 간첩 취급을 받기 좋을 것이다.

"오늘은 이 정도로 할까."

슬슬 사람들의 발길이 뜸해지고 차가 완전히 끊길 시간이다. 흡혈귀들이 활개를 치기 시작할 테니 쓸데없이 돌아다니면서 그들의 관심을 끌지 않는 게 좋으리라. 아니, 사실 이미 관심은 충분히 끌었다. 다만 그들은 관리자의 입장에서 한세건을 건드리지 못하는 것뿐. 이전에 한 번 손댔다가 꽤 피를 보지 않았던가?

"그나저나… 어쩔 셈이지?"

세건은 어둠 속에서도 움직이는 테트라 아낙스의 눈을 느끼며 공원에 바이크를 멈춰 세웠다. 일부러 습격받기 좋은 곳으로 몸을 옮긴 것이다. 이 정도 넓은 공원이라면 소음기 단 권총의 총성 정도는 묻혀 버릴 것이다.

"크르르르르르……."

"쳇. 최악이군."

녀석들은 자신들이 노출될 위험을 감수하는 대신 개들을 구울화시켜서 내보냈다. 인간은 구울화시켜도 바로 티가 나지만 개는 구울화시켜도 아무런 문제가 없다. 광견병 걸렸다고 생각하면 되니까.

"쳇!"

세건은 바이크를 몰고 공원 안을 달렸다. 구울로 변한 개들은 인간보다야 빠르지만 아무래도 바이크의 속력을 따르지 못한다. 세건은 그렇게 거리를 벌린 뒤 방향을 틀어서 개에게 달려갔다. 그리고 바이크로 충돌! 그대로 쳐서 한 놈을 날려 버리고 허리춤에서 군용대검을 뽑아 옆으로 돌아선 놈에게 집어 던졌다. 묵직한 군용대검은 무시무시한 힘으로 날아가 구울 개의 머리통을 그대로 꿰뚫었다.

"자, 그럼 바이바이."

한세건은 능숙하게 그들을 물리치고 공원을 빠져나가 밤거리로 향했다. 테트라 아낙스를 조사하는 모습을 보였으니, 이제 테트라 아낙스가 그를 신경 쓰지 않을 수 없으리라. 이러다가 죽으면 바보지만 만약 죽지 않고 뭔가 성과를 올리게 되면 그것은 흡혈귀 사회 전체에 괴멸적인 타격을 주겠지. 그러나 실패하든 성공하든 세건 본인에게는 그리 좋지 않은 끝이 기다리고 있다.

'상관없어. 사냥꾼이 되던 그때부터 결정한 일이니까.'

그러나 미래와 단절된 인간이 살아간다는 것은 살아간다고 할 수 있을까? 또한 진정으로 세건은 그 자신의 파멸을 감수하고 어떤 변화를 원하고 있는 것인가?

하지만 자신에 관련된 일인데도 세건은 어떤 해답도 제시할 수 없었다. 다만 흡혈귀 사냥에 대한 어떤 강박관념이 그를 이끌고 있었다. 그래, 사명감이라고 해도 좋으리라.

"참 쓸데없는 감정이로군."

스스로 생각해도 어처구니없지만 세건은 무전기를 만지작거리며 투덜거렸다. 그가 쓰는 것은 작은 골전도 이어폰을 사용한 감청기로 전파 관리법에 위반될, 경찰용 채널을 감청하는 장치다. 요즘 경찰용 무전기야 당연히 암호화되어서 발송하고 그 암호화 코드 역시 매일 변하지만 정해진 디코더를 통해서 그날의 코드를 알아내고 그걸 감청기에 넣으면 동조가 일어나서 경찰 무선까지 감청할 수 있는 시스템이다.

정가 주고 사려면 이만저만 비싼 물건이 아니지만 세건은 공짜로 얻었다. 빌 머레이가 알고 있던 흡혈귀 사냥꾼이 흡혈귀들에게 죽고, 그 재산을 처분하는 중 나온 장비를 세건이 이전 그의 일을 도운 것에 대한 보상으로 준 것이다. 하지만 현재까지는 따분한 정보밖에 나오지 않았다. 피씨방에서 게임 아이템 거래에 관련한 폭행사건이니, 좀도둑에 의한 절취니, 그런 일들이 전부로 어지간해서는 흡혈귀에 관련 있는 일이 없는 듯했다. 흡혈귀라면 저런 치졸한 이유로 자신의 정체를 발각되게 하진 않을 테니까.

'이런 거라면 차라리 아지트로 돌아가서 중장비 기사 책이나 한 줄 보는 게 더 이득이겠다. 아니, 아직 아르쥬나 열고 있을 시간인가?'

세건은 그렇게 생각하고 아르쥬나를 향해 바이크를 몰았다. 파인더의 정보는 점차로 그 수가 줄어가는 게 요 근래 얼마나 많은 흡혈귀 사냥꾼이 강력한 흡혈귀에 의해서 죽어갔는지 잘 알 수 있었다. 말하자면 맥도날드가 상륙한 곳 근처의 분식집이 전멸하는 것과 같은 이치다. 강력한 기업형 흡혈귀들이 상륙했을 때 버틸 수 있는 것은 사혁 일당과 같은 기업형 흡혈귀 사냥꾼들인 것이다. 그런 의미에서는 사혁도 꽤나 선구자였다는 생각이 든다.

"이런 경우에 말이지."

그는 바이크를 멈춰 세웠다. 앞의 길에는 두 명이, 옆에 다시 두 명이 있다. 어딜 보아도 급조한 싸구려 흡혈귀다. 피로써 감염되는 저 흡혈증이라는 것은 대도시일수록 쉽게 퍼져 나간다. 그러한 인구 밀도가 가져오는 갖가지 '행정 착오' 때문에, 혹은 클랜에서 쓸 소모품으로 이런 싸구려 흡혈귀가 태어난다.

"이런… 골치 아픈데."

그렇게 말하지만 세건은 그다지 골치 아픈 표정이 아니다.

흡혈귀는 죽인다. 이제는 너무나 당연한 일이라서, 그의 가슴속을 지배하는 강철의 법칙이 된 명제. 흡혈귀를 죽이는 데는 일말의 죄책감도 없다. 아니, 죄책감을 평상시 하도 달고 다니기 때문에 무감각해졌다고 할까. 세건은 글록 18을 뽑아 앞의 흡혈귀를 겨눴다. 그 흡혈귀는 물론 세건의 총구를 보고 겁을 집어먹고 뛰어올랐다. 하지만 세건은 가볍게 총격을 가해서 허공으로 떠오른 흡혈귀에게 파라블럼탄을 세 발 안겨주었다. 그때 옆에서 흡혈귀들이 구울과 함께 튀어나왔다. 하지만 세건의 바이크는 이미 앞으로 달려가면서 그들을 따돌리고 그대로 돌격! 제일 앞에 서 있던 다른 흡혈귀를 받아버렸다. 서스펜션이 출렁하고 흔들리면서 기분 좋은 타격감이 느껴졌다. 이 어마어마한 힘으로 들이받았으니 맞은 상대가 제아무리 흡혈귀라고 하더라도 훌쩍 날아갈 수밖에 없다.

"개새끼!"

옆에서 튀어나온 흡혈귀와 구울들이 세건을 향해 추격해 온다. 하지만 세건은 몸을 뒤로 튼 채로 쓰러진 흡혈귀에게 총탄을 박아 넣고 바이크를 앞으로 달리게 하며 다시 간격을 벌렸다. 그리고 벌어진 간격을 이용해서 재차 사격… 30발들이 롱매거진을 장착한 글록 18은 순식간에 흡혈귀 대부분을 괴멸시켰다.

"테트라 아낙스가 날 무시하나. 이런 너절한 놈들을 내보내다니."

세건은 정신없이 쏘아댄 총탄의 탄피를 회수하고 흡혈귀들의 시신을 끌고 가 수풀에 눕혀놓았다. 그리고 채혈을 시작했다. 흡혈귀 사냥꾼은 사람들의 이목을 피해야 하기 때문에 이기고 나서도 긴장을 늦출 수 없다. 게다가 이 경우는 흡혈귀들의 질이 너무 떨어진다. 질이 떨어지는 흡혈귀가 조직적인 습격을 해왔다면 그들의 리더가 되는 흡혈귀가 근처에 있다는 것이다. 그것도 관측이 가능한 장소에…….

"흠! 약 먹을 시간이군!"

생각이 거기까지 미친 세건은 즉시 앞으로 엎드려서 화단에 몸을 숨겼다. 그리고 헬멧의 앞쪽, 마스크 부분을 열고 사이키델릭 문을 들이켰다. 일단 약을 털어넣자마자 피부를 찌를 듯한 살기가 따끔하게 느껴졌다.

'헤에. 이번엔 꽤 제대로 된 흡혈귀인가 보군.'

세건은 아까 전 자신이 성급한 판단을 내렸음을 깨닫고 히죽 웃었다. 이런 엄청난 살기는 상대가 막가는 놈으로, 저격수는 되지 못할 놈이라는 뜻이다. 물론 흡혈귀는 모두 저격수의 소질을 가지고 있기 때문에 안심하고 은신처에서 고개를 내밀진 못하겠지만 적어도 대응 방법을 생각할 수는 있었다.

격투전에 대비해서 세건은 등에 메고 있던 칼집의 끈을 풀어 언제든지 칼을 뽑을 수 있게 허리에 찼다. 그리고 땅을 서서히 기어서 옆으로 돌았다. 글록 18의 매거진도 교체하고 총을 쏠 준비를 했다. 하지만 그때 갑자기 살기가 확 사라졌다.

"……."

세건은 가만히 상대의 반응을 기다렸다. 상대가 저격 모드로 들어갔는지, 아니면 더 이상 세건에게 흥미를 잃고 자리를 피했는지 모르겠다. 하지만 한 가지 분명한 건 공원에 누워서 어디서 날아올지 모르는 공격을 기다리는 것은 그의 성미에 맞지 않는다는 것이다.

그는 작은 금속 목걸이를 꺼내서 그 안의 로켓을 열었다. 안에 있는 작은 거울을 반사점으로 해서 과연 얼마나 볼 수 있을지는 알 수 없었다. 제아무리 사이키델릭 문이라고 해도 한계는 있으니까. 빌 머레이가 가르쳐 준 아스피린+코카인+사이키델릭 문 콤보는 격투전이나 저격 모두에 쓸 수 있는 균형 잡힌 능력을 주지만 그래도 거울을 보고 상대의 위치를 파악한다는 것은 불가능에 가깝다.

하지만 비쳐진 건물들로 저격자의 위치를 대충이나마 가늠할 수 있었다. 그 순간 소리도 없이 총탄이 날아왔다. 엄폐물 밖으로 튀어나온 팔을 노리고 정확히 상대가 저격한 것이다.

팍!

손에 들고 있던 금속 로켓이 불꽃과 함께 날아갔다. 세건은 즉시 총격의 방향을 가늠하고 몸을 굴렸다. 권총만 가지고 있는 그로서는 저 먼 거리에 대해 대항 사격이 불가능하다.

"그렇다면 이동? 그러나……."

세건은 뒤의 오토바이를 바라보았다. 상대가 갑자기 사격을 시작한 것은 세건에게 어떤 일정한 동선으로 움직이라고 명령하는 것이다. 그리고 엄폐물에서 노출된 오토바이를 향한 공격, 연료통에 남아 있는 휘발유를 점화시키면 세건을 죽이진 못하더라도 약간의 타격을 줄 수 있다. 전술적으로는 그리 대단한 데미지가 아니지만 한 번 허점을 만들면 그다음에 무슨 일이 일어날지 모르는 게 이런 싸움이다. 하지만 그것보다도 새로 산 지 얼마 되지 않는 바이크를 다시 날려먹는 일이 싫다.

총탄이 날아오지 않고 잠시 소강상태가 계속되었다. 팽팽한 긴장감이 등골을 타고 흐른다. 세건은 조심스럽게 헬멧을 들고 사각 위로 올려보았다. 그러나 반응이 없다. 저격은 그만두기로 한 건지 잔재주는 안 통한다고 판단한 것인지 모르겠다만 동선을 유도하기 위한 유도 사격을 하던 놈이다.

'저격용 라이플로 쏜 것 같지는 않은데.'

제대로 된 저격수라면 함부로 총탄을 많이 쏴서 자신의 위치를 알리진 않을 것이다. 동선 유도 사격은 저격수보다는 토치카에서 맞붙은 소총수나 할 짓이다. 세건은 저격수가 있을 만한 건물들을 추려보면서 나무 옆으로 가서 몸을 일으켰다.

퍽!

그러나 그 순간 세건의 왼쪽 팔 위에 총탄이 박혔다! 세건은 깜짝 놀라서 옆으로 몸을 날려 사격을 피했다. 이 녀석, 공원을 중심으로 빙 돌다니! 아마 건물과 건물 사이를 뛰어서 이동한 것 같았다. 그 엄청난 거리를 뛰어서 이동하는데 그냥 당하고 있었다니, 세건은 스스로가 한심해서 피식 웃었다. 총을 맞은 곳은 세라믹 판이 들어가지 않은 곳이라 라이플의 사격을 견딜수가 없어서 금세 총탄이 관통하고 지나갔다. 세건은 흡혈귀의 피를 몸에 주사하고 정신을 집중했다.

'하나, 둘······.'

그는 셋을 세는 대신 뛰쳐나오며 글록으로 건물과 건물 사이를 쏘았다. 거리는 약 200미터에 소음기를 통해서 나가는 탄이다 보니 탄도는 그야말로 개판 5분 전, 겨누고 쏜 게 아니라 탄막을 뿌려서 걸리라고 쏜 것인데 용케도 건물 사이를 뛰던 흡혈귀가 맞았다!

'저거 등신 아냐?'

세건은 자기가 쏘고서도 맞은 게 신기한지 그렇게 생각하며 바이크에 올라탔다. 세건은 언제나 덤벼드는 흡혈귀들을 당장 죽여 버렸다. 죽여 버린다고 정보가 누설되지 않는 건 아니지만, 구 소련군이 좋아하는 섬멸전이랄까? 결국 모든 흡혈귀를 죽여야 한다는 흡혈귀 사냥꾼의 명제를 생각하면 흡혈귀는 보는 족족 죽여서 수를 줄여놓는 게 좋다.

"크아아악!"

지면에 떨어진 흡혈귀는 금세 균형을 회복하고 몸을 일으켰다. 하지만 세건은 글록 18로 총탄을 퍼붓고 앞으로 돌격했다. 행인이 없는 곳은 아니지만, 세건은 아무렇지도 않게 골목길로 돌입! 흡혈귀를 받고 그대로 돌진! 골목 벽에 흡혈귀를 문대면서 달려가다 전봇대에 들이받았다.

"크악."

그제야 겨우 멈춰 선 세건은 허리에 찬 일본도를 뽑아 들었다.

"크으윽. 미, 미친 새끼."

"그래? 흐흥."

세건은 칼날을 자신의 볼에 대고 하늘을 올려다보았다. 건물과 건물 사이, 좁은 골목 위로는 스모그로 붉게 물든 하늘이 보였다.

"미쳤다고 해두지."

칼날은 그대로 흡혈귀의 목으로 떨어져 내렸다.


## 2


아르쥬나는 언제나 그 자리에, 긴장감 없는 모습 그대로 서 있었다. 흡혈귀들과 영원한 적대 관계를 가지고 있는 실베스테르 신부가 그 본거지로 삼은 곳. 그곳은 원래대로라면 흡혈귀들의 테러가 감행되어도 이상하지 않은 곳이다. 하지만 어처구니없게도 이 경우는 흡혈귀가 더 사회적 지위가 높기 때문에 함부로 테러를 할 수 없는 상황이었다. 자기가 맞을 곳이 더 많은데 남을 치는 바보는 없는 법이다. 테러라는 것은 없는 자에 의한 있는 자에 대한 공격이니까.

세건은 그 아르쥬나로 조심스럽게 걸어 들어갔다. 그래도 이전에 아르쥬나에 주차했다가 바이크에 발신기가 붙은 이후로는 이곳에서도 주의를 충분히 기울였다.

"흡혈귀는 없는 것 같군."

그는 그렇게 중얼거리고 조심스럽게 안으로 들어갔다. 이곳은 찻집이라서 밤 시간이 넘어가면 슬슬 파장 분위기라 손님이 없다. 하긴 으슥한 오컬트 카페에 밤 시간까지 남아 있다면 그런 이들은 마니아도 이만저만한 마니아가 아닐 것이다.

언제나와 같은 황동색 차임이 울리며 문이 흔들린다. 안에 들어선 세건이 주위를 둘러보니 카운터에 앉아서 칵테일 셰이커를 잡고 있는 오너 김성희가 보였다. 주류를 팔지 않는 찻집에서 갑자기 이런 셰이커를 쓰다니? 하지만 세건은 별다른 인상을 받지 않고 카운터로 향했다.

"어머. 어서 와, 세건. 오래간만이네? 그렇잖아도 한 번쯤 찾아오지 않을까 생각했는데."

김성희는 그렇게 말하며 웃어 보였다. 이 여자는 언제나 그렇듯 세련된 미모를 가지고 있었다. 마치 무슨 일이든 다 알 것 같은, 그러면서도 부드러운 느낌이랄까? 실베스테르에게 스누피 티셔츠를 입힐 수 있는 여자라는 점에서 이미 그녀가 어느 정도 대단한 여자인가는 입증되었다. 세건은 방금 전의 싸움으로 지친 몸을 의자에 집어 던지듯 털썩 주저앉았다.

"한 잔 주세요."

"뭐로?"

"그 셰이커로 만드는 건 어때요?"

"아, 이건 아이스커핀데?"

"봄에 아이스커피를요?"

"뜨거운 걸 마시다 입천장을 데는 것보다는 차가운 게 낫지 않아? 나는 의외로 몸이 튼튼해서 차가운 거로 배탈 날 리도 없고."

"허어?"

세건은 잠시 배탈을 일으키는 김성희의 모습을 상상해 보았다. 하지만 역시 상상도 가질 않는다. 이런 여자는 화장실도 가지 않을 것 같다.

"그런데 아르바이트는요? 그만뒀나?"

"이 시간까지 여자애를 일 시킬 수 없잖아. 먼저 보냈지. 요즘 세상이 얼마나 흉흉한데. 자, 아이스커피."

김성희는 글라스에 셰이커 안의 커피를 붓고 피식 웃어 보였다. 세건의 얼굴에 뭐라도 묻었는지 보기만 해도 우습다는 표정이다. 세건은 일부러 시선을 옆으로 돌렸다. 아프리카 토템 가면이 벽에 걸려서 신기한 눈길을 주고 있었다.

"음. 그런데 세건은, 그냥 계속 흡혈귀 사냥꾼을 할 거야? 그렇게 살기엔 너무 젊은데."

"글쎄요. 아니면 뭔가 다른 방법이 있나요? 저는 이미 약물 중독자라고요. 이제 와서 발뺌하기도 그렇고……."

세건은 말을 잇지 못했다. 이 여자는 왜 갑자기 그런 걸 물어보는 걸까? 이제 와서 돌아가기라도 하란 말인가? 어디로? 자기 갈 곳을 하나하나 잘라가면서, 그래, 자기 수족을 하나하나 끊어가면서 여기까지 온 사람에게 어딜 가라는 것인가?

그녀도 자신의 질문이 어긋나 있다는 걸 깨달았는지 입을 다물었다. 그가 사냥꾼이 되는 과정을 옆에서 지켜본 사람이 바로 그녀였다.

"실베스테르는?"

"그야 언제나처럼 나갔지."

"흐음. 전부터 궁금한 게 있었는데 물어봐도 되나요?"

"뭐든지."

"어째서 당신은 이 일을 하고 있는 거죠?"

세건은 그런 질문을 던졌다. 보통이라면 대답하지 않을 것이다. 흡혈귀 사냥꾼들은 다들 각자의 과거를 가지고 있고 이 일에 관련된 이들 모두가 자신의 일에 대해서는 함구하니까. 그녀에게도 이전 간단히 물어보았다가 대답을 듣지 못했었다. 하지만 방금 전 그녀가 실수한 틈을 타서 대답을 받아낼 수 있을지도 모른다. 그런 계산하에 세건은 질문을 던졌다.

"음. 뭐 나야 달리 할 일도 없고. 그래, 나 역시 망가져 있었으니까, 라고 할까?"

"구체적인 이야기는 아니군요."

"난 재미없는 이야기를 길게 해서 세건 너를 여기서 재울 생각이 없는데. 내 이야기는 그렇게 재미있는 게 아니거든. 그런 주제에 내 이야기를 듣는 사람이 도중에 자거나 그러면 상처받아."

"뭐 그럼 안 듣죠. 잘 마셨어요."

세건은 카운터를 박차고 일어났다. 어차피 그녀는 세건에게 찻값을 요구한 적이 없다. 실제로 이곳은 가게의 모습을 하고 있지만 돈을 벌기 위한 가게가 아니라 남들의 이목을 속이기 위한 가게다.

김성희는 문득 떠나가는 세건의 등을 바라보았다. 가로등의 보라색 불빛이 세건의 몸에 은은한 실루엣을 만들었다. 그녀는 실례라는 것을 알면서도 다시 질문을 던졌다.

"그런데 과연… 한 번도 생각해 본 적 없는 거니. 그만둔다는 것에 대해서?"

"전혀."

세건은 발을 멈춰 세웠다. 문득 밤하늘을 바라본 그는 미약하게 웃었다.

"미친 달의 세계에 너무 잘 적응하는 걸 보니 나도 미친놈인가 보군요."

눈을 떠보니 다시 아르쥬나였다.

…무슨 일이 있었지? 주위를 둘러보던 한세건은 자신의 머리에 손을 올렸다.

처음 눈을 떴을 때는 한세건, 그 자신이 어린 시절로 돌아간 게 아닐까 하는 생각이 들었다. 하지만 그의 어린 시절 벽지는 디즈니였지 바트 심슨이 아니었다.

"언제 여기서 잤지?"

그는 몸을 일으켜서 주위를 둘러보았다. 실베스테르의 방에서 자고 있다니, 기억이 연결되지 않는다.

사이키델릭 문의 부작용인가?

누가 뭐라고 해도 명실상부한 마약중독자이니까 이런 부작용이 있는 건 당연하지만 어째서 맥락도 없이 여기에…… . 아마 어제 싸우고 그냥 긴장이 풀려서 잠들어 버린 것 같았다. 아르쥬나를 떠나려다가 갑자기 픽 쓰러져서 기절이라도 한 걸까?

"내 참, 무슨 짓을 한 거지."

세건은 술 먹고 필름 끊어진 사람들이 전날을 회상하면서 할 법한 후회를 느끼며 자리에서 일어났다. 마침 밖에서는 TV 아침 프로의 소리가 들리고 있었다. 아침 프로를 보게 되다니. 만날 밤에 깨고 낮에 자는 흡혈귀 같은 생활을 해오던 세건에게는 너무나 오래간만에 보는 풍경이었다.

그리고 그 TV 수상기 앞의 소파에는 앉아서 식빵을 뜯어 먹는 실베스테르가 있었다. 그는 세건이 일어난 것을 보고 한 번 눈길을 주더니 다시 TV를 쳐다보았다.

"아, 물."

"냉장고."

세건은 실베스테르의 대답에 냉장고를 열어보았다. 안에는 통조림들과 흡혈귀의 혈액 팩, 그리고 식료품들이 언밸런스하게 들어차 있었다.

"통조림은 냉장 보관할 필요가 없을 텐데."

"그건 나도 동감이지. 그런데 네가 왜 내 방에서 자고 있었냐?"

"실베스테르도 잠을 자긴 자나 보죠?"

"자야지."

그는 남은 식빵 봉지를 돌돌 말아서 세건이 냉장고 문을 열고 있을 때 그쪽을 향해 집어 던졌다. 냉장고 문에 한 번 부딪힌 식빵 봉지는 거짓말처럼 냉장고 안으로 빨려 들어가 안착했다. 세건은 재주도 좋다고 생각했지만 입 밖에 내는 대신 태연히 문을 닫았다. 그때 실베스테르가 세건에게 물어보았다.

"폭약을 구매했다고 들었는데, 테트라 아낙스를 폭파시킬 거냐?"

"예."

"……."

잠시 긴 침묵이 지나갔다. TV에서는 그 침묵을 깨기 위함인지 열심히 홈쇼핑 광고가 나왔다.

"나름대로는 괜찮겠지만 C—4 한 박스 정도로 그런 대형 건물을 파괴할 수 있을까?"

순간 세건의 이마에 혈관이 솟았다. 빌어먹을 케네스 양, 어떻게 양까지 정확히 알려지는 거냐. 실베스테르가 알고 있다면 테트라 아낙스도 알고 있을 게 틀림없고 테트라 아낙스의 본거지, 플렉스 메디칼 본사에 폭탄을 설치하는 계획 역시 차질을 빚을 것이다.

"글쎄요. 그럼 비행기라도 납치해서 들이받을까요?"

"좋은 생각이지만 거긴 빌딩 숲이 많아서 들이받기 힘들 텐데? 게다가 비행기 조종은 할 수 있나?"

"……."

농담으로 말했는데 반응이 꽤나 심각하다. 세건은 헛기침을 하고 실베스테르를 바라보았다.

"자료는 내가 가지고 있는 걸 건네주지. 그러니까 프린팅 끝날 때까지 기다리고 있어."

"허? 말리지 않는군요?"

"내가 껄끄러운 일을 네놈이 대신 해주겠다는데 말릴 이유가 없지."

실베스테르는 뭔 소리를 하느냐는 듯 세건을 바라보았다. 만약 폭약이라도 터뜨리게 되면 흡혈귀와의 전면전을 피할 수 없는데 그걸 묵인하는 것은 물론 돕겠다니. 세건은 아르쥬나에 생각이 미쳤다.

"당신이 나를 도우면 아르쥬나에 피해가 가지 않을까요?"

"돕지 않으면, 피해가 오지 않을까?"

"그런 건 아닐 테지만."

"자, 이게 일단 나온 거니까 보고 있어."

실베스테르는 세건에게 파일을 건네주었다. 세건은 그걸 보고 깜짝 놀랐다. 사실 플렉스 메디칼은 의약 그룹이다. 내부야 흡혈귀가 다스리고 있다고 하더라도 그곳에서 일하는 대부분의 사람은 흡혈귀라면 영화에서 본 게 전부인 죄 없는 사람들일 것이다. 그들을 모두 다 폭약으로 날려 버린다는 것은 정말 미친 짓이라고 아니할 수 없다.

그래서 세건은 나름대로 피해를 최소화하고 타격은 극대화하는 방안을 찾아서 조사를 하고 있던 것인데, 이미 그 단계의 조사는 실베스테르에 의해서 죄다 끝나 있었던 것이다. 매일 밤 이곳저곳을 돌아다니면서 자료를 모으던 것이 아마도 그것을 위한 행위였으리라. 세건은 그 자료들을 보고 혀를 내둘렀다.

"본사 사옥은 공격하지 말고, 경호원은 죄다 흡혈귀로 구성되어 있으니까, 폭파할 포인트가 어딘지는 대충 알겠지? 응?"

"으음."

"자, 그럼 열심히 작전을 짜보라고. 일을 하게 될 때는 나에게 꼭 연락해 주고. 알겠지? 그걸 조건으로 넘겨주는 자료다."

"그러죠."

세건은 자신에게 당부하는 실베스테르를 보고 고개를 끄덕였다. 이제 폭약이 모이는 것만 기다리면 된다. 숙련된 폭약 전문가라면 C—4 하나로도 충분히 큰 타격을 입힐 수 있겠지만 세건은 그저 폭약에 신관만 달면 터지는 줄 아는 초짜 중의 초짜다.

때마침 나머지가 모두 다 프린팅되어서 세건은 그것을 파일에 철했다. 이 정도면 폭약 한두 박스만 더 있어도 시도가 가능하다. 아마 C—4 나머지가 케네스 양을 통해서 들어오는 게 다음 달… 한 달 정도는 결행의 여유가 남아 있는 것이다.

"그러면 전 이만."

세건은 실베스테르의 자료를 받아 들고 자리에서 일어났다. 집에 가서 좀 쉬고, 어제 쓴 글록 18도 정비해 두지 않으면 안 된다. 책도 봐둬야 하고……. 앞날을 포기하고 미쳐 날뛰는 흡혈귀 사냥꾼도 공부하고, 정비하고, 훈련을 해야 한다는 것은 어딘지 모르게 비뚤어져 있다.

이런 데 쓸 정신을 가지고 건설적인 일에 참어를 한다면 얼마나 좋을까. 하지만 그게 되지 않으니까 인간인 것이다.

세건은 이런저런 생각을 하며 아르쥬나를 뒤로했다.

다시 밤이 되었다. 여기저기 병원 응급실을 돌아다니며 낮잠을 보충한 나는 다시 일어나 몸을 움직였다. 어제 녀석들은 너무 심하게 두들겨 패서, 결국 119 구조대가 출동해서 실어 나른 모양이다. 처음에 맞은편 병원에 아무 생각 없이 자러 갔다가 응급실에 그 녀석들이 실려 오는 것을 보고 깜짝 놀랐다. 그래서 이 병원으로 옮겨온 것인데, 어떻게 될지 모르겠다. 나에게 심한 짓을 한 놈들이긴 하지만 그놈들에게 내가 그걸 그대로 돌려주면 나도 같은 놈이 되지 않을까?

하지만 가슴 한편에서는… 당연하다는 생각이 들었다. 고양이가 쥐 생각해 줄 필요도, 쥐가 고양이 생각해 줄 필요도 없다. 그 녀석들이 죄 없는 나를 괴롭힐 때는 뭐 이런저런 생각해 줬나? 그대로 갚아준 것뿐이다. 게다가 나는 그들에게 양심의 가책을 느낄 필요가 없다. 난 피해자였으니까.

하지만 이제 내 개인적인 복수는 끝이 난 것 같다. 이 이상 저놈들을 패봐야 소용도 없으니 이제는 다른 일을 하면 어떨까? 비록 나는 흡혈귀지만 이 힘은 분명히 인간들의 상상을 뛰어넘은 힘이다.

그렇다면 나는 그 힘을 세상을 위해 써야 한다. 그런 생각이 들었다. 그리고 나와 다른 흡혈귀들을 찾아야겠다.

그래서 나는 다시 밤거리로 나섰다. 그러고 보니 요 며칠 전, 동네 아동을 성폭행하고도 아무런 처벌도 받지 않은 전직 육군 장성에 관한 시사 프로를 본 적이 있다. 이 근처였는데 거기가 어디더라? 나는 기억을 떠올려 보았다. 역시 그 당시에는 그리 관심을 가지지 않고 TV를 봐서 그런지 위치를 모르겠다. 다만 우리 집 근처라는 것 때문에 잘 기억하고 있었다.

"으음. 피씨방에 들어가서 지난 프로 보기로 그거나 볼까?"

나는 그런 생각을 하고 주머니를 뒤져 보았다. 하지만 땡전 한 푼 없다. 그런 데 들어갈 돈도 없고 뭐 먹을 돈도 없다. 피를 마셔서 기력이 떨어지진 않지만 그래도 음식도 먹고 싶다. 흡혈귀라는 거 참 골 때리는구나. 나는 그런 생각을 하고 주위를 둘러보았다. 밥값은 벌어야 하는데. 야간 일을 해볼까? 하지만 옷도 꾀죄죄하고 한눈에 봐도 미성년자인 나를 받아줄 곳이 어디 있을까? 주유소? 나는 그런 생각을 하며 터벅터벅 걸었다.

내가 흡혈귀가 된 것은 일주일 전, 아니, 그 과정을 제대로 설명하기 위해서는 더욱더 오래전으로 거슬러 올라간다.

나의 학교생활은 지옥이었다. 그렇게 말하자면 지옥 아닌 사람 별로 없겠지만 다른 아이들이 나에게 가한 학대는 너무나 악의적이어서 뭐라고 표현할 수 없을 정도였다. 차라리 적이라고 해도 그렇게 미워하진 못했으리라.

그들이 그렇게 나를 싫어하게 된 것은, 그래. 처음부터 그렇게 괴롭힘 당한 것은 아니다. 날라리 애들의 친구라고 하면서, 그렇게 날라리는 아닌(이런 녀석들이 더 싫다) 그것들이 어느 날

나를 협박하기 시작한 것이다. 여행을 가야 하는데 돈이 없다고 반 아이들 상대로 돈을 모아서 그걸로 여행을 가겠다는, 참 기가 막힌 소리였다.

물론 나는 그걸 거절했고 안 되겠다 싶어서 담임선생에게 이야기했다. 소위 말하는 고자질이라는 것인데 나는 고자질이 나쁘다고는 생각하지 않는다. 올바르지 못한 행위를 보고 덮는 것보다는 알리는 게 훨씬 낫지 않은가? 하지만 그렇게 되어서 선생이 그 일을 제대로 처리했는가? 절대 아니었다. 물론 아이들에 대한 모금 활동은 막았지만 선생은 내가 고자질했다는 것을 그 녀석들에게 다 알려줘 버렸고 그 후로부터 녀석들은 나를 끔찍하게 저주했다.

그래서 시작된 학대는 정말 기가 막힐 정도라, 내가 그들의 안면 가죽을 찢고 뼈를 끊는 선에서 끝낸 게 오히려 더 한심하다. 게다가 요사이 그 녀석들을 두들겨 패면서 느낀 건데, 인문계 날라리는 결국 상고나 공고 애들, 특수고 애들에 비하면 얌전한 녀석들이라는 것이다. 주제에 자기보다 약자들에게는 그렇게 가학적이라니. 이거 다시 생각해도 열 받는데.

어쨌거나 그래서 나는 꽤 많은 중상을 입었고, 집에 이야기했더니 교회 가서 기도하자는 둥 도저히 현실적으로 해결 방안이 되지 못할 소리만 했었다. 나는 그렇게 학교와 집에서 모조리 유리된 채 방치되었다.

내가 무슨 왕따였다던가 그런 것도 아니다. 옳고 그른 것을 확실히 한 대가로 교사에게도, 집에서도, 아이들 사이에서도 완전히 방치된 것이다. 내가 잘못한 게 뭔데? 불의를 보고 넘어가지 않은 것? 아니면 무슨 만화책에서처럼 갑자기 엄청난 힘이 솟아가지고 우다다다 두들겨 패서 정정당당히 정면에서 이겼어야 했나?

결국 녀석들에 밀려서 창문 밖으로 떨어지고 중상을 입은 게 이 주 전이다. 어머니는 예전 우리가 인천에서 이사 오기도 전에 다니던 교회 사람을 불러와서 나에게 안수기도를 시켰고, 그 간사라는 사람은 나에게 이상한 피를 먹였다. 그는 이제는 구할 수도 없는 귀한 거라는 말을 빼놓지 않았다.

확실히 구하기 힘든 것이라는 건 인정할 수밖에 없었다. 나의 상처는 그다음 날 씻은 듯이 나았고 전신엔 기이한 감각이 감돌았다. 의식은 확장되고 감각이 그에 뒤따라 천장에 붙은 벽지, 발포스티로폼의 구멍까지 보일 정도로 시야는 선명하고, 다가오는 어떤 소리든 입체적으로 세세하게 다 들렸다. 고양이가 돌아다니는 발소리가 들릴 정도니 말 다 했다.

처음엔 매우 기뻤다. 그래서 오래간만에 환기도 할 겸 일어나서 두꺼운 블라인드를 여는 순간…….

비쳐 들어온 태양 빛이 내 손을 따갑게 쑤셨다. 만약 그때 창문 옆에 멍청하게 책꽂이를 만들어두지 않았다면, 그래서 빛이 여과 없이 그대로 들어오는 환한 방이었다면 나는 단숨에 죽어버렸을 것이다. 나는 즉시 태양을 피해 옆으로 돌아섰고, 따갑게 끓어오르는 손을 감싸 안은 채 신음했다. 문득 머릿속에 떠오른 건 흡혈귀라는 단어였다. 그래, 이런 경우는 흡혈귀가 아니면 해명이 되지 않는다.

　그다음은 당신들도 아는 대로다. 나는 흡혈귀의 힘을 이용해서 그 관련 패거리를 모조리 쓸어버렸다. 죽지는 않을 만큼. 사실 녀석들은 죽일 가치도 없는 쓰레기다. 그리고 복수라는 것은 긴 시간 고통스럽게 하는 것이지 단숨에 죽여서 그 숨통을 끊고 미래를 단절시키는 게 아니다.

　"그래서 지금은 뭘 할까."

　결과적으로 나를 왕따로 만들고 방치한 학교 교사를 찾아갈까? 하지만 그래도 옛날엔 스승의 그림자도 밟지 않았다는데, 선생에게 손을 대기는 싫다. 그럼 누구를 잡지? 이런 건 역시 악랄한 악덕 기업가나 정치인, 그리고 그에 유사한, 법에 의해서 심판받지 않은 이들을 혼내주는 게 좋겠다. 어차피 내가 피없이 살아갈 수 없는 흡혈귀라면, 선량한 사람의 피를 빠는 것보다 그런 악독한 것들의 피를 빨고 혼내주는 게 그나마 올바른 일이겠지.

　그래서 생각한 게 어린 여자아이를 성폭행하고도 아무런 일없이 지나간 전직 장성이다. 어디 그 인간 집 아는 사람 없을까? 설마 집 앞 문패에 강간범 집이라고 딱 쓰여 있을 리는 없고.

　"윽."

　하지만 나는 내 생각이 틀렸다는 걸 알았다. 벽에 누가 낙서를 막 하고 앞에는 오물을 잔뜩 버려둔 그럴듯한 2층 양옥집이 있었는데, '이 개만도 못한 아동 강간범아! 돈 있고 권세 있으면 다냐!' 라는 내용을 위시해서 가지가지 낙서가 있었다. 그래서인지 안에서는 도베르만을 키우고 있고, 담벼락 구석에는 감시 카메라도 있었다.

"뜻이 있는 곳에 길이 있다는 게 이런 경우군."

나는 그렇게 생각하고 일단 옆에 가서 돌을 찾아보았다. 벽돌이 있었는데 너무 큰 것 같아서 잡아서 빵을 찢듯 둘로 쪼개고 그걸 CCTV에 집어 던졌다. 과연 한 방에 CCTV 카메라가 부서지고 만다.

"으랏차!"

나는 벽을 한 번 박차고 그대로 위로 뛰어올라 어렵지 않게 담벼락 위에 올라섰다. 그리고 담벼락에서 안으로 뛰어내려 현관 앞에 섰다. 현관은 흔한 젖빛 유리에 알루미늄 새시로 만들어진 문인데 잡고 잠깐 실랑이를 하자 손잡이가 빠져나오고 문이 열렸다.

삑!

젠장. 문에는 경보기가 붙어 있었다. 세콤인가? 나는 그런 생각을 하고 얼른 안에 들어갔다. 안에는 가정부인 듯한 아줌마가 소파에 앉아서 졸다가 나를 보고 깜짝 놀라서 일어났다.

"아니, 뭐, 뭐래! 뭐래?!"

"다치고 싶지 않으면 비켜요!"

나는 그녀를 밀치고 문득 전화기가 보이길래 주먹으로 내려쳤다. 와작 하는 소리와 함께 전화기가 박살 났다. 아, 핸드폰이 있으니 의미 없나? 하지만 나는 앞으로 달려가 가장 큰 방문 하나를 발로 걷어찼다. 허탕. 짜증이 날 정도로 집이 좋군. 이렇게 잘사는 인간이 어린 여자애를 성추행하고도 뻔뻔스럽게 사건을 자신의 힘과 권력으로 뭉개다니. 그런 생각을 하니 더더욱 화가 난다. 게다가 문을 열 때마다 그곳에 없다. 마치 나를 피하고 따돌리는 것처럼.

다음 문은? 나는 2층으로 올라가 다시 문을 열었다. 그곳은 서재였는데 머리가 희끗희끗한 노인 한 명이 의자에 앉아 있었다. 책을 보다가 덮었는지 무릎 위에 놓인 책에는 격동 30년 드라마 대본이라는 제목이 쓰여 있었다. 밖의 소란 때문에 많이 당황스러운 표정을 짓고 있지만 의자에서 일어나지 않고 있는 그 자세는, 동년배의 노인들에 비해서 의젓하다. 군인 출신이라서 그런가?

"뭐, 뭐냐, 네놈은!"

"쳇!"

아무리 천인공노할 악당이라도 노인에게 위해를 가하기는 쉽지 않다. 하지만… 나는 애써서 여기 와 있다. 경보기도 울렸겠다, 가정부는 경찰을 부르려 하겠다, 이런저런 여건이 급박하게 돌면서 내 등을 떠미는 것이다.

하지만 이 영감은 잘 정리된 서재에 앉아서 책을 읽는, 더할 나위 없이 평화스러워 보이는 노인이다. 과연 정말 여자애를 희롱했는지, 아니면 그 본인인지, 설령 했다고 한들 그게 어느 정도인지, 아무것도 모르는 내가 여기 와서 무슨 정의의 사도고 영웅이라고 그를 징벌한단 말인가?

하지만 문득 나는 그 생각이 나를 무관심하게 바라보던, 혹은 동정하던 이들의 생각과 같다는 사실을 깨달았다. 자신들은 관계도 없고 전후 사정을 모르니까 일이야 어찌 돌아가든, 남이 상처를 입든 말든 신경도 안 쓰고 악화에 수동적으로 동조한다. 그게 세상이다. 무관심하게 지나치기만 했어도 그것으로 사람은 악(惡)에 동조하게 되는 것이다!

펙!

순간 나는 주먹을 날려 그 노인, 전직 장성이라는 그 노인의 오른쪽 어깨를 때렸다. 얼굴은 차마 때리지 못하겠다고 친 건데… 우득 뼈가 부러지는 느낌이 들었다. 노인의 뼈라서 부러지기 쉽겠지? 그리고 부러지면 잘 아물지도 않겠지?

한순간이지만 머릿속에 저 노인이, 아니, 저 노신사가 죽을 때까지 아물지 않을 어깨 골절을 안고 그래도 책을 보는 모습이 떠올랐다. 노인은 어이쿠 하면서 앞으로 나뒹굴고 책이 떨어진다. 죽지야 않았겠지만 방금 전의 그 의연한 노인이 앞으로 굴러떨어져 쓰러지는 모습은 가히 충격적이었다. 마치 사형 집행인이 되어서 직접 교수형을 집행하는, 교수대에 올라선 죄인의 발판을 치우는 기분이 들었다. 순간 나는 포효했다.

"으아아아아악!"

나는 창문을 열고 밖으로 뛰쳐나갔다. 그리고 밤거리를 향해 달렸다. 맨 처음 그의 집을 찾아 들어갔을 때 느낀 저열한 감정, 자신이 무슨 정의의 히어로라도 되어서 만화 주인공처럼 사회의 부조리를 타파하고 악을 물리친다는 생각은 싹 가셨다.

나는 그저 낙오자다. 낙오한 주제에 비겁하기까지 하다.

"으아아아아악!"

나는 거리를 달리며 고함을 질렀다. 뱃속에 들어 있는 모든 추악한 것을 토해내기 위해서 달리고 또 달렸다. 하지만 그럼에도 불구하고 한 가지 분명한 것은…….

나는 여전히 흡혈귀라는 것이다!


# 3


흡혈귀들은 여전히 진마 정야와 창영을 추적하고 있었다. 하지만 그런 그들에게 엉뚱하게도 흡혈귀 사냥꾼 한 명을 제거하라는 명령이 떨어졌다. 그의 이름은 한세건, 흡혈귀 사냥꾼 중에서도 꽤나 어린 데다가 아직 특별하게 무슨 일을 저지른 적은 없다.

하지만 확실한 건 최근 1년 사이에 무려 두 자릿수의 흡혈귀를 사냥한, 무시무시한 신예 헌터라는 것과 그가 폭발물로 테트라 아낙스를 날려 버릴 계획을 가지고 있다는 것이다.

"덕택에 내 목숨이 위험해졌잖아!"

케네스 양은 삽시간에 퍼진 정보를 보고 아연실색해서 세건에게 따지고 있었다. 세건은 주전자로 뜨거운 물을 끓이고 거기에 현미 녹차 티백을 두 개 넣은 뒤 뒤에서 툴툴거리는 케네스 양을 바라보았다.

"당신이 정보 흘린 거 아니에요?"

"미친! 머리통 있는 놈이라면 나를 제거해서 폭탄 공급을 끊지!"

"빌 머레이가 웨스턴 상사인가 하는 사람을 소개해 준다고 했는데, 그 사람은 군용 TNT를 준다고 하던데요?"

세건은 자신의 아지트에 찾아온 케네스 양을 보고 마치 '댁은 죽어도 되는데' 라는 듯한 말을 서슴지 않고 했다. 그러자 케네스는 기가 막혀서 세건을 쳐다보았다.

"이런 박정한 놈. 너 같은 놈은 돈을 수억을 줘도 결단코 거래해선 안 될 놈이야."

"예전에 흡혈귀를 상대로 장사했던 사람이 잘도 그런 말을. 그럴 거면 차 안 줍니다."

"고작 현미 녹차 가지고 재지 말란 말야."

하지만 말과 달리 그는 컵을 내밀었다. 세건은 거기에 차를 붓고 테이블에 앉았다. 이전보다 훨씬 큰 집으로, 심리적으로는 안정감이 더 생기는 곳이지만 그만큼 적들의 공격에 취약하다. 개인 주택이라 흡혈귀가 쳐들어올 때 대처하기가 쉽지 않다. 하지만 그래도 몸 하나 누이면 끝나는 닭장 같은 집보다는 이쪽이 더 낫다.

"너 테트라 아낙스의 정보망이 어느 정도인지 알지? 여기 습격해 올지도 몰라."

"글쎄요. 테트라 아낙스의 경우는 정보망이 확실한 편이지만 적요계 흡혈귀들을 제외하곤 다들 딴생각을 품고 있던 것 같던데."

세건은 평상 위에 책을 펼치며 그렇게 말했다. 실제로 모든 흡혈귀는 테트라 아낙스의 강대한 지배력을 굉장히 거슬려하고 있었다. 그 정보 수집, 조작 능력은 인정하지 않을 수 없는 능력이긴 하지만 그렇다고 그들에게 모든 것을 맡기고 살기에는 다들 야심이 있는 것이리라.

"그렇다고 녀석들 간의 알력을 믿고 마음 놓고 있을 처지는 아닌 것 같은데?"

"그래서 말인데, 선공으로 나갈 겁니다."

"예?"

어안이 벙벙한 케네스를 내버려 둔 채 세건은 무장을 꺼냈다. USAS—12, 그거라면 확실히 무시무시한 위력 때문에 시가전에서 큰 도움이 될 것이다. 그러나 케네스 양은 그게 또 걱정되는 것이다.

"괜찮겠냐? 쓸데없는 짓은 하지 않는 게 좋을 텐데? 너 지금 경찰들도 곤두서 있다고. 게다가 그건 총성이 심한 편이야. 소음기도 못 달고."

"그건 나름대로 방법이 있으니까. 그나저나 폭탄 제대로 쓰는 법 가르쳐 줄래요?"

"C—4는 간단해. 쪼물딱거리다 뇌관 꽂고 터뜨리면 되는 건데."

"아니, 효율적인 파괴를 하려면 말이죠."

"전기드릴 쓸 줄 알잖아? 그거면 충분하지 뭐."

케네스는 그렇게 말하면서 폭발물에 대해서 다시 설명해 주었다. 세건은 폭발물 다루는 법은 이미 덕연에게 배워서 알고 있었다. 그러므로 케네스가 가르쳐 주는 것은 어디를 어떻게 파괴하면 효과적으로 물체를 파괴할 수 있는가 하는 것이다. 물론 전문 파괴 공학에 비하면 한참 떨어지는 실무인 것이고 일반적인 폭탄 테러의 원칙—붕괴, 파편이 중력에 의해서 낙하하면서 피해를 증가시키는 것을 이용한다. 즉 흡혈귀들의 반사 신경과 운동 능력이 뛰어나 붕괴 지역에서 탈출할 가능성이 크다는 것—이 흡혈귀들에게 통하지 않으므로 클레이모어(Claymore:한국에서 크레모아라고 부르는 폭발물. C4플라스틱 폭약+베어링으로 되어 있다)럼 베어링을 발사하게 만들어야 한다는 것 등, 대흡혈귀용 폭발물 강좌를 한 것이다.

"젠장. 근데 어째 나도 네놈에게 계속 말리는 것 같다. 물론 네놈이 벌이가 좋긴 하다만."

실제로 세건은 흡혈귀들을 닥치는 대로 잡아들여서 고소득을 올리고 있었다. 다른 사냥꾼이 많이 죽어서 피의 공급이 뜸해지자 더더욱 세건의 가치가 상승했다. 빌 머레이도 자신의 일을 도와준 세건에게 꽤 호의적으로 나오니 세건은 유례없는 호경기를 맞이한 것이다.

"그럼 나는 나가죠. 당신도 남의 집에 있지 말고 빨리 나가요."

"그러지. 그럼 몸조심해라."

"당신이 말하지 않아도."

세건은 그렇게 대답하고 밖으로 걸어 나갔다. 요즘은 정말 돈벌이가 잘되는 편이다. 흡혈귀들을 찾아다니려고 애쓰기보다단 흡혈귀가 찾아오게 한다. 자기 목숨을 담보로 하는 낚시지만 지금까지는 아주 잘 돌아갔다.

해가 떨어지는 서편 하늘은 스모그가 끼어서 천천히 보랏빛으로 변하고 있었다. 세건은 그 하늘을 바라보고 자신의 눈을 가렸다.

'아, 이런……'

마약을 많이 썼기 때문일까. 하늘이 녹아내리는 전형적인 LSD성 환각이 보였다.


배를 긁어내는 듯한 고통에 눈을 떠보니 다시 밤이다. 그래, 인간이든 흡혈귀든 먹지 않으면 죽을 수밖에 없다. 어제 피를 먹지 않아서 그런가? 오늘은 전신에 힘이 없다.

"젠장할."

어제는 진짜, 그런 짓 두 번 다시는 하지 않으리라 맹세했는데, 그 맹세가 무색하게도 나는 다시 길거리로 나왔다. 인간을 사냥하기 위해서. 하지만 길거리를 돌아다니는 아이들보다는 의젓하게 이 사회 위에 군림해서 세상을 썩게 만드는 놈들이 훨씬 악이 아닌가? 어째서 젊은 남자들에겐 단지 때리기 편하단 이유만으로 가혹한 공격을 가하면서 나이 많고 의젓해 보이는 사람들에게는 그게 쉽게 되지 않는가? 나는 내 자신의 천민 근성에 다시 한 번 치를 떨었다.

"하지만 피를 먹어야 해."

결국 그게 핵심이다. 어떻게든 피를 먹어야 한다는 게 전제에 깔린다. 그리고 그것이 남에게 가하는 폭력이라면 가급적 맞아도 싼 놈들에게 폭력을 가하겠다. 그러나 그럼 맞아도 싼 놈이란 게 누구냐는 문제가 대두된다.

"젠장할."

그래서 나는 나 자신을 세뇌했다. 나는 영웅이다. 그래, 배트맨이나 슈퍼맨, 스파이더맨 같은 서양 만화 히어로다. 전신 타이즈를 입진 않았지만 정상인으로는 살 수 없는 몸, 그렇다면 가급적 정의의 이름으로 폭력을 행사하리라. 그렇게 나는 나 자신을 고양시키고 거리로 나갔다.

다음 목표는… 최근 유명한 모 사학 재단이다. 재단의 수익은 오로지 학생들의 등록금. 그걸 가지고 계속 학교를 늘리고 자신에게 반대하는 선생, 교수 등을 해임하고 부정과 비리로 일관하면서도 학원 권력을 쌓은 H사학 재단. 그 재단의 이사장 일가가 이번 목표다. 이번에는 훨씬 정확하고 확실한 목표니까 반드시 피를 빨 것이다. 재산 중 현찰도 가져올 거고! 한 대 치고 내가 놀라서 후회하는 게 아니라 정말 정의의 응징이란 것이 어떤 것인지 보여주리라!


H사학 재단은 최근 교수 임용 문제로 학생들은 시위, 교수들은 보이콧으로 문제가 많은 곳이었다. 그러나 정작 이사장의 집 앞은 평온하기 이를 데 없었다. 그도 그럴 것이 무슨 깡패 같은 경호원들이 잔뜩 늘어서 있어서 정상적인 사람은 감히 다

가올 엄두를 내지 못하는 것이다.

지금은 불미스러운 보이콧 사건에 휩싸여 있지만 H재단은 스스로를 명문 사학이라고 굳게 믿고 있었다. 이 한 몸 대한민국의 교육을 통해서 나라를 받칠 동량을 깎아내리, 그런 투철한 사명감으로 성현철 이사장은 언제나 괴로워했다고 했다. 잎새를 스치는 바람에도 괴로워하는 그런 사람이었나 보다.

어쨌거나 공부하는 모든 것을 사랑한다고, 그는 아이들이 하라는 공부는 하지 않고 데모나 하는 것을 매우 싫어했다. 게다가 그런 아이들을 잘 가르쳐야 할 선생들이 자신의 잇속을 위해서 수업을 보이콧하는 것 역시 용납할 수가 없었다.

'나는 내 양심에 비춰 한 번도 부끄러운 짓을 한 적이 없다. 나는 이 사학 재단을 위해서, 더 나아가 이 나라를 위해서 훌륭한 교육 환경을 조성하는 데 최선을 다한 사람이다. 그런 나에게 모욕을 가하려는 것은 일부 음해 세력의 뜻이다. 내가 일가족을 중용하는 것은 그들이 믿을 수 있는 사람이고 또한 그만큼의 능력을 가지고 있기 때문이지 결코 재단의 사유화가 아니다. 실제로 내가 작년에 소득 신고한 것은 이천만 원을 약간 넘을 뿐이다. 교수 임용 역시 그렇다. 최 교수가 나에게 안 좋은 감정을 가지고 있는 것은 잘 알지만 그는 학생들에게 굉장히 안 좋은 자신의 정치적 의견을 토로하면서 수업을 뒷전으로 했다. 그런 사람이 재임용된다면 그것은 우리 학원에 독이 될 것 같아서 재임용에서 떨어진 것이다. 그 자리를 차지한 김 교수가 김 총학의 동생이라는 거 가지고 말 많은데 김 교수는 그 나이 먹도록 한국 문화 발전에 기여한 사람이고 S대 교수를 지내던 사람이다. 당장 총장 시켜도 이상할 게 없는 사람이 아직도 교육에 대한 열의가 있어서 현장에서 학생들 가르치겠다고 하는 거다. 이런 사실을 왜곡하고 나를 음해하는 세력이야말로 학원 사유화, 학원의 이권을 노리는 간악한 무리가 아닌가!'

이게 이사장 성현철이 하사한 공문이었다. 참 구구절절이 옳은 말만 써놔서 다른 수많은 학생이 감탄해야 하건만, 오히려 다들 불만이 많았다. 이런 마이너스 사고를 가진 놈들은 틀림없이 혐한파일 것이다. 현 사회가 나쁘게 돌아간다고 생각하고 무조건 한국을 혐오하는 놈들! 틀림없이 지금 사회가 나쁘니까 무너뜨리고 김정일을 숭배하는 공산주의 사회를 만들자고 하는 급진 빨갱이임에 틀림없었다. 아, 일제 시절 성 이사장의 아버지께서 일본군 앞잡이로 활동하시면서 그런 빨갱이 놈들을 다 쳐 죽였으면 좀 더 멋진 한국이 되어 있으련만. 물론 남들은 친일파의 자손이니 뭐니 하고 그걸 가지고 따지고 들지만 성 이사장은 자신의 아버지가 이 조국을 너무나도 사랑하셔서 앞으로 세상을 망칠 무뢰배, 깡패, 공산주의자를 미리 제거하는 데 여념이 없었다고 믿고 있었다!

하지만 김 교수도 김 교수다. 저 정도 보이콧에 벌써 물러날까 말까 고민하고, 어제도 전화를 했었는데 이 녀석이 과연 그 뻔뻔한 김 총학이 동생이 맞는지 심히 의심스러웠다. 거 김 교수가 S대에서 자신의 조교 논문을 그대로 가져다 쓰다 조교가

고발하는 바람에 교직에서 물러난 인물이었다는 사소한 문제가 뭐 그리 대단한가?

최 교수란 놈은 그리도 재수 없는 전라도 출신에 군사정권에 반대하고, 친일파 행적에 대해서 끝까지 파고드는 재수 없는 녀석인데다가 지금 이사장 일가가 재산이 얼마가 있는지, 군사정권 때나 그럴 때 무슨 발언을 했는지 하나하나 캐내고 다니는 스토커 같은 존재였다.

개인의 프라이버시를 마구 침해하는 악독하기 짝이 없는 인간이란 말이다. 거 서슬이 퍼런 시대면 사람이 말 좀 잘못할 수도 있는 거지 그걸 가지고 끝까지 이용할 뿐 아니라 왜 재테크한 걸 가지고 물고 늘어지냐 말이다. 부동산을 사서 그걸 비싸게 파는 게 뭐 그리 신기한 일이라고(물론 그 부동산이 재단 소유였고 교육 목적으로 세금도 적게, 거의 안 내다시피 해서 사들인 다음 사유로 전환해서 비싸게 판 건 있지만 그 역시 재테크의 일환일 뿐이다). 하여튼 남이 잘되면 무조건 배가 아파서 시기하는 이들이 있게 마련이다.

"흠흠. 이거 영 차가 안 나가는데. 김 기사, 그렇지 않나??"

이사장은 자신의 차 에쿠스에서 내리고 한숨을 내쉬었다. 역시 이 나이가 되면 품위에 맞게 좋은 걸 타고 다녀야 하는데 국산차라니… 이것만 보아도 그가 얼마나 애국자인지 알 수 있었다. 물론 집 안에는 일왕이 내린 친서가 멋지게 액자가 되어 있지만 그게 어디 친일파라는 증거인가. 정말 친일파였으면 남들 눈이 무서워서 얼른 태웠지. 그러나 그런 건 골동품의 가치가 있는 것이다. 문화적 인간은 응당 문화유산을 후대에 전해야 하는 법, 어찌 한순간의 사람 눈이 두려워 그 귀한 것을 태울 수 있을까!

그런데 그때 정문에 웬 이상한 놈이 알짱거리고 있는 게 눈에 들어왔다. 뉘집 새끼인지는 모르겠지만 꾀죄죄한 것이 한 일주일간 얼굴에 물이 닿지 않은 것 같고 눈빛은 짐승처럼 번들거리는 것이 꽤나 위험해 보였다. 거참, 못 배워먹은 호로새끼로고!

"아, 이사장님. 지금 쫓아내겠습니다."

경호원들은 투철한 직업 정신을 발휘하여 정문 앞을 기웃거리는 흉악한 호로새끼를 향해 걸어갔다. 저런 새끼들은 배워도 소용없는, 그야말로 쓰레기 축에 속하는 것들로서, 이런 귀한 집을 노려보고 있는 눈이 번들거리는 것으로 보아 틀림없이 한 재산 뜯어가려고 하는 거지새끼임에 분명하다. 그렇잖아도 요즘 신경 쓰이는 일이 많은데 저런 거지새끼까지 얼쩡거리면서 신경 쓰이게 하다니! 이사장은 매우 기분이 불쾌해지는 것을 느끼며 문을 열었다.

그런데 그때 뒤에서 퍽 하고 고기를 메치는 소리가 들려오는 게 아닌가? 성현철은 그 소리를 듣고 눈살을 찌푸렸다. 거참 애새끼 개값 좀 나오겠구나 하고 고개를 돌려 보니 이게 웬걸? 경호원들이 죄다 나가떨어져 있었다. 그리고 그 거지 같은 놈은 입가에 피 칠을 하고 안으로 들어오는 게 흡사 지옥에서 기어 올라온 악귀 같았다.

"으으윽! 어이! 전화! 경찰 불러, 어이!"

그러나 그 순간 그 소년은 무시무시한 속도로 앞으로 달려와 에쿠스 승용차를 박차고 뛰어 성현철의 앞을 가로막았다. 그리고 단숨에 안면에 주먹을 갈겼다. 콱 하는 소리와 함께 그는 뒤로 날아가 그대로 바닥에 추락했다.

"크어어억!"

하는 짓이 제아무리 악독하든 간에 어차피 노인네니까 한 방에 뻗어버린다. 피를 빨면 저혈압으로 사망하는 게 아닐까 싶을 만큼 걱정이지만, 어차피 피를 먹지 않으면 그가 죽을 판이다. 그래서 그는 쓰러진 노인의 팔을 잡고 가급적 심장에서 먼 손을 통해서 흡혈을 했다.

"꺄아아아악!"

안에서는 날카로운 사람들의 비명 소리가 들리고, 경찰에 신고를 한다 어쩐다 난리가 아니지만 그는 경찰에게 안 걸리고 달아날 자신이 있었다. 스파이더맨이나 배트맨이 경찰에게 잡히는 거 봤는가?

"좋아!"

그는 이사장의 지갑을 탈탈 털고 즉시 자리를 박차고 뛰어올랐다. 원래는 집 안에 들어가서 현찰을 털어야겠지만 그러다가 경찰이 오면 곤란하니까 적당히 하고 빠지기로 했다. 욕심을 부리면 끝이 없으니까.

한편 플렉스 메디칼은 비상 체제에 돌입했다. 그들의 정보력은 초과학적인 수단을 모두 동원하기 때문에 어떤 정보든 바로바로 입수가 된다. 물론 감히 자신들에게 폭탄 테러를 감행하려 하는 한세건이란 애송이에 대해서도 모르는 이가 없었다. 세건은 나름대로 의욕을 가지고 폭탄을 모았는데 구매하자마자 블랙리스트에 올라 버린 것이다.

"참 기가 막히는군."

테트라 아낙스 한국 지부를 다스리고 있는 엘리엇 브라이스는 기가 막혀서 한세건에 대한 자료를 보았다. 이 녀석은 대체 무슨 생각으로 감히 테트라 아낙스에게 도전하는 것인지 이해가 안 가는 놈이다. 물론 흡혈귀 사냥꾼치고는 굉장히 유능한 편이고 지금도 계속 성장하고 있는 게 사실이다. 그렇긴 하지만 테트라 아낙스 한국 지부를 폭파시키려 하다니. 이건 기가 막힌다. 화나기 이전에 어처구니가 없는 것이다. 테트라 아낙스는 흡혈귀의 클랜이기도 하지만 거대한 경제기구이기도 하다. 게다가 그들은 이미 인간의 게놈 지도, 아울러 흡혈귀의 게놈 지도 역시 해부한 세계 최고의 의료 그룹이다. 이 그룹을 파괴하는 모든 행위가 곧 인류 문명의 퇴보라는 것을 왜 모른단 말인가?

그는 길게 자란 앞머리를 옆으로 쓸어 올리고 헤어밴드로 머리칼을 고정시켰다.

"지금이라도 당장 죽여 버리지?"

돈이 썩어나서 주체할 수 없다는 듯, 죄다 흑단목으로 만들어진 호화스러운 사장실 가구에 발을 얹은 채 젊은 부장 셰인

브라이스가 그렇게 물어보았다. 엘리엇 브라이스의 동생이기도 한 이 흡혈귀는 엘리엇 브라이스와 달리 세피아 아쿨계의 흡혈귀로 테트라 아낙스에는 별로 없는 직접 전투 전문의 흡혈귀라 클랜 붕괴 후에 스카웃되었다. 형이 능력 있는 보헤미안 정장을 갖춰 입었다면 그 동생은 히피였다. 가죽 재킷과 알록달록 물들인 머리, 눈썹과 혀를 피어싱한 파격적인 용모, 게다가 눈동자에는 광기가 철철 흐르고 있었다.

"글쎄. 그러기엔 좀 문제가, 테트라 아낙스 한국 지부의 인원은 오라클들을 제외하면 얼마 없다는 거지. 게다가 나는 사장도 아니라 단지 법률 고문이고!"

뱀파이어 오라클들을 위주로 파견한 테트라 아낙스는 아직 소규모라서 사소한 일에 하나하나 전투 인원을 내세울 수 없다. 그렇다고 진마들이 직접 한국에 상륙한 다른 클랜을 총알받이로 내세워서 세건을 공격시킬 수도 없는 일 아닌가?

"역시 적요계 흡혈귀들에게 기회를 주는 게 어때? 한 백만 달러 안겨주고 한국 탈출용 루트를 제공해 준다면 눈에 불을 켜고 덤빌걸. 이번엔 아예 전면전을 시키라고."

"경찰들은?"

엘리엇은 거침없이 대답하는 동생을 대견하단 눈길로 바라보며 물어보았다. 그러자 셰인은 키보드를 두들기며 말했다.

"하. 그런 개똥 같은 것들에겐 다른 일로 바쁘게 해줘야지. 미친놈 몇 놈 정신 조작해서 인질극이라도 벌이게 하는 게 어때? 아, 그게 아니면 경찰들에게 그 녀석을 찌르는 거야. 이웃

집 전화회선을 이용해서 신고라도 하면 바로 걸리겠지. 녀석 집도 무기 창고일 거 아냐? 안 그래?"

"서울은 브루클린이 아니라고. 게다가 테트라 아낙스는 지배자지 파괴자가 아니야. 경찰을 이용해서 녀석을 찌르면 되겠지만 집에 자동소총까지 있는 놈이니 사회적 문제가 된다고, 응? 하지만 적요계 흡혈귀들을 이용한다는 건 좋은 것 같군. 누가 뭐래도 그 녀석들은 싸우는 데는 귀신이니까."

그러자 셰인은 불쾌한 표정을 지어 보였다. 이 녀석은 자기가 잘하는 분야에 대해서 칭찬을 듣지 못하면 금세 삐쳐 버리는 놈이다. 복장은 꽤 날라리같이 하고 있지만 묘하게 성실한 곳이 있다고 할까?

"여하간 제거할 필요가 있군. 이 녀석은 저번에도 몇 번씩이나 우리들 일을 망쳤으니까."

그런데 그때 갑자기 띠리링 하고 흑단 책상 위에 놓은 컴퓨터 메신저에서 소리가 났다. 사내 인트라넷이 완전히 구축되어 있어서 내부에는 전화기 대신 이런 디지털 보이스 메신저를 사용한다. 전화기 대신 헤드셋을 쓰는 게 좀 귀찮지만 엘리엇은 군말 없이 헤드셋을 썼다.

"무슨 일이지?"

―고문님, 손님이 오셨는데요?

"누구인데? 난 지금, 음 그러니까 장기 휴가 중이라고 해."

―자신을 마리아라고 하면 알 거라고 하던데요?

"윽."

엘리엇은 그 말을 듣자 할 말이 없어졌다. 마리아라면 댐드 원(Damned One)의 리더 메시아가 데리고 다니는 어린 소녀로 메시아와는 인공 혈관으로 연결된 소녀다.

샴쌍둥이라는 이야기도 있지만 진마에 대한 비밀 정보는 테트라 아낙스의 고급 관리라고 해도 접근이 허락되어 있지 않아서 알 수는 없다. 다만 중요한 것은 그녀가 가는 곳에는 반드시 메시아가 있다는 것이다.

"들여보내."

"예."

곧 문이 열리고 삐쭉삐쭉한 펑키 컷을 한 머리의 여자가 들어왔다. 그리고 그녀와는 대조적으로 깔끔한 원피스를 입은 인형 같은 소녀 역시 함께 걸어왔다.

"…무슨 일이지요?"

엘리엇은 진마 앞에서도 자세를 바꾸지 않는 자신의 동생을 보고 약간 당황하면서 그녀에게 물어보았다. 그러자 메시아는 단도직입적으로 말했다.

"정야와 창영인가? 그 두 진마에 대한 생각을 바꿔야겠는데?"

"예? 아니, 그게 무슨 말씀입니까?"

"아니, 그 두 흡혈귀가 진마치고는 상당히 띨띨하다는 건 알지만 그들을 잡아먹으라고 하는 정책은, 이 한국이란 좁아터진 나라에서는 무리라고. 이곳에 진마가 얼마나 상륙해 있는지는 잘 알 텐데?"

메시아는 경멸을 숨기지 않고 그렇게 말했다. 테트라 아낙스가 흡혈귀들을 싸움 붙이기 위해서 일부러 그들에 대한 척살령을 내린 게 아닌가? 그녀는 이렇게 물어보고 있는 것이다.

"그 말은 그들에 대한 추적을 그만두라는 겁니까?"

"그래. 왜? 지금까지 테트라 아낙스가 지켜온 것은 흡혈귀 사회가 아니었나? 그렇다면 이 좁은 땅에 무수한 흡혈귀가 득시글거려서 토종 흡혈귀 사냥꾼들을 싸악 쓸어버리고, 계속 총기 사고가 일어나게 하는데 그걸 어떻게 가릴 수 있지? 이쯤 되면 물러나는 게 옳지 않은가? 테트라 아낙스가 다른 생각을 가지고 있지 않은 한에 말야."

메시아가 그렇게 말하자 마리아는 생글생글 웃으며 엘리엇을 바라보았다.

"여기에 테트라 아낙스 직통 회선이 있지요? 좀 써도 될까요?"

그녀는 그렇게 말하며 책상 위에 놓인 컴퓨터에 손을 가져갔다. 그러나 그때 셰인이 일어나 부츠로 탁자를 내려찍었다. 진마 앞에서 이런 무례한 짓을 하다니, 당장 죽어도 할 말이 없지만 마리아는 미소를 잊지 않은 채 그 남자를 보았다.

"꺼져. 네놈들은 구역질이 나."

"호오. 배짱 좋은데, 꼬마?"

메시아는 화가 난다기보단 신기하다는 듯이 그를 바라보았다. 셰인은 그런 메시아의 눈을 정면으로 쳐다보았다.

"하. 이 돼지 같은 것아. 네년은 진마 아니냐? 왜 다른 진마를 통제하기 위해 테트라 아낙스를 이용하려고 하지? 생각해

봐. 여기에 몰려든 놈 중 테트라 아낙스가 시켜서 떠밀려 온 것은 네년하고 팬텀 정도밖에 없을걸. 나머지 놈들은 전부 다 추악한 뒷심 때문에 왔지. 안 그래?"

"셰인!"

엘리엇은 그런 셰인을 말리려고 했지만 셰인은 정색을 했다.

"내 말 안 끝났어! 그래, 그 둘에 대한 척살령을 거두고 테트라 아낙스가 나머지 흡혈귀들을 통제해야 해? 웃기지 마. 그게 하고 싶으면 너희들이 해보시지? 응?"

그러자 메시아는 어처구니없다는 듯 손을 들었다.

"기가 막히는군, 이 꼬마. 뭐, 나에게 대든 의기는 높이 사지."

순간 차가운 살기가 셰인의 몸을 관통했다. 셰인은 깜짝 놀랐지만 이미 그의 몸은 힘을 잃고 사장용 검은 가죽 시트 위에 처박혔다.

"커억!"

그리고 전신을 따라 고통이 퍼져 나갔다. 둠 서퍼(Doom suffer), 이것은 메시아가 잘하는 짓으로 생명엔 지장이 없지만 모든 고통에 관련된 신경을 가동시키는 가학적인 공격이었다. 인간에게 사용하면 100퍼센트 광란하고 마는 이 능력은 흡혈귀에게도 그대로 통용되었다. 하지만 옆에서 보고 있는데도 어떤 원리로 이러한 고통이 일어나는지 도저히 알 수 없었다.

"뭐, 어느 정도 일리가 있는 말이니 받아들이지. 하지만 테트라 아낙스가 지배자인 건 그들이 보이지 않는 눈의 임무를 충실히 수행할 때뿐이야. 다른 짓을 하면 결코 그냥 보고만 있지 않겠어. 알았지?!"

"흐음."

엘리엇은 폭언을 퍼붓는 메시아를 바라보고 테이블에 앉았다. 그의 동생 셰인은 메시아에게 대든 대가로 전신에서 식은땀을 흘리며 고통에 괴로워하고 있었다.

"얼마나 가는 겁니까, 이 고통?"

"하루. 자, 그러면 하루 동안 좋은 악몽을 꾸라고. 난 이만."

"크아아악. 이 개 같은 년!"

셰인은 욕지거리를 내뱉었지만 그녀는 흥 하고 웃더니 문 밖으로 나갔다. 엘리엇은 한숨을 내쉬고 셰인에게 컵과 약을 하나 내밀었다.

"마셔라."

"크으윽!"

셰인은 아무런 생각 없이 그걸 입에 털어 넣고 물을 삼켰다. 그러자 신기하게도 즉각 고통이 사라지는 게 아닌가? 둠 서퍼를 이겨내다니 무슨 약이란 말인가?

"이건?"

"사이키델릭 문."

엘리엇은 그렇게 대답하고 생각에 잠겼다. 테트라 아낙스에 대한 반감은 한국에 와서는 걷잡을 수 없는 불길이 된 것 같다. 역시 지금으로썬 적요계 이외에는 무력적으로 협력을 구할 수 있는 방도가 없었다.

"일단 케네스 양이라는 그 무기 상인에게는 압력을 가하지. 더 이상 폭탄 수급이 불가능하도록. 하지만 다른 루트가 있을 경우 골치가 아픈데."

그런데 그때 메신저가 울렸다. 사외 보안 회선, 즉 흡혈귀 회선으로 들어온 정보인 것이다.

"무슨 일이지?"

─큰일 났습니다. 집중관리대상 사 호가 아일랜드 아스테이트 클랜과 격전을 벌이고 있습니다!

회선의 남자 흡혈귀는 다급한 목소리로 그렇게 외치고 있었다. 오라클 중 한 명이니까 그가 하는 말에는 거짓이 없을 것이다. 하지만 집중관리대상 사 호라면 한세건, 바로 지금 테트라 아낙스의 한국 지부를 폭파시키려고 하는 미친놈이 아닌가? 그런 놈이 이번엔 엉뚱한 클랜과 싸우고 있다니? 어찌 된 일인가?

"뭐라고? 어디서?"

─십팔 번 고속국도 외곽입니다!

"미쳤군! 내 동생보다 미친놈이 또 있다니!"

그 미친놈(?)이 직접 듣고 있는데 대놓고 말한 엘리엇은 헤드셋을 내려놓았다. 그리고 테트라 아낙스의 밑에 들어온 지 120년 만에 처음으로 무책임한 소리를 했다.

"내버려 둬! 경찰이 알아서 하겠지!"

서울에서는 흡혈귀들의 통제자 역할을 하고 있는 테트라

아낙스에 의한 방기가 이뤄지고 있었다. 하지만 그것은 어느 정도 아일랜드 아스테이트의 힘을 믿고 있기 때문이었다. 설마 흡혈귀 사냥꾼 하나에게 모두 사냥당하는 일은 없을 거라고 굳게 믿고 있기 때문에 그냥 내버려 둔 것이다. 그러다 경찰이라도 뜨게 되면 아일랜드 아스테이트에 의해서 이미 사건은 진압되거나, 그러지 않으면 소강상태에서 양쪽 다 달아나는 게 전부라고, 그렇게 생각했다. 왜냐면 아일랜드 아스테이트는 군경찰을 방불케 하는 집단행동으로 유명한 것이다. 최하 여섯 명이 한 조를 이루는 그들의 방식은 절대로 흡혈귀 사냥꾼 같은 무뢰배들에게 당하지 않는다는 자신감을 주었다.

그러나 지금, 그 자신감은 그들의 육신과 함께 완전히 박살났다.

"헉… 헉… 헉……."

세건은 시뻘겋게 달아오른 USAS—12를 보고 기가 막혀 했다. 그가 쓴 거지만 이 총은 정말 'Monster Killer' 라고 불리기에 손색이 없었다. 그 이전에도 자동샷건이 없는 것은 아니지만 이건 뭐 장난이 아니다.

우연찮게 정아와 창현을 찾아서 돌아다니는 흡혈귀들을 발견하고 몰래 그들을 따라가다가 차가 멈췄을 때 돌격, 길거리에 차를 세워두고 총격전을 벌였는데 운전수 포함 일곱 명의 그룹을 삽시간에 핏물로 만들어 버린 것이다. 연사되는 샷건이라는 것이 그만큼 대단한지라 근접해서 쏘면 제아무리 흡혈귀라고 해도 피할 방법이 없고, 맞으면 그야말로 핏물밖에 남는 게 없다.

"이, 이거 대단하잖아!"

세건은 USAS—12의 드럼 카트리지를 뽑고 그걸 오토바이 옆의 배낭에 실었다. 그리고 즉시 채혈기를 꺼내 상반신이 완전히 날아가 버린 흡혈귀들의 남은 육신에 꽂았다. 상반신이 날아가서 피는 얼마 뽑지 못하겠군. 그런 생각이 잠시 들었지만…….

'큭! 내가 무슨 생각을!'

곧 자신이 왜 그런 생각을 하는가 하고 이를 악물었다. 돈 때문에 싸우는 게 아닌데 어째서 그런 것에 집착하고 연연하게 되는 것일까? 하긴 그런 천박한 목표라도 없으면 살기가 힘들 것이다. 천박한 목표라도 없으면…….

그러고 보면 덕연에게 처음 이 일을 배웠을 때 덕연이 늘 강조한 말이 있었다. 흡혈귀 사냥꾼은 돈을 위해 일을 한다고, 정의를 위해 일한다는 마음이 생기면 그날로 죽은 줄 알라는 그의 말. 그런 그의 가르침을 충실히 따르는 편이라고 할 수 있는데 왜 마음은 오히려 더 불안해지고 가슴은 아파오는지, 세건은 이해할 수가 없었다.

수은등 빛, 창백한 가로등, 더더욱 창백해진 핏발 속에서 그는 죽음을 마주 보고 있었다. 언제나 등을 따라다니는 죽음, 그리고 피 냄새 속에서 그것을 망각하고 눈앞의 적들에게 칼날을 들이박고 총탄을 퍼부으며 야수처럼 진주하는 괴물.

어느 틈에 그는 괴물이 되었고 이제는 그걸 부인할 수 없다. 괴물을 물리치기 위해, 그를 증오하던 이가 똑같은 괴물이 되어버린 것은 과연 증오가 증오를 낳는다는 순환일까? 하지만 처음의 증오가 순수했기 때문에 나중의 증오 역시 순수하길 바라. 그래, 이제는 조금 그 이유를 알 것 같았다.

네 순수를 위해 눈물을 흘리라고…….


# 4


나는 다시 고개를 들었다. 돌아다니면서 보이는 병원 응급실마다 늘 신세를 겼더니 이제는 이골이 났다. 무엇보다도 목욕이 하고 싶었다. 옷도 갈아입고. 그래서 나는 가까운 심야 사우나에 들어갔다. 학생이 이런 곳에 올 리가 없으니, 당연히 못보던 것들투성이리라. 아마도 성인 사우나라고 되어 있는 걸로 보아 퇴폐 영업쯤은 하지 않을까? 그렇게 은근히 기대를 했다.

하지만 안에는 그저 알몸으로 안락의자에 앉아서 잠을 자고 있는 쭈글쭈글한 중년 남자들뿐이었다. 실망. 솔직히 실망을 한 나는 목욕을 끝마친 뒤 속옷만 새로 사서 입고 TV를 바라보았다. 그러고 보니 TV 본 지도 꽤 오래된 것 같다. TV에선 무슨 특집인지 계속 학교니 그런 게 나오고 있었다. H사학 재단에 관한 이야기가 리포터에 의해서 구술되고 학생들과의 인터뷰를 하는데 다들 잘됐다느니 안됐다느니 하는 소릴 하고 있었다.

　—어젯밤 사망한 H재단 이사장 성현철 씨는 과연 진정한 교육자였을까요? 아니면 총학생회에서 주장하는 것처럼 단순히 교육을 장사 수단으로 생각한 사람이었을까요? 우리는 이것에 대한 해답이 그 살인범에 다가가는 열쇠라고 생각하고 조사에 착수했습니다. 여기서 잠시, 범인의 몽타주를 공개하겠습니다.

　그리고 그 순간 내 얼굴에 꽤 비슷한 삽화가 나왔다. 나는 놀라지 않을 수 없었다. 설마, 주먹 한 방 날린 것 때문에 죽었단 말인가? 하지만 생각해 보면 그 고령에 내 주먹을 맞고 죽는 것은 어찌 보면 당연하다고도 생각되었다.

　하지만 설마 내가 사람을 죽여 버리다니!

　"거 잘 뒈겼네. 씨발놈."

　그때 안락의자에 앉아 있던 이 중 한 명이 그렇게 중얼거렸다. 나는 아까 전보다 더더욱 놀라서 그를 바라보았다. 그와 함께 온 샐러리맨 같아 보이는 남자는 한층 더 과격한 소리를 했다.

　"그러게 개잡놈의 새끼. 저런 친일파 새끼는 이유를 막론하고 죄다 가스실 집어넣어서 싸그리 죽여야 한다니까. 자자손손, 구족의 씨를 말려야 해, 그냥."

　"쳇. 그러면 쓰발 대한민국에 행세깨나 한다는 인간들은 다

돼지겠다."

"그러라지. 개만도 못한 새끼들, 저 사학 재단도 애새끼들 등쳐 먹는 데 환장했다며? 누가 죽였는지 모르지만 그 심정 충분히 이해가 간다."

"등신. 그래도 사람 죽인 새끼 심정을 네가 왜 이해하냐? 거 웃기는 새낄세."

그들은 그런 이야기를 나누고 있었다. 나는 그런 그들을 보고 충격을 받았다. 사람을 죽인 게, 괜찮은 걸까? 비록 본의 아니게 죽인 셈이지만, 그래도 괜찮은 걸까?

"윽……."

순간 현기증이 몰려왔다. 그래… 나는 영웅이다. 미국 코믹스의 장르 구별법에 의하면 다크 히어로쯤 될 거다. 흡혈귀 영웅, 괜찮지 않은가? 나는 왠지 내가 너무나도 장한 일을 한 것 같아서 기분이 들떴다. 살인에 대한 죄책감은 물론 사라지지 않지만, 흡혈귀라는 일반 통념에 비춰 보면 어쩔 수 없다고 생각한다. 대개 흡혈귀에게 피 빨리면 반드시 죽잖아. 흡혈귀는 피를 먹어야 한다는 명제가 곧 살인을 정당화하지는 않는다고 생각한다. 하지만 나는 살고 싶다.

아, 젠장. 이럴 게 아니지. 얼른 씻고 나가서 다음 타깃을 골라봐야겠다. 어차피 흡혈귀로 굴러떨어진 인생. 그런 식으로라도 좋은 일을 할 수 있다는 게 어딘가? 그래. 인터넷 게시판을 돌아다녀 보자. 어떤 놈들이 천인공노할 놈들인지, 거기보다 더 알기 좋은 곳은 없으니까.

"그럼 천인공노할 놈들을 혼내주러 가볼까."

목욕도 했겠다, 기분도 상쾌한데 어디 녀석들을 혼내줘야겠다. 나는 훨씬 홀가분해진 마음으로 그 자리를 나왔다.

그다음부터는 일사천리였다. 양심이란 것은 너무나 부드러운 활석이나 장석과 같은 것이라 처음에 찔릴 때 이미 심각한 상처를 입고, 그다음은 순식간에 깎여 나가면서 벗겨진다. 쪼개지고 벗겨져 너무나 작아지는 양심은 결국에는 찔릴 것도 걸릴 것도 없는 가루만 남게 된다. 혹시 가루 안에 건더기가 있어서 쑤시다 보면 걸릴지도 모르지만 고양된 마음은 그것을 두려워하지 않았다.

그러다 보니 폭력의 수위도 점차로 높아져… 이제 죽지 않는 이는 없었다. '늙은이도 여자도, 그들의 외모나 지위, 성별과 연령이 그들의 죄에 대한 방패막이가 되지 못한다!' 라고 그는 생각했다.

세건은 학생들이 자주 몰리는 대학가 패스트푸드점 테이블에 앉아 얄팍한 정크 푸드를 씹고 있었다. 요 며칠 사이, 그는 계속되는 흡혈귀들의 파상공격에 지쳐 있었다. 파인더에서도 이미 유명 인사가 된 그는 한 마리 검은 야수처럼 밤을 헤매고 다녔다. 아지트에도 요 며칠간은 들어가지 않았다. 테트라 아낙스가 정말 원한다면 발신기 따위 없이도 그의 아지트를 찾아낼 테니까. 그가 아지트에 들를 때는 안전한 낮, 그때 들러서 총탄과 무기를 보급하는 게 다였다.

"하아… 칼날 위에서 춤추는 기분이군."

그는 고개를 숙였다. 주변에는 학생들이 앉아서 웃으면서 재잘재잘 떠들고 있었다. 세건은 그런 그들을 바라보고 눈을 감았다. 어젯밤에도 그를 습격한 흡혈귀들과 싸우느라 너무 많은 피를 흘렸다. 자동소총으로 무장한 흡혈귀들을 상대로 야산에서 야전을 벌인 것이다. 인근 군부대의 5분 대기조가 몽땅 출동하는 바람에, 본의 아니게 산 능선을 타고 크로스컨트리를하며 달아나느라 전신의 기력이 남아나질 않았다. YZ—125도흡혈귀를 들이받고 점프하고 다녔더니 타고 다니다가 갑자기해체되지 않을까 싶을 만큼 상태가 안 좋다. 지금 가까운 정비소에 지급으로 맡겨놓고 남는 시간 동안 배라도 채워볼까 이곳에 들어온 것이다.

그의 등 뒤로, 세상 근심이라곤 아무것도 없을 것 같은 젊은이들이 떠들고 있었다.

"야. 어제 티비 봤냐?"

"봤지."

"그 새끼 누군지 모르지만 대단하더라. 이번엔 J교 교주를죽였다면서?"

"아, 정말 세상에 정의가 있긴 있구나. 누군지 모르지만 우리 대신 수고한다."

"등신, 사람 죽이는 게 뭐 벼슬이라고. 난 그런 또라이 새끼맘에 안 들어. 그랜다이저 타고 다닌다고 사람 죽이는 막가파,

지존파들이랑 다를 게 뭐야?"

"나 참. 너는 진짜 이상주의적이다. 왜 너도 두 번째 아해가 배고프다고 하오. 밥 달라고 꿀꿀꿀이냐?"

"그 이상주의가 아닌 것 같은데."

세건은 회색빛의 창가에 앉아서 그들의 이야기를 들으며 빨대를 입에 물었다. 요사이 유명한 연쇄살인마에 관한 이야기 같았다. 부덕한 행위를 했지만 법으로는 심판받지 않은 이들을 몸소 나서서 죽이는 그놈은, 하는 짓을 보건대 절대로 흡혈귀라고 생각되었다. 언제나 밤에 활동하는 것은 물론, 목격자의 증언은 죄다 피를 마시니, 수 미터를 단숨에 뛰어넘니 하는 것들뿐이다.

'어떤 개새끼가…….'

세건은 짜증이 팍 치밀어 오르는 것을 느꼈다. 어떤 흡혈귀가 제 주제도 모르고 정의의 이름으로 폭력을 행사한다는 거지? 의적 기분이라도 내는 건가? 정의를 위해서 싸우는 뱀파이어, 돈을 위해 싸우는 헌터라는 대칭 구조는 세건에게 있어서 이 갈리도록 짜증 나는 상황이었다.

세건은 신경질적으로 자리를 박차고 일어나서 쓰레기를 치우고 다시 거리로 나갔다. 정비가 끝나는 데는 대략 네 시간 정도 걸린다고 했으니, 어디서 시간을 쪼갤까? 그는 문득 주위 건물들을 바라보았다.

여관은 12시를 기준으로 체크하기 때문에, 흡혈귀가 사용하기 위해서는 반드시 2일 정도 연장해야 한다. 피씨방은 낮에도 시간대로 잘 수 있고 가격도 저렴하지만 사람의 이목이 많다. 이래저래 경찰에 몽타주까지 돌면 행동은 한정적일 수밖에 없다.

"목욕탕, 피씨방, 캡슐 모텔 같은 게 있겠군. 낮에 잘 만한 곳은."

세건은 그렇게 중얼거리며 블러드스톤 펜듈럼을 들었다. 이 물건은 그럭저럭 쓸 만하지만 탐지 거리가 너무 짧아서 문제다. 세건은 인근 게임센터, 통칭 오락실에 들러서 시간을 쪼개기로 했다.

세건은 정비소에서 바이크를 되찾고 시운전 삼아 천천히 돌면서 경찰의 무선을 도청해 보았다.

퇴근 시간이 되자 도시는 퇴근 차량으로 물결을 이루고 있었다. 서울 근교의 베드타운, 일산, 부천 등으로 향하는 차량의 물길이 기형적으로 발전한 이 거대 도시의 모습을 드러내고 있었다. 뭐 철도로 엄청난 거리를 이동하면서까지 동경으로 출퇴근하는 일본보다는 낫겠지만 이렇게 기형적으로 발달한 도시는 그 자체가 기괴한 묘지였다. 그리고 묘지에서는 좀비 대신 뱀파이어들이 일어나지. 검은 어둠 속, 황갈색과 적색의 스모그가 진하게 깔리고 낮에 분해된 오존이 역겨운 냄새를 내면 그게 바로 세건의 댄스 타임이다. 피와 불꽃이 춤추고 시체를 쌓으면서 무엇을 하고 있는 것일까? 의문도 가져 보지만 결국 남는 것은 적의, 그리고 살의뿐이다. 흡혈귀가 영화나 소설에 나오는 것처럼 이미 죽어 있는 몸이라면 살의가 성립되어선 안 될 텐데, 그것들은 두 다리로 걸어다니고, 숨을 쉬고, 사람처럼 말을 하고, 심지어는 사랑을 하기도 하고, 꽥꽥 시끄럽게 비명도 질러댄다.

그런 대갈통에 총탄을 박아 넣는 것은 정말 즐거운 일 아닌가? 세건은 USAS—12를 담은 케이스를 오토바이 옆에 끈으로 묶고 경찰 무선을 음악 삼아서 밤을 향해 달렸다. 이 밤이 끝나고 낮이 올 때까지, 무감각해진 자신을 자극하는 무엇을 찾아서, 그는 폭주하는 것이다. 그때……

—십사 호, 십이 호 차량은 즉시 을지로로, 연쇄살인사건 용의자 신고가 들어왔습니다.

사하라사막 뺨치게 물기 없는, 무미건조한 여경의 목소리가 경찰들에게 알려준다. 순찰자 심장은 스테인리스로 만들었나? 겁에 녹슬지 않지? 제 동료를 사지로 보내면서도 무미건조한 목소리라니, 세건은 경찰들을 동정했다. 그러나 그것과는 별개로 흡혈귀는 경찰들이 이용하는 추적 방식으로는 잡지 못하리란 것을 알고 있다. 그들은 벽을 박차고 빌딩을 기어오른다. 스파이더맨이 경찰에 잡혀서 딱지 끊는 것 봤나?

"흥."

세건은 아랫입술을 깨물어 피를 내고 그대로 자신의 목걸이에 입맞춤했다. 블러드스톤은 피를 받아 천천히 주력을 띠었다. 신성한 마법을 통해서 만들어진 흡혈귀 탐색 도구. 오컬트치고는 꽤나 직관적인 인터페이스는 세건 같이 영적으로 꽉 막힌 인간도 사용이 가능했다.

"자, 어디 보자고, 정의의 사도. 불의의 사냥꾼이 네놈을 죽여주지."

세건은 그렇게 중얼거리고 마치 목걸이를 집어삼키기라도 할 것처럼 고개를 들어 목걸이를 옷 안에 집어넣었다. 어둠이 그의 몸을 따라 흐르는 것은, 그가 어느 정도로 밤의 마물에 근접했는가에 대한 대답이 되리라. 녹색을 띤 머리칼은 가로등을 받아 창백하게 빛나고 금빛의 실루엣은 흑표범처럼 미려하다. 마약을 쓰고 있긴 하지만 잘 단련된 육신은 육식동물의 그것처럼 유선형이고 날렵하다.

이 도시에 가장 어울리는 형태로 진화한 괴물. 그것이 한세건이다.

그가 지금 정의의 사도를 잡기 위해 악역을 자처했다. 아니, 새삼스럽게 이제 와서 악역이랄 것도 없었다.


언제부터인가, 살인에 무감각해졌다. 그래서 너무 많이 죽인 것 같다. 이제는 내 몽타주가 꽤 자세해졌고 사람들의 관심도 증대되었다. 이런 날이 오리라는 것은 당연히 예상을 했어야 했다. 하지만 그럼에도 불구하고 가만있지 못한 것은 사회의 흐름 탓이다. 그들은 나에게 모욕을 가하거나, 그게 아니라면 동조하고 동경했다. 정의를 이룬다. 어찌 보면 간단하고 합리적인 이유다. 그런 이유로 나는 피를 얻으면서도 죄책감을 느끼지 않았고 사람들은 열광했다.

한순간 욕지기가 치밀어 오른다. 구역질 나는 것은 피를 먹기 위해 정의의 터울을 써야 한 나였고 그런 나에게 동조하며 영웅시한 사람들이다. 비열해. 너희는 이전, 나를 괴롭히던 놈들을 묵과하던 놈들과 똑같아. 불의가 당하는 것이, 불가해한 폭력에 의해서 피해받는 것이 그리도 좋다면 애초에 너희는 왜 분노하지 않았지? 나야 이미 망가진 몸이라지만 어째서 너희는 모든 것을 묵과하다가, 정작 그들이 당할 때 그 싸구려 같은 동조를 보낸 것이지?

하지만 그들의 찬사는 나를 확실히 마비시켰고 나는 수많은 사람을 죽였다. 정신을 차렸을 때는 이미 내 손은 피에 물들었고, 나는 그것을 핥고 있었다. 무섭지만, 그래도 어떤 충족감이 나를 움직였다. 흡혈귀로서 인간의 미래를 박탈당한 내가 그런 것에서 충족감을 느끼려 했다는 것을 부인하지 않는다.

하지만 나는 영웅이다. 여건이 어찌 되었든 너희들, 인간들이 차마 하지 못한 것, 그것이 법률이든 도덕이든 양심이든 간에 그러한 이유들로 차마 하지 못했던 짓을 대행하고 사회의 쓰레기들을 정리했다. 나는 영웅이다.

경찰들은 나를 잡을 수 없지. 나는 건물과 건물 사이를 뛰어넘어서 블록을 가로질렀다. 경찰들을 따돌리는 데는 이 흡혈귀의 운동 능력이 무엇보다도 요긴하게 쓰였다. 그들은 입체적인 것을 이해하지 못하거든. 도로만 막으면 만사가 오케이라고 생각하는 것은 안일하지 않나?

"하아하아… 어디 좀 쉴 만한 데가 필요한데."

나는 지하철로 걸어갔다. 을지로인가? 청계천 세운상가를 앞에 둔 지하철역이 나를 맞이했다. 세운상가는 너무나 낡은 건물이라, 이제 와서 보면 다 죽어간 공룡의 화석, 아니, 그보다 더한 괴수의 껍데기를 연상시켰다. 밤에 보면 더더욱 을씨년스러운 이 건물은, 흡혈귀인 나에게도 약간의 두려움과 외경을 주었다.

"어?"

그때 길 건너 지하철 입구에서 몇몇 젊은 남자가 나오는 게 보였다. 열차도 끊길 시간, 그것도 외국인들이 지하철 입구에서 나오는 것은 대단히 신기한 일이다. 하지만 그보다 더 신기한 것은 그다음에 일어난 일이었다.

퍽!

영화나 만화에서 보던 총성과는 다른, 딱총 같은 소리와 함께 그중 한 남자가 박살 난 것이다. 그리고 쿠르릉 하는 소리와 함께 계단을 오르며 바이크 한 대가 용솟음쳤다. 나는 반사적으로 지하철 입구로 숨었다. 바, 방금 그건 뭐였지?

"크아악!"

괴성과 비명이 들려온다. 호기심을 이기지 못하고 다시 밖을 내다보았을 때 내 눈에 들어온 것은 학살의 장면이었다. 바이크에서 내린 한 남자는 헬멧을 쓴 채로 어깨에 메고 있는 총으로 그 외국인들을 쏘고, 무기를 들고 덤벼드는 이를 향해 자세를 낮췄다. 그리고 마치 섬광을 토해내듯 칼을 뽑았다.

짝!

허리띠로 사람의 맨살을 때리는 것 같은 소리와 함께 다리가 끊어진다. 그리고 머리치기. 검도 유단자인지 헬멧의 남자는 빠르게 외국인의 머리를 치고 지나갔다. 게다가 놀라운 것은 그렇게 난투를 벌이면서도 빠르게 무기를 바꾼다는 것이다. 칼을 한 손으로 빙글 돌리면서 나머지 한 손으로 총의 탄창을 빼고(탄창 멈치를 눌렀으리라) 길거리 가판대의 합판에 칼을 꽂아 놓은 뒤 양손으로 새 탄창을 장전한다. 그리고 재차 사격……

쾅쾅쾅!

멀리서 보아도 반동이 대단한 총 같은데, 조준은 상당히 정확했다. 앞에 서 있던 외국인들은 별 저항도 하지 못하고 전부 다 박살 나버렸다.

"크윽……."

사람이 저렇게 박살 나는 것은 본 적이 없는지라 나는 구역질을 했다. 머리가 날아가고 척추만 남아서 무슨 스프링처럼 휘청거리고, 내장이 축 퍼져서 흘러나오는 모습은 흡혈귀인 내가 봐도 끔찍한 것이다. 게다가 그 남자의 움직임은 무시무시하게 빠르고 정확해서 흡혈귀인 내가 보더라도 빠르다!

'설마 저 사람도 흡혈귀?'

그렇게밖에 생각할 수 없었다. 나는 더럭 겁이 나서 아래로 내려갔다. 소리를 죽인 채. 경찰은 무섭지 않지만 저런 미친 놈은 그야말로 악귀다. 걸리면 안 좋다고 내 본능이 말하고 있었다.

"흐음. 아직도 펜듈럼이 반응하는데?"

그때 그 남자의 목소리가 들려왔다. 나는 깜짝 놀라서 더 안

쪽으로 내려갔다. 그래, 좀 전 무의식중에 신음한 것, 그걸 들었으리라!

'저자도 흡혈귀라면!'

나는 황급히 아래로 달려갔다. 하지만 그때 지하철 안으로 엔진음이 들려왔다. 그가 안으로 들어온 것이다!

세건은 헤드라이트를 켜고 계단을 내려갔다. 방금 전에 분명히 웬 놈이 이 아래로 기어 들어가는 소리를 들었다. 블러드스톤 펜듈럼도 계속 반응하는 걸 보니 분명히 흡혈귀 한 놈이 달아난 것이리라. 이런 낙오자 녀석들을 좇는 것보단 그 시건방진 정의의 사도나 잡는 게 더 좋을 텐데. 문제는 이 펜듈럼이 가까운 놈에게 반응한다는 것이다. 미리 전부 다 제거해 버리지 않으면 탐색에 차질을 빚게 된다.

"그런데 이 녀석 어디로 들어간 거야?"

세건은 안을 살펴보았다. 사람 없는 역에는 물론 당직 근무자가 있는 법이지만 흡혈귀가 뛰어들었다면 세건 역시 뛰어들어야 한다. 어차피 밤에 당직 근무 서는 사람의 태반이 조느라 정신이 없는데 무슨 상관인가?

"쳇."

하지만 안에는 헤드라이트 빛에 놀라고 총성에 놀란 노숙자가 몇 명 보일 뿐 다른 이들은 보이지 않았다. 하지만 포기하고 나가려고 하는 그 순간 헤드라이트 불빛에 뜯긴 스테인리스 철조망이 비쳤다. 누가 직원용 문짝을 뜯어내고 플랫폼 안으로 삼입한 것 같았다.

'어떤 꼴통인지 몰라도 가지가지 하는군.'

세건은 그렇게 생각하고 바이크로 그 좁은 문을 통과! 안으로 돌격했다.

세건은 바이크로 계단을 단숨에 내려가다가 문득 플랫폼 근처 계단에서 멈춰 섰다. 옆에 누군가가 숨어 있는 듯한 기척이 느껴졌기 때문이다. 물론 양옆에는 에스컬레이터가 있었지만 세건은 그 에스컬레이터를 바이크로 오르락내리락할 만큼 막돼먹은 인간이 아니다(?).

"흐음."

세건은 글록을 꺼내서 소음기를 장착하고 가볍게 계단을 내려갔다. 그러자 즉시 옆에서 스테인리스로 만들어진 분리수거용 쓰레기통이 날아들었다.

부아앙!

물론 세건은 그런 공격을 예상하고 있었다. 흡혈귀의 공격치고는 참 치졸하지만 저것에 맞으면 부상을 입는 것은 확실하다. 그는 바이크를 가속시켜서 즉시 그 공격을 피하고 플랫폼 위에서 돌아섰다.

"으윽!"

공격이 빗나갔다는 걸 안 상대는 즉시 세건이 들어온 쪽의 반대 출구를 향해 달리기 시작했다. 하지만 열차 플랫폼은 굉장히 길다. 세건은 그 노출된 등을 향해 총을 쏘았다.

"윽!"

상대는 그제야 자신이 실수했다는 것을 알고 기둥 쪽으로 피신했다. 하지만 세건은 바이크를 타고 플랫폼 위를 달리며 그의 뒤를 추격했다.

"응? 동양인이네?"

세건은 상대가 아까 전 물리친 흡혈귀들과 다른 동양인이라는 것을 알고 신기해했다. 저 헤카테 클랜이나 아일랜드 아스테이트 등 몇몇 유명한 흡혈귀 클랜은 전형적인 백인 우월주의자로 클랜원에 유색인종이 없는 걸 자랑으로 여긴다고 하던데 동양인 흡혈귀라니? 게다가 한국인이 아닌가?

"크악!"

그때 그놈이 자판기 뒤로 숨었다. 세건은 잠깐 난처해져서 바이크를 멈춰 세웠다. 만약 저놈이 자판기를 뜯어서 집어 던진다면 제아무리 세건이라고 하더라도 위험하다. 그렇다고 접근해서 돌아서자니 자판기의 명중율을 높여주는 셈이고, 가장 좋은 방법은 녀석이 자판기를 드는 순간 쏴서 해치우는 것뿐이다. 그렇게 생각한 그는 글록을 소음기째 홀스터에 꽂고 USAS—12를 들었다. 가급적 지하철에서는 쓰지 않으려고 했는데, 녀석이 저렇게 나온다면 이것밖에 없다. 그때 그 녀석이 갑자기 한국어로 말을 했다.

"그, 그만둬요. 나도 흡혈귀라고요!"

"엥?"

세건으로선 황당하기 짝이 없는 경우다. 물론 네놈이 흡혈귀라는 걸 알고 있으니까 추격해 온 거지, 그런데 나도 흡혈귀라고요는 뭐냐? 그래서 확실하게 잡아달라는 건가?

"무슨 이유에서 그 외국인들을 죽인 건지 모르지만 저는 관련 없어요. 그리고 당신이 저지른 일에 대해서 발설할 생각도 없으니까요!"

"나 참……."

세건은 어처구니가 없어서 총을 어루만졌다. 그러다가 문득 이 녀석이 그놈이 아닐까 하는 생각이 들었다. 세건이 이쪽으로 온 것도 경찰들에게 신고가 들어온 곳이 이 근처 피씨방이었기 때문이 아닌가?

"그래서. 네가 요새 사람들 죽이고 다니는 그놈이지? 왜 악당들만 죽이고 다니는."

"예? 아… 예."

"왜 그런 짓을 하지?"

세건과 그는 자판기 하나를 사이에 두고 묘한 문답을 했다.

"그야 녀석들은 악당이고, 나는 어차피 흡혈귀니까 피를 먹을 거면 그런 악당들의 피를 먹자, 하고……."

악당들을 척살하는 정의의 사도치고는 태도가 강하지 못하다. 세건은 기가 막혀서 재차 물어보았다.

"누가 누구를 악당이라고 어떻게 판별하지?"

"그야 사람들의 말을 들어보면 금방 알잖아요."

"…좆까고 있네. 개새끼. 결국 피가 먹고 싶을 뿐이잖아. 그걸 이래저래 포장해서 너 자신을 합리화시키지 않으면 흡혈귀 구실도 못 하냐? 당장 튀어나와! 내가 죽여주마!"

세건은 그렇게 험악하게 말하며 USAS—12를 장전했다. 그러자 저 흡혈귀 역시 항변했다.

"그런 당신이야말로! 어차피 사회에서는 제대로 살 수 없는 사람이잖아요! 그렇게 붕 떠서 살아가느니 조금이라도 자신에게 긍정적인 방향으로 살아가는 게 낫잖아요! 내가 그리고 나쁜 놈들만 패고 피를 빨았지, 착한 사람한테 했다고 해요?"

순간 세건은 얼굴이 달아오르는 것을 느꼈다. 이 새끼는 정말 죽여 버려야 한다. 지금까지 흡혈귀를 죽이는 것은 세건에게 있어서 의무감이었는데, 이놈만은 개인적 취미까지 더해서 죽여 버리고 싶어졌다! 흡혈귀 주제에 긍정적으로 살겠다고? 그러면 정말 좋겠다. 흡혈귀도 아닌 인간이면서 오로지 흡혈귀에 대한 악의로 살아가는 한세건 같은 놈보다 훨씬 인간다운 흡혈귀여서! 하지만 한세건은 악으로 사는 자다. 그 긍정적이라는 사고가 얼마나 먹힐지! 배에 칼을 쑤셔 박아도 그런 소리가 나오는지 보고 싶어진 것이다.

"그러니까 그 판단을 누가 하는데?"

"누가 하는지는 모르지만 그 피해자들은 확실히 알겠죠! 한 가지 묻겠는데 그럼 아까 전 그 사람들을 당신은 악이란 확신이 있어서 죽였나요?"

"죽이는 데 선악은 필요 없어. 폭력은 폭력, 그 이상은 아니고 이하는 자주 있지. 자… 근데 말싸움하는 데 질리지 않았냐?"

그 순간 세건은 바이크를 타고 돌진했다. 아무리 교착상태에

시 상대방에게 틈을 만들기 위해 말을 건 거라지만 이 이상 말하다가는 성질나서 못살겠다.

"윽!"

흡혈귀는 깜짝 놀라서 이제야 자판기를 들었다. 하지만 그때 USAS—12가 불을 뿜었다.

텅!

자판기가 맞아서 대부분의 산탄을 차단했지만 흡혈귀에게도 충분한 타격이 갔는지 그것은 옆으로 나가떨어졌다.

"크악!"

흡혈귀는 즉시 일어나서 계단을 통해 올라갔다. 세건은 그 흡혈귀를 향해 USAS—12를 겨눴지만 마침 탄이 떨어져서 놓치고 말았다.

"젠장할!"

세건은 다시 바이크로 계단을 올라갔다. 막 지하철을 지나서 나와보니 그 녀석은 가로등을 타고 기어오르더니 도약해서 청계고가도로로 올라가고 있었다. 위쪽으로 올라가면 확실히 밑에서는 사각이라 추격하기 힘들다. 하지만 세건은 앞으로 달려가서 바로 고가도로로 진입하는 가로로 올라갔다.

"히익!"

"달아나 봐야 소용없어!"

세건은 글록을 뽑아서 녀석을 쐈다. 원래는 이렇게 뭐라고 외치며 총을 쏠 이유가 없는데, 저 녀석이 얼마나 세건의 신경을 긁는지 안 해도 될 말이 튀어나온다.

"으아악!"

총을 맞고 비명을 지르던 흡혈귀는 다시 청계고가도로에서 아래로 뛰어내렸다. 동대문 쪽으로 달려가는 것 같다. 세건은 블러드스톤 펜듈럼의 감촉을 확인하면서 계속 녀석을 따라 달렸다. 녀석은 동평화시장 쪽으로 달려가고 있었다. 이 근처는 밤에만 잠깐 사람이 없어질 뿐, 새벽이 되면 다시 옷을 사려고 수많은 사람이 몰려드는 곳이다. 총을 쓰면서 싸울 만한 곳이 아닌데 달아나는 놈이 그걸 의도하고 달아나는 건지, 아니면 무의식중에 달아나는 것인지 통 알 수가 없었다.

"젠장. 타임아웃까지 삼십 분인가?"

세건은 시계를 살펴보고 이를 악물었다. 30분 이내에 잡지 못하면 시장을 열기 위해 상인들이 몰려온다. 저 재수 없는 흡혈귀! 흡혈귀에 의해서 가족을 잃은 세건이 악이 되는 것을 각오하면서 손에 피를 묻히고, 스스로의 인성을 사포나 줄, 톱으로 깎아가면서까지 무감각해진 반면 저 녀석은 정의라는 마약으로 자신을 마취시켰다. 저 쓰레기 같은 녀석! 자신의 내면에 자리한 추악함을 외면한 자식이 남에게 폭력을 행사하는 것은 혐오스럽기 짝이 없는 일이다.

물론 자신의 추악함을 확실히 인지한 자라면 모든 짓을 해도 상관없다는 것은 아니지만, 폭력을 사랑하고, 욕망을 따르는 자라면 반드시 그 자신의 내면을 직시해야 한다. 그 추악한 욕망, 파괴 본능, 비겁함, 잔인함… 그것이 숙명이 되고 굴레가 되어서 제 흉악함을 이기지 못한 이들을 파괴하는 것이다. 세건 역시 그에 의해서 파괴되었고 훌륭한 미친 달의 주민이 되어 흡혈귀들을 학살했다.

하지만 오히려 그렇기 때문에 그 추악한 본성을 아름다운 겉 포장으로 가린 저 녀석을 보았을 때 세건은 분노한 것이다. 자신도 가능하다면 그러고 싶었다. 복수, 정당한 복수로 모든 것을 미화하고 자신이 옳다고 믿을 수 있다면 세상은 얼마나 아름다울까?

그렇게 단순한 세계관을 가지면, 인간은 얼마나 행복해지는 것일까? 무지한 백치가 언제나 웃고 다니는 것처럼 무지의 행복을 누리며 살고 싶다. 그건 어쩌면 모든 사람의 꿈이 아닐까?

하지만 그것은 바로 나약함이다. 타협이다. 노장사상에 거역하는 것이라도 좋다. 불교의 가르침, 유교의 가르침, 도교의 가르침, 기독교의 가르침, 그 무수한 가르침 중의 어느 것과도 타협할 수 없는 추악한 인간은 자신의 추악함을 벗 삼아 마수가 될 수밖에 없다!

신이여, 이 영혼을 구원하소서. 아니, 차라리 저주하소서. 내가 그 저주로 인하여 지옥에 떨어지리다. 나같이 추악한 마수는 그것이 타당하나이다!

"크아아아아아!"

세건의 포효와 함께 바이크가 요동을 친다. 한 마리 마수는 고가도로의 비탈길로부터 지면으로 뛰어내려, 아직 열리지 않은 상점가의 셔터 문을 부수고 안으로 숨으려고 하는 겁먹은 흡혈귀를 향해 돌진했다. 겁에 질린 흡혈귀가 도망을 친다. 그 광기의 마수로부터 도망치기 위해 사력을 다한다.

황학동 쪽으로 아직 열리지 않은 노점상 가판대가 길가를 막고 있는 좁은 길을 따라 필사적으로 달려가는 흡혈귀.

경찰이라도 있으면 모든 것을 맡기고 차라리 잡히고 싶다. 그가 넘어섰다고 믿었던 법의 굴레에 다시 자신의 몸을 구속시켜서라도 저 마수로부터 도망치고 싶다. 지금까지 그를 고양시켜 온 영웅 심리와 그 일면에 자리 잡고 있던 죄책감, 인성, 모든 것이 휘발되어 버리고 그곳에 남은 것은 생존 욕구, 살고 싶다는 본능, 살아야 한다는 의무감! 어디에서 왔는지도 모를 그러한 감정들이 허우적거리면서 밤공기의 바다를 헤엄치게 만든다.

달려라! 마수를 피해서! 그 종착지가 죽음이라고 하더라도!

황학동, 청계고가도로를 마주 보는 곳에 늘어선 낡은 건물들, 이제는 철거만을 기다리고 있는 그 건물 중 하나를 향해 그는 뛰어들었다. 안엔 오만 가지 쓰레기가 쌓여 있고 너무나 낡아서, 오래된 홍콩 영화에서나 보던 구룡성을 연상시켰다. 이곳의 계단은 다 썩은 철로 된 계단이라 오토바이가 들어올 리 없다. 하지만 안심이 되지 않는다. 그 헬멧을 쓴 남자에게 흐르는 광기, 그 악의, 살의가 칼이 되어 심장을 찌르고 목구멍을 조른다.

마물이다. 저것은 마물이다. 자신 역시 흡혈귀라는 마물이라고 하더라도 자신에게는 인간다운 면이 있다. 하지만 저것은 무엇인가? 마치 자신에게 인간적인 부분이 남아 있으면 그걸 죄다 도끼로 쳐낸 듯한, 그래서 인간에서 마(魔)로 변한 마수가 아닌가?

텅!

발소리와 함께 그가 올라왔다. 도중에 오토바이에서 내렸는지 맨몸으로 다가오는 그는 일본도와 권총으로 무장하고 있었다. 이길 수 있을까? 전력을 다해서 싸우면 이길 수 있을까? 하지만 그건 불가능한 시도다. 저 비뚤어진 마수의 기백은 시퍼런 불꽃과 같고, 또한 예리한 칼날과 같아서 이제까지 자신보다 약한 이들만을 공격해 온 그가 맞선다는 것은 불가능했다.

"으으윽!"

그는 가스관용 파이프를 뽑아 들고 앞으로 달렸다. 파이프는 무기로 쓰기 위함이 아니라 만약 칼을 휘두를 경우 막아내기 위한 방패로 고른 것이다. 그 모든 행동엔 일관성이 없다. 그저 어둠 속을 헤엄치듯, 팔다리가 다 풀려서 따로 노는 채 무작정 밖으로 달린다. 너무나도 좁은 아파트의 방으로 들어갔다. 밖이 보인다. 다 낡은 베란다 밖에는 역시 그리 깨끗해 보이지 않는 화덕과 높은 굴뚝이 보인다.

푹!

소음기를 통해 권총이 발사되었다. 총탄을 보고 피한다는 것은 영화 매트릭스에서나 가능한 것이지 인간에게도, 흡혈귀에게도 불가능한 일이다.

"으악!"

피를 흘린다. 게다가 이것은 흡혈귀를 잡기 위해 만들어진 것인지 상처가 쉽사리 아물지도 않는다. 그는 그제야 자신이 착각을 하고 있었다는 것을 알았다. 이자는 흡혈귀 따위가 아니다. 흡혈귀를 사냥하는 존재이지, 흡혈귀 따위가 아니었다! 그는 도망치듯 테라스 밖으로 몸을 날렸다. 4미터 정도의 거리를 날아 함석지붕 위에 착지, 그러나 함석이 깨지면서 발이 빠진다. 다리가 긁히고 피가 흘러나오지만, 권총에 맞은 상처보다 더할 리가 있나? 그는 일어나서 앞으로 걸어갔다. 뒤에서는 재차 사격을 가해와, 함석판 지붕 위로 피가 튄다. 아…….

문득 엄마가 보고 싶다는 생각이 들었다.

엄마, 아빠, 가족들, 친구들… 모든 이가 머릿속에 떠올랐다.

죽고 싶지 않아! 흡혈귀가 되어서 그들을 보지 못하게 된 건, 그래서 자신의 공허함을 달래기 위해 악당들을 죽이고 흡혈을 한 건 왜였을까? 그 녀석들이 나빠. 처음부터 자신을 괴롭히고, 그 D교회던가? 무슨 이유에서 그를 흡혈귀로 만들었는지는 모르지만 하여튼 그것들이 나빠!

앞으로 걷는다. 전쟁 영화에서는 항상 다 큰 병사들이 어머니를 부르며 죽어간다. 왜 그러한지 이해할 수 있을 것 같았다. 문득 굴뚝에 난 사다리를 잡고 위로 기어올랐다.

마수가 그를 따라 지붕에 올라섰다. 뭘 태우는 굴뚝인지 알 수 없는 그쪽으로 다가와, 천천히 사다리를 오른다. 옆의 다른 굴뚝으로 뛰어서 피한다. 하지만 그는 품속에서 다른 권총—그는 모르지만 토카레프라고 하는—을 꺼내 사다리 윗부분을 쏜다. 너무 오래되어 반쯤 썩어 있어서 끊어지는 사다리, 그는 기둥을 박차고 사다리를 휘면서 옆의 기둥으로 넘어온다.

녀석은 다 죽어가고 있었다.

총에 의한 피격을 막을 줄 모르는 안일한 대처는 그가 어쩌다 우연히 만들어진 흡혈귀라는 것을 말해주고 있었다. 하기야 그렇지 않고서야 어찌 정의의 사도 흉내를 내며 사람들을 죽이며 공공연히 돌아다녔겠는가? 하지만… 그렇게 맞으면서도 그는 달아난다. 어리석고 단순하다. 이것은 일방적인 학살, 그걸 깨달은 순간 후회가 밀려온다. 죽일 필요가 있었는가? 죽여야 할 필요가 있는가? 흡혈귀는 모조리 죽여야 한다고? 선량한 흡혈귀와 악한 인간 중 누가 더 중요한가. 하지만 흡혈귀는 역병, 전염되기 전에 죽여야 한다. 그리고 또한 부정적인 존재, 자기 파괴적인 존재가 남의 피를 취하여 그 생명을 연장하는 것은……

아니다!

자신의 악과 타협하지 마라.

칼날 위를 걸어라!

불꽃 속을 걸어라!

엄마의 이름을 부르며 죽어가는 소년의 목에 칼을 꽂아라!

나약함을 단절하기 위해 자신을 황폐화시키면서, 그 악으로 자신을 채찍질하면서 세거은 칼을 들어 흡혈귀를 베었다. 워낙 생명력이 약해져 있던 그것은 축 늘어져, 칼에 자신의 무게를 실었다. 사람의 무게, 흡혈귀의 무게, 무엇에 차이가 있을까? 하지만 스스로를 마(魔)에 던진 마수는 구원을 바라지 않는다.

"으아아아아아아아악!"

다만 자신의 안에 가득한 그 무언가를 해방시키고, 스모그로 붉게 물든 달을 향해 포효할 뿐이다. 낡은 굴뚝 위… 검은 건물들의 폐허, 슬럼화된 폐허 위에서 하나의 시신을 꿰뚫은 마수는 긴 울음소리를 내질렀다.

# 第16夜

죄인들의 윤무

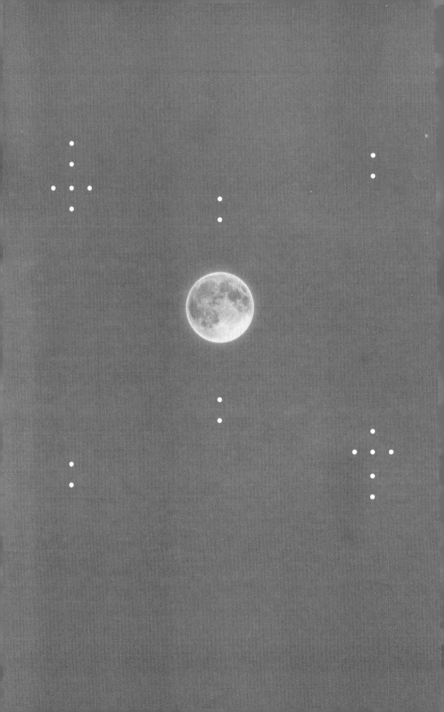

# 1

내 죄는 너무 깊어.

그 깊이를 헤아리다 보면……

심해어를 만나게 될 거야.

그 흉측한 모습은 혐오스러워.

하지만 시큼한 죄의 향기. 썩어 들어가는 쓰레기통에서 나는 알 수 없는 그 단내. 고름이 들끓어 참을 수 없이 가려운 환부를 아무 생각 없이 손톱을 세워서 긁어내 그 피와 고름을 짜내고 음미하는 것처럼…….

죄는 매력적이야.

그러니까 춤추자. 죄인들아. 네 단내 나는 죄악의 상처를 가리지 말고…….

흡혈귀 피의 가격이 점차로 오르고 있었다. 물론 피의 가격이 너무 오르게 될 경우 외국에서 사들이는 방법으로 수급을 조절할 수 있다. 그렇지만 그 비용이 만만치 않기 때문에 사혁 쪽은 세건을 신경 쓰지 않을 수 없었다. 이 넓은 대한민국에 일주일에 한 번씩 꼬박꼬박 흡혈귀 피를 출하(?)하는 정규적인 흡혈귀 혈액 공급자는 사혁과 세건, 이 두 명뿐인 것이다. 그들은 마치 경쟁이라도 하는 것처럼 거의 매주 흡혈귀를 사냥해서 공급하고 있었다.

사혁 쪽이야 머릿수가 있으니 그렇다 쳐도 한세건은 혼자서 그 많은 흡혈귀를 죽인 것이다. 게다가 더더욱 웃기는 것은 그가 사냥에 나서는 템포는 너무나 급박해서 마치 죽음에 쫓기는 시한부 인생의 작가가 원고 마감하는 것 같았다.

"거참, 한때의 애송이가 갑자기 그렇게 커버릴 줄은."

사혁은 거래처와의 전화를 끊고 그렇게 중얼거렸다. 사혁 쪽이 사냥 반, 사육 반으로 매출(?)을 올리고 있는 데 비해 순수하게 사냥에 의존하는 한세건은 더더욱 위험한 것이다. 실베스테르가 이 업계에 뛰어들지 않는 한 단일 생산량으로는 한세건을 따라갈 이가 없을 것이다. 사혁은 자리에 앉아서 키보드를 끌어다 놓고 컴퓨터를 두들겨 보았다.

물론 윈도우즈에 기본으로 들어 있는 계산기 프로그램을 쓰는 거지 무슨 뛰어난 프로그램을 만드는 게 아니다. 그러나 간단한 계산을 해봐도… 지금 한세건의 몸은 거의 한계에 가깝게 망가져 있다는 결론에 도달하게 된다.

"일주일에 한 번 싸운다고 치고… 그래. 자잘한 것들에겐 사이키델릭 문을 안 쓴다고 쳐도, 이 녀석 혈관에 피 대신 마약이 흐르겠군."

그럼에도 불구하고 정상적으로 움직이고 있는 것은 무시무시한 정신력과 훈련량 때문일 것이다. 하지만 그것도 얼마나 갈까? 격하게 움직이는 그는, 아마도 격하게 죽어가고 있을 것이다. 육신을 급속도로 파괴시켜 가면서까지 흡혈귀를 증오하는 것일까? 그렇게 가족애가 뛰어나거나 그런 것 같지도 않은데.

"하긴 녀석은 나를 닮았지만."

사혁은 담배를 입에 물고 라이터를 들었다. 한세건은 계속 자신이 물러날 자리를 잘라가면서 스스로를 채찍질하고 있었다. 정말 위험하기 짝이 없는 상처 입은 맹수, 그 자신의 투쟁심이 약해지는 것을 절대 용서하지 못하는 아수라다. 그래서 마음에 매우 드는 녀석이지만, 그러나 그 녀석의 긍지는 위험한 칼날이다.

승리를 위해서는 자신을 따르는 것이 좋았을 텐데, 그렇지 않고 스스로의 길을 나갔을 때 이미 저 녀석은 죽여도 손에 넣을 수 없는 놈이라는 것을 알았다. 그래서 더더욱 갖고 싶은 건지도 모르겠다.

하지만 그것과는 별개로 녀석이 사업을 방해할 경우에는 그에 따르는 조치를 취해야 한다. 지금 흡혈귀 혈액이 급등하는 상황으로 인해서 오히려 그들의 매출은 계속 증대되어 왔다.

하지만 세건만 없다면 피를 독점하는 것도 가능한 것이다. 독점으로 인한 가격 상승이란 것은 장사치라면 누구나 꿈꾸는 매력적인 시추에이션이다. 마이크로소프트라든가 몇몇 석유 회사 같은 경우는 그 매력을 십분 발휘한 아주 멋진 시장 체제를 유지하고 있었다.

"녀석이 무기 거래를 케네스를 통해서 하던가? 그럼 잠시 로비를 좀 하러 가야겠군. 공급을 줄이게 하면 되는 거지?"

개인적 흥미는 흥미, 장사는 장사. 이렇게 공과 사가 확실히 구별되는 것이 바로 사혁의 무수히 많은 장점(?) 중 하나였다.

세건은 북한산에 올라서 타이어에 목검을 내려치고 있었다. 수많은 곳에서는 실전이 훈련보다 훨씬 더 중요하며, 허공에 칼을 휘두르는 것으론 결코 강해질 수 없다고 하지만 세건은 그 실전이라는 것을 거의 매일 밤 겪고 있는 몸이다. 평온할 때 조금이라도 더 실전에 대비해서 훈련을 해두지 않으면 목숨을 잃고 만다.

"하아."

세건은 너덜너덜해진 장갑을 벗어서 내려놓고 새 장갑을 쥐었다. 처음 할 때는 손아귀가 찢어지고 피가 철철 났는데 요새는 어찌나 굳은살이 박였는지 그다지 감각이 없었다. 장갑이 찢어질 판에 사람 손이 멀쩡하다는 것이 상식적으로 이해가 가지 않지만 세건은 요 1년간 연습하면서 두 자릿수의 목도를 부러뜨리고 타이어도 한 번 갈았다. 살의와 광기가 가져다준 ㄱ

초인적인 의지가 아니라면 제아무리 무골이라고 하더라도 이런 미친 짓은 하지 못할 것이다. 타이어도 세 개를 들고 산에 올라와서 전정가위로 잘라서 타깃을 만든 것이다.

"으음."

세건은 산바람에 땀을 식히면서 목검을 살펴보았다. 살짝 종으로 금이 간 게, 이것도 못쓰게 된 것 같다.

"그럼 일어날까."

하지만 그때 갑자기 핸드폰이 울렸다. 세건에게 전화 올 곳이 얼마나 있겠는가? 약간 의외라 핸드폰을 들어보니 거기엔 주 영감의 전화번호가 찍혀 있었다.

"이 인간이 나에게 웬일이지?"

세건은 반쯤은 그 목적을 짐작하면서도 전화를 받았다. 그리고 단도직입적으로 물어보았다.

"무슨 일이죠?"

─아니, 자네… 우리랑 거래하지 않겠나?

"나이도 어리고, 별로 성에 안 차실 텐데요?"

─그러지 말고. 가격은 좋게 쳐줄게. 빌 머레이보다 더 쳐준다니까.

"흠. 생각해 보죠."

세건은 돈이 썩어서 버섯이 필 지경이 되었으면서도 그렇게 말은 했다. 이런 식으로 말해서 떼어놓지 않으면 계속 징그럽게 전화할 것이 틀림없기에. 그렇지만 벌써 자신이 이런 거물이 되었나 하는 생각에 약간 우쭐한 기분이 들기도 한다. 물론 그가 커졌다기보다는 다른 흡혈귀 사냥꾼들이 무리한 짓을 하다가 많이 죽은 탓이지만, 세건이 그렇게 열심히 사냥을 하면서 아직까지 죽지 않은 것은 그가 다른 사냥꾼들보다 더 뛰어났기 때문이지 운이 좋아서가 아니다.

'역으로 운이라면 굉장히 나쁜 편이지.'

세건은 조심스럽게 산을 내려갔다. 만약 산에서 흡혈귀라도 만나게 되면 그것은 그야말로 최악이다. 그래도 하나 다행인 것은 흡혈귀들이 이 근처 지리를 모르기 때문에 자신이 유리한 공간을 선점하고 그 자리로 흡혈귀들을 부를 수 있다는 점이다. 이 외국인 흡혈귀들은 무슨 깡으로 그러는지는 모르겠는데 길도 잘 모르면서 덤벼들었다.

생각해 보면 세건은 흡혈귀들을 잡아서 돈을 벌려고 하는 사냥꾼이 아니다. 테트라 아낙스를 폭파시켜서 흡혈귀들의 브레인을 제거하고 그들 사이의 알력을 더더욱 증대시키는 것으로 그들에 대한 전체적인 피해를 증가시키려 하는 것이다. 테트라 아낙스의 보호를 받지 못하는 적요계 흡혈귀들이 어떻게 몰락하였는지는 이미 다 알고 있는 게 아닌가?

테트라 아낙스가 흡혈귀들의 사회 기능 대부분을 담당하고 있는 게 현실이므로 그들을 마비시키면 흡혈귀 전체에 괴멸적인 타격을 줄 수 있는 것이다.

"문제는 케네스 양이군."

그가 자신에게 폭탄을 팔았다는 건 벌써 이 업계에는 쫙 알려진 사실이었다. 원래는 은밀히 행동하려고 한 것인데, C—4 한 박스라는 것은 확실히 위험하기 짝이 없는 물건이라 유통에 대한 정보가 쉽게 누설될 수밖에 없었다. 이 경우 케네스 양의 목숨이 위험해지는 것은 확실하다. 세건에게 폭약을 안겨주지 않기 위해서 세건을 죽이는 것도 방법이겠지만 유통망 자체에 압박을 가하는 것 역시 방법이다. 더구나 괘씸죄까지 적용되면 케네스를 죽일지도 모른다. 케네스 양은 한때 흡혈귀들과도 거래를 했을 만큼 유명한 유통망이니까.

"다른 거래처를 뚫어야겠군."

세건은 더 이상 케네스에게 기대서 물건을 구하다가는 큰일이 날 거란 느낌이 들었다. 그리고 이제는 아르쥬나에도 가지 말아야겠다. 만약 그가 실패하고, 흡혈귀들이 보복을 한다면 실베스테르는 괜찮겠지만 김성희, 이진혜 등 다른 엉뚱한 사람들마저 말려들 우려가 있었다. 케네스도 그렇고.

하지만 웃기는 것은 오히려 그렇게 알려졌기 때문에 이제 와서 그만둘 수도 없다는 것이다. 세건은 산길을 내려가 주차시켜 둔 바이크에 다가가 발신기 검색 장치를 켜고 안을 살펴보았다. 혹시 누가 의도적으로 망가뜨린 부분은 없나 살펴보고 폭약이라도 붙어 있지 않나 검사하는 그 모습은 모르는 사람에게는 피해망상증 환자로 보이기 딱 좋다. 하지만 실제로 피해를 봤는걸.

적요당의 잔당, 그들의 리더인 인은 이미 대부분의 부하를 무리해서 국외로 탈출시켰다. 이 한국이란 곳은 주민등록이란 제도가 남아 있는 곳이라 국가에서 개인에 대한 번호를 매기고 신상을 관리하는, 사회 통제가 강한 시스템을 가지고 있었다. 물론 구 공산권 국가들보다는 자유가 보장된 곳이지만 신분도 없는 흡혈귀들이 이곳에서 생활하기에는 그리 좋지 않은 여건임엔 분명하다.

게다가 이제 적요당에는 미래가 없었다. 그들의 진마 적요는 죽었고 그 피는 이미 다른 이에게 계승되었다. 그를 잡아서 피를 **빼앗아**도 된다는 공식적인 척살령이 내려져 있지만 그것은 사실 테트라 아낙스가 자신들의 세력을 확고히 하기 위해 다른 흡혈귀들을 견제하고자 한 수단이지 진마의 피를 이은 이가 그렇게 쉽게 사냥당할 존재라고는 생각되지 않는다.

그리고 지금 그들은 다시 적요당에게 솔깃한 조건을 들고 한 인간에 대한 처리를 부탁해 온 것이다.

"이상하군요. 고작 인간 사냥꾼 하나인데, 왜 당신들은 우리의 힘을 빌리려고 합니까?"

인은 어처구니가 없어서 그렇게 물어보았다. 물론 상대방이 누구인지는 잘 알고 있었다. 실베스테르의 제자로 알려져 있는 뱀파이어 헌터 한세건, 흡혈귀들의 피에 굶주린 마수.

"그야, 당신들에게 기회를 주기 위함이라고 해두죠. 더 이상무슨 말이 필요합니까?"

거래자는 그렇게 말하고 나무 상자 하나를 내려놓았다. 인이 그것을 열어보니 안에는 더티 해리(Dirty Harry:하드보일드 형사 영화 시리즈)나 쓸 것 같은 45매그넘 리볼버와 쿠크리, 그리고 잉그램이 있었다. 이 정도의 무기라면 흡혈귀나 흡혈귀 사냥꾼이나 대등한 입장으로 싸울 수 있을 것이다.

"더 이상 무슨 말이 필요한가, 라."

어두운 폐건물의 안쪽에서 인의 눈동자가 빛났다. 쉽게 말해서 그냥 닥치고 주는 거나 받아먹지 뭘 그렇게 따지냐는 소리였다. 뭐 틀린 말은 아니긴 하지만 아무리 그래도 자존심 높은 흡혈귀에겐 참기 힘든 소리다. 하지만 지금은 인고의 시간, 참아내야 한다.

"그러면 그 건은 받아들이도록 하지."

"현명하신 선택입니다."

아마도 테트라 아낙스의 하수인인 듯한 이 인간(!)은 안도의 한숨을 내쉬고 햇빛이 들이치는 밖을 향해 걸어 나갔다. 돈의 힘으로 인간을 부리면 대낮에도 그들의 일을 계속할 수 있겠지. 인은 돈의 힘을 떠올리며 한숨을 내쉬었다. 적요당은 자유분방한 놈이 많았기 때문에 돈을 모으고 사회적 힘을 키우기보다는 내키는 대로 사람을 죽이고 피를 빠는, 흡혈귀 전설에 걸맞은 이가 대부분이었다. 그 차이가 지금 이렇게 크게 벌어진 것이다.

사혁이 케네스 양의 창고를 찾아갔을 때는, 동남아인 경호원들이 철통 경계를 하고 있을 때였다. 하지만 케네스는 그들을 물리고 사혁을 들어오게 했다.

"그래. 무슨 일이지?"

낡은 냉동 창고 안에는 먼지가 쌓여서 풀풀 날리고 있었다. 사혁은 먼지가 쌓인 소파 위를 툭툭 털고 그 위에 앉았다.

"아니, 한세건에 대한 무기 공급을 중단하라고 하고 싶어서."

"그거라면 벌써 중단했는데?"

"음?"

"나도 생각이 있다고. 그 녀석은 정말 위험해. 녀석이 돈을 잘 주는 편이긴 하지만 그렇다고 아르바이트하다 죽을 수는 없는 일이지."

"이거 이야기가 잘 통하는군."

사혁은 약간 김 빠진다는 표정으로 케네스의 경호원들을 돌아보며 그렇게 말했다. 그러자 케네스는 혀를 찼다.

"그거 이야기하려고 온 건가? 뭐, 나야 그렇게 마음먹었으니까 그렇다 치고. 대체 혼자 몸으로 쫄래쫄래 들어와서 멋대로 누구랑 거래하지 말라니, 그건 대체 무슨 심보야?"

"아, 그거야 뭐, 나의 무수히 많은 장점 중 하나지. 결단력이 있는 거 말야."

"지랄하네."

케네스는 비웃었다. 하지만 사혁은 정색을 하고 물어보았다.

"그런데 물어볼 게 있어. 그 세건이 녀석 얼마나 자주 사냥을 하길래 그렇게 피가 넘쳐 나는 거야? 응?"

"아, 그놈? 거의 매일이던데?"

"…매일?"

"응, 하루도 안 거르고."

사혁은 그 말을 듣고 다시 한 번 놀랐다. 이렇게 되면 정말 혈관 안에 피 대신 마약이 흐르고 있을 것이다. 48시간에서 72시간 정도는 지나야 제대로 몸 안에서 약물이 대사될 텐데, 매일? 술을 그렇게 먹어도 죽을 것이다.

"나보다 미친놈은 처음이네."

사혁은 순수하게 그렇게 감탄했다. 하지만 그보다 걱정스러운 것은 사이키델릭 문이 결코 그렇게 만만한 약이 아니란 것이다. 그걸 많이 사용하는 사람들은 반드시 부작용에 시달리게 된다. 그 부작용이란 게 재수 없으면 흡혈귀가 되고 좀 양호해도 미쳐 버리고 말 정도로 혹독하다. 한세건도 그런 걸 모르지는 않을 텐데. 하지만 케네스는 손을 휘휘 내저었다.

"거 그놈이 들으면 열 받아서 펄쩍 뛸 소릴."

"왜?"

"네놈이랑 비유하면 누군들 화를 안 내겠냐? 어쨌거나 나 네놈 보고 실실 웃을 기분 아니니까 꺼지지그래? 이전에 네놈이 날 두들겨 팬 거 기억 안 나냐?"

결국 케네스는 그렇게 사혁을 쫓아냈다. 하지만 분명한 것은 그가 앞으로는 한세건과 거래를 하지 않을 거란 것이다. 물론 그건 눈 가리고 아웅이다. 당장 세건이 살고 있는 곳을 제공한 이가 누군가? 하지만 거기까지다. 이 이상 깊이 관여하는 것은 흡혈귀들의 분노를 사게 될 우려가 있다.

'뭐, 내가 없더라도 무기상이야 넘치고 넘쳤으니까 그 녀석 정도의 수완이면 구하고도 남겠지.'

케네스가 바라는 것은 제발 그 녀석 때문에 자신에게 불똥이 튀지 않았으면, 이것뿐이다.

세건은 케네스의 기대를 저버리지 않고 다른 무기상과 거래를 트기 위해서 빌 머레이의 소개를 받아 웨스턴 상사라는 자를 찾아갔다.

웨스턴 상사는 백인의 전형적인 앵글로 색슨계 남자였는데 근무시간 외에는 카우보이모자를 쓰고 다니는 또라이 기질이 다분한 미군이었다. 자신의 나라에 대한 자부심은 대단하지만 그 자부심과는 별개로 불법 무기를 유통하는 그런 사람이다. 이중적인 잣대를 가지고 있는 걸 보니 집에서는 자기 자식에게 끔찍하게 잘해줄 것 같다. 전형적인 미국 정서랄까? 어린아이와 동물들에게는 더없이 친절하면서 유색인종이나 자신들보다 못하다고 생각되는 다른 나라의 사람들을 헐뜯고 격하하고 비난하는 것. 우익 꼴통은 어디에나 있다는 것을 보여주는 단적인 사례일 것이다.

…라고 빌 머레이는 역설했다. 하지만 세건에게 있어서 인격과 거래는 별개의 문제다. 그가 세건에게 어떠한 위해를 가하려 한다면 모를까 그렇지 않다면 그가 악당이 상관하지 않는다.

흡혈귀라면 모를까.

무기만 사는 쪽이라면 그런 이상한 놈과 트는 것도 그렇게 나쁘지 않을 거라는 생각이 들어서 세건은 춘천까지 바이크를 타고 단숨에 달려갔다.

세건은 두 시간 정도를 달려 호반에 위치한 한 술집에 도착했다. 라이브 카페를 주장하는 이런 술집은 인테리어부터 특이한 건물인데, 글쎄? 드라이브 인을 기반으로 한 가게에서 주류를 판다는 것은 무슨 뜻인지 모르겠다. 세건은 그렇게 생각하며 안에 들어와 시계를 살펴보았다. 시간은 정확히 4시 10분 전, 만나보고 이야기 좀 나눈 뒤 서울로 돌아가면 해가 떨어질 것이다.

"오늘은 쉬어야 할 텐데."

세건은 욱신욱신 쑤시는 육체를 가다듬며 그렇게 중얼거렸다. 사이키델릭 문이 가져올 부작용은 세건 역시 잘 알고 있었다. 재수 없으면 흡혈귀, 좋으면 발작이라는 것은 그가 그토록 증오해 마지않는 흡혈귀로 변할지도 모른다는 점에서 이미 최악이었다. 하지만 증오하는 대상으로 변해가는 것, 그것은 이미 각오한 바다. 뭘 봐도 그렇지 않은가? 자신의 감정에 충실한 복수자는 어느덧 자신이 증오하던 것을 그대로 닮아간다. 복수는 복수를 낳는 법. 피로 피를 씻어봐야 그게 누구 것인가만 변할 뿐, 아무것도 변하는 것은 없다.

"어서 오세요."

점원은 머릿기름을 듬뿍 바르고 올백으로 넘긴 젊은 남자였다. 그는 세건을 보고 잠시 갸우뚱(아마 신분증 제시를 원했으리라)했지만 머리에 온통 녹색 물을 들이고 살기가 등등한 남자에게 신분증을 제시하라고 할 수 있는 건 경찰 정도밖에 없을 것이다.

"어느 자리로?"

"창가."

"사람이 다 차 있는데요. 거긴."

세건이 살펴보니 과연 연인끼리 몰려와서 창가는 죄다 점령하고 있었다. 세건은 마치 호리병처럼 만들어진 이 가게를 보고 흥하고 코웃음 쳤다.

"아무 데나 앉지."

세건은 창밖을 바라보았다. 그때 때마침 엄청나게 휘어 있는 스푸크 핸들을 가진 할리 한 대가 와서 가게 앞에 멈춰 섰다. 그 위에 있는 인간은 엄청난 거구의 백인 중년 남자였는데, 2차 세계대전에서 썼을 법한 항공용 헬멧을 쓰고 고글을 걸친 그야말로 걸물이었다.

그는 가게에 들어서자마자 점원의 어깨를 솥뚜껑만 한 손으로 턱 잡고 이상한 억양의 한국어로 물어보았다.

"하하하하! 한세건이란 친구 있는가?"

"······."

세건은 바닥에 캔이라도 있다면 발로 차서 저 꼴통을 깨 부술까 하는 생각이 들었다. 그러나 대신 손을 들었다.

"여기."

"응? 오오오오, 키드. 나쁘지 않은 장난이었어. 하지만 재미와 사업은 별개지. 내 사업은 소 터프. 루드한 딕의 상매에 거시기 털도 안 난 꼬마를 상대할 생각은 없는데?"

"등신. 다 듣겠다."

세건은 주위 사람의 눈치를 살피며 테이블을 두들겼다. 그러자 그 남자는 그제야 세건의 맞은편에 앉았다. 앉는 순간 의자가 삐걱거리는 게 지금 당장 부서지진 않더라도 그 수명이 줄어드는 것만은 틀림없을 것 같아 보였다.

"자, 그럼 이야기해 보지. 뭐가 필요하지? TNT였나?"

"그것도 좋지만 클레이모어 없나?"

흡혈귀들이 세건의 계획을 알아챈 이상 건물 파괴용의 TNT보다는 인마 살상용의 클레이모어가 훨씬 더 효과적일 것이다. 하지만 클레이모어를 말하자 그의 얼굴이 많이 찌푸려졌다. 얼굴 전체에 고르게 난 털이 그 주름을 따라 깊은 굴곡을 만들어냈다.

"클레이모어? 뱀프 상대로 지나친데."

"거 조용히 말 안 해? 안 되겠다. 나가서 이야기하지."

"오오, 그럴 필요 없어. 돈 충분하면 되는 문제지."

"돈이라면 썩어서 그 위에서 버섯이 자라고 있을 정도니까 걱정하지 마."

세건이 그렇게 말하자 남자는 크게 웃었다.

"하하하하하! 맘에 들어, 자네."

"그런 의미에서인가?"

"자, 그럼 거래는 여기 쓰지."

그는 그렇게 말하며 메모지를 꺼내 가격과 수량 등을 협상하기 시작했다. 세건은 어차피 돈도 많고, 달리 쓸데도 없는 몸이라 그냥 부르는 가격이 적정하다 싶으면 바로바로 넘어갔다.

"Cool!"

이 양키는 연신 쿨을 외치며 세건이 주문한 주문서를 바라보았다. 클레이모어가 한 박스, 스턴 그레네이드 한 박스, 그리고 무선작동신관, 유탄발사기와 그 유탄 등이 리스트에 올라왔다.

"전쟁이라도 할 셈인가, 키드?"

"그런 건 알 필요 없는 관계라는 전제하에 이런 가격을 제시하는 건데? 그럼 다음 주까지는 준비가 되어 있으면 좋겠어."

"염려 말게."

세건은 즉시 밖으로 뛰어가 바이크를 꼼꼼히 살핀 뒤 다시 서울을 향해 출발했다.


인적이 뜸한 단란 주점 '想[상]'은 요사이 이상한 외국인 집단에 의해서 점령당했다. 가게의 주인은 집에 들어가지도 않고 파리해진 낯짝으로 항상 안에서 서빙을 보고 있었고 직원들 역시 그 점에 있어서는 별다르지 않다. 하지만 더더욱 이상한 것은 일반 손님을 받지 않고 죄다 괴상한 외국인들로 가득가득 들어차서, 문은 걸어 잠그고 낮이고 밤이고 파티를 벌인다는 것이다.

이곳이 헤카테의 자식들이 한국에서 거처하는 곳이라는 것은 흡혈귀들 사이에서는 잘 알려져 있는 사실이다. 그들은 트랜스 능력으로 가게를 완전히 점령하고 매일같이 파티를 즐겼다. 그것은 인간을 잡아 와서 술을 잔뜩 먹이고 전신의 피를 빨아내면서 트랜스 상태에서 성교와 같은 쾌감을 얻는, 퇴폐적인 축제였다.

그러나 그런 축제를 즐기는 것과는 별개로 헤카테의 자식들은 요사이 체면이 말이 아니게 되었다. 그들은 흡혈귀 사냥꾼과 대등한 무기를 사용하며, 흡혈귀 사냥꾼을 학살하는 일종의 뱀파이어 갱으로 쾌락을 추구하는 쾌락주의자들의 집단이다. 그래서 마약의 사용을 장려하고 산 채로 흡혈하기 위해 인간들을 잡아 오는, 흡혈귀로서는 꽤 저질적인 놈들이었다.

하지만 수단이야 어찌 되었든 그들은 자신들의 폭력 우위를 절대적으로 믿고 있었다. 그것이 바로 그들의 긍지였다.

그런데 그 긍지가 산산조각 난 것이다. 이틀 전만 해도 그들이 밖으로 파견한 흡혈귀들이 흡혈귀 사냥꾼에 의해서 전멸당했다. 시신에는 피를 빨아낸 흔적이 있었는데 상반신 전부가 날아간 걸로 보아 샷건에 의한 사망으로 보였다.

"그러니까, 이놈이 우리 동족들을 죽였을 거라 그 말이지?"

현란한 조명이 반사되는 유리 테이블 위에는 세 건의 사진이 놓여 있었다. 다른 흡혈귀들은 어디서 잡아 온 것인지 모를 여자의 전신에 작은 생채기를 내고 그것을 핥고 있었다. 시뻘건 불빛에 비치는 나신이 뱀처럼 휘감기고, 붉은 혓바닥들이 육체에서 흘러나오는 피를 핥는다. 하지만 지금 자신의 생명이 빨려 나가는 것도 느끼지 못한 채, 여자는 백치처럼 웃는다. 그것 역시 지고의 에로티시즘, 죽음에 대한 이미지가 가득 들어차 있는 광란의 도가니였다.

그 속에서 흡혈귀들은 자신들을 사냥하는 자의 자료를 테이블에 놓고 어울리지 않는 스터디 그룹을 짰다.

"글쎄. 이런 어린 인간이 흡혈귀를 그렇게 잘 죽이나? 이 동양의 작은 것들은 덩치도 조그맣다고."

"그야 그렇지만 총알은 덩치에서 나가는 게 아니지."

흡혈귀들은 그렇게 떠들며 잡아 온 여자 무희의 손에서 흐르는 피를 잔에 채우고 그 피에 위스키를 부었다. 그리고 제대로 휘젓지도 않고 단숨에 들이켰다.

"하지만 이상하군. 우리뿐만 아니라 다른 흡혈귀도 꽤 많이 당하는 걸로 알고 있는데. 이 한 놈이 그런 짓을 벌이진 않을 거 아냐?"

그때였다. 누군가가 문을 노크했다. 아직 시간은 낮, 가게 안에서 소리가 나긴 하지만 영업 중지라고 간판을 세워놨는데도 들어오다니? 수상쩍게 생각한 흡혈귀들은 즉시 소리를 죽이고 그들이 매료시킨 인간을 내보냈다. 마치 정신병자처럼 탁 풀린 표정을 한 가게의 주인이 느릿느릿 걸어가서 문에 섰다.

"누구……."

폭음과 함께 가게 주인의 상반신이 완전히 날아갔다. 그리고, 시커먼 어둠이 안으로 밀려들었다.

"뭐야?!"

향연에 젖어 있던 흡혈귀들이 놀라서 일어났을 때. 그들의 앞에 총구 두 개가 고개를 들었다. 부서진 문짝의 파편이 검은 파도에 휩쓸리고, 그 검은 파도의 안에서 고개를 든 것은 창백한 얼굴의 미남자였다.

하지만 저 검은 파도, 그 어둠은 뭐란 말인가? 어둠을 대낮처럼 꿰뚫어 보는 흡혈귀들조차 넘볼 수 없는 그 어둠을 휘감고 서 있는 이 남자는 대체 뭔가?

"이 개새끼가!"

흡혈귀들은 즉시 총을 꺼내 들었다. 잉그램, 우지, 스콜피언 등 주로 기관단총들이 불을 뿜으며 무시무시한 양의 총탄을 퍼부었다.

드드드드드!

하지만 검은 파도 속으로 빨려 들어간 총탄은 불꽃을 튀기며 사그라질 뿐, 그 창백한 얼굴의 남자에게는 아무런 타격을 주지 못했다.

차르르르릭!

사슬이 돌아가는 소리와 함께 그의 팔이 움직였다. 기괴한 각도로 꺾인 팔에 들린 것은 보통 권총과는 비교도 할 수 없는, 전장 50센티미터나 되는 리볼버였다. 놀랍게도 팬텀의 비스트 더블과 똑같이 생긴 총이다. 크기가 약간 작을 뿐 세부적인 것은 그와 똑같다.

그 총을 알아본 이들 중 한 명이 놀라서 외쳤다.

"비스트!"

"뭐? 비스트라고?"

두 자루의 비스트를 가진 자는 세상에 하나밖에 없다. 흡혈귀들은 그것을 알아보았지만 이미 늦었다. 두 번의 폭음이 울려 퍼지는 것과 동시에 666그레인의 탄두가 튀어 나가 흡혈귀들을 찢어발겼다.

총탄은 강력하기 이를 데 없었다. 할로우 포인트로 제작된 비스트의 탄은 흡혈귀 하나를 뚫고 나서야 파열했고, 마치 샷건처럼 그 뒤의 흡혈귀들을 덮쳤다. 불운한 흡혈귀들은 모두 다 다진 고기 신세가 되어버렸다. 그때 이 참사에 무관한 각도에 서 있던 한 마리 흡혈귀가 천장을 박차고 동족들의 시체를 넘어서 창백한 남자에게 날아들었다.

"캬아아아!"

그러나 미동도 하지 않는 남자의 몸에서 쇠사슬이 풀려났다.

좌르르르륵!

마치 시커먼 채찍처럼 뻗어 나온 쇠사슬은 단숨에 흡혈귀를 후려갈기고 뼈를 끊었다. 피가 비처럼 쏟아지고 실내 장식이 깨져 튀는 유리 파편이 현란한 조명을 반사했다. 사슬에 두들겨 맞은 그는 마치 팔랑개비처럼 빙글빙글 돌면서 천장에 부딪힌 뒤 바닥에 나뒹굴었다. 한순간, 모든 흡혈귀의 사고가 정지되었다.

"신세이어(Sin sayer)!"

그들 중 하나가 그렇게 외쳤다. 신세이어 유다. 흡혈귀들을 사냥하는 흉폭한 진마로 무슨 짓을 벌일지 모르는 미친놈 중의 하나였다. 그런 식으로 치면 헤카테 역시 미쳐 있지만 아무리 미쳤어도 동족을 함부로 죽여 버리진 않는다.

하지만 신세이어 유다는 흡혈귀를 잡는 흡혈귀! 실상 그야말로 진마사냥꾼이란 이름에 어울리는 사냥꾼인 것이다. 그러니만큼 그의 강함, 잔혹함은 신화적인 수준이었다. 보통의 흡혈귀들이라면 신세이어를 만난 자신의 불운을 탓하면서 죽어가리라.

하지만 이 흡혈귀들은 달랐다. 역시 미치기라면 누구 못지않은 헤카테의 자식들이다. 그들은 무기를 빼 들고 살의로 눈을 빛냈다.

"죽여!"

"이야아아아아!"

앞에서 돌격하는 자, 틈을 타고 뒤에서 달려드는 자, 옆에서 총화기를 발사하는 자 등등 수많은 흡혈귀가 단숨에 그를 향해 돌격했다. 하지만 그는 전방의 적들만을 바라보며 총을 쏘았다. 앗 하는 순간 예리한 일본도를 들고 달려든 흡혈귀 하나가 검은 마귀의 등을 내려쳤다.

캉!

그러나 허무하게도 부러진 것은 칼날이었다. 제아무리 강력한 흡혈귀라고 하더라도 육신은 결국 피와 살로 이루어져 있는 법이거늘 이것은 어째서일까?

크ㅇㅇㅇㅇㅇ.

섬광과 함께 검은 어둠에서 시커먼 칼날이 튀어나왔다. 새카만 칼날을 가진 쯔바이핸더가 흡혈귀의 허리를 가르고 그를 두 동강 내었다.

"끄아아아!"

잘린 상반신과 하반신의 단면에서는… 시커먼 어둠이 육신을 좀먹고 있었다. 하지만 그보다 놀라운 것은, 검을 든 두개의 팔 위에 다른 두 개의 팔이 여전히 비스트를 들고 있다는 것이다.

무표정한 얼굴이 흡혈귀들을 향해 돌아보았다. 흡혈귀들 역시 비인간적이지만 그의 움직임은 흡혈귀들에게도 공포를 불러일으켰다. 총구를 흡혈귀들에게 겨누고, 천천히 칼을 들어 올리는 그 흡혈귀 신세이어의 모습은 그들이 두려워하는 악몽 그 자체였다.

"지저스!"

흡혈귀들로서는 입에 올려선 안 될 이름이지만 그들은 그를 불렀다. 물론 대답은 총성이었다.

탕!

폭음과 불꽃이 홀을 쓸고 지나가자 남은 것은 산산조각 난 흡혈귀들뿐이었다. 신세이어 유다는 그 정도에 그치지 않고 앞으로 걸어가 소위 말하는 룸에 쯔바이핸더를 휘둘렀다.

콱!

시커먼 연기가 풀풀 날리며 합판으로 만들어진 내벽을 찢어발겼다. 안에 숨어 있던 흡혈귀들이 자동소총을 빼 들었지만 각각 검은색과 붉은색으로 물든 비스트는 합판을 티슈 뚫듯 뚫고 그 뒤의 흡혈귀들을 파열시켰다.

"크아아아악!"

비스트의 실린더가 튀어나오자 남아 있는 가스압만으로도 탄피가 튀어 올랐다. 그 행위는 총탄이 없어졌다는 걸 알려주는 것과 다름없어서 다른 흡혈귀들이 용감하게 몸을 일으켜 그에게 사격을 가했다. 하지만 그들의 총탄 역시 허무하게 불꽃을 튀기며 튕겨 날 뿐이다.

"크윽! 저게 뭐야?!"

그제야 그들은 어둠의 속, 너무나 굵은 사슬을 몸에 칭칭 감은 신세이어의 본체를 보았다. 굵기가 엄지손가락만 한 그 사슬은 어지간한 총탄쯤은 무시하고도 남음이 있는 훌륭한 방탄 소재다. 저렇게 감고 다닐 수 있을 때의 이야기지만.

좌르르르륵!

그때 그의 팔에 감긴 사슬이 풀리며 다시 채찍처럼 흡혈귀를 후려갈겼다. 무시무시한 소리와 함께 뼈가 부서지고 살이 뒤틀리며 육신이 박살 났다. 흡혈귀의 재생력도 무의미할 엄청난 공격, 게다가 천장을 뱀처럼 깔고 달리다가 갑자기 위에서 꺾어져서 소파를 엄폐물로 삼고 엎드려 있던 흡혈귀의 골통을 부수는 그 재주는 정말 놀랍기 그지없었다. 당한 쪽에선 불쾌하기 짝이 없겠지만.

"크으으윽!"

제일 끝쪽 벽에 붙어서 간신히 쇠사슬의 공격을 피한 흡혈귀는 방금 전까지 자신의 앞에서 인간의 피를 빨던 동료가 산산조각 나는 것을 보았다. 신세이어 유다는 검은 칼을 들고 천천히 걸어온다. 무표정한 얼굴, 아니, 시체의 얼굴을 벗긴 게 아닐까 싶을 만큼 생기가 없다.

"크으윽!"

소파를 잡아서 집어 던졌다. 그러자 시커먼 어둠이 바람 가르는 소리를 내며 정확하게 소파를 여덟 동강 내었다. 그리고 어깨 위의 손이 천천히 손가락을 그에게 겨누었다.

퍽!

머리통이 깨지며 흡혈귀가 뒤로 나가떨어졌다. 얼굴에는 불신의 표정을 짓고, 천천히 벽에 붙은 채 스러지는 흡혈귀의 눈동자에 데드마스크를 연상시키는 창백한 신세이어의 얼굴이 떠올랐다.


# 2


춘천에서 서울을 향해 돌아오는 길에, 세건은 낯익은 차 한 대가 옆에서 따라오는 것을 보았다. 시속 120킬로미터를 넘게 밟고 있는데 쫓아온다는 것은 그 차가 무슨 경쟁심을 가지고 있다는 것이고, 실제로 차종도 시뻘건 스포츠카였다. 돈푼깨나 있는가 보다 생각하고 다시 돌아보니… 맙소사! 그건 바이퍼였다! 그리고 물론 저런 바이퍼를 모는 놈 중 세건에게 관심을 보일 녀석은 한정되어 있었다.

"쳇!"

세건은 즉시 스로틀을 올렸다. 바이크가 스포츠카보다 우월한 점이 있다면 몸체가 경량이라서 훨씬 적은 배기량의 엔진으로도 폭발적이 가속력을 보이다는 것이다. 하지만 결국 직선거리가 되면 배기량의 승부가 되어서, 더 강한 엔진과 좋은 변속기를 가진 바이퍼가 직선 속도면에서 우월하다. 하지만 이 경우는 다른 차들이 장애물이 된다.

"어디 한번 따라와 보시지!"

세건은 앞서가는 트럭을 피해서 아슬아슬하게 좁은 길을 뚫고 나갔다. 춘천호를 지나서 서울로 들어오는 길은 온통 뻥 뚫려 있었기에 경찰만 없다면 최고 속도를 밟을 수 있다. 세건은 전속력으로 앞으로 달렸다. 하지만 아쉽게도 엔진도 보링하고, 플러그도 갈고, 캡도 갈고, 냉각용 노즐도 갈고, 실린더 헤드도 간 풀 튜닝 YZ—125의 전속력이라는 게 시속 200킬로미터를 넘지 못하니, 시속 300킬로미터를 넘어서는 바이퍼 GTS의 V10 가솔린 엔진은 당해낼 수 없다.

쿠아아아아앙!

무시무시한 폭음, 길바닥에 기름을 뿌리고 다니는 듯한 미친 소리와 함께 바이퍼가 치고 나왔다. 직선거리에서 머신 파워는 절대적이다. 세건은 사이드미러를 보면서 즉시 몸으로 차의 앞을 가로막았다. 머신 파워가 딸리니 이렇게라도 해야겠지만……

끼이익!

상대는 클러치 변속과 함께 4단에서 3단으로 넣고 핸들을 최대한 좌로 틀었다. 그래서 스핀이 일어나는 순간 뉴트럴에 놓고 재차 클러치 변속, 브레이크를 살짝 밟아줬다가 4단으로 다시 올리면서 핸들을 오른쪽으로, 스핀이 일어날 때 바깥쪽으로 틀어주면서 한 번 더 변속해서 3단으로… 그야말로 번개 같은 변속을 끝마치며 도로 위에 직선으로 짧게 2차선을 넘어버린 것이다. 그렇게 해서 RPM을 최대한 유지한 상태에서 브레이크와 클러치를 놓자 바이퍼는 무시무시한 속도로 세건과, 그 옆의 트럭까지 치고 나갔다.

4차선 직선 도로에서 세건이 과감하게 한 차선을 다 막았고, 목재를 가득 실은 저 타이탄 트럭이 하나를 더 막은 상황, 차 한 대 분량의 여유 거리에서 등속으로 움직이면서 앗차 하는 사이에 2차선을 젖힌 것이다. 설마 대한민국의 편도 4차선 도로에서 저런 짓을 할 줄이야? 세건은 깜짝 놀라서 트럭을 치고 앞으로 나갔지만 옆에서 들려오는 바이퍼의 폭음은 더더욱 강력했다.

"Not Bad, Baby!"

바이퍼의 창문이 열리고 그곳에서 한 남자의 팔이 나와서 엄지손가락을 치켜들었다. 그리고는 무시무시한 엔진 소리를 내며 즉시 앞으로 달려갔다. 세건은 당했다는 패배감, 분노보다는 황당함을 느꼈다.

'아니, 그래서? 이긴 건 그렇다 치고 왜 그냥 가는데?'

물론 그건 앞으로 달려나간 팬텀도 앗차 싶은 부분이었다.

그러나 멋진 실력과 멋진 머신으로 상대에게 한 방 먹였을 때는 아무 말 없이 멋지게 석양으로 달려가는 것이 팬텀의 폴리시(Policy)였다.

하지만 마침 주유소와 휴게소를 겸한 곳이 눈에 띄어서 그는 차를 거기에 세웠다. 그러자 곧 뒤에서 따라오던 YZ—125가 주차장 안으로 들어왔다. 그 오토바이에 타고 있던 청년은 헬멧을 오토바이로 집어 던지고 차로 걸어왔다. 성큼성큼 걸어오는 걸 보니 화가 좀 난 모양인데, 팬텀은 차 문을 열고 나가서 그를 맞이했다.

"하이."

"뭐가 하이야!"

세건 역시 진마가 대낮에는 약해진다는 것을 알고 있었다. 그들의 강력한 힘은 흡혈귀들이 두려워하는 태양을 극복하게 해주지만 그만큼 힘이 소모되기 때문에 약해진다. 물론 팬텀의 경우는 약해져서 PSG—1을 맨몸으로 막아내는 형편이다. 그래서 세건이 글록을 뽑아 든다고 해서 별로 두려워할 이유는 없었다.

"지저스."

그러나 사람들이 보는 앞에서 총을 꺼내는 세건의 근성에는 질려 버렸다. 게다가 여기 뒤는 바로 주유소였다. 재수 없게 인화라도 되는 날에는 이 일대가 다 날아가 버리고 마는 것이다. 그래서 그는 단숨에 세건의 손목을 잡고 합기도의 기법대로 어깨를 꺾으면서 뒤로 넘겨 기본적인 사방던지기를 했다.

"큭!"

그러나 세건은 몸을 비틀어서 팔을 빼고 즉시 지면을 굴러서 일어났다. 빠르다. 사이키델릭 문도 먹지 않은 인간이 이 정도의 반응을 보이다니. 단 1년 훈련한 게 이 정도라면 정말 놀라운 인간이다.

"큭!"

세건은 글록을 들었지만 그 순간 팬텀의 손날이 손을 쳐내 글록을 떨궜다. 세건은 왼손으로 나이프를 뽑아서 팬텀의 손등을 찍었다. 그러나 팬텀은 손등을 뒤집어 나이프를 잡았다.

"윽!"

두 손가락 사이에 끼인 칼날이 미동도 하지 않는다. 세건은 즉시 로우 사이드 킥으로 무릎뼈를 향해 발차기를 했지만 팬텀은 칼날을 손으로 잡은 채 가볍게 세건의 배를 차나 싶더니 정말 보는 사람이 시원해질 정도의 공중제비를 넘었다.

"큭!"

세건은 그 공격을 막기는 했지만 충격은 고스란히 머리에 왔다.

"어?"

그는 자신의 의도와 관계없이 뒤로 엉덩방아를 찧었다. 팬텀은 가볍게 지면에 내려서고 바닥에 떨어진 글록을 잡더니 능숙한 솜씨로 분해해서 세건의 손에 쥐어주었다.

"공이치기는 잠깐 내가 갖고 있도록 하지. 자, 이야기나 좀 해볼까?"

"흡혈귀 따위와 할 이야기는 없어!"

"그럼 흡혈귀의 말을 들어. 회화는 성립 안 되니까 너의 얄팍한 자존심을 크게 해치진 않을 거라고 생각하는데? 아니면 얄팍한 자존심 때문에 목숨을 해쳐야 속이 시원한가?"

그러자 세건은 의아하다는 듯 팬텀을 바라보았다.

"하나만 묻자."

"뭐지?"

"아까 전에 나 제치고 그냥 갔을 때 속으로 아차 했지?"

"……."

쓸데없는 데 예리한 놈. 팬텀은 인상이 찌푸려지는 것을 억지로 펴면서 고개를 저었다.

"그럴 리가. 너는 나를 뭘로 보는 거냐?"

"푼수 흡혈귀."

"……."

팬텀은 잠시 주위를 휘휘 살펴보더니 지나가는 사람이나 흡혈귀가 없는 것을 확인하고 세건을 한 대 때렸다. 휴게소엔 사람들이 있지만 어차피 주차된 차량 사이에서 하는 짓이라 보일 리가 없다.

퍽!

"자, 잠깐. 내가 잘못했어."

"안다니 다행이구나. 자 그럼 진지하게 대화를 하자. 테트라아낙스를 폭파시킬 셈이냐?"

"내가 왜 그런 걸 댁에게 말해야 하지? 그리고 이미 다들 알고 있을 텐데?"

세건은 너무나 잘 알려진 그 정보에 대해서 치를 떨었다. 이렇게 잘 알려져 있으면 앞날이 더더욱 어려울 것 같다. 게다가 이 녀석처럼 진마라도 나서는 날이면 세건이 제아무리 명줄이

실기다고 해도 죽을 수밖에 없다. 그러사 팬텀은 살포시 웃어 주고 세건을 일으키더니 옷을 툭툭 털었다.

"자자, 뭐 테트라 아낙스를 직접 공격한다는 그 발상은 나쁘지 않은데 무관계한 사람이 휘말리게 된다는 것에 대해서 생각해 보지 않았나?"

"그런 거라면 알 카에다라도 설득해 보지그래? 양키."

"나는 앵글로색슨이 아니야. 혈통으로 따지면 켈트니까 양키의 평균치에서 벗어나 있다고."

팬텀은 그렇게 말하고 한숨을 내쉬었다. 이 녀석은 실베스테르보다 훨씬 더 비뚤어져 있다. 청출어람 청어람이라더니 이놈을 두고 하는 말인가?

"너 역시 흡혈귀들에 관련되어서 피해를 본 무고한 사람이었잖아? 그런 사람을 다량 생산해서 타파해야 할 만큼, 아무런 대안 없이 그 많은 희생자를 내면서 파괴해야 할 만큼 지금의 체제가 무가치한 건 아니거든? 그걸 알아주었으면 좋겠다는 거지."

"……."

세건은 이 흡혈귀가 왜 자신을 설득하는 것인지 이해할 수가 없었다. 지금 그는 세건을 완전히 제압하고 있었다. 원한다면 손가락 하나만 대도 세건을 죽여 버릴 수 있을 것이다. 그런 녀석이 왜 죽이지 않고 설득을 하는 것일까? 물론 그의 말이야 구구절절이 옳다. 대안 없이 파괴를 일삼는다고 젊은 층을 비난하는 것은 현재의 사회에서 단물을 빨고 있는 수구 세력들이 내세우는 사회 정의이지만 팬텀의 그것은 달랐다. 자신의 기득권을 지키기 위해서 현 체제를 인정하는 것이 아니라 수단에 빗대어 현 체제를 옹호한 것이다. 변혁의 피를 흘려서 얼마나 더 나은 세상으로 가기에 세건은 사람들에게 피를, 희생을 강요하는가?

"물론 나 역시 가급적 민간인들에게 피해가 안 가는 방법을 고르고 있으니까. 그런데 그 어떤 것도 당신들 흡혈귀가 관여할 성질은 아니라고 생각하는데?"

세건은 그렇게 외치며 팬텀에게서 등을 돌렸다. 그때 어깨너머로 공이치기가 날아왔다. 세건이 그걸 받고 보니 벌써 팬텀은 자신의 바이퍼에 올라탄 상태였다.

"그럼 잘해봐. 나는 개인적으론 지지한다. 테트라 아낙스에 한 방 먹이는 거. 삼천 년간 그런 짓 한 인간이 없었으니까 한 명쯤 있는 것도 나쁘지 않지."

"그래?"

팬텀은 차에 시동을 걸고 멋지게 달려나가가다가 갑자기 주유소 앞에서 끼익 멈춰 섰다.

"Gas, High Octan Gas!"

"……"

세건은 잠시 벙쪄서 그런 팬텀을 바라보았다. 아, 그래. 바이퍼엔 꼭 하이 옥탄 가솔린을 넣어줘야지. 한세건 오늘 아주 좋은 거 배우는구나.

래트 거닙은 사유주의자 흡혈귀 집단, 에스프리에서 한국으로 파견된 1급 에이전트다. 대부분 백인으로 넘실거리는 이 백색 지상주의의 흡혈귀 세계에서 그는 특이하게도 흑인이었다. 물론 동양계도 많으니 꼭 백인 지상주의라고 할 수는 없겠지만 황인 아니면 백인이란 이 구조는 재패니메이션에나 나올 법한 전형적인 인종차별 구도가 아닌가! 에스프리의 숭고한 전사 래트 거닙은 그런 것을 용납할 수가 없었다. 자유로운 에스프리를 이끄는 진마 아르곤이야말로 이 신세기에 어울리는 자유롭고 이상적인 진마라는 것이 그의 주장이었다.

"오오오, 내 하트에 불이 당긴다."

뭔가 이상하기 짝이 없는 소리를 외친 그는 테트라 아낙스의 한국 지부로 향했다. 플렉스 메디칼은 이미 한국에 정착해서 먹는 임신 중절약, 확실히 키가 크는(머리도 크는) 성장 촉진제 등을 필두로 살 빼는 약 따위의 다분히 수상하지만 다분히 잘 팔릴, 그런 제품들을 내세워서 세력을 확장시키고 있었다. 작년 4분기 때의 의약 업계 매출이 전년 대비 100% 성장을 이뤘다면 그들이 한국에서 거둬들인 돈이 어느 정도인지 쉽게 알 수 있었다.

'전혀 몰라! 이 나라 의약 업계 매출이 어느 정도인지 신체 건강한 흡혈귀인 내가 알 게 뭐야?!'

물론 래트 거닙은 그런 일에 관심이 없었다! 그는 테트라 아낙스에게서 정보를 받고, 자신들의 입지를 강화하기 위해서 정야, 창영과 접촉, 그들을 에스프리로 끌어들이는 게 목적이었다. 다른 야만적인 흡혈귀들처럼 먹어서 그 피를 자신의 것으로 한다는 것은 에스프리의 방침에 어긋난다. 모든 지적 존재는 남에게 피해를 주지 않는 선에서 그 자신의 자유를 누릴 권한을 가지고 있다는 것이 에스프리의 원칙이다. 그리고 에스프리의 모든 멤버는 자신의 클랜이 모든 흡혈귀 클랜 중 가장 좋은 곳이라고 믿어 의심치 않았다. 주로 히피, 음악가, 예술가 등이 주축으로 이뤄진 그들은 자유와 평화의 사도라고 스스로를 철석같이 믿고 있었다.

물론 래트 거닙도 예외는 아니다. 그는 자신들의 이상을 전하는 것만으로 창영과 정야, 이 가련한 두 진마가 그 힘을 더해서 에스프리의 일원이 될 것을 믿어 의심치 않았다.

'베이비, 사실이 그렇잖아. 우리처럼 멋진 클랜은 어디에도 없다고. 그대들은 자유가 보장되어 있어. 그렇지 않아? 응?'

그래서 에스프리는 강력한 우군을 둘 얻고, 그들은 자신들의 보호자를 얻게 되니 얼마나 좋은가? 춤이라도 추고 싶어지는 기분이었다.

"하지만 서울의 밤거리라는 게 대단한걸?"

미국에서 자라서, 서울을 이따금 TV에서 틀어주는 모습으로만 본 래트 거닙이다. 그에게 서울은 언제나 논밭 투성이에 사람들은 베트남 사람같이 생겨서 베트콩처럼 무장을 하고, 이따금 커다란 백화점이 무너지는 그런 곳이었다. 하지만 실제로 보니 인구밀도가 굉장히 높고 차가 너무 많이 다녀서 공기가 썩을 대로 썩어 있는, 그런 대도시였다.

"헤에? 게다가 여자들도 예쁘잖아?"

레게 머리를 한 건장한 흑인이 그렇게 대놓고 길거리에서 외치자 사람들이 쳐다본다. 특히 예쁜 여자들이 쳐다보는 게 맘에 들었다. 래트는 히죽 웃고는 그들 사이를 지나치며 손에 든 메모를 바라보았다. 그곳엔 그가 한국에서 신세를 질 숙소의 주소가 적혀 있었다. 에스프리는 다른 클랜들처럼 돈이 철철 넘치는 곳이 아니다. 그러다 보니 자연히 이미 한국에서 거주하고 있는 멤버의 집에 얹혀살면서 정야와 창영을 찾아보는 수밖에 없었다.

"오옷, 여긴가? 이 문자랑 비슷하게 생겼군."

한글을 읽을 줄도, 말할 줄도 모르는 래트는 자신의 쪽지에 적힌 것과 최대한 비슷하게 생긴 글씨가 벽에 붙어 있는 아파트를 찾아내었다. 그는 수위실에 가서 그 쪽지를 내밀고 어떻게 찾아가야 하는지 물었다. 이미 그와 합류하기로 한 사람이 수위들에게 연락을 해뒀는지 몇 마디 하기도 전에 수위는 자리에서 일어나서 그를 안내해 주었다.

"그렁께 이걸 누르고 11층에 가면 돼. 알갔소?"

"Ye, 11, Then?"

"1105여."

"OK, I see, C' ya"

래트는 그에게 인사를 하고 위로 올라갔다. 숫자쯤은 안다고! 이래 봬도 한때는 박사 학위까지 가지고 있던 훌륭한 흡혈귀인 것이다! 지금 보면 딱 슬럼가에서 브레이크 댄스를 추는

댄서 같달까? 실제로 시커먼 티셔츠, 스톤 워시의 폭넓은 힙합 청바지, 헤드밴드를 낀 그는 꽤나 세련된 남자였다. 아, 세상의 여성들은 이런 남자가 흡혈귀여서 얼마나 불행한가! 래트는 그렇게 생각하며 문을 노크했다.

"나갑니다!"

문의 CCTV가 작동하더니 자동으로 열렸다. 래트는 머릿속에서 각종 조크를 잔뜩 생각하고, 첫인상을 부드럽게, 그리고 재미있게 하고자 마음의 준비를 단단히 하고 걸어 들어갔다.

"요!"

하지만 그를 맞이한 것은 굉장히 깐깐해 보이는 비쩍 마른 백인 남자였다.

"당신이 래트 거닙인가?"

"Cheer~"

굉장히 신경질적인데다가 성격도 깐깐하고 재미없겠군. 조크를 해도 나를 바보로 보고 이해하지 못할 거야. 래트는 그런 느낌을 받았다. 게다가 이 사람은 독일인! 비쩍 마른 독일인은 맥주와 소시지를 듬뿍 먹고 트림을 하고 다니지. 주제에 은행을 다니면서 은행원이 되어서, 그래, 세계 금리니 뭐니 그런 걸 건드려 가지고 지금도 미국에선 실업자들이 실업수당을 타먹으면서 소금에 절인 짭짤한 포테이토칩이나 씹고 있겠지?

대형 콜라 페트병을 냉장고에 채워놓고 70년대 흑백 코미디 영화를 보면서 배를 두들기고 언젠가는 취직이 될 거야, 하고 위로를 하는 사이 그 가족은 힘들어하고 어머니는 레스토랑에 취직했다가 거기 온 손님과 눈이 맞아 떠나고 혼자 남은 누나는 포르노 비디오에 출현하고 그 남동생은 마약상이 되어서 마리화나를 피다가 중학생 때 여자 친구와 함께 침대에 들어가지. 그러다가 또 여자 친구의 오빠에게 걸려서 강제로 당하게 되고 게이가 되어버리는 거야!

…거기까지 생각했을 때 그 신경질적인 독일인 남자처럼 보이는 이가 물어보았다.

"안 들어오나?"

"아니, 들어가지. 친구. 아까 전의 치~ 는 치즈를 이으려고 한 거라네."

"거 재미있군."

"고맙네."

에스프리가 멋진 곳이라는 것은 이런 인간들이 모이기 때문이다. 뭐 그렇게 나쁘지만은 않은 것 같다고 래트가 생각했을 때 그 남자가 거실로 안내하며 말했다.

"나는 캐런 몬티일세. 지금 여건이 굉장히 안 좋다는 거 알고 있나?"

"여건? 뭔데?"

"흡혈귀 사냥꾼이 날뛰고 있다는 거지. 벌써 꽤 많은 친구가 당한 모양이야."

"설마? 흡혈귀가 인간에게 그렇게 쉽게 당하다니."

조크라면 굉장한데, 라고 말하려고 했는데 말이 안 나온다.

그 표정을 보건대 도저히 조크로는 생각되지 않기 때문이다.

"음, 팔 점. 올림픽 체조 경기라면 유색인종이라서 감점 일, 그리고 비서구권이라서 감점 일을 받았다고 생각하게."

래트는 도저히 말도 안 되는 소리를 하는 몬티에게 그렇게 말했다. 그러자 몬티는 어안이 벙벙한 표정을 지었다.

"무, 무슨 농담인가?"

역시 이놈은 농담을 이해하지 못하는군. 재미없는 게르만 같으니. 히틀러와 혈연관계인 게 틀림없다! 라고 래트는 생각했다.


창현과 정아는 기사 식당에 앉아서 설렁탕을 시키고 의자에 몸을 기대었다. 아무런 목적 없이 계속 달아나기만 한다는 것은 너무나도 지겹고 재미없는 일이다. 물론 지금 그들은 어디 옮겨 다니며 달아나는 대신 한적한 곳의 피씨방을 잡고 그곳에 죽치고 있었다. 어차피 몽타주를 만들 거나 현상 수배 같은 것을 하지도 못할 텐데 돌아다녀 봐야 흡혈귀들에게 걸리기만 용이할 뿐이다. 그렇게 생각한 것이었는데 문득 TV에서 웬 일본인이 나오는 프로가 시작하는 게 아닌가?

"응? 앗, 가토 하루히코다!"

"예? 아는 사람이에요?"

창현이 갑자기 눈을 빛내자 정아는 이상하다는 듯 물어보았다. 외국인에게까지 교제 범위가 확장될 만큼 창현의 발이 넓어 보이지는 않은 것이다. 하지만 창현은 피식 웃으며 말했다.

"그는 나를 모르지만 나는 그를 잘 알죠."

"그래요? 혹시 숨겨둔 자식은 아닐 테고."

"오오! 하아아아. 아임 유어 파더."

창현은 스타워즈에서 다스베이더가 루크 스카이워커에게 출생의 비밀을 알려줄 때의 흉내를 내보았다. 둘은 한동안 픽픽 실없이 웃어댔다.

그런데 그때 TV에서 갑자기 정아의 얼굴이 나왔다. 그것도 풀 화면으로! 게다가 그다음에 가토 하루히코가 하는 말은 정말 가관이었다.

—친절한 사람, 꼭 보고 싶어서 다시 왔습니다.

"케엑!"

그걸 보던 창현은 깜짝 놀라서 자리에서 일어났다. 마침 주위에 모여 있던 기사들이 그것을 보고 창현과 정아를 번갈아 바라보았다.

"어?"

"어이쿠, 이게 뭐시여?"

"아아아, 신경 끊어요."

창현은 그들에게 그렇게 말하고 채널을 틀었다. 하지만 이미 늦은 것 같았다. 가만히 얼굴이나 숙이고 있을걸. 들통이 나게 생겼잖나? 어쨌거나 창현은 자신들을 옭아매는 흡혈귀들의 힘을 다시 한 번 뼈저리게 실감했다. 가토 하루히코쯤 되는 인간을 이용해서 방송을 찍을 수 있단 말이지? 아니면 저 가토 하루히코도 원래 흡혈귀였나?

"뭐 좋아! 어이, 빨리 줘요!"

"차, 창현씨."

"아니, 됐어요. 우리가 뭐 죄지은 것도 아니고. 저 새끼."

창현은 드라마가 나오는 채널로 바뀐 TV를 바라보며 적의를 불태웠다. 그 모습을 본 다른 사람들은 모두들 아무 말 없이 가만히 자신의 수저를 움직였다. 하지만 저들 중 몇 명은 호기심 삼아서라도 전화기를 들겠지? 그러면 끝장이다. 지금이라도 즉시 달아나지 않으면 안 된다. 하지만 어떻게? 전화선을 끊고 달아나? 그러나 이놈의 세상은 핸드폰이 득세다! 창현은 정보통신산업의 무한한 발전을 저주하면서 자리를 박차고 일어났다.

"아아! 아줌마! 여기 돈이요!"

"어, 왜 그래, 학생? 뭔가 입에 안 맞아?"

"아뇨. 나가야겠어요."

그는 그렇게 말하고 정아를 살펴보았다. 불쌍하게도 그녀는 몇 숟가락 제대로 뜨지도 못했다. 하지만 지금 이곳에 계속 있는 것은 그만큼 죽음에 다가서는 짓이다. 아마 지금쯤 연락을 기다리며 흡혈귀들의 실행 부대가 무장을 정비하고 있을 것이다.

"갑시다!"

"그렇지만 어디로?!"

정아는 그렇게 반문했다.

어디로?

어디로?

여기서 도망쳐서 다시 어디로?

끝없이 도망쳐야 한단 말이야? 흡혈귀들을 피해서 태양을 피해서, 낮의 터널을 지나 밤의 어둠 속으로 계속 도망쳐야 한다. 무엇을 위해서? 아무런 미래도 없는 지금의 인생을 위해서?

"제에에엔자아앙!"

창현은 그녀의 팔을 잡고 달렸다. 그리고 잠시 어두운 골목에 세워두고 막 문 닫기 직전의 스포츠 용품점에서 야삽과 자일, A형 텐트를 구해 왔다. 물론 식료품과 음료수를 빼놓을 순 없지!

"이렇게 되면 산에서 몇 날 며칠이고 은신이다!"

"저, 저기."

"걱정 마요! 인간일 때도 일주일은 끄떡없었으니까! 먹을 거야 내가 사 오면 되죠! 지금 얼굴이 노출된 건 정아뿐이니까! 어디 누가 이기나 해보자! 이 빌어먹을 모기 새끼들!"

"그, 그렇지만……."

"앞날을 생각하는 건 관둬요. 장기적으로 우리에겐 미래가 없으니까 사냥꾼에게 포획당하자는 건 아니겠죠? 저는 죽을 때까지 저항할 거예요."

창현은 그렇게 말하며 짐을 챙겨 들었다. 그는 갈아입을 옷들을 싸 들고 어둠 속에서 눈을 밝혔다. 이런저런 수법을 써서 압박을 가한다고 '예. 그렇군요'하고 죽어주는 것은 그의 신조에 어긋나는 일이다. 필요하다면 수단과 방법을 가리지 않고 투쟁해서 이겨야 하는 것이다! 그리고 지금 그가 승기를 잡는 것은 바로 저들에게 잡히지 않는 것, 숨는 것이 곧 그의 승리이다.

"절대로 잡히지 않을 테니까 어디 백날 찾아봐라!"

창현은 그렇게 외치고 짐을 싸 들고 정아와 함께 서울을 빠져나갔다.


실베스테르는 무기를 차에 싣고 하늘을 올려다보았다. 오늘 밤부터 황사 주의보가 발령된다고 하는데, 정말 벌써부터 눈이 따끔거리고 있었다. 제아무리 통증을 느끼지 않는 몸이라고 하더라도 기능장애를 일으키는 불순물에 대해서도 면역이 생기는 것은 아니다. 그는 선글라스를 끼고 차 안으로 들어가 문을 닫았다.

오늘 밤은 오래간만에 피를 좀 부를 생각이다. 원래는 세건이 너무 크게 일을 저질러서 가급적 참고 있으려고 했지만, 지금은 그런 자정작용을 잃어버린 상태다. 흡혈귀 사냥꾼은 너무 줄어들었고 흡혈귀들은 기고만장해져서 돌아다닌다. 이 좁은 땅에 전 세계에서 한다하는 흡혈귀들이 몰려들었으니 자정작용을 잃은 것은 당연하다.

그렇다고 그런 흡혈귀들을 상대하는 데 총화기를 펑펑 써대면 어떻게 될까? 탄피를 회수하지 못하고, 총탄의 흔적은 남고, 여기저기 강력 사건으로 시달리던 경찰들은 죽어나고, 그러다가 걸리기라도 하면 그걸 무마하기 위한 대대적인 정신 조작, 정보 조작이 시작될 것이다. 그것은 결국 이 사회를 좀먹는 짓이니 그걸 피하기 위해서는 흡혈귀들도 참아줄 만하다고 생각했다.

그 자신의 존재 의의에 반하더라도…….

하지만 지금은 다르다. 역시 이 구역질 나는 뱀파이어들, 남의 피로 자신의 배를 불리는 마물들은 스스로의 피에 눈이 뒤집혀 싸움을 벌인다. 밤이면 밤마다 서울은 미친 달의 세계로 변하고 자신의 몸을 보호하지 못하는 약자들은 죄다 흡혈귀의 밥이 된다. 물론 실베스테르가 그들의 인권을 지켜주겠다고 나서는 것은 아니다. 그는 양들을 포기한 목자다. 어차피 정육점 한편에 올라설 양들을 지키기 위해서 늑대 떼의 창궐을 무시하고 제 팔 안에 들어오는 양들만 지키는 자가 아니다. 그는 마(魔)를 베는 검이고 적을 멸하는 창이다. 누군가를 지키기 위한 방패는 결코 될 수 없다.

그래서 그는 그가 버린 양들이 죽었다 해서 분노하지 않는다. 약자는 흡혈귀가 아니라 인간에게 잡아먹혔을지도 모른다. 맹수에 의해서 그들이 사냥당하도록, 이 사회가 방치했을 정도라면 다른 어떤 위협에서도 방치했을 것이다.

정작 중요한 것은 시스템이다. 개인적인 누가 희생당해서, 그것이 안쓰러워서 분노하지 마라. 그러하면 자기 살이 아프기 전엔 진실을 모르게 된다. 좀 더 거시적인 눈길로 보게 되었을 때, 그래서 시스템이 피해자를 만들 수밖에 없을 때 비로소 분노하라.

이것이 실베스테르를 움직이는 감정의 전부였다.

"그럼 늑대를 죽이러 가볼까?"

V8엔진이 천천히 합성수지의 차체를 끌고 나아갔다.

…그리하여 죄인들은 그들의 발에 죄의 무게를 실은 채 무도회장으로 향한다. 그곳은 칼날이 가득 찬 아름다운 댄스플로어. 물고기 비늘과 같은 강철의 칼날 위에서 춤춰라. 네 죄의 무게가 네 살을 깎아 피로 그 바닥에 강을 이루리라.

역시 예상은 정확했다. 매스미디어라는 것은 지금 세상의 인간들에게는 석기시대 샤먼의 말씀보다도 더 강한 힘을 가지고 있는 게 아닐까? 사람들은 단지 방송에 나왔다는 이유만으로 호기심을 담아서 전화를 걸어온다. 그들의 제보를 토대로, 또한 방송에 대한 압박감을 토대로, 먹이는 쫓기고 밀려 도망칠 것이다. 사람을 피해서 달아나는 맹수가 갈 곳은 뻔하다. 사람이 없는 곳, 하지만 그곳은 사냥을 하기에도 좋은 곳이다. 스스로의 무덤을 찾아 걸어갈, 아니, 달려갈 표적을 생각하면 왠지 모르게 미소가 떠오른다. 자인은 흡족한 표정으로 웃었다.

"하하하하하."

"만족하셨습니까?"

"아주 쓸 만하군그래? 제보에 의하면 이느 정도쯤이지?"

"예. 모 피씨방에서 제보가 들어왔고, 또한 그다음에 이곳 식당에서 식사를 했다고 합니다. 여기서 TV를 봐버렸군요."

"그런가? 흠. TV를 봤다면 지역상으로는 서울을 이미 상당히 빠져나간 뒤였군."

"정아란 흡혈귀는 잘 모르겠지만 그 옆에 붙어 있는 남자는 제법 수완가라고 합니다. 야삽이나 그런 것들을 챙겨서 나갔다고 아는데요?"

계속되는 제보에서 창현과 정아에 대한 자료를 모으던 이들은 즉시 정보를 분석하고 그 사실을 마스터에게 알렸다. 어쨌든 멀쩡한 사람 하나 바로 수배자 만들어 버렸으니 잡아들이는 것은 그리 어렵지 않을 것 같았다.

"큭큭큭. 아시아에서 적요나 창운이 죽은 것부터가 나의 행운이었어. 이곳 속성은 내가 더 잘 알지. 하하하하하."

자인은 호탕하게 웃어젖혔다. 하지만 그때 밖에는 달갑지 않은 손님이 찾아와 있었다.


자인의 집은 그야말로 으리으리한 저택이다. 물론 대한민국이니만큼 건평 130평을 넘기 힘들지만 3층에 지하까지 있는 건물이라 총 400평이 넘는 무시무시한 저택이다. 부지까지 치면 그야말로 어마어마한데 아무리 서울 근교라고 해봐야 어지간한 재산이 없이는 감히 꿈도 꾸지 못할 것이다. 이것뿐 아니라 거대한 한옥 요정도 소유하고 있으니 비록 테트라 아낙스나 팬텀, 메시아 등의 거부들에 비하면 내세울 건 못 되지만 한국에서 그가 가진 힘도 제법 된다는 것을 알 수 있었다. 그리고 물론 그 집 앞에는 덩치가 큰 검은 양복의 사람들이 서 있었다.

"응?"

입구를 지키고 있던 성규는 한 남자가 다가오는 것을 보고 눈살을 찌푸렸다. 그 역시 흡혈귀이지만 그보다 훨씬 더 흡혈귀다운 창백한 피부, 검은 머리를 가진 남자가 유령처럼 천천히 다가오는 것이었다. 체구는 그다지 크지 않지만 기묘한 위압감을 듬뿍 풍기고 있었다. 그리고 그 손에 들린 것은…….

"뭐, 뭐 하는 놈이야?"

그는 즉시 삼단봉을 꺼내서 폈다. 옆의 동료 철진도 삼단봉을 꺼내고 그가 들고 있는 칼을 살펴보았다. 가죽으로 감싸여 있는 그것은 적게 잡아도 150센티미터는 될 것 같은 긴 금속제 검이었다. 이런 것을 어떻게 사람들 눈에 띄지도 않고 여기까지 들고 왔을까? 혹시 저 녀석이 유령은 아닌가 하는 엉뚱한 생각마저 들었다.

"까불지 마라. 죽는 수가 생긴다!"

두 흡혈귀 경비원은 그렇게 외치며 준비를 했다. 그중 한 명은 벨을 눌러서 안에 습격을 알리고 다른 한 명이 앞으로 나섰다. 그러나…….

스칵!

가죽으로 된 칼집에서 튀어나온 것은 온통 시커먼 쯔바이핸더였다. 그것은 시커먼 궤적을 그리더니 삼단봉으로 막아내려고 한 흡혈귀의 허리를 단숨에 끊고 지나갔다. 그 동료가 반응을 하려고 보니 이미 겨드랑이 밑을 가르고 지나간 뒤였다.

"크아아악!"

어둠이 상처를 썩게 하는 것을 느끼며 흡혈귀는 앞으로 쓰러졌다. 그러나 곧 그 고통도 느낄 새 없이 머리 위에 칼이 꽂혔다. 그야말로 시커먼 어둠, 어둠을 두르고 그 자체로 변한 괴물은 계속 안으로 걸어 들어왔다. 닫혀 있는 철문 따위 그에게는 장난도 아니었다. 그는 별로 힘들이지 않고서도 쉽게 철문을 잡고 좌우로 기울여 열었다. 문 안쪽에 대기하고 있던 십여 명의 흡혈귀가 깜짝 놀라서 그에게 달려들었지만 시커먼 칼은 앗하는 순간 길고 깨끗한 궤적을 그렸다.

"크아아아!"

"꿰에에에엑!"

굉음과 괴성을 터뜨리며 흡혈귀들이 나가떨어졌다. 전부 다 일도양단, 일격을 버틴 괴물이 없었다.

스으으으으.

그것은 다시 어둠을 휘감고 앞으로 걸어 나갔다. 내원을 지키고 있던 것들을 전부 다 베어버리고 안을 향해 천천히 걸어간다.

하지만 그때 누군가 발길질로 건물의 창문을 깨는 것이 보였다. 그리고 창문 안쪽의 흡혈귀들은 사람이야 보든 말든 신경도 쓰지 않고 안에서 밖으로 사격을 개시했다. 어설트 라이플로 5.56㎜탄을 사정없이 퍼부어댄 것이다. 그는 전신을 어둠으로 뒤덮고 총탄을 막아냈다. 그리고 그 순간 그의 어깨 위에서 우드득 소리와 함께 팔 하나가 천천히 나타났다.

"히이이이이익!"

흡혈귀 중 몇 명은 살기 위해서 더더욱 열심히 총탄을 쏘아 댔지만 저 진마는 총탄을 모조리 받아내면서 손을 뻗었다. 창백한 얼굴 너머의 흉악한 본성, 가면의 얼굴을 일그러뜨리며 검은 손이 움직였다. 그것은 허공을 틀어쥐었다.

우드드드득!

순간 건물이 마치 잘 베어 먹은 치즈 조각처럼 움푹 파였다. 그러니까 이것을 거대한 크림 케이크 조각이라고 한다면 그 조각 옆구리를 누가 후벼 판 것이다. 물론 그 창가에 앉아서 사격을 벌이던 이들은 아연실색했다. 붕괴에 말려든 녀석들은 몇 방울의 핏물만을 남긴 채 꿈틀거리며 죽어 있었기 때문이다.

"저……!"

하지만 나머지 흡혈귀들의 상황도 그다지 여의치 않은데, 그것은 어깨에서 솟아난 팔에 들려 있는 금속체 때문이었다. 그것은 비스트였다.

쾅!

총구에서 폭음과 폭염이 전차포나 화포처럼 뿜어져 나오며 건물 벽을 가격했다.

"크아아악!"

숨어 있어도 소용없는 마법의 총탄이 벽을 뚫고 그 너머의 흡혈귀를 덮친다. 파괴. 단 일격에 흡혈귀는 산산조각 나고 돌벽은 무너져 내린다. 어깨 위의 두 손은 비스트를 꺼내어 사격하면서 총탄을 다 쓰자 실린더를 꺼낸다. 총탄이 떨어지길 간절히 기원하는 이들에게는 안됐지만 그는 실린더에서 탄피를 제거하고 새 총탄을 끼워 넣는다.

"개새끼!"

흡혈귀 하나가 3층에서 창밖으로 뛰어내리며 칼을 뽑아 들어 내려쳤다. 섬광과 같은 참격, 하지만 그보다 먼저 시꺼먼 칼이 고개를 치켜드나 싶더니 칼을 튕겨내고 몸통을 베었다. 내려치기를 받아친 뒤 수평으로 베면서 텅 빈 몸통을 갈랐다. 시꺼먼 검의 궤적이 지나가는 그 자리엔 유혈뿐이었다.

"끄아아악!"

흡혈귀를 사냥하는 죄인 중의 죄인, 신세이어 유다. 그는 창백한 표정을 하고, 어둠을 이끈 채 몸을 질질 끌었다. 그가 느릿느릿 건물 안에 들어섰을 때는 이미, 밖에서의 사격으로 피범벅이 된 복도가 맞이하고 있었다.

스으으.

그는 고개를 갸우뚱거렸다. 시체의 것 같은 창백한 얼굴이 아무런 표정 없이 기울어진다. 그는 희한해하고 있다. 진마 헤카테의 경우도 그렇지만 정작 이 습격에서 그가 죽인 것은 자잘한 흡혈귀들밖에 없다. 물론 흡혈귀 사냥꾼들이 저 장면을 본다면 결코 자잘한 사냥이라고 말하지 못할 테지만 어쨌거나 정작 중요한 진마가 빠졌다는 것은 부인할 수 없는 사실이다.

하지만 그때 건물 뒤쪽으로 벤츠 S500L이 빠져나갔다. 유다에게 보이지는 않았지만 그 소리는 확실히 들렸다. 진마 체면에 달아난다는 것도 우습지만 신세이어 유다는 흡혈귀들 사이에서도 절대 상대해서는 안 될 재앙으로 알려져 있었다. 자인이 그를 피하는 것도 당연하다고 생각된다.

"흐으음."

유다는 그것을 추격하는 대신 구속력을 확장했다. 피에 대한 구속력을 확장시키자 역시 그의 주위에 위치한 모든 피, 그가 죽인 흡혈귀의 피들이 빠르게 그의 육신으로 빨려들어 왔다. 진마들 모두가 가지고 있는 이 구속력―피의 속박 능력―은 그들이 직접 입을 통해서 흡혈할 필요도 없게 만들어주었다.


"빌어먹을, 아닌 밤중에 홍두깨라더니 저 미친 새끼는 왜 나를 노리고 온 거야?!"

자인은 갑자기 자신을 찾아온 불행에 대해서 한탄하며 운전기사를 바라보았다. 역시 흡혈귀인 그의 운전기사 역시 파랗게 질린 채 완전히 박살 난 집을 바라보았다.

"경찰을 부를까요?"

"웃기는 소리. 경찰이라고 저 괴물을 막을 수 있겠나? 장갑차라도 오면 모를까! 그보다는 테트라 아낙스에 연락해! 이단자 유다 등장, 모든 흡혈귀를 모아 오라고!"

물론 어림없는 소리다. 흡혈귀 클랜은 서로서로의 힘을 아끼기 위해서 피 볼 일은 자중하고 다닌다. 그리고 저 신세이어 유다야말로 피 보는 게 당연한 일이다. 진마마저 위험하게 만드는 진마인데 누가 그를 상대하려고 할까? 정야나 창영처럼 만만한 거라면 모르겠지만 저놈은 보시다시피 앗 하는 순간에 수십 명의 흡혈귀를 작살낸 것이다.

"에키드나 놈이 공공연히 저 녀석을 죽여보겠다고 했었지. 아카디아에도 연락을 해."

하지만 그때 벤츠 S500L의 맞은편 길에서 시커먼 스포츠카 한 대가 나타났다. 하필이면 최악의 타이밍에 진마사냥꾼 실베스테르가 나타난 것이다.

"큭!"

창밖으로 실베스테르의 팔이 데저트 이글과 함께 삐죽 고개를 내미는 게 보였다.

쾅!

한 손으로 차를 운전하면서, 한 손으로 데저트 이글을 쏜다, 인간에게는 불가능한 짓이지만 실베스테르에게는 가능하다. 그걸 명중시키는 것 역시 가능했다.

타이어를 잃어버린 S500L은 그대로 끼이익 휘청거리며 옆으로 굴러떨어졌다. 이로써 사실상 그들은 도망칠 수단을 잃어버린 것이다.

"큭!"

자인은 즉시 차 문을 열고 뛰쳐나왔다. 하지만 실베스테르는 그를 무시하고 앞으로 달려가 자인의 저택 앞에 섰다. 물론 그 저택의 안에는 지금 신세이어 유다밖에 없었다. 그는 차 문을 열고 뛰쳐나와 즉시 바렛을 꺼냈다.

콰!

그리고 총이 조립되자마자 장전하고 뒤를 향해 발사했다. 어둠 속에서 무시무시한 폭음과 함께 총탄이 날아든다.

"칫!"

자인은 혀를 차며 총탄을 피했다. 다음 순간 그의 몸이 그 자리에서 꺼지듯 사라지면서 총탄의 궤적에서 벗어난 곳에 나타났다. 아무리 축성 받은 바렛의 탄환이라고 해도 맞지 않으면 아무런 의미도 없다.

"쿠악!"

하지만 자인 같은 능력이 없는 운전기사는 단 일격에 박살나 바닥에 흩뿌려졌다. 실베스테르는 그렇게 연거푸 총탄을 쏘아댄 뒤 흥 하고 냉소를 띠고는 바로 건물 안으로 돌입했다.

콰드드드득!

흡혈귀의 피가 바닥을 달리고 있다. 구속력 제어를 통해서 피를 흡수하는 중이라면 피의 흐름은 흡혈귀에게 인도하는 길이다. 실베스테르는 거대한 바렛을 들고 그대로 달려가 질척거리는 피를 밟으며 안으로 뛰어들었다. 3층의 거실, 그랜드 피아노가 있는 넓은 공간에는 피를 빨아들이며 서 있는 신세이어 유다가 있었다.

철컥!

말을 할 필요가 없다. 실베스테르는 즉시 바렛을 들고 연사했다. 유다는 칼을 들고 그 어둠을 모아 총탄을 막아냈지만 제아무리 그라고 해도 50구경 BMG탄을 육탄으로 받아낼 수는 없었다.

푹!

엄지손가락만 한 굵기의 사슬이 총탄을 몇 발 튕겨내긴 했지만 사슬을 끊고 들어간 탄환, 애초에 영향을 받지 않고 들어간 탄도 있었다. 유다에게는 염동력으로 사물을 제어하는 염동역장(念動力場)이 있어서 자신의 몸에 접근하는 총탄들을 염동력으로 잡아낼 수 있었는데 그마저도 뚫고 들어갔다.

차르르르륵!

하지만 채 한 탄창을 비우기도 전에 사슬이 움직이기 시작했다. 실베스테르는 좁은 방을 뛰어넘으며 간단히 그 공격을 피해내고 탄창을 교체했다. 그리고 다시 사격!

하지만 유다는 바닥을 가르고 그 밑으로 들어갔다. 시꺼먼 양수검(兩手劍)이 어둠을 휘둘러 바닥을 깨고 비스트를 들고 있는 두 팔은 실베스테르를 향해 총을 발포했다.

"큭!"

실베스테르는 소파를 집어 들어서 총격을 막으려 했지만 탄은 소파를 뚫고 파열되어서 산산이 흩어진다. 그 파편에 적중당한 얼굴이 순식간에 피투성이가 되었다. 하지만 그것도 실베스테르니까 그 정도로 끝난 것이다. 비스트의 탄은 파열된 뒤에도 사람을 죽이는 데 충분한 위력을 가지고 있었다.

구속력의 해제로 인해서 바닥을 물들인 피는 흐르다 멈추었다. 진마를 향해 흐르던 피는 멈춰서 질펀한 늪을 이루었다. 실베스테르는 바닥에 고인 피를 보고 그가 떠났음을 알았다.

"으음."

손을 들어서 얼굴을 만져 보니 길게 찢어진 흔적이 있었다. 상처는 금방 아물겠지만, 흡혈귀들을 사냥하는 흡혈귀, 유다에 대해선 걱정이 앞선다. 과연 제 동족의 피를 마시는 흡혈귀는 얼마나 더 강해질 것인가?

"흡혈귀들도 고생깨나 하겠군."

실베스테르는 솔직한 감상을 담아 그렇게 중얼거렸다. 진마 유다의 밤은 아직 끝나지 않은 것 같다.


세건은 경찰 무선을 도청하며 일본도의 날을 갈고 있었다. 아무래도 그간 몸이 너무 상해서 가급적이면 나서지 않으려고 했는데, 그의 귀에 들려오는 것은 온통 사건에 관한 이야기뿐이었다. 특히 자인의 저택이 누군가에게 습격을 당해서 불이 났다는 이야기는 꽤 신선했다.

'나 말고도 누가 그렇게 막가는 놈이 있는 건가?'

세건은 그렇게 생각하며 정비용 광택제를 일본도에 발랐다. 어차피 녹슬 때까지 쓰지도 못할 물건이다. 스테인리스는 다 버렸지만 이 강철 역시 뼈를 자르면 휘어버린다는 약점을 가진 소재다. 싸구려이기도 하고.

"흡혈귀들끼리도 싸우고 있다는 말인가?"

세건은 배니싱 블러드에 대한 견제가 들어갈 거라는 걸 어렴풋이 짐작하고 있었다. 요즘 인터넷만 돌아다녀도 정아의 사진이 보인다. 가토 하루히코라는 일본인 무규칙 룰 격투가가 한국에 찾아와서 만나고 싶은 사람이라며 거짓말을 해냈으니 누군들 관심을 갖지 않을까? 그런데다가 또 본인이 미인이다 보니까 여기저기 사진이 뜨게 된 것이다. 사람을 찾는다는 명목으로 초상권 침해를 하는 셈이다. 하지만 그렇게 되면 창현과 정아가 숨어 다니는 데 많은 피해가 갈 것이다.

"좋아. 나쁘지 않군, 그거."

세건은 칼날의 정비를 끝내고 칼집째로 천에 감쌌다. 요즘 흡혈귀와의 싸움이 많아져서 경찰들도 신경이 곤두서 있다는 것은 세건도 알 수 있었다. 하지만 혼란스러울 때 결정적인 타격을 가하는 것이 효율이란 것이다. 세건은 그 효율을 얻기 위해서 일어났다. 일단 가지고 있는 C—4도 몇 개 챙겨 들었다. 5파운드 정도의 C—4라면 상당히 큰 건축물에도 괴멸적인 타격을 줄 수 있다.

"가급적 이런 걸 쓰고 싶진 않지만."

그는 그렇게 중얼거리며 가족사진을 바라보았다. '엄마, 나 폭탄 테러범이 되고 말았어'라고 어리광이라도 부리고 싶은 심정이다. 하지만 세건은 이미 그런 식의 나약함과는 결별을 한 몸이다. 자신이 물러날 곳을 모조리 버리고, 오히려 스스로를 학대해 가면서 앞으로 나온 것이다. 이제 와서 물러선다면 그것은 오직 죽음이다.

"일단 주 영감을 만나고 나도 타격을 가하러 가볼까?"

세건은 언젠가 한번 만나달라는 주 영감의 부탁을 떠올리고 밖으로 나갔다.

주 영감은 뱀파이어의 피를 마약과 바꿔주는 장사로 꽤 짭짤한 재미를 본 뱀파이어 딜러였다. 흡혈귀의 피는 치료제, 마약 등으로 쓸모가 많았기 때문에 그 가격은 금에 필적했다. 하지만 그것도 한동안 사냥꾼이 많았을 때였지 지금처럼 사냥꾼들이 죄다 잡혀 죽거나 마약에 절어서 폐인이 된 때는 파리만 날렸다. 수요는 있는데 공급이 따라가질 못하다 보니 빌 머레이에게 그의 영역을 빼앗긴 것이다. 그 빌 머레이의 급진적인 성장을 견인한 게 한세건이라니, 세상은 참 얄궂은 것이다.

"그래서 얼마나 쳐준다는 거예요?"

세건은 오래간만에 와본 주 영감의 창고를 둘러보았다. 전에 덕연의 손에 이끌려 왔을 때는 완전한 애송이였던 그가 이제는 이런 귀빈 취급을 받다니 세상이란 정말 알 수 없는 것이다.

"가격 카탈로그를 보면 알잖니. 거기에 상향 십 퍼센트를 추가해 주마."

"별로 파격적인 조건이 아니군요. 빌 머레이만큼 가격을 잘 쳐주는 사람은 없는데."

"그렇지만 구매에서도 십 퍼센트 이득이라면 굉장하다고 생각하는데?"

"아니, 뭐, 그런 식으로 따지면 그렇지만. 그러고 보니 물어볼 게 있는데 덕연은 어떻게 되었죠?"

세건은 덕연의 상태가 궁금해서 그렇게 물어보았다. 그러자 주 영감의 얼굴이 어두워졌다.

"아, 그 친구?"

"…뭔 일 있는 겁니까?"

"그야 뭐 아무 일 없다고 할 만한 상태가 아니긴 한데……."

주 영감은 그렇게 얼버무렸다. 하지만 세건은 테이블에 손을 얹고 물어보았다.

"저는 다른 누구보다도 그걸 알아야 한다고 생각하는데요?"

"내가 말해서 뭐하겠나. 직접 찾아가 봐."

주 영감은 고개를 설레설레 저으며 그렇게 말하는 것이었다.

## 3

결국 세건은 그 옛날 자신을 가르쳐 준 덕연을 찾아서 바이크를 몰았다.

사실 추억이고 뭐고 없을 만큼 힘들고 괴로운 훈련의 연속이었다. 그것은 한 인간을 어느 정도 거칠게 깎아내는가, 어느 정도 빨리 흡혈귀를 죽일 수 있게 만드는가에 대한 실험이고 도전이었다. 물론 피실험체의 인격 같은 것은 존중되지 않았다.

그래도 눈 좀 익으면 추억이라고, 익숙한 골목을 따라 올라가다 보니 감회가 새롭다. 세건은 바이크를 길가에 세우고 덕연의 아지트를 바라보았다. 1층 주차장 공간에 누렇게 바랜 종이로 임대 상담 번호가 적힌 걸 보니 어지간히 안 나가는 곳인가 보다.

"그래도 많이 바뀌었네."

10년이 지나면 강산이 변한다고 했으니 그 강산의 10%는 변한 셈인가? 세건은 일 년 만에 찾아온 곳을 보고 아래로 내려가 문을 노크했다. 한 번, 두 번, 세 번 해도 없으면… 세건은 주저 없이 록 픽을 꺼냈다. 문에는 부비트랩을 설치하지 않았다. 세건은 즉시 문을 따고 안으로 들어가 보았다. 사람의 기척은 숨길 수 없다. 그 온기, 그 존재감은 적어도 어제까지는 이곳이 사람 사는 곳이었다는 것을 알게 해주었다. 물론 여기서 사람은 유전학적 레벨에서의 정의이지 인문학적인 레벨이 아니다. 그냥 직립보행만 하는 인간이라면 살 만한, 그런 곳이다.

"어디 보자."

세건은 덕연의 방을 살펴보았다. 사람의 숨소리가 들린다. 세건은 주 영감이 저렇게 말할 때부터 일종의 각오를 하고 있었다. 피를 팔아서 돈을 버는 인간이 저런 소리를 했을 정도면 덕연도 슬슬 흡혈귀 사냥꾼의 말로를 밟아간다는 것을 알 수 있었다. 그 말로는 세 가지 경우다. 하나는 가장 유명한 것으로 그 자신이 흡혈귀가 되는 것이다. 흡혈귀를 잡기 위해 사이키델릭 문을 쓰다가 오히려 자신이 흡혈귀가 되다니 이런 아이러니가 어디 또 있을까? 그리고 또 한 가지는 혼팅(Haunting)[+], 갑자기 영매 체질이 되어서 유령을 보고 환상과 환각, 끝없는

---

+ **혼팅** 악령이 들러붙은 상태. 작중에서의 악령은 마법사들 사이에서도 의견이 분분한데 실질적인 유령이라는 설과 인간의 영혼이 남긴 일종의 잔류물이라는 주장이 있다. 현재 양쪽 다 상대의 설을 압도할 증거는 없다.

공포에 시달리다가 죽어버리는 것이다.

뭐 흡혈귀가 있으니 유령이 있는 것도 이상한 게 아니지만 그런 것은 정말 보고 싶지 않다. 그게 진짜 유령이든 허공을 떠도는 기억의 잔상이든 간에. 이 사이키델릭 문은 그만큼의 위험을 내포한 물질인 것이다.

"마지막은 컨슘⁺이던가?"

자기 자신을 빠르게 소모하면서 죽어가는 것. 뭐 어느 쪽이 되어도 비참한 최후라는 점에서는 변함이 없었다. 하지만 이런 반지하 골방에서 혼자 죽어가는 것부터가 이미 비참함의 극치다. 자식과 가족들을 잔뜩 늘어놓고 사랑하는 아버지 소리 들으면서 무덤에 편히 들어가 죽길 원하는 건 물론 아니지만, 퀴퀴한 냄새가 가득한 이곳을 보면 벌써부터 마음이 어두워진다.

그리고 그것은 덕연의 방을 열었을 때 더더욱 극심해졌다. 빈 컵라면 용기가 차곡차곡 쌓여서 산을 이루고 있고, 그 위에는 안 피던 담배꽁초가 한 대야 메울 만큼 가득 차 있었다. 죽을 때가 되어서 그럴까? 여기저기에 사진이 꽂힌 앨범이 있었고 덕연은 그 아래, 이전의 강건한 모습은 간데없이, 다 늙은 육신에 붕대를 감고 있었다.

"……."

어느 정도 각오는 했지만 사람이 이렇게 피폐해져 있다는 것에 놀라고 말았다. 세건은 혀를 차며 덕연의 상태를 살펴보았다.

---

+ **컨슘** 섭취. 특히 뱀파이어들 사이에서는 동족의 피를 빠는 행위를 말한다.

이 상처는 아무래도 나이프로 자해한 것 같다. 강건하던 덕연이 무슨 이유로 자해씩이나 하는지 세건은 도저히 상상할 수도 없었다. 물론 그만큼 사이키델릭 문의 폐해가 크다는 거겠지.

"으으으으……."

그때 인기척을 느낀 덕연이 깨어났다. 세건은 혹시 그가 정신착란을 일으켜 공격해 오지 않을까 대비하면서—슬프지만 경계하지 않을 수 없다—조심스럽게 상태를 살펴보았다.

"세건이냐?"

덕연은 희미해진 눈동자로 세건을 바라보았다. 언제나 근육질에, 괄괄하고 화끈한 성격을 가지고 있던 그는 지금 너무나 쇠약한 독거노인처럼 이 방 안에서 컵라면으로 생계를 잇고 있었다. 돈이 없어서는 아니다. 덕연 역시 꽤 알부자라는 것은 세건이 잘 알고 있다. 하지만 돈이 있든 없든 인간은 혼자서는 나약해질 수밖에 없었다. 특히 덕연처럼 마약에 몸이 절어 있으면.

'남 말 할 처지가 아닌가?'

단기간 사용량을 보면 덕연은 세건에게 비할 바가 안 된다. 실제로 세건이 죽인 흡혈귀 수가 덕연보다도 훨씬 많다.

"어쩌다가 그렇게 됐어요?"

세건은 퉁명스럽게 덕연에게 물어보았다. 그러자 덕연은 멋쩍은지 머리를 긁적였다.

"그거야 뭐. 뽕 맞다 골로 가는 게 한두 놈이냐?"

"그렇긴 하지만."

세건은 할 말이 없어서 그를 바라보았다. 자신 역시 그 뽕 맞다 골로 갈 놈이라 그런지 덕연과 자신이 자꾸 오버랩되는 게 참기 힘들었다.

"은퇴하시죠."

"은퇴하면 뭐 하라고? 가족도 없고 아무것도 없는 놈이 만날 이러고 살까?"

세건은 왠지 자신이 해서는 안 될 말 같지만 나직이 말했다.

"뭐 얼마나 남은 인생인지 모르지만 먹고 싶은 거 먹고, TV나 보면서, 비디오나 빌려다 보면서 낄낄대다 가는 것도 나쁘지 않아요. 낙오자 인생 그렇게 살다 보면 미국 할렘가처럼 힙합 정신이 깃들어서 랩 한 구절 정도는 흥얼거릴지도."

"개새끼, 뚫린 입이라고 지껄이는 소리가 서당 개 삼 년차 짬밥통 찌그러지는 소리로구나."

"……."

멋진 말이다. 군대를 안 간 외국계 흡혈귀들에게 통할 말인지는 모르지만 나중에 써먹어야겠다고 세건은 생각했다. 서당 개 삼 년차 짬밥통 찌그러진다라…….

"앉아서 창밖으로 소총 정도는 쏠 수 있죠? 은퇴가 싫으면 제 아지트 집 지키는 개 자리쯤은 줄 수도 있는데."

"쿨럭. 그거 채용 정보냐?"

"예."

"쿨럭, 쿨럭!"

덕연은 기침을 하더니 다시 자리에 누웠다. 그리고 힘겹게 손을 들어서 가운뎃손가락을 세웠다.

"엿 먹어라, 새꺄. 니 말대로 은퇴나 해서 여생 동안 포르노 비디오나 볼란다."

"그래요? 나쁘지 않군요."

세건은 그렇게 말했지만, 그가 말한 걸 그대로 누리기가 불가능하다는 것쯤은 누구보다도 더 잘 알고 있었다. 혼팅이라는 것은 말 그대로 저주, 귀신 들리는 거라 밤만 되면 악령들이 눈에 보일 것이다. 남들이 보지 못하는 밤의 어둠을 꿰뚫어 보다가 결국 완전히 그쪽 세계로 간다고 해서 이상할 게 없다. 테트라 아낙스 계열의 뱀파이어 오라클+들이 그 뛰어난 영성으로 귀신과 유령을 보고 예지력을 발휘, 미래를 예언한다면 그들의 피로 만든 사이키델릭 문을 통해 흡혈귀의 능력을 이끌어낸 인간도 예지력을 가질지 모른다. 이 경우는 별로 원하지 않는 경우지만.

"어서 가. 월야의 주민은 월야에서야 제대로 된 놈이야. 나 같은 낙오자에게 신경 쓰지 마!"

덕연은 세건을 내쫓으려고 했다. 세건은 고개를 휘휘 저었다.

"요새 너무 많이 사냥을 해서 전신이 노곤해 죽을 지경인데 뭘요. 오늘은 쉬죠."

"이 녀석, 웃기고 있네. 크윽, 유다가……."

"유다?"

+ **뱀파이어 오라클** 테트라 아낙스 특유의 예지 능력은 단순히 미래를 본다기보다는 상당히 포괄적인 능력이다. 인류의 수가 얼마 없던 과거와 달리 이러한 미래를 포괄적으로 예지하기 위해 테트라 아낙스는 뱀파이어 오라클이라는 일종의 증폭기이자 단말을 만들어냈다. 인공적으로 시력을 제거하고 예지 능력만을 극대화시킨 이들 오라클을 거미줄처럼 연결시켜서 일종의 그리드 컴퓨팅을 실현하였다.

세건은 순간 귀가 솔깃해지는 걸 느꼈다. 유다라니. 설마 신세이어? 흡혈귀들을 잡아먹는 이단자 유다란 말인가? 덕연은 다시 기침을 계속하더니 숨을 몰아쉬었다.

"헉헉… 유다가 나섰다. 이 기회에 흡혈귀들을 박멸하면 적어도… 네가 원하지 않더라도 한동안은 푸우우욱 쉬게 될 거야."

"하아?"

"그리고 사혁을 조심해라."

"그 녀석에게야 언제든지 조심하고 있지요. 덕연이야말로 유령 보인다고 나이프로 팔다리 이런 데 쑤시지 말고 잘해요. 쇠붙이 다 치워놓을 테니까 그리 알고."

"이 녀석, 그러면 부엌일은 뭘로 하냐?"

"컵라면 끓이는 데 칼은 필요 없을 것 같은데?"

세건은 구석에 쌓여 있는 컵라면들을 보고 무슨 생각에선지 쓰레기를 모아서 쓰레기봉투에 죄다 담았다. 그렇게 한 네다섯 봉투 정도는 다 담아서 꽉꽉 묶은 다음에(어차피 돈도 많은 주제에 쓰레기봉투가 몇 푼이나 한다고 이러는지 모르겠다) 밖으로 내다 놓았다.

"야… 뭐하는 거냐?"

"없던 유령도 나올 것 같은 방을 청소하는 겁니다."

"녀석… 컵라면 용기 모아서 저 천장에 닿게 하려고 했는데."

"쓸데없는 짓을."

세건은 어린아이 같은 소릴 하는 덕연을 보고 혀를 찼다. 여기서 컵라면의 무익함을 강론하다간 신라면 그림이 붙어 있는 차에 치여서 죽을까 봐 차마 못 하겠고 어차피 일도 있어서 세건은 그만 자리에서 일어났다.

"자, 그럼 이런 데서 자살하지 말고 잘살고 있어요. 나중에… 그래, 컵라면이라도 몇 박스 사 올 테니까."

"아까 전엔 컵라면 먹지 말라며?"

"설렁탕면."

세건은 그렇게 특정 상품에 대한 자신의 선호를 피력하고 덕연의 집 밖으로 나갔다. 그래도 상태를 보니까 덕연 정도면 양호한 것 같았다. 워낙에 유들유들한 성격이라 유령을 보더라도 그건 유령 쪽이 사생활 침해를 당하는 거지 덕연이 딱히 피해본다고 볼 수는 없었다.

옛날에 가위눌리는 이야기 같은 걸 했을 때 덕연이 한 말을 생각하면 더더욱 가관이었다. 가위가 눌렸을 때는 기승위(騎乘位:말타기 자세?)라고 생각하고 허리를 들썩거리려고 애쓰면 실제로 들썩거리면서 가위가 풀린다는 것이다. 그리고 덕연은 뻔뻔스럽게도 '처녀 귀신이었다!' 라고 주장한 것이다.

'왜 과거형인지는 모르겠지만.'

세건은 그렇게 생각하고 바이크에 올라탔다.


인은 흡혈귀답지 않게 담배를 입에 물고 불을 붙였다. 건강을 생각할 필요가 없는 흡혈귀로서는 담배야 있든 없든 별 상관없는 물건이다. 별로 기호품으로서의 효용도 높지 않고. 그래도 피기 시작하면 중독되는 것은 인간이나 흡혈귀나 마찬가지였다.

"뭐 대한민국 전매청에 세금 내는 셈치지. 싸기도 하겠다."

인은 그렇게 말하며 담배 연기를 내뿜었다. 디스플러스라는 이 놈은 싸구려 홍타산(紅塔山:중국 담배 상표)과는 비할 수 없는 깔끔한 맛을 자랑했다. 담뱃값의 대부분이 세금이라는 걸 감안할 때 대한민국 전매청이 얼마나 담뱃값을 낮게 책정했는지, 중국산 담배보다도 가격이 저렴한 것도 많을 정도였다. 주세는 비싸고 담배는 싼 걸 보니 흡연을 장려하는 사원가 싶지만 그렇지도 않았다.

"문제는 서울을 계속 빨빨거리며 돌아다니는 놈을 어떻게 찾느냐는 거군."

인은 세건의 사진을 노려보았다. 그의 혈족 중 쓸 만한 인력을 다 죽여 버린 어린 인간. 이 인간은 어째서 월야의 주민이 되었을까?

"보나마나 시시한 이유겠지."

그리고 흡혈귀가 흡혈귀 사냥꾼의 사정 따위 신경 쓸 이유도 없다. 인간의 사정을 신경 쓰지 않고 그 피를 내어 마셨을 때부터 흡혈귀 사냥꾼과 그들은 적이다. 적일 수밖에 없다.

하늘은 점차 회색으로 물들어가고 있었다. 진한 황사, 그것을 머금은 구름이 비를 뿌릴 준비를 하고 있었다. 물론 인 역시 황사의 끔찍함은 잘 알고 있다. 그게 황사 비가 되어 내릴 때는 그야말로 불쾌함의 극치라는 것도…….

"후우."

인은 담배를 비벼 끄고 자신의 차로 걸어갔다. 서울 어느 구석을 계속 싸돌아다니는 놈을 어떻게 찾을 것이며, 그걸 또 어떻게 죽일 것인가? 그런 골치 아픈 문제는 잠시 잊고 차에서 비를 맞아보기로 했다. 조금만 기다리면 하늘에서 황갈색의 비가 내릴 것이다.

진마 아그니는 워낙 경찰이 기승을 부리고 있어서 한동안 활동을 하지 않았다. 사실 그는 사냥하기 어려운 흡혈귀보다는 인간을 잡아서 먹는 걸 원칙으로 하는 실리주의자였다. 물론 클랜 외의 떠돌이 애송이 흡혈귀라면 그런 구차한 목숨은 거둬주는 것이 자비라고 생각해서 종종 흡혈귀들을 죽이기도 하고, 클랜에 속한 것들이라고 해도 먹어서 큰 문제가 되지 않을 것 같으면 잡아먹는, 기회주의자적 경향이 강했다.

하지만 아무래도 그 잔치는 다 끝난 것 같았다. 진마사냥꾼도 역시 강력하고, 신세이어 유다까지 올라왔다면 이곳은 그다지 안전한 곳이 되지 못한다. 흡혈귀들이야 지천에 깔려 있으니까 좋은 사냥터일진 모르지만 너무 위험도가 커진 지금 그는 더 이상 큰 도박을 걸지 않고 판돈은 챙긴 채 이 바닥을 뜨고 싶었다.

"역시 한국같이 치안이 좋은 나라는 안 돼. 좀 치안이 안 좋고 땅도 널찍해야지 죽여서 먹기도 편하지."

그는 남들이 들으면 도저히 이해가 불가능할 말을 흥얼거리며 짐을 쌌다. 오랜 시간을 살아온 흡혈귀이긴 하지만 여전히 그는 즐거웠다. 그에게 빨려 죽은 이들이 별로 즐겁지 못하다면 미안한 일이지만 그들의 몫까지 열심히 인생을 살아가니까 언젠간 이해해 주리라는 멋대로의 상상마저 하는 것이다. 물론 죽어버린 놈들이 어떻게 그를 이해해 주겠다는 건지는 의심스럽지만 그런 일에 대해서는 산타를 믿는 아이들의 동심처럼 맑고 순수한 마음을 지닌 게 바로 아그니였다!

"마침 떠날 때라고 비가 와주는군."

황사가 섞인 비가 도시를 후려갈겼다. 그는 우산을 펼치고 공항을 향해 걸어갔다. 어차피 여권 비자도 다음 주면 만료, 정상적인 신분을 가지고 있는 그는 그 신분을 벗지 않기 위해 다시 모국(?)으로 돌아갈 필요가 있었다. 하지만 황사 비는 오는데 택시는 잡히지도 않고, 그렇다고 전화를 해서 부르자니 비쌀 것 같고—콜택시는 비싸다—다른 흡혈귀들처럼 돈이 썩어나서 퇴비로 만들 만큼 넉넉하지 못한 불우 흡혈귀는 이런 때 버스 정류장에 서서 기다릴 수밖에 없었다.

"블레이드 러너 같군. 산성비 경보라도 때려야 하는 거 아닌가?"

그는 그렇게 중얼거리며 쏟아지는 비를 바라보고 있었다. 그런데 그때, 갑자기 찡 하고 뭔가 예감이 왔다. 원래 흡혈귀 중 예지력을 가진 쪽은 테트라 아낙스밖에 없다. 24계통의 진마로부터 기인한 혈족들은 그 혈족의 기본 능력+$\alpha$의 능력을 가지고 있고, 그중 테트라 아낙스의 기본 능력이 정신 조작과 예지 등에 집중되어 있었다. 그것이 바로 테트라 아낙스가 다른 흡혈귀들을 지배하는 힘이자 원동력이었던 것이다. 하지만 진마들에게는 다들 어느 정도 타 계통의 피가 흐르기 때문에 이따금 강력한 예지력이 발휘되는 경우가 있었다. 그리고 그게 바로 지금이었다!

'뭐, 뭐지?!'

순간… 그의 뇌리에 기이한 목소리가 울려 퍼졌다.


## 4


밤은 마치 생물처럼 살아서 움직이고 있었다. 그리고 그 사이를 흐르는 소리와 소리들, 인간에게 들리는 것과 그렇지 않은 것들이 뒤섞여 있었다. 그래, 지금의 밤은 미친 달의 세계와 현실 세계가 뒤섞여 진한 점성의 어둠을 형성하고 있었다. 관념과 현실의 경계가 일그러진 유리창처럼 어둠에 투영된다.

어느 것 하나 명확한 것은 없지만, 소문은 확실히 퍼져 나가고 있었다. 무수히 많은 흡혈귀가 그들의 욕망을 위해 움직이고 있는 이상 테트라 아낙스라고 해도 소문을 막을 수는 없다. 증거는 없지만 신뢰도 높은, 그러나 비과학적이고 초자연적인 소문. 그 소문은 사람들에게서 생명을 얻고, 그로써 도시의 어둠은 마귀가 되어 끈적끈적하게 콘크리트의 정글을 타고 흘러내린다.

"아."

어둠을 바라보면 그것은 언제나 자신의 일부분 같아서 고통스럽다. 마물을 사냥하면서 점점 마물이 되어가는 자신을 직시한다는 것은 여전히 고통스러운 일이다.

올바른 폭력은 존재하지 않기 때문에 그는 자신의 당위성을 포기한 채 모든 흡혈귀를 몰살해 왔다. 자신의 악행을 당위성으로 가리는 것은 추악한 일이지만, 그렇다고 당위성을 포기하고 악을 자처하는 것 역시 혐오스러움이란 점에서는 다를 게 없다.

'나 아니면 누가 지옥에 떨어지랴… 인가?'

한세건은 쓴웃음을 짓고 무장을 점검했다. USAS—12, 30발들이 롱 매거진을 장착한 글록 18 풀 오토 버전, 총탄과 폭약이 들어 있는 가방, 어느 것이라도 경찰의 불심검문에 걸리면 '아, 그렇군요' 하고 끝나지 않을 것뿐이다. 그러나 흡혈귀를 상대하기 위해서는 이 정도 무장은 필수다. 특히 오늘같이 끈적끈적한 어둠이 농밀하게 깔린 밤은.

우우우웅.

다시 귓가에 소리가 들려온다. 고막을 통해서 들리는 것이 아닌, 머나먼 곳에서 그를 부르는 소리. 그 소리를 들을 때마다 전신의 피가 들끓고 얼굴이 상기되었다.

"어떤 놈일까."

만약 이 환청이 그 자신의 착각이 아니라면 그것은 상상도 못할 정도로 강력한 주술일 것이다. 그런 힘을 가지고 있는 존재는 몇 되지 않는다. 아마도 진마일 테지. 그것도 무섭도록 강력한. 세건은 그런 생각을 하며 피식 웃었다. 진마가 자신의 동족들을 불러 모으고 있다. 마치 심해의 한가운데에서 미간의 등으로 물고기를 꾀여 잡아먹는 아귀처럼. 아마도 동족을 잡아먹는 진마 신세이어 유다의 짓이리라.

신세이어 유다가 상륙했다는 소문은 헤카테의 자식 대부분이 괴멸당한 시점에서 이미 흡혈귀와 인간들에게 널리 퍼져 있었다.

누구와도 타협하지 않고 50년에서 100년 사이의 활동 주기를 통해 이따금 깨어나 흡혈귀들에게 재앙을 선물하는 신세이어 유다⋯⋯. 그가 활동 주기를 가진 채 움직이는 일종의 재해가 아니었다면 흡혈귀 따위 이전에 박멸했을지도 모르는 진정한 학살자.

'하지만 흡혈귀끼리 서로를 죽이는 것은 위험해.'

흡혈귀의 피를 마시고 강력해지는 흡혈귀라면, 인간에게는 그만큼 위험한 존재가 없다. 24인의 진마, 24계통의 흡혈귀는 그들에게 있어서 족보나 다름없는 것이지만 그것은 또한 흡혈귀 사냥꾼들에게 있어서 정보의 흐름이기도 했다. 24계통의 흡혈귀들이 서로서로 반목하며 벌어진 틈, 그들 간의 속성 차이가 빚어내는 촌극, 그것들을 뛰어넘은 단 하나의 진마라면 누가 그것을 당해낼까?

흡혈귀마저 당해내지 못한 흡혈귀를 인간이 당해낼 수 있을까?

세건은 장비를 비끄러매고 바이크에 몸을 실었다. 가로등의 불빛의 그의 몸을 따라 유선형으로 흘러내렸다.

'얼마나 남았을까. 이 몸이⋯⋯.'

시한폭탄을 몸에 안고 있다는 것은 안다. 하지만 오늘 밤은 터지지 않겠지. 세건은 그렇게 믿으면서 끈적끈적한 어둠 속으로 달려나갔다.


진마 팬텀은 자신의 애마 바이퍼 GTS를 타고 서울의 도심을 지나고 있었다. 기어비를 상당히 낮춰놨음에도 불구하고 도로 사정이 안 좋기 때문에 시속 150킬로미터 이상은 밟을 수 없다. 하지만 왠지 묘하게 기분이 고양되는 밤이었다. 가슴이 두근거리고 피가 머리로 쏠리는 게, 성욕을 느낀다고 할까? 피라도 빨고 싶어지는 밤이다.

"하지만… 그건 내 주의가 아니지."

팬텀은 시트에 몸을 파묻고 야경을 바라보았다. 테트라 아낙스 덕분에 신세이어 유다가 움직였다는 것은 이미 알고 있었다. 테트라 아낙스가 관리하는 뱀파이어 오라클들은 그들의 예지력을 이용해 모든 것을 예언한다. 그들의 예언이라는 것은 마치 운명의 실의 물레를 돌리는 노른(북구신화의 운명의 여신)과 같아서 가닥가닥 얽혀서 미래를 읽어내는데 빗나가는 법이 없었다. 물론 그것은 예언이란 것들이 늘 그러하듯 제한적인 정보뿐이지만 신세이어 유다의 활동기를 예언하는 데는 충분하다.

신세이어 유다. 그가 언제부터 흡혈귀들의 사회에 모습을 드러내었는가는 이견이 분분하다. 하지만 그가 예정되어 있던 24계통 중 하나를 잇는 존재라는 것만은 분명했다.

물론 그처럼 단독으로 돌아다니며 다른 동족들을 학살하는 이를 과연 흡혈귀의 계통에 넣어야 할까 하는 것은 의문이지만 그가 24계통의 진마 중 하나임에는 이견이 없었다. 그리고 흡혈귀 사회에서 배척받는 존재라는 것도. 그러나 강대한 흡혈귀들에게 배척받으며 지금까지 살아남았다는 것은 그가 얼마나 강력한 존재인지 반증하는 것이다. 활동기를 가지고 그 외의 시대에는 잠적하는, 그만의 특성이 없었다면 테트라 아낙스마저도 존재를 위협받았으리라는 최악의 흡혈귀. 가는 날이 장날이라더니 하필이면 진마 정야와 창영이 태어난 이곳에서 유다가 그 활동을 재개한 것이다.

'테트라 아낙스가 난리 치겠군.'

호텔에 돌아가면 테트라 아낙스의 공문이 잔뜩 쌓여 있을 것이다. 신세이어 유다가 사용하는 권총, 비스트를 만든 게 팬텀이라는 것은 모르는 이가 없을 정도로 공공연한 사실이다. 팬텀의 애총 비스트 더블과 유다의 비스트는 그 크기에서 차이가 있을 뿐 동일한 디자인, 동일한 작명 센스를 가지고 있으니까. 또한 팬텀이 테트라 아낙스에 역심 아닌 역심을 품고 있다는 것 역시 모르는 이가 없다. 아니, 사실 진마라면 누구나가 테트라 아낙스에게 역심을 품고 있긴 하다.

우우웅.

그의 옆 좌석에 놓아둔 비스트 더블은 어제부터 계속 떨고 있었다. 그 형제들이 부르는 소리에 응하는 것일까? 신세이어 유다의 손에 들린 두 자루의 비스트가 초염(硝炎)을 토해낼 때마다 비스트 더블 역시 심하게 떨었다.

"하아악."

무심결에 왼손으로 입을 막았지만, 손가락 사이로 피가 튀어나온다. 토해낸 피는 다시 구속력에 의해서 그에게 환원되지만, 피를 본 순간 눈앞이 시뻘게지고 감정이 격해지는 것은 어쩔 수 없었다. 수혈 팩을 사다 먹으며 흡혈의 욕구를 억제하고 살아왔지만 결국 그도 흡혈귀, 자신을 도발하는 신세이어 유다의 부름에 응해야 할까?

"…내버려 둬…… . 나를."

그러나 말과는 달리 그 역시 소리에 응해서 차를 몰았다. 물론 진마 팬텀이나 되는 이가 신세이어의 부름에 응할 만큼 자제력이 약하진 않다. 하지만 월야의 주민은 기나긴 세월을 살아오면서 끔찍한 지루함에 미쳐 버리기 십상이고 이런 재미있는 일은 그다지 흔하지 않으니까…… .


"흡혈귀들이 모여드는군."

실베스테르는 긴 은발을 흩날리며 건물 위에 서 있었다. 10층짜리 복합 건물의 옥상에서 안테나를 밟고 그 위에 서 있는 실베스테르는 중력에서 벗어난 전혀 다른 존재 같아 보였다.

높은 곳에서 내려다보니 끈적끈적한 어둠 속에서 움직이는 미세한 흡혈귀들의 움직임까지 쉬이 알 수 있었다. 그래, 불꽃에 몰려드는 부나비들. 그게 너희들의 몸을 태울 거라는 생각은 하지 않나 보지? 아니, 이미 죽어 있는 놈들이라서 뇌까지 죽은 것인가? 실베스테르는 냉소를 머금고 고개를 돌렸다. 신세이어, 흡혈귀를 잡아먹는 흡혈귀로서 그 목적은 아직도 불명. 300년 넘게 살아온 실베스테르가 알기론 세 번 정도 더 활동했었지만 그때까지 일으킨 피해는 기물 파손을 제외하곤 전부 흡혈귀의 목숨이었다. 하지만 무슨 정의감 때문에 인간을 건드리지 않은 것은 아니리라. 신세이어, 죄를 말하는 자라는 그의 이름대로 그는 속죄를 위해서 흡혈귀란 종족을 사냥하는 것일 뿐.

"하지만 죄인을 죽이는 것으론 죄를 사할 수 없지!"

자신을 죽일 수 있는 기회이긴 하지만 진마를 죽이고 그것을 흡수한 진마가 얼마나 강해질 것인가? 그걸 생각하면 지금은 신세이어를 막아야 한다. 아이러니컬하게도 진마사냥꾼인 그가 진마를 구해줘야 하는 것이다.

철컥.

시커먼 몸체의 바렛이 둔중한 금속음을 냈다. 저격은 제아무리 강력한 흡혈귀라도 무력화할 수 있는 공격 수단이다. 특히 바렛과 같은 대구경 라이플의 경우는 어떤 흡혈귀라도 막을 수 없다. 저 신세이어 본인도 역시 막아내지 못하지 않았던가!

쾅!

폭음과 함께 총탄이 튀어 나간다. 빠르게 달려나가던 신세이어의 몸통에서 불꽃이 튀어 오르고 그 충격 때문인지 앞으로 구른다. 몸에 두꺼운 사슬을 두르고 다니길래 과연 이 정도 거리에서도 통할까 생각했는데, 요행히 총탄이 먹혀 들어간 것 같았다. 하지만 그 타격은 경미하다. 아니, 이 정도 거리에서는 그가 탄에 맞아서 넘어진 것인지 아니면 단지 밀려서 넘어진 것인지 알 수 없다. 비록 그가 몸에 감고 있는 사슬이 불꽃을 튀겼다고 한들 그것이 곧 신세이어의 살점에 총탄이 파고들었다는 증거는 아니니까.

'완전 철갑탄이긴 하지만.'

실베스테르는 즉시 건물에서 이동했다. 상대가 상대다 보니

한자리에서 저격만 할 수는 없는 법, 그는 10층 건물에서 뛰어
내리며 벽면을 박찼다.

"캬아아아아!"

구울화된 새들이 날아들고 있었다. 실베스테르는 바렛 대신
왼손으로 허리에 맨 사브르를 잡았다. 그리고 벽을 박차고 건
물과 건물 사이를 넘나들며 왼손만으로 1미터가 넘는 긴 사브
르를 뽑아서 휘둘렀다. 첫눈처럼 새하얀 칼날이 어둠을 가르고
지나가자 남는 것은 오로지 절단 난 구울들의 잔해뿐이었다.

쿠웅!

육중한 소리와 함께 지상에 착지한 실베스테르의 앞에는 이
성을 상실한 흡혈귀들이 있었다. 평상시라면 그가 무서워서 감
히 대항도 하지 못했겠지만 지금 유다의 힘에 이끌려 미쳐 버
린 흡혈귀들은 용감하게 그에게 덤벼들었다.

"죽어!"

큼지막한 LPG 가스통이 날아든다. 하지만 그런 것에 맞을
실베스테르가 아니다. 그는 지면에 착지한 반동으로 앞으로 쓸
려 내려온 머리칼을 한 손으로 거두면서 바렛을 들었다. 최소
한의 움직임, 고개를 살짝 젖히는 것만으로도 가볍게 LPG 가
스통을 피한 그는 바렛으로 자신에게 무모한 공격을 가한 흡혈
귀를 쏘았다. 몸통에 적중된 탄환은 단숨에 흡혈귀를 갈기갈기
찢어버리고 그 뒤에 주차해 있던 차량을 박살 냈다.

"크아악!"

권총을 든 흡혈귀가 달려든다. 벽을 박차고 머리 위로 뛰어

드는 놈, 낡은 LPG 가스 배달용 오토바이를 타고 옆으로 돌진해 오는 녀석, 그리고 산만 한 덩치에 압연강판으로 일종의 갑옷을 두른 거대한 흡혈귀…….

끼이잉!

실베스테르는 냉혹한 웃음을 지으며 오른손으로 고쳐 쥔 사브르의 칼날을 지면에 대고 눌렀다. 칼날은 부러지지 않을까 우려될 만큼 크게 휘면서 지면에 누웠다.

쉬이이익!

모인 힘을 일시에 해방하는 예리한 파공성! 검광이 춤추자 이미 실베스테르는 그들의 포위망을 빠져나온 뒤였다. 흡혈귀들은 깨끗하게 잘려서 짚단처럼 쓰러지고 LPG 배달용 오토바이는 옆으로 쓰러지며 역시 목이 잘려 나간 거구의 흡혈귀를 향해 돌진했다. 영화처럼 폭발이 일어나진 않았다. 그저 끔찍한 파육음(破肉音)과 함께 흡혈귀들의 육신이 나동그라질 뿐.

"훗."

긴 은발의 신부는 사브르를 쥔 채 성호를 그으며 시신의 산을 뒤로하고 앞으로 나아갔다.


신세이어는 놀라운 속도로 자인을 추격하고 있었다. 인간의 형상으로는 제아무리 강력한 흡혈귀라도, 진마 팬텀마저도 시속 60킬로미터를 넘지 못했다. 물론 진마 팬텀도 안개로 변신하고 날아다니면 이야기가 달라지지만, 신세이어는 그냥 인간의 모습으로도 시속 120킬로미터까지 달린다. 몸을 지면에 닿을 듯 말 듯 바짝 숙인 채, 이족보행 생명체의 한계를 뛰어넘은 움직임으로 달리는 것이다. 그 속력이 어찌나 빠른지 그의 몸을 휘감은 사슬이 마치 바람에 나부끼는 총채처럼 하늘 높이 들려서 꼬리를 이루고 있었다. 코너를 돌 때마다 관성에 의해서 움직이는 사슬이 가로등을 후려쳐 끊어버리고 건물과 기물들을 파손시킨다. 그럼에도 불구하고 도시는 조용하다. 이 끈적끈적한 어둠이 월야의 주민들 외의 인간에게 그 파괴를 감추고 있는 것이다.

"대단하군……."

자인은 추적당하는 입장에서 그것을 보고 사뭇 감탄했다. 자신의 목숨이 위험한 상황이지만 흡혈귀에게 있어서 목숨이란 사실 언제 내놓아도 부담스러울 게 없는 물건이다. 흡혈귀의 전통 24계통의 하나를 맡고 있는 자인으로서는 그 피에 내재된 가능성을 지켜 나가야 한다는 숭고한 사명이 있지만, 사명 따위를 신경 쓰는 흡혈귀가 몇이나 있을까?

하지만 이것을 목숨을 건 게임이라고 친다면… 진마로서 이런 승부를 마냥 회피할 수는 없다.

'설령 어부지리를 준다고 하더라도 말이지.'

창운과 적요가 공멸한 그때처럼, 지금 죽음의 냄새를 맡고 쫓아온 저 신부, 실베스테르는 분명히 300살 정도밖에 안 된 어설픈 마물이지만 흡혈귀들을 위협할 만한 무시무시한 무기로 무장한 괴물이다. 그가 엄연히 등을 노리고 있는데도 강적과 싸운다는 것은 어리석은 짓이다. 하지만 반 테트라 아낙스

계열의 흡혈귀 중에서 최강자로 꼽히는 신세이어 유다가 이런 극동의 땅에 나타나 직접 그에게 싸움을 걸어오고 있는 것이다. 이것에 응하지 않으면 안 된다. 수천 년을 이어온 싸구려 목숨을 가지고 즐길 수 있는 가장 위험하고 커다란 도박을 단지 지기 싫다는 이유로 회피할 수는 없다.

이성은 달아날 것을 요구하지만, 흡혈귀로서의 명예가 그에게 싸움을 종용한다.

쾅!

뭐 이 정도 되면 어차피 마냥 회피할 수도 없는 것 같고.

자인은 자신을 추격해 오는 저 흉흉한 존재에 맞서기로 결심했다.

"쫄래쫄래 쫓아다니는 재미가 좋은가 본데……."

자인은 혈인 능력을 끌어 올렸다. 공간을 뛰어넘어 질주하는 적, 진마 유다 앞에 갑자기 나타나는 것과 동시에 손을 휘둘렀다. 우스꽝스러울지도 모르나 전력으로 어둠을 꿰뚫으며 달려오던 유다의 속도로 갑작스런 기습에 저항하기란 힘들 터, 달려오던 힘과 뱀파이어 특유의 괴력이 맞충돌한다면 일권에 척추가 부러지고 피와 살점이 폭포수처럼 쏟아져 나오리라.

그러나 그 순간, 유다는 달려오던 속도를 살려 슬라이딩으로 자인의 일권을 피하고 밑으로 빠져나갔다. 쇠사슬이 아스콘 바닥을 긁으며 불꽃을 튀기면서 그의 몸을 멈춰 세운다. 마치 고성능 스포츠카에 붙어 있는 디스크 브레이크가 고열로 달아올라 빛을 발하는 것처럼 유다의 몸에 감겨 있는 쇠사슬들이 달아올랐다.

치이이이이익!

살을 태우는 듯한 붉은빛의 사슬들이 빠르게 어둠 속으로 침잠한다.

다시금 그는 짙은 어둠에 휘감겼다.

사슬에 휘감긴 창백한 얼굴의 남자는 시체를 연상시켰다. 흡혈귀들보다도 더더욱 흡혈귀답다고 할까? 흡혈이란 모티브에 걸맞게 고혹적으로 생긴 것도 사실이지만 더더욱 인상 깊은 것은 그 사슬이다. 굳이 찰스 디킨스의 크리스마스 캐럴을 들지 않더라도 그의 이름 '신세이어'와 결부해 볼 때 그것이 죄에 대한 구속, 즉 벌이라는 이미지 자체라는 것을 알 수 있었다.

무슨 죄를 지었는지 모르지만…….

"나를 끌고 들어가지 마!"

자인은 간판에서 뛰어내리며 신세이어에게 달려들었다. 무모한 짓이다. 위에서의 공격 따위…….

과연 유다는 왼팔을 들어 올렸다. 그리고 단지 손을 움켜쥐는 것만으로 그 구역을 파괴했다. 방금 전까지 자인이 서 있던 간판이 가볍게 안으로 말려들어서 부서졌다. 하지만 자인은 이미 신세이어의 뒤로 돌아간 뒤였다. 배니싱(Vanishing), 이 공간 이동 능력은 흡혈귀들의 24계통 중 오직 자인의 계통만이 지닌 힘이다. 아까 전 실베스테르의 총격을 피한 것도, 그리고 방금 전 차에서 탈출한 것도 이 능력 덕분이었다. 그 외 다른 능력이 좀 약하다는 게 흠이긴 하지만 진마의 육체적 능력은 이미 그 자체가 흉기이다.

자인은 이미 유다의 옆으로 돌아가 공격 태세를 갖췄다. 손톱을 세워서 그 목을 베고 바위도 부수는 주먹으로 돌아보는 유다의 얼굴을 가격한다.

빽!

진마의 주먹은 단 일격으로 골절을 일으키고, 그 안에 들어 있는 뇌 역시 진탕으로 만들어 버린다. 불시에 머리에 적중한 그 공격은 틀림없이 치명상이 되어야 했을 것이다.

"…흠."

유다는 처음으로 인간다운 소리를 내었다. 하지만 그 눈동자에는 의구심이 들어 있을 뿐, 타격에 대한 느낌이 없었다. 목을 그은 상처에서도 피는 흘러나오지 않는다.

"아니?!"

이 무슨 강력한 구속력이란 말인가? 피에 대한 구속력이 이 정도로 강력하다면 은을 사용하지 않고서는 제대로 된 타격을 줄 수 없다. 하지만 흡혈귀가 흡혈귀를 상대하기 위해서 은을 사용해야 한다니?

"크윽!"

자인은 즉시 발로 그를 걷어차 날려 버렸다. 그는 무서운 속도로 날아가 벽에 처박히고 둔중한 사슬이 그 여세를 빌어서 벽을 부숴 버렸다. 무너져 내리는 건물 외벽의 틈바구니 사이로 사슬이 마치 무저갱에서 기어오르다 좌절한 악마의 손아귀처럼 천천히 땅바닥으로 쏟아져 내렸다.

하지만 저 녀석이 이 정도 타격으로 죽을 리가 없다. 저것은 최악의 진마, 신세이어 유다니까. 자인은 품속에서 나이프를 꺼냈다.

"카아아아아아!"

자인은 허공을 향해 미친 듯이 나이프를 휘둘렀다. 거무튀튀한 나이프가 허공에서 각도를 틀 때마다 가로등의 불빛이 반사되며 기묘한 호선을 그렸다. 무시무시한 속도로 뻗어 나오는 검광. 저걸 그냥 허공에서 휘둘러 대고 있으면 미친놈 지랄발작이라고밖에 할 말이 없는데 문제는 그 검광이 유다가 처박힌 건물 벽에도 나타나서 콘크리트를 잘라대기 시작한 것이다. 공간 이동 능력을 응용한 베기는 제아무리 강력한 흡혈귀의 구속력이라고 하더라도 파괴할 힘이 있었다. 적어도 자인은 그렇게 믿고 있었다.

촤르르르르륵!

그러나 그러한 맹공 속에서도 유다의 몸에 감긴 사슬이 풀려났다. 죽여도 죽지 않는 괴물처럼 치솟아오른 사슬은 사이드와인더(Sidewinder)처럼 꿈틀거리며 자인에게 날아들었다. 하지만 자인은 다시 공간 이동으로 그것을 피하고 가로등 위에 섰다.

타앙!

유다는 마치 테트라 아낙스처럼 자인의 다음 행동을 예측하고 비스트로 자인을 쏘았다. 자인은 즉시 결계를 만들어서 총탄을 막아보았지만 비스트는 피스톨의 형상을 한 대형 라이플이다. 아니, 차라리 대포라고 부르는 게 더 어울릴 것이다. 그 흉물스런 총탄은 그대로 결계를 관통하고 자인의 어깨에 맞았다.

우드득.

어깨뼈가 날아가면서 팔이 절반 정도 끊어져 버렸다. 인간이라면 즉사하고도 남음이 있는 중상이지만 자인은 정신을 집중하고 공간 이동을 사용했다.

"크으으윽!"

절단된 팔은 그대로 피의 구속력을 회복해 다시 자신의 몸으로 불러들였지만… 뼈를 복구하는 것은 제아무리 진마라도 그리 쉬운 일이 아니다. 하지만 자인은 육체보다도 그 수모를 견딜 수가 없었다. 진마씩이나 되는 자신이 이렇게 간단하게 한 팔을 내주다니.

"네놈의 팔도 받아가도록 하지!"

자인의 표독한 외침과 함께 공간 도약이 행해졌다. 공간을 전이하는 그 능력은 자신의 몸에서 멀어지면 멀어질수록 컨트롤이 힘들어지지만, 진마인 자인에게는 큰 문제가 없었다. 유다는 위험을 느끼고 즉시 몸을 낮추었지만 이미 그의 어깨 위의 두 팔 중 왼쪽 것이 사라졌다. 왼팔이라고 부르기엔 어색한 그 팔은 공간을 도약해서 자인의 손아귀에 떨어진 것이다.

'제아무리 유다라고 해도 이 정도 거리에서 구속력을 발휘하지는 못하겠지?'

그는 웃으면서 그 팔에 걸린 총을 빼앗아 들고 두꺼운 단면에 입을 대었다. 진마의 피를 마시는 것은 이 어깨 상처에 대한 훌륭한 보상이다. 보상하고도 남음이 있지.

하지만 피에 대한 욕심이 그의 눈을 어둡게 한 탓일까? 자인은 유다의 다음 행동을 읽지 못했다. 유다는 자신의 봄에 두른 어둠을 풀어내고 쯔바이핸더를 가죽제의 칼집에서 뽑아 들었다. 칼날은 마치 펄펄 끓는 물이 그러하듯 시커먼 어둠을 증기처럼 뿜어내고 있었다. 자인이 그것을 눈치챘을 때는 이미 가로등 아래에서부터 시커먼 어둠이 휘감고 올라와 그의 육신을 물어버린 뒤였다.

"이런!"

공간 도약으로 피하면 된다! 그 생각이 안일했던 것일까? 이 어둠은 자인을 마비시켜 공간 도약을 방해했다.

촤르르르르륵!

그리고 오히려 자인의 공간 도약 능력을 이용해 유다의 사슬이 움직였다. 유다의 몸에 휘감긴 사슬이 지면 속으로 빨려 들어가더니 어둠을 통해 공간 도약을 하고 허공에서 나타나 자인을 덮쳤다. 하지만 설마 남의 능력을 단지 접촉한 것만으로도 빼앗을 수 있단 말인가? 그것도 진마의 능력을? 자인은 육신을 부술 듯한 사슬의 맹습에 비명조차 지르지 못했다. 그러나 그 정도로는 진마의 생명을 빼앗을 수 없다.

철컥!

새카만 쯔바이핸더가 칼날을 지면에 수평으로 눕혔다. 유다는 창백한 그 얼굴에 처음 떠오르는 열의—자인에 대한 살의—를 내비치며 달려들었다.

쾅!

그러나 살의는 좌절되었다. 폭음과 함께 유다의 팔이 뒤로 꺾였다. 무언가 강력한 것이 그의 칼을 맞춰 불꽃을 튕겨낸 것이다. 그 타격이 얼마나 강력한지, 칼에 붙어 있던 손가락들이 죄다 부러지고 기묘하게 뒤틀렸을 정도다.

"밤에 뭘 먹으면 안 된다는 이야기도 못 들었나? 식사 시간은 아직이라고."

냉소적인 지적을 하는 검은 옷의 신부가 도심의 외곽 도로, 그 갓길에 차를 세운 채 바렛을 들고 있었다. 총구는 여전히 유다를 겨눈 채로, 진지한 표정을 짓고 있는 걸로 보아 밤에 뭘 먹으면 안 된다는 저 충고가 단지 농담 같지는 않았다.

"크윽!"

자인은 그사이 얼른 몸을 회복하고 공간 도약으로 자리를 피했다. 방금 전엔 정말 위험했지만, 아이러니컬하게도 진마사냥꾼이란 저 신부가 자신의 목숨을 구해준 것이다.

"오늘 밤은 이래저래 수모를 많이 겪는군!"

그는 계속 공간 도약을 하며, 말 그대로 '살기 위해' 도망을 쳤다. 한 번 공간 도약을 할 때마다 엄청난 피로감과 수치심이 동시에 그를 짓누르지만 오늘 밤은 그의 패배다. 패배자의 역할을 맡은 이상 꼬리를 말고 최대한 도망쳐 준다. 승자에 대한 예우는 흡혈귀들 사회에 오랫동안 내려온 전통이니까.

"흐음."

실베스테르는 도망치는 자인을 보고 안도감과 동시에 한심함을 느껴야 했다. 원래대로라면 지금이라도 죽여 버려야 할 놈인데… 유다의 위험성을 증가시키지 않기 위해 최대한 그의 흡혈귀 사냥을 방해해야 한다니 아이러니컬한 일이다.

하지만 정작 제거해야 할 유다는 사슬과 어둠을 회수하고는 실베스테르에겐 눈길 한 번 주고 다시 앞으로 달려나가는 게 아닌가?

"인간은 공격하지 않는다는 건가?"

실베스테르는 자신을 무시하고 달려가는 그를 향해 바렛을 겨누었다. 인간답지 않은 빠른 속도로 달려가고 있긴 하지만, 실베스테르의 조준 역시 인간의 그것이 아니다.

쾅쾅쾅!

폭음과 함께 총탄이 날아가 유다를 공격했다. 바렛의 무시무시한 50구경 탄환은 유다가 몸에 휘감고 있는 쇠사슬을 파괴하고 피를 뿌려대었다. 빠른 속도로 달려나가던 유다는 그대로 앞으로 구르면서 지면 위를 미끄러졌다.

치이이이익!

쇠사슬이 아스팔트에 닿아 불꽃 튀는 키스를 하고 있었다. 저 정도로 두들겨 맞았는데도 인간이란 이유로 공격을 안 한다면 그것은 참으로 성자라고 할 만하다.

그러나 그때였다.

"…충분하지 않나?"

금방이라도 고통으로 숨이 넘어갈 듯한, 그런 절박한 목소리로 유다는 말했다. 냉소나 조소 따위는 없는 그 절박한 목소리에는 귀곡성보다도 더더욱 소름 돋는 공포가 담겨 있었다. 하지만 그것은 목소리의 주인이 주는 공포가 아니다. 그 목소리가 처한 절망, 그 절망이 가져다주는 공포인 것이다.

"……."

하지만 실베스테르의 표정은 차가워졌다. 그가 내심 한세건에게 감탄하고 있는 것은 흡혈귀에 대한 무한에 가까운 적대감도 적대감이지만, 맹목적이고 절대적인 적의 역시 그렇다. 신세이어 유다. 그의 행동으로 짐작해 볼 때, 그는 어떤 악하지 않은 이유로 흡혈귀들을 사냥하고 있는 저주받은 영혼일 것이다.

그러나 개개인의 옳고 그름을 따져 흡혈귀들을 파악한다면 테트라 아낙스에게 지배받고 있는 이 세계를 혁신하는 것은 불가능하다. 선과 악을 가려서 전쟁을 일으키는 이는 없다. 결국 누군가는 죄를 지고 지옥으로 걸어 들어가야 하는 법……

"그래, 신세이어. 무엇이 원죄(Sin)인지 알 것 같아."

실베스테르는 바렛을 내려놓고 대신 눈처럼 새하얀 칼날과 데저트 이글을 뽑아 들었다. 서늘한 살기가 끈적끈적한 어둠을 자르는 칼날처럼 공기 중을 자르고 지나갔다.


5


밤안개가 마치 밀물처럼 몰려들었다. 빛도 한 점 없는 농밀한 어둠과 안개가 뒤섞여 그대로 바다가 된다. 마치 물에 잠긴 거대한 도시처럼, 검은 그림자를 드리운 흉물스러운 건물도, 그 건물 위에서 달을 가린 시커먼 구름들도 모조리 안개와 어둠의 탁류에 휩쓸려 흐릿하게 보였다. 모든 것이 불분명한 세계.

검은 옷의 신부는 그 혼탁한 길을 거닐었다. 마치 수십 년은 된 듯한 낡은 건물들이 즐비하게 늘어선 골목을 향해 천천히 걸어 들어가는 그 모습은 이 불분명한 어둠의 바다를 누비는 심해어 같았다.

"후우우."

사방은 적막하다. 밤에도 잠 안 자는 인간들이 득시글거릴 텐데 이렇게 조용하다는 것은 이해하기 힘든 일이다. 농밀한 안개가 기괴한 음영을 곳곳에 뿌리고 있고 적막감은 너무나 지나쳐서 마치 귀가 멀어버린 듯하다. 묘하게 현실감 없는 이 공간. 그것은 과연 진마 유다의 힘인가? 아니면 미친 달이 베푸는 무수한 은혜 중의 하나인가?

그러나 무슨 일이 있어도 경찰들에 대해서는 주의를 기울여야 한다. 이 어둠을 목격하는 인간들이 생겨나는 것은 그에게도, 흡혈귀에게도 바람직한 일이 아니다.

하지만 소동을 축소하기 위해 진마 유다를 그냥 보낼 수도 없는 일! 게다가 유다 역시 쉽게 이 자리를 떠나진 않을 것이다.

"원죄를 말하는 놈이 달아나면 그것만큼 꼴사나운 일도 없지."

실베스테르는 데저트 이글을 들고 마치 서부극의 영웅들처럼 손아귀에서 그것을 돌렸다. 그러나 원죄란 무엇이지? 한때 성직자였던 실베스테르도 그것을 확언하기란 쉽지 않다. 왜냐면 그의 원죄와 유다의 원죄는 분명히 다를 테니까.

"지금부터 그걸 배워볼까?"

유다는 골목의 어스름 속, 쓰레기 더미 위에 앉아 있었다. 거대한 쯔바이핸더를 지면에 꽂은 채 그것에 기대어 있는 모습은 강력한 흡혈귀답지 않게 피로와 고통이 전해져 오는, 그런 초췌한 모습이었다. 애초부터 시체처럼 창백한 모습의 이 진마는 다른 흡혈귀들과는 전혀 다른 느낌을 가지고 있었다. 하지만 흡혈귀라는 것은 변함이 없다. 실베스테르는 천천히 그에게 다가갔다.

유다는 말없이 자인에 의해 끊어진 자신의 팔을 들어서 어깨 위에 붙였다. 끈적끈적한 혈액이 근육과 살로 바뀌면서 팔은 이어지고 모든 기능도 급속도로 회복되었다. 자인과의 싸움에서도 별 타격을 입지 않은 것을 보니 적어도 VT가 70만 이상, 아니, 이 정도의 구속력이라면 100만을 넘어설지도 모른다.

"팔 하나 붙이는 데 이 초라… 적어도 칠십만인가."

실베스테르는 사브르를 뽑아 들었다. 거리가 어중간해서 뛰어들어서 칼로 치기도, 총으로 쏘기에도 애매한 간격이다. 게다가 상대는 굉장한 존재감으로 이 농밀한 안개 너머에 앉아 있다.

철컥!

그 순간 사슬이 움직이기 시작했다. 진마 유다는 눈에 보이지도 않을 속도로 자리를 박차고 일어나 벽으로 뛰어올랐다. 실베스테르는 즉시 데저트 이글로 그에게 예측 사격을 퍼부었지만 녀석은 벽에 거미처럼 매달리더니 위로 뛰어올라 단숨에 골목길을 벗어났다. 실베스테르는 즉시 가스 배관을 밟고 뛰어

올라 골목 위로 치솟았다.

차르르륵!

역시 실베스테르의 추격을 예상하고 유다가 사슬을 날렸다. 하지만 실베스테르는 공중에서 몸을 빙글 돌리더니 사슬을 발로 밟고 그 위를 타고 달려들었다. 그 동작은 지극히 비현실적이라 유령이 아닌가 싶었다. 하긴 검은 옷의 신부가 달려드는 그 모습은 마치 악몽 같았다.

그러나 유다는 능숙한 솜씨로 사슬을 흔들어 거대한 사인파를 만들어 그를 떨치고 교회 첨탑 위에 올라섰다. 실베스테르는 사슬에서 몸을 날려 교회 맞은편에 위치한 시외버스 정류장 간판 위에 내려섰다.

"훼방이 좀 있을 것 같은데."

유다는 그렇게 중얼거리며 주위를 둘러보았다. 밤안개가 두껍게 깔린 이 밤, 곳곳에서 붉은 눈동자들이 맹수의 그것처럼 빛을 발하고 있었다.

"무슨 상관이지, 신세이어?"

"하기사."

아무런 상관도 없지. 유다는 비스트를 들고 마치 팔짱을 끼듯 양팔을 교차했다.

촤르르르르륵!

그의 몸 주위로 사슬들이 뱀처럼 휘감겼다. 실베스테르는 데저트 이글을 연달아 쏘며 옆으로 달렸다. 건물들의 간판을 발판으로 삼아서 빠른 속도로 옆으로 이동하며 쏘는 것치고는 지나치게 정확한 사격이지만 유다 역시 속도라는 면에서는 실베스테르를 압도한다. 그는 첨탑에서 빙글 돌더니 방향을 바꿔 옆 건물의 옥상으로 뛰어내렸다. 그리고 그의 비스트가 번쩍였다.

콰아앙!

그것은 폭염이라고 부르는 게 적당할 것이다. 제아무리 인간의 귀에 들리지 않도록 마법을 건 총이라고 해도 어찌나 폭염이 강렬한지 유리창이 진동했다. 물론 총탄에 피격당한 곳은 콘크리트라고 해도 성하지 못했다. 666그레인이라면 대포라고 불러도 손색이 없을 무기다.

"바렛보다 더 센 것 같은데."

실베스테르는 저 무식한 리볼버를 보고 혀를 찼다. 한 대 맞기라도 하면 진마라도 몸이 성하지 못할 것이다. 팬텀이 사용하는 비스트 더블은 저것보다도 더더욱 강력한 것이지만, 저것만으로도 화력은 충분하다.

휘이이잉!

진마를 사냥하는 흡혈귀와 흡혈귀를 사냥하는 진마사냥꾼. 두 괴물은 농밀한 밤안개를 헤치며 달렸다. 인간은 흉내 낼 수도 없는 도약력, 속도, 거기에 동체 시력과 대구경 총기류의 화력까지 동원된 이 싸움은 이미 인간의 인지를 넘어선 세계였다.

'분명히… 비스트 더블은 세 발짜리 실린더였지.'

거대한 총은 그만큼 많은 수납 공간을 필요로 한다. 비스트 더블같이 무식한 총은 한 실린더에 달랑 세 발뿐. 세 발 쏘면 재장전이 필요한 물건이다. 뭐 비스트는 비스트 더블에 비하면 많이 여유가 있는 편이지만 그렇다고 해도 무식한 대구경 총임에는 틀림없다. 그러나 데저트 이글도 여덟 발짜리 탄창이 한계고 상대는 두 자루의 권총을 사용한다. 리로드가 힘든 리볼버라고 해도 스피드 로더 같은 재장전용 도구에 익숙한 상대라면 탄창 못지않게 빠른 재장전을 할 수 있으니 재장전의 틈을 노린다는 것도 불가능. 원치 않는 일이지만 장기전이 될 것 같았다.

'경찰 출동은 어떻게 되는 거지?'

실베스테르는 무시무시한 화력을 자랑하는 비스트를 피해 도로 위에 내려서서 자동차를 뒤집어 방패막이로 삼았다. 한 손으로 중형차를 번쩍 들어서 뒤집어놓는 그 힘은 과히 괴력이라고 할 만하지만 진마를 상대하는 데 있어서는 별 의미가 없는 힘이다. 특히 저 유다는, 이전 그가 상대한 팬텀보다 더 강하리라고 판단되는 흡혈귀이다. 실제로 VT는 이미 팬텀을 훨씬 능가한 듯싶다.

"크와아아악!"

진마 유다에게 이끌린 다른 흡혈귀들이 밤안개 틈에서 모습을 드러냈다. 그들은 본능만 남은 야수처럼 거리낌 없이 실베스테르에게 공격을 해왔다.

"꺼져!"

실베스테르는 제일 앞에 서 있는 놈의 목을 사브르로 쳤다. 목뼈와 목뼈 사이, 연골을 가볍게 가르고 튀어나온 칼날은 그대로 반전해서 검광을 뿌리며 다음 상대로 넘어갔다. 물론 목을 잘라도 흡혈귀의 육신은 아직 에너지를 잃지 않고 덤벼온다. 그러나 실베스테르가 발길로 걷어차자 마치 항공모함의 캐터펄트에 걸려 바다로 튀어 나가는 사람처럼 날아가 버렸다.

"이런!"

하지만 아무리 잔챙이들이라고 해도 유다와 같은 강적과 싸우는 와중에는 큰 방해가 된다. 뭐 이 녀석들이 유다에게 덤벼들지 않는 건 아닌 것 같지만…….

콰드득!

유다는 자신에게 덤벼든 흡혈귀의 몸을 한 손으로 잡아서 번쩍 들어 올리고 머리 위에서 찢어발긴다. 그리고 구속력을 발휘해서 모든 피를 흡수하였다.

이게 그와 실베스테르의 결정적인 차이점이다. 이런 나약한 흡혈귀들은 유다에게 먹혀서 힘만 늘려줄 뿐이다. 그리고 그게 바로 흡혈귀 사냥꾼들이 유다를 경계하는 이유다. 어떤 이유에서든 흡혈귀를 먹어서 자신의 힘을 키우는 이는 경계받게 마련이다.

좌르르륵!

사슬을 마치 망토처럼 휘둘러 다가오는 흡혈귀들을 물리친 유다는 자신의 어깨 위에 난 팔을 다시 몸 안에 끌어들이며 실베스테르를 바라보았다. 방금 전 자신에게 총을 겨눈 사람을 바라보는 그의 눈빛은 초췌할 뿐 이렇다 할 감정이 담겨 있지 않았다.

"나의 목숨은 거짓된 영속성을 가지고 있지만 오늘 밤은 그렇지 못하지. 엑소시스트 실베스테르, 당신과의 싸움은 이 정도에서 그만두도록 하지 않겠나?"

그는 나직하게 시를 읊듯 중얼거리고 어둠 속으로 모습을 감췄다. 실베스테르는 그를 추격하려고 했지만… 갑자기 총알들이 쏟아져서 앞으로 나서질 못했다.

드르르륵!

안개 때문에 어디에서 날아온 것인지 모르겠지만 기관단총이라면 아마도 헤카테나 그런 폭력 조직 비슷한 흡혈귀 클랜들의 소행이리라. 제아무리 실베스테르라고 하더라도 흡혈귀들이 총을 꺼내 들면 무시할 수 없다.

'…골치 아프군. 두 손이 네 손 못 당한다는 속담이 들어맞는 경우인가?'

실베스테르는 건물과 건물 틈새로 재빠르게 이동하고 거기서 다시 벽을 타고 올라 건물 옥상으로 올라섰다. 어찌나 밤안개가 짙게 깔려 있는지 몸이 축축해질 정도다.

부아아아앙!

그 짙은 밤안개를 뚫고 바이크의 배기음이 아련히 들려왔다.

"…이쪽도 손은 네 개로군."

실베스테르는 또 한 명의 흡혈귀 사냥꾼을 떠올리고 실소했다.


세건은 입으로 칼자루에 매달린 술을 물고 칼을 뽑았다. 강철로 만들어진 시커먼 칼날이 칼자루에서 튀어나온다. 비록 그다지 비싼 물건은 아니지만 밤안개를 가를 듯 예리하게 날이

서 있다. 세건은 그 칼날을 잡고 바이크와 함께 흡혈귀들에게로 뛰어들었다.

"크악!"

바이크에 올라탄 채 상대를 비껴가며 베었다. 충격에 의한 반동이 얼마나 큰지 세건은 순간 팔이 끊어지는 게 아닐까 의심하기까지 했다. 뭐 때린 쪽이 그 모양이니 맞은 쪽은 오죽하겠는가? 상반신이 절반 정도 찢어져서 피와 내장을 아스팔트 위로 질펀하게 흘리며 나동그라졌다. 구속력이 강한, 그러니까 한 VT 5만을 넘어가면 어떻게 소생도 가능하겠지만 나약한 하급 흡혈귀가 이런 공격에서 소생할 리가 없다.

"이 자식!"

"우아아악!"

세건은 비명인지 기합인지 모를 소리와 함께 바이크를 치켜들어서 앞에 나선 흡혈귀를 찍었다.

"으그극!"

그러나 이 흡혈귀는 강력한 힘으로 세건의 바이크를 들어 올렸다. 이전에 세건은 이렇게 흡혈귀에게 바이크를 내던져져서 심한 부상을 입은 적이 있었다. 한 번 당한 수법에 두 번 당하지 않는 것은 지성인의 기본적인 행동 방식이라고 믿고 있던 세건은 즉시 몸을 한 번 튕겨 올린 뒤 전력을 다해 뒷바퀴를 내려서 지면에 닿게 했다. 그리고 풀 스로틀을 전개해 흡혈귀를 그대로 벽에 처박아 버렸다.

콰직!

머리가 깨지고 목이 기형석으로 꺾인 흡혈귀는 벽에 그대로 처박혀 버린다. 세건은 벽을 들이받은 반동으로 튕겨 나듯 바이크에서 뛰어오르더니 뒤따르는 흡혈귀에게 일본도를 내려꽂았다.

"크와아악!"

쇄골부터 깊게 꿰뚫린 흡혈귀는 기괴한 비명을 지르며 세건에게 주먹을 휘둘러 왔다. 하지만 세건은 정확한 파이팅 자세를 취하고 상대가 공격하는 것을 피하며 뒤로 돌아간 뒤 번쩍 안아 들었다.

드르르르륵!

다른 흡혈귀들의 사격이 있었지만 세건은 번쩍 들어 올린 그 흡혈귀를 방패막이로 삼아서 길 옆의 골목으로 피했다. 그리고 이미 총탄에 의해서 맛이 간 흡혈귀의 목을 일본도로 그었다.

"헉… 헉… 허억……."

가급적 몸에 부담을 주지 않기 위해서 사이키델릭 문을 먹지 않았더니 조금 움직인 것만으로도 숨이 턱에 닿는다. 물론 눈 깜짝할 사이에 이 많은 흡혈귀를 죽여놓고서 조금 움직였다는 것은 말이 안 되지만 지금으로썬 육체가 조금이라도 더 제대로 움직여 주길 바랄 뿐이다.

하지만 맨몸으로도 흡혈귀들의 공격이 보인다는 것은 이미 부작용의 진행도가 심각하다는 것을 알려주는 것이다. 보통 인간들은 흡혈귀의 빠른 움직임을 따라가지 못하니까.

"허억… 허억……."

세건은 짙은 밤안개를 일본도로 가르며 앞으로 달려갔다. 골목길을 돌아서 유리한 위치를 점거하기 위해 모든 능력을 짜내어 소리 없이 이동한다. 어차피 피와 고기로 이뤄진 인간인 이상 흡혈귀들을 따돌리는 것은 불가능하지만 유리한 순간을 만들어내는 것은 가능하다.

"크아!"

흡혈귀들은 아무런 생각 없이 세건을 뒤쫓았다. 마치 투수가 훈련을 하는 불펜같이 생긴 좁은 골목, 그 안에선 처음 권총을 쥔 사람이라고 하더라도 사람 한 명쯤은 쉽게 맞출 수 있을 것이다.

픽픽픽!

세건의 글록 18이 바람 빠지는 듯한 소리를 내자 처음 골목으로 접어들었던 놈의 머리통이 피투성이로 떨어졌다. 자, 그 다음은 어디로? 뒤로? 아니면 위로? 하지만 그런 도주 루트는 흡혈귀들에 의해서 미리 파악되었을 것이다. 세건은 자신이 쓰러뜨린 뱀파이어의 시체를 넘어서 왔던 길로 빠져나왔다.

"여기다!"

그때 위에서 흡혈귀 한 놈이 뛰어내렸다. 사람을 덮치면서 고함을 치는 것은 무슨 버릇인지 모르겠지만 그 고함 다음을 이은 것은 총성이었다. 세건의 글록 18과 녀석의 잉그램이 동시에 불을 뿜은 것이다. 짙은 밤안개 속, 두 개의 총구가 불을 뿜고 두 개의 인영이 나가떨어졌다.

"어윽!"

세건의 손에서 일본도가 떨어졌다. 제아무리 터프한 세건이라고 하더라도 총탄을 팔에 맞고서 칼을 들고 있는 것은 무리였다. 그래도 전신을 방탄 소재로 둘러싸서 망정이지 그렇지 않았다면 지금쯤 죽었을 것이다. 아니, 애초에 얼굴을 팔로 가리지 않았다면 머리에 바람구멍이 나 있을 테지.

"젠장, 뒈질 뻔했네."

세건은 욕지거리를 해대며 몸을 일으켜 세웠다. 뼈에 금이 간 게 아닐까 싶은 부상이지만, 흡혈귀 역시 글록 18 정도의 소구경 권총에 죽어주지 않는다. 얼굴이 절반 이상 날아간 흉측한 몰골이라고 해도 말이다.

세건은 부들부들 떨리는 손으로 일본도를 들고 아직 숨통이 끊어지지 않은 흡혈귀—그것은 자신의 부서진 얼굴에 눈알을 끼워 맞추기 위해 바닥에 쏟아진 자신의 신체 조각을 주섬주섬 줍고 있었다—의 목을 마치 골프 선수가 드라이버로 공을 후려갈기듯 전력으로 후려쳤다.

"차핫!"

농밀한 안개 위로 끈적끈적한 피가 확 뿌려지며 흡혈귀의 목이 날아갔다.

"으윽!"

그렇게 조금 움직인 것만으로 팔이 아프다. 뼈가 부러지진 않았다 하더라도 부상이 심한 것만은 확실했다. 그나마 상대가 쓴 총이 잉그램 9㎜ 버전이라 너절한 방탄복으로 막을 수 있었던 것 같다.

"쳇."

세건은 USAS—12를 들었다. 마약을 쓰지 않았기 때문에 이가 갈릴 정도의 통증이 뇌를 새하얗게 태우지만… 아직은 아니다. 금이 가서 천천히 물이 새어 나오는 항아리에 갑자기 물을 부으면 항아리가 깨질 뿐이다.

'언제일까.'

세건 역시 자신의 몸 안에 흐르는 '변화' 의 흐름을 느낄 수 있었다. 지각력만이 팽창해서 육신이란 그릇을 벗어나는 그 현상, 마치 남아 있는 생명력 모두를 끌어다 쓰는 듯한 힘. 여기에 사이키델릭 문을 투여하면 어떻게 될까?

"와라!"

세건은 흡혈귀보다 더 흡혈귀다운 푸른 안광을 흘리며 안개 속으로 녹아들어 갔다.

"캬아아아!"

흡혈귀들은 진마가 부르는 공포의 힘과, 그들의 클랜 로드가 걸어둔 정신 제약이 충돌한 지금 공황에 빠져 있었다. 진마 유다는 그런 것까지 고려하고 흡혈귀들을 장애물로 집어 던진 것이리라.

"이 녀석들!"

세건은 자신에게 달려드는 흡혈귀의 머리통을 주먹으로 갈겨 버렸다. 주먹이라고 해도 그것은 12게이지 샷건용 탄환을 격발할 수 있는 공이치기와 탄을 붙잡을 배럴이 장착되어 있는 것이다. 사실상 쇠망치나 다름없는 위력이다. 뱀파이어가 아무리 강력한 근력을 가지고 있다 해도 뼈와 살로 이루어져 있는 것은 매한가지. 단 일격에 흡혈귀가 나가떨어졌다.

"크아악!"

두 번째 놈이 달려든다. 세건은 벌써 피와 살을 머금어 많이 무뎌진 일본도를 한 팔만으로 뽑아서 휘둘렀다. 자신의 생명을 사르는 무시무시한 단련의 결과로 세건은 한 팔만으로 흡혈귀의 수급을 끊었다.

휘릭!

그리고 그 운동에너지를 그대로 살려서 상모를 돌리듯 멜빵으로 멘 USAS—12를 돌려 양손에 쥔다. 피 묻은 일본도가 바닥에 떨어지는 것과 동시에 총성이 적막을 찢고 흡혈귀들을 짓이겨 버렸다. 상반신이 날아간 흡혈귀들을 지나며 세건은 부서져 버린 인간만의 살기 어린 웃음을 지은 채 그 시신들을 넘어섰다.

"이런 데서 뭐하고 있는 거죠?"

짙은 안개의 바다 속에서 검은 옷의 신부는 선명한 그림자를 드리운 채 서 있었다. 그는 세건을 보고 웃고 있었다. 철부지 어린아이이던 놈이 이 정도로 크다니, 그를 흡혈귀 사냥꾼으로 끌어들인 것은 올바른 선택이었는지도 모른다.

"그러는 너야말로. 진마들의 앞에 나설 실력은 못 된다는 걸 알 텐데?"

실베스테르는 그렇게 웃으면서 자신의 차에 올라탔다.

"자, 그럼 출발하지. 아무래도 이제 곧 경찰이 움직일 테니까."

"그렇죠. 단춧구멍을 눈 대신 쓰고 있는 놈들이라고 해도 이 마력이 소멸하면 다들 알게 될 테니까."

세건 역시 자신의 바이크로 올라타 시동을 걸었다. 쿠페와 YZ 두 개의 머신에 탑재된 엔진이 기묘한 화음을 이루며 맥동했다.

요즘 들어서 대한민국 경찰에게는 시련이 계속되었다고 해도 과언이 아니었다. 한 번만 일어나도 대재앙이라고 할 만한 일들이 요사이에는 연달아서 터졌다. 형사가 가족을 몰살시키고 자살을 하질 않나, 아직도 이유가 밝혀지지 않은 병원에서의 학살사건이라든가, 그것 이외에도 크고 작은 살인사건과 도심에서의 총격전 등이 잇달아 벌어지고 있는 것이다. 게다가 경찰 내부에서도 관계 파일이 없어지는 등, 수상하기 짝이 없는 일들이 끊이지 않고 있었다.

곤란한 것은 아직 누구도 이 일이 명확히 무엇인지 모른다는 것이다. 일이 벌어진다는 것은 삼척동자가 다 아는데도 정작 그 일이 무엇인지 모른다니, 이래서야 대책위원회도 만들 수 없는 것이 아닌가! 무엇에 대한 대책인지 파악하지도 않고서 단지 책임을 위원회라는 형태로 분산시키려고 하는 어설픈 관행도 이 현상에는 통하지 않는다는 게 조 형사에게는 그나마 위안이 되었다.

"조 형사님, 화재는 슬슬 진화된다고 하던데요."

후배는 조 형사가 자신의 관할 구역이 아닌 곳에 신경 쓰는 것을 보고 능글맞게 웃었다. 경찰물 영화도 아닌데 이런저런 일에 신경 쓰는 형사는 없는 법이다. 그래서 비웃는 것일까? 조 형사는 자신의 논점을 흐리기 위해 투덜거렸다.

"하지만 여기서 일어나는 일도 아닌데 만날 철야하는 것은 아무리 형사라도 할 짓이 못 된다고. 이런 일들이 계속 터지면 집에도 못 들어가잖아. 안 그래?"

그는 투덜거리면서 사건 파일들을 정리했다. 그가 맡았던 의문사 사건은 전혀 해결되지 않았고, 상층부에서도 그것을 깊이 파고들려고 하는 기색이 보이지 않았다. 인간들은 달에 사람이 내려서는 시대를 살면서도 이따금 과학이라는 것을 어떤 사슬로 여기는 경우가 많다. 그래서 세기말에는 휴거니 뭐니 그런 이상한 신앙도 쉽게 사람들 사이에서 세력을 얻었다. 그 결과는 우습지도 않은 촌극으로 끝나고 말았지만. 이번의 경우 여론은 이 살인사건의 신비감에 주목하고 있었다. 마치 과학적으로는 해명이 되지 않는 존재가 그들을 죽인 것처럼……. 싸구려 신비주의가 그들의 흥미를 위해서 죽은 사람을 유린한다는 것은 유족에게 있어서 지극히 슬픈 일일 텐데도 그들 중의 일부는 그런 신비주의에도 동조하고 만다.

"경찰기동대는 항상 대기 중이니까 뭔 일이 있어도 걱정할 건 없겠죠. 깨져도 우리가 깨지나?"

"시끄럽다."

조 형사는 그렇게 말하긴 했지만… 이 일이 자신의 책임이 아니라는 것은 다행으로 여기고 있었다. 만약 이런 일을 책임져야 하는 입장이라면 자살이라도 하고 싶어질 테니까.

"…그러니까 말이죠. 경찰 영화가 애들을 많이 버린다니까요. 누가 정의감을 가지고 경찰을 해요. 철밥통 공무원직이고 되기 쉬우니까 하는 거지. 일은 힘들고 보수는 짠데 말이죠."

"설사 어떤 이상을 가지고 있다고 하더라도 그런 건 어린애의 동경심이에요. 결국 뭐 실망하고 현실을 알게 되겠죠. 모든 게 그래요. 이상주의자는 실망하게 마련이니까."

옆방에서는 웬 소리가 들려온다. 경찰대학 출신의 엘리트가 배속되었다던가… 그랬었지?


"이번 흡혈귀는 뭐죠?"

세건은 바이크에 올라탄 채 무서운 속도로 달리며 물어보았다. 자신의 목소리가 자신에게도 들리지 않을 만큼의 폭음, 그 속에서 인간의 청력이 소음과 정보를 분간할 수 있을까? 하지만 상대가 인간이 아니라면 이야기가 다르다. 실베스테르는 세건에게 들릴 만큼 큰 목소리로 말했다.

"녀석은 진마 유다! 신세이어다! 그 정도는 알고 있겠지!"

"이름 정도는!"

"그 정도면 됐어!"

실베스테르는 자신의 코베트 쿠페를 따라오는 무시무시한 속도의 바이크를 보고 내심 혀를 내둘렀다. 마력 대 중량비가 10킬로그램 정도밖에 안 되는 오토바이라지만 스포츠카를 따라잡다니. 오토바이의 경우는 커브 등에서 타이어가 미끄러질 경우 바로 대형 사고가 나기 때문에, 또한 고속이 되면 될수록 타이어의 그립이 떨어지기 때문에 컨트롤이 힘든 법이다. 자동차처럼 후미에 윙을 달아서 공기압력으로 차체를 눌러 그립을 올릴 수 있는 것도 아니고 오프로드 바이크 주제에 광폭 타이어를 달아서 그립을 늘릴 수 있는 것도 아니다. 미끄러져서 드리프트로 코너링을 한다는 것도 위험천만하다. 세건의 바이크 테크닉이 어느 정도인지 그것만으로도 잘 알 수 있었다.

'녀석, 제법인걸.'

실베스테르는 자신의 백미러에 보이는 세건의 모습을 보고 그렇게 생각했다. 처음 저 녀석이 흡혈귀 사냥꾼이 되겠다고 말했을 때는 터무니없는 소리라고 일축했지만⋯ 이제 와서 보면 저 녀석만큼 어울리는 놈이 없다. 저 녀석 수명이 한 10년만 더 있어도 흡혈귀 사냥꾼들 사이에서는 전설적인 인물이 되고도 남을 것이다. 앞으로 남은 시간이 조금만 더 있다면 이야기지만.

'그래서 더더욱 말렸어야 했는데.'

그러나 인간의 자유의지는 소중한 것이다. 신이 낙원을 창조했을 때 인간의 자유의지를 제한하지 않아서 선악과를 따 먹었다. 그것이 기독교에서 말하는 원죄. 그런 의미에서 세건은 실베스테르의 원죄 중 하나다. 뭐 워낙 지은 죄가 많아서 저것 하나 더한다고 이제 와서 변할 것은 없지만.

"하지만 말야."

원죄라는 건 누가 말하지 않아도 잘 알고 있는 거야. 신세이어, 절망한 이상주의자들의 냉소를 들어보라고. 의는 땅에 떨어지고 순수는 더럽혀지는 게 바로 세상의, 그리고 인간의 원죄다. 악을 근절하기 위한 수단으로써의 폭력 역시 악이라는 것, 모순… 인생 어디에나 따라오는 딜레마.

이 딜레마가 바로 인간의 원죄. 그런데 신세이어, 너는 무슨 죄를 지었기에 동족인 흡혈귀들을 그렇게 사냥하고 다니는 거지? 어떤 용서 못 할 죄이길래……

새카만 스포츠카와 바이크는 그렇게 안개를 뚫고 구리시로 접어들었다.


자인은 진마 유다에게서 몸을 지키는 가장 확실한 방법을 택했다. 그것은 사람들 사이에 묻히는 것. 유다의 지금까지 행동 패턴을 볼 때 사람들을 공격하지 않는다는 그 소문은 확실한 것이리라.

"그렇지만 이 정도로 도망을 쳐야 한다니 개망신이군."

이런 깊은 밤, 사람들 사이에 묻히기 위해 갈 곳은 뻔하다. 나이트 같은 유흥업소밖에 없지. 그것도 시간이 새벽에 가까워지고 있기 때문에 확신할 수가 없었다.

"어서 오십쇼, 손님. 혼자이십니까?"

파장에 가까운 시간이라서 그런지 지친 표정의 웨이터가 그를 맞이했다. 자인은 만 원짜리 몇 장을 꺼내서 웨이터에게 안겨주고 말했다.

"아아, 룸 있으면 하나 빌리자. 이 시간에 룸 많이 남지?"

"예. 아, 저희 업소에 처음이십니까. 저는 웨이터 킹콩입니다."

"……."

네놈이 킹콩인지 고질라인지 내가 알게 뭐냐? 자인은 그렇게 생각했지만 지금 여기서 이런 놈들과 노닥거릴 기분이 아니었다.

"와일드 터키 한 병."

"혼자 오셨으면 부킹을 해드릴까요?"

"됐어."

자인은 웨이터를 물러나게 하고 룸의 소파 위에 몸을 실었다. 진마사냥꾼 실베스테르의 능력이 얼마나 될지는 모르지만 유다를 막아내는 데는 역부족일 것이다. 하지만 슬슬 해가 떠오를 시간이니 안전하지 않을까?

'아니야. 녀석은 낮에도 움직일 수 있지.'

실제로 헤카테의 자식들을 쓸어 담았을 때는… 대낮이었다. 진마의 강력한 구속력은 태양광에 의해서 VT가 파괴되는 것마저 막아내는 것이다.

"제기랄!"

자인은 위스키 병을 따고 스트레이트로 벌컥벌컥 들이켰다. 물론 흡혈귀, 그것도 진마는 위스키를 말로 마셔도 취하는 일이 없다. 피에 대한 구속력, 육체에 대한 제어력은 알코올에 의한 몸의 피해를 최소화시키기 때문에 보통 인간에게 나타나는 명정(酩酊) 현상은 흡혈귀에게 나타나지 않는다. 하지만 기분이라도 내지 않으면 미칠 것 같다.

제아무리 상대가 유다라고 하더라도 여기서 도망을 친 이상 그의 입지는 더더욱 약해질 것이다. 그렇지 않아도 다른 진마들에 비해서 품격이 떨어지는데 경멸까지 당하게 생겼으니.

"젠장할. 내가 이게 무슨 꼴이지!"

시간은 자정을 넘어서 새벽을 향해 가고 슬슬 나이트도 흥이 다한 듯하다. 이런 곳에서 언제까지고 유다를 피할 수는 없다. 가급적 빨리 이 나라를 뜨는 게 목숨을 보전하는 지름길이리라.

"제기랄!"

자인은 다 비어버린 술병을 들어서 벽으로 집어 던졌다. 와장창 하고 유리가 깨지자 놀란 웨이터가 문을 열고 들어왔다.

"무슨 일입니까?"

말은 공손하지만 태도는 그렇지 못하다. 어차피 파장 시간, 지칠 대로 지쳐서 스트레스를 잔뜩 받은 웨이터들은 취해서 난동을 부리는 취객을 용서하지 않는다. 실제로 이 웨이터는 벽에 부딪혀 깨진 술병의 파편을 보고 눈살을 찌푸리고 있었다.

자인은 그 웨이터의 심정을 마치 손아귀에 쥐고 있는 것처럼 자세히 알 수 있었다. 자신을 미친놈 취급하는 저 당당한 표정. 그래… 미친놈으로 보일 수도 있겠지.

"아, 별일 아니야. 갑자기 갈증이 나서 말이지!"

자인은 문득 피가 마시고 싶어져서 자리에서 일어났다. 그러나 그때 갑자기 복도가 소란스러워졌다.

"아니, 당신은 뭐야?!"

"저, 손님! 그곳은 이미……."

웨이터들의 비명에 가까운 소리를 무시하고 누군가가 다가오고 있었다. 순간 자인은 꼴사납게도 얼어버렸다. 녀석이다! 녀석이 찾아온 거야! 벌써 여기까지 오다니! 어떻게 찾아온 거지? 아, 그렇지 나는 흡혈귀였지!

자인은 그대로 얼어붙어서 멍청하니 룸의 문을 바라보았다. 그런데 그때 웨이터들을 제치고 새하얀 코트의 금발 남자가 들어왔다.

"이런, 이런… 아무리 오늘 밤 진마의 품위를 잃었다지만 이건 너무하다고."

그는 싱긋 미소를 지으며 웨이터들에게 지폐를 건네주었다.

"미안. 친구가 좀 많이 취한 모양이야. 이해해 주게."

"그, 그렇지만."

"아아, 그건 청소비. 왜, 부족한가?"

팬텀은 만 원짜리 지폐 한 다발을 들어서 웨이터에게 안겨주었다.

"자자… 착한 어린이는 잠을 잘 시간이지. 올해의 크리스마스를 기대하면서 말이지. 산타 할아버지는 비기독교 신자들에게는 선물을 안 주시긴 하지만 말야."

그러자 웨이터는 아무런 말 없이 그 지폐 다발을 들고 물러갔다. 눈이 퀭하니 풀린 게 잠깐 사이에 암시를 걸었음에 틀림없다. 자인은 어처구니가 없어서 팬텀을 바라보았다.

"무슨 일이지? 나를 잡아먹으러 왔나? 응?"

"설마. 댁같이 음흉한 사람을 먹으면 잠자리가 사납다고. 그보다는……."

그는 비스트 더블을 꺼내서 테이블 위에 올려놓았다. 테이블 위에 올라선 비스트 더블은 마치 진동으로 해둔 핸드폰이 그러하듯 부르르 떨며 요란한 소리를 내었다.

"이 녀석은 내가 맡을 테니 그사이에 달아나기나 하라고."

"왜 그렇게 하는 거지? 뭐 생기는 게 있어서 그러는 건 아닌 것 같고. 설마 테트라 아낙스의 명령인가?"

자인은 도저히 이해가 가지 않아서 팬텀을 바라보았다. 아마 이 밤을 꿰뚫고 열심히 달려와서, 모든 감각을 동원해서 지금 이곳에 서 있는 거겠지. 힘을 많이 소모했을 테고, 더구나 진마 유다와 싸우는 것은 목숨을 걸지 않고서는 시도할 수 없는 일이다.

자인과 친하냐 하면 그런 것도 아닌데, 어째서 이놈은 목숨을 걸고 나서는 것일까?

"글쎄. 나야말로 흡혈귀들의 미래를 걱정하고 있는 것 같지 않나? 지배자인 테트라 아낙스와 다르게?"

"…그렇군. 유다를 보호할 셈인가?"

자인은 한순간 납득했다. 유다가 사용하는 총은 분명히 팬텀이 만들어준 것이었다. 즉 유다의 움직임 역시 팬텀의 목적에 부합된다는 것. 하지만 지금 진마가 잔뜩 모여 있는 한국에서는 오히려 유다의 목숨이 위험하다. 적당한 선에서 그를 제압하지 않으면 체스의 퀸을 초반에 떼이는 꼴을 당하게 되는 것이다.

"어처구니가 없군."

자인은 자신보다 훨씬 음흉한 팬텀을 보고 혀를 내둘렀다. 테트라 아낙스의 지배력에 대한 반감으로 일을 벌인 것치고는 지나치게 음흉하다. 하지만 또 정말 음흉하냐면 그렇지도 않다. 이 녀석은 어떤 경우에도 그 바닥을 비추지 않는다. 대체 무엇 때문에 살며 무엇을 꾀하는가?

"뭐가?"

정작 본인은 능청맞게 반문한다.

"아니, 네놈 말이다. 대체 네놈은 어쩔 셈이지?"

"글쎄. 아, 입구에 네 충직한 부하들이 온 것 같군. 난 사람들 적은 곳으로 가 있을 테니 빨리 이곳을 벗어나도록 해. 몸과 마음을 추스르기 위해선 피나 좀 빨고."

팬텀은 그렇게 말하고 새하얀 코트를 펄럭이며 룸을 벗어났다. 자인은 그런 팬텀의 등을 보면서 패배감에 몸을 떨었다. 자신을 파괴한 유다보다도 저놈이 더 싫다.

"두고 보자!"

테트라 아낙스의 대응은 무엇보다도 빨라야 한다. 정보를 통제하는 최강의 클랜으로서의 자존심이 있지 어찌 사태에 대해서 느린 대처를 하겠는가? 그러나 지금 진마 유다에 대한 반응 같은 경우는 본의 아니게 그 대응에 틈이 들고 있었다.

이유는 간단하다. 하부 클랜들—본인들은 어떻게 생각할지 모르지만—이 테트라 아낙스의 통제를 따르지 않는 것이다. 진마가 직접 한국에 와서 사령탑을 맡고 있는 클랜들이 테트라 아낙스의 간부들이 내리는 지령을 들을 리가 만무한 것이다.

하지만 자인이 박살 난 시점에서 통제는 회복되어서 모든 흡혈귀가 그들의 지시에 협력했다. 이대로 유다가 설치게 내버려두면 흡혈귀들이 치명상을 입게 된다는 것을 모두 다 인식한 것이다. 어처구니없는 것은 다들 테트라 아낙스의 지배에 대해서는 반발하면서도 그들이야말로 모든 흡혈귀를 통제하는 데 있어서 가장 훌륭한 기구라는 것을 인정한다는 것이다. 단지 감정적으로 그들의 통제에서 벗어났다가 필요에 의해서 다시 통제로 들어온다.

이런 것을 보면 고대 이래로 왜 외세와의 전쟁이 혼란을 다스리는 수단으로써 등장했는지 충분히 이해할 수 있었다.

"인간이든 흡혈귀든 어째서 이렇게 과오를 반복하는 것일까? 참 이 한심한 종자들을 이끌고 유다에 대한 대책을 세워야 한다니 나 자신이 한심하군."

엘리엇은 GPS로 자신들의 위치를 표시하게 되어 있는 흡혈귀 활동 부대들의 정보를 받아 보면서 혀를 찼다. 일단 필요한 곳의 정보는 차단했다. 화재가 난 곳에서 쉽게 방화범을 만들고, 정신 조작을 통해서 사람들의 의식을 다른 곳에 흘려놓는다. 설사 옆에서 총질을 하든 대포로 쏘아대든 무의식중에 그것을 무시하게 인간들의 정신을 돌려놓는 것이다. 이것은 어려운 조건을 수반한 정신계 조작이 아니기 때문에 영감이 뛰어난 인간이라고 하더라도 쉽사리 알아채지 못할 것이다.

"하지만 이걸로 테트라 아낙스 한국 지부의 힘은 대부분 다 쏟아붓는다고. 나머지는 무력행사가 특기인 흡혈귀 클랜들에게 맡길 수밖에."

엘리엇은 그렇게 투덜거리며 운전석에 앉아 있는 세인을 바라보았다. 마치 방송국 중계 차량처럼 꾸며져 있는—실제로 유사 장비들을 많이 사용한다—이 밴의 운전석에는 운전대에 발을 올린 채 풍선껌을 불고 있는 흡혈귀가 있었다.

"자인이 깨져서 고소하는 무리도 많은 것 같은데. 이제야 사태가 심각하다는 걸 깨닫는 그들의 희박한 상상력에 조의를 표하자고."

"지금 우리가 더 죽음에 가깝다는 걸 모르냐?"

세인은 두통을 느끼면서 그렇게 중얼거렸다. 비록 자신들의 통제에 반항하다 마지못해서 협력한 것들이지만 여기서 피해가 확산될 경우 그 책임은 모조리 그들에게 돌아온다. 말을 안 듣다가 막판에 조금 들어주고서는 역시 테트라 아낙스에 협력해서 재미 본 적이 없었다고 그렇게 중얼거릴 거란 말이다. 솔직히 이 정도 되면 유다를 응원하고 싶을 심정이다.

"형, 작전은 어떻게 되지?"

"일단은… 각 클랜의 인원을 선발해서 유다의 진로를 막고 부대를 투입해서 유다를 제거하는 거다. 오라클들의 정신 지배 능력으로 어떻게 해보긴 하겠지만 경찰들이 최근 이를 갈고 있었으니까 가짜로라도 범인을 만들어줘야겠고… 문제는 유다인데, 사실 진마들이 나서서 싸우게 했으면 좋겠지만 그것은 힘들 것 같다."

진마란 자존심으로 똘똘 뭉친 것들이 전부다. 그런 놈들이 테트라 아낙스도 아닌 그의 부하의 말을 들어줄 리가 만무하다. 그래, 진마가 움직이는 일 따위는 없을 거다.

"그런데 진마 팬텀은 어떻게 하지? 유다와도 꽤 접촉을 했던 것 같은데."

"우리가 진마에게 죄를 물을 수는 없지. 하지만 주군께서도 그에게 죄를 묻지 않는 것을 보면 신경 쓸 일이 아닐 것 같다."

"글쎄? 주군의 입장에서는 우리 목숨 따위야 쓰레기니까 팬텀에게 그냥 던져 줘도 괜찮을 거라고 생각하는데?"

"그런 소리 함부로 하지 말라고."

엘리엇은 자신의 동생을 바라보았지만 별로 그 말에 반박하고 싶은 생각은 없었다. 흡혈귀들은 대부분 자신의 부하들을 아끼지 않는다. 팬텀같이 과잉보호하는 쪽도 있게 마련이지만 그것은 팬텀이 특별한 케이스라서 그런 것이다.

하지만 지금으로썬 그들이 맡은 임무를 충실히 하는 수밖에 없다.

"처형 부대가 전멸당하지 않기를 빌어야겠군."

엘리엇은 다시 무전기의 헤드셋을 썼다. 테트라 아낙스의 피를 이어받은 흡혈귀들이 직접 전투에 약하다는 것은 너무나도 유명한 이야기이다. 그래서 테트라 아낙스는 언제나 현대 장비를 갖춘, 인간들과 유사한 부대를 만들고 싶어 했다.

하지만 그때… 갑자기 기괴한 메시지가 잡음에 섞여서 들려왔다.

"마스터?"

놀랍게도 그 목소리는 테트라 아낙스의 육성이었다.

# 6

"이거 대박이군!"

사혁은 헤드셋을 통해서 들려오는 정보들을 분석하며 연신 싱글벙글 웃었다. 오늘은 정말 최고의 날이다. 밤은 미쳐 돌아가지, 흡혈귀들은 여기저기 넘실대지… 게다가 가장 비싼 흡혈귀인 진마들끼리 싸우기 시작한 것이다.

"자, 어서 가자. 테트라 아낙스의 처형 부대가 움직였다니까 볼만할 거다."

그는 무전기를 통해서 자신들의 부하를 통솔했다. 안개 속을 뚫고 커다란 사륜구동 차들이 달려가는 모습은 무슨 랠리 경기를 연상케 했다.

유다는 자신의 두 발로 지면을 박차며 달리고 있었다. 자인의 피는 확실히 냄새가 강렬해서 설사 10킬로미터 이상 떨어져 있다고 해도 알아챌 수 있을 정도다. 구속력을 발휘해서 자신을 갈무리한다고 하더라도, 냄새만은 어쩔 수 없는 것이다.

"……."

하지만 자인 말고도 다른 것들이 몰려들고 있었다. 언제나 그렇지. 흡혈귀들, 거짓된 영생을 뿌리는 그것들은 수가 줄어들지 않고 늘어만 갈 뿐……. 페스트가 그러하듯 역병은 계속 번져 나갈 뿐이다.

페스트는 근절되었지만 이 흡혈귀란 병엔 근절이란 없었다. 오히려 항체를 죽여가고, 숙주를 지배한 채 호령한다. 그렇지. 병의 대가가 영생이라면 그것을 원하는 이는 많을 테니까. 그것이 진실한 것이든 그렇지 않은 것이든 죽음이란 것을 뒤로 미룰 수만 있다면 환영할 사람이 많다.

물론 흡혈귀라고 다 악랄한 것은 아니다. 악성 흡혈귀들은 어쩔 수 없이 인간을 습격하지만 그렇지 않은 것들은 수혈용 혈액이나 하등 동물들의 피로 근근이 그 생명을 이어나갈 수 있었다.

하지만 수혈을 통해서 얻는 피는 인간들의 의료 행위에 쓰기에도 부족한 정도고 그렇다고 사람을 죽이기 시작하면 그건 파멸로 가는 행위밖에 안 된다. 흡혈귀는 결국 인간의 사회에 기생하면서 살아가는 것이다. 아무리 최대한도로 가정한다 하더라도 인간 10만 명 대 흡혈귀 1명 정도가 수용 한계일 것이다. 그것도 최대한도로 잡은 숫자 놀음일 뿐이지 각 지역별, 국가별 환경을 적용해 보면 허용 수치는 더더욱 줄어든다.

물론 테트라 아낙스도 바보가 아니기 때문에 흡혈귀 클랜의 리더로서 흡혈귀 인원을 늘리는 것을 제한하고 있다. 하지만 영생 불사하는 흡혈귀는 어지간해서는 그 수가 줄어들지 않는 반면 인간들은 쉽사리 늙어 죽으며 세대를 교체한다.

제어가 사라지면 흡혈귀라는 질병은 페스트처럼 사람들을 습격할 것이다.

화르르륵!

그런 생각에 잠겨 있는 유다를 향해 긴 불줄기가 공격을 해 왔다. 유다는 얼른 정신을 차리고 어둠을 휘둘러 불을 막아냈다. 화염방사기의 불꽃으로 여겨지는 그것은 엔진오일에 등유, 휘발유 등을 배합한 것이었다. 하지만 유다의 어둠은 그 모든 공격을 막아냈다.

어둠이 흩어지고 나자… 비로소 앞이 보인다. 그곳에는 길가를 쫙 둘러친 일개 중대분의 병력과 하늘을 날고 있는 아파치 헬기가 한 대 있었다. 흡사 시가전이라도 벌일 듯한 기세였다.

"이런, 이런. 진마씩이나 되는 자가 물에 빠진 쥐 꼴을 하고 길바닥을 헤매고 다니다니. 짜증이 나는군."

날카로운 여성의 목소리가 헬기의 폭음을 뚫고 들려왔다. 아마도 여자 흡혈귀의 목소리이리라. 그녀의 목소리가 끝나는 것과 동시에 서치라이트가 켜지며 유다를 비추었다.

"……"

유다의 몸에 휘감고 있는 어둠이 일순 약해졌다. 다른 흡혈귀와 달리 어둠의 이미지를 가지고 있는 유다는 강력한 빛에 의해서 그 힘을 약간 잃는다.

카카카카캉!

대부분의 총탄은 유다의 몸을 휘감은 사슬에 튕겨 나갔다. 5.56㎜ 소총탄으로는 그의 몸을 휘감은 굵은 사슬들을 끊을 수 없다.

화르르륵!

그러나 화염방사기는 다르다. 화염방사기는 사슬로 막을 수 있는 물건이 아닌데다가 엔진오일이 배합된 이것은 고열의 액체가 되어서 그대로 틈새를 파고든다.

하지만 그 순간 시커먼 어둠이 마치 채찍처럼 유다에게서 뿜어져 나갔다. 마치 동시에 터지도록 매달아둔 폭죽처럼 서치라이트들이 깨져 나갔다. 끈적끈적한 점성을 가진 화염 줄기도 거대한 바위를 만난 파도처럼 산산이 부서져 버렸다.

"호오!"

지휘 통제 차량에 타고 있던 제니퍼 손즈 중령은 어둠 속에서 눈을 떴다. 그녀의 얼굴에는 방금 전 어둠에 의해서 깨진 유리 파편이 스치고 지나간 상처가 있었지만 그 상처는 눈에 띄는 속력으로 아물어갔다.

"호오오… 아하하하하하핫! 제법인데. 그래도 진마라 이거지."

그녀는 자신의 얼굴을 쓰다듬더니 웃었다. 유다는 예의 그 새카만 암흑의 검을 휘둘러 화염을 공중에서 잘라냈을 뿐 아니라 서치라이트까지 모조리 파괴했다. 이런 굉장한 능력은 역시 진마답다고 할까?

하지만 방금 전, 놀라운 파괴를 자행한 유다는 눈앞의 인간들이 입고 있는 것을 보곤 새삼스럽게 놀라워했다. 이들은 전부 다 미군 정규군 군복을 입고 있었다.

게다가 화염방사기를 제외하면 전부 미육군 제식 장비가 아닌가? 지금 눈앞에 있는 것은 전부 아메리카 합중국의 합법적인 군인들이었다.

"그래. 미합중국 육군이지. 이단자 유다, 이중에는 인간도 많다고. 흡혈귀도 많지만. 어쩔래? 인간을 죽이지 않는 흡혈귀로서……."

제니퍼 손즈는 마지막 문장에는 특별히 강한 악센트를 넣으며 손을 들었다. 꽤 자연스러운 제스처였지만 그 사인은 이 구역 곳곳에 숨어 있는 저격수에 대한 콜사인이었다. 과연 소리도 없이 저격수의 총탄이 날아들었다.

퍽!

유다는 이를 악물고 뒤로 물러났다. 총탄이 사슬을 끊고 심장 위를 노린 것이다. 이런 일을 할 수 있는 총은 그 종류가 극히 제한되는데… 이것은 바렛 M82A1에 의한 총격이었다.

"지금이다!"

아직 깨지지 않은 서치라이트가 다시 켜지고 화염방사기와 총화기가 불을 뿜었다. 한 사람을 잡기 위해 퍼부어진 것이라고는 믿을 수 없을 만큼의 물량 공세, 정확한 십자포화는 밤의 정적을 유린하고 유다에게 쏟아졌다. 하지만 유다는 믿을 수 없을 만큼 날랜 동작으로 도로 위로 뛰어올라 가로등을 박차더니 길 맞은편의 건물 위로 넘어갔다.

촤르르륵!

하지만 총탄에 의한 피격이 심해서일까? 끊어진 사슬들이 몸에서 풀려 나와 아스팔트 위로 떨어지며 둔중한 소리를 냈다.

"이런!"

제니퍼 손즈는 깜짝 놀라서 하늘을 쳐다보았다. 빠르다 빠르다 하고 떠들어대긴 했지만 진마 중에서도 특히 빠른 유다의 이동 속력은 경이적이었다. 건물들을 파괴하지 않고서야 저렇게 빨리 움직이는 놈을 잡을 방도가 없지 않은가? 물론 곳곳에 저격수를 심어두긴 했지만 만약 저자가 작전구역을 벗어나기라도 하면 이곳에 쌓아둔 부비트랩이나 저격수들은 다 무의미해지는 것이다.

"큰일인데?"

대한민국에서 그 무장 세력을 확실히 보전하는 방법은 군인으로 존재하는 것이다. 그렇기 때문에 테트라 아낙스는 선발된 흡혈귀들을 모아 미합중국 군인의 신분을 주었다. 대낮에 돌아다니지 못하는 흡혈귀들을 군인으로 만들기 위해서는 꽤 많은 손길이 가긴 하지만, 그 이득에 비하면 사소한 수고쯤은 얼마든지 감당할 수 있었다. 정신 조작이 장기인 테트라 아낙스로서는 달리 할 것도 없고.

하지만 모처럼 찾아온 가치 증명의 기회를 이렇게 놓치고 싶지 않았다. 미합중국 군인 신분을 준다는 번거로움에도 불구하고 이렇게 테트라 아낙스의 친위 부대가 되었으면 그 수고에 합당한 능력을 보여줘야 하는 것 아닌가?

"에잇! 사슬도 더 이상 방패막이가 못 돼! 그런데 저격수들은 뭘 하는 거야?"

제니퍼 손즈는 무전기에 대고 호통을 쳤다. 저렇게 빨리 움직이는, 그것도 어둠을 두른 채 움직이는 놈을 찾아내서 쏘라는 것은 제아무리 흡혈귀의 시력이라고 해도 무리가 있는 요구다. 그녀도 그걸 잘 알고 있지만 지금 상황에서는 저격수에게 기대할 수밖에 없다.

콰앙!

"엉?!"

그 순간 제니퍼 손즈는 기이한 장면을 보았다. 갑자기 멀쩡하게 날던 아파치 헬기가 불꽃을 토해내더니 바닥으로 떨어지기 시작한 것이다. 그것도 마치 불꽃놀이처럼 환한 청백색의 불꽃과 함께. 저것은 아마도 헬기의 몸체를 이루고 있는 금속 자체가 산화하면서 불타오르는 것이리라!

"그, 금속 발화?"

금속이란 만약 불이 붙으면 믿을 수 없을 정도로 격렬하게 타오르는 물질이다. 하지만 잘게 썰어둔 마그네슘도 아니고 아파치 헬기가 갑자기 발화하다니 이게 어디 말이나 될 법한 일인가? 그녀는 기가 막혀서 하늘을 바라보았다. 그렇잖아도 반미 감정이 들끓고 있는데 미군 부대 소속 아파치 헬기가 정해진 비행 루트를 이탈해서 시가지에서 추락하다니…… 제발 집이나 건물 말고 도로 위로 떨어지기를 빌 수밖에 없다.

그녀의 소원이 하늘에 닿았는지 헬기는 도로 위를 미끄러지며 천천히, 그러나 확실하게 박살 났다. 안에 타고 있던 존슨

중령은 확실히 사망했을 것이다.

"뭐, 뭐야?"

제니퍼 손즈는 운전병에게 명령해서 차를 돌리게 했다. 유다가 헬기를 격추시킨 것일까? 그렇다면 곳곳에 심어둔 저격수 따위 무용지물일 것이다. 아니, 그녀 자신의 목숨도 위험하다!

하지만 대체 어떻게……

"궁금한가 보지?"

그때 문득 바로 귓가에서 속삭이는 듯한 목소리가 들려왔다. 그리고 곧 불꽃이 그들을 덮쳤다. 제니퍼는 얼른 시트 밑으로 고개를 숙여서 목을 동그랗게 둘러싸려 한 불꽃을 피했지만… 다른 이들은 그러지 못했다.

"크아아아아아아!"

비명과 함께 차량 연료탱크가 발화했다. 차량에 탑승해 이동하던 병사들이 깜짝 놀라서 차에서 뛰어내렸지만 그런 이들 사이로는 머신 건의 묵직한 총알들이 쏟아져 내렸다.

"크아아악!"

두꺼운 50구경 총탄이 도로 바닥을 까부수면서 무참히 그들을 도륙했다. 마치 행군하는 병사들에게 기총 사격을 퍼붓는 걸 구형 카메라로 촬영한 기록영화 같았다.

"이야, 이거 미안해서 어쩌나. 뭐 괜찮아. 시말서 쓸 일은 없잖아, 아가씨? 시말서 같은 건 죽은 놈에게는 인연 없는 일이거든. 세상사 인심이 참 좋아서 말야."

약간 경박한 목소리를 내뱉은 머신 건의 주인은 히죽 웃으면서 달아오른 총열을 어루만졌다. 하와이안 남방을 걸치고 각종은 장신구를 주렁주렁 늘어뜨린 그 아시아계 남자는 만면에 미소를 머금고 선글라스를 삐딱하게 들어 올렸다.

"테트라 아낙스 친위대든 인간이든 나에겐 그저 식사거리일 뿐이지."

그는 그렇게 중얼거리며 그 자신이 이뤄놓은 시산혈해로 뛰어내렸다. 물론 이 정도 공격으로 흡혈귀들이 괴멸당하진 않았다. 모든 차량이 당했고, 선두 병력이 당한 걸 빼면 무슨 문제가 있다는 건가?

"이 녀……!"

하지만 엄폐물에서 벗어나는 순간 원형의 화염이 터져 나오며 그들을 살라 버렸다. 폭염의 타깃팅을 피해서 총화기를 꺼내 든 이도 한 손으로 MG50을 들고 무신경하게 긁어대는 그의 공격을 당해내지 못했다.

"크아악! 지, 진마 아그니!"

"그래. 아무리 테트라 아낙스에 반항하는 놈이라고 하더라도 나 역시 24계통의 마스터인 진마다. 너희 같은 하급 흡혈귀들이 상대하겠다고 나서는 건 좀 난센스 아니냐? 응?"

아그니는 그렇게 투덜거리며 구속력을 확장해 피를 빨아들였다. 한국에서는 더 이상 사고 치기 싫어서 살인을 자제했는데, 역시 다이어트라는 것은 만만치 않은 법이다.

'뭐 나야 슬림하긴 하지만.'

그는 고개를 들어 저격수가 있었을 건물들 위를 바라보았다.

이미 유다는 그 위의 저격수들을 해쳤는지, 죽은 시신의 냄새만 풍기고 있었다.

"으으윽… 아그니!"

제니퍼 손즈 중령은 기가 막혀서 자신의 앞에 있는 아그니를 바라보았다. 유다를 상대하려고 이동하는 중에 다른 진마의 습격을 받아 괴멸하다니.

"왜 당신이 끼어드는 거지?!"

그녀는 권총을 빼 들고 아그니를 겨누었다.

"배짱 있군. 내가 아무리 척살 대상이라고 하더라도 엄연히 진마라고. 지금 나에게 총을 겨누는 건가? 뭐 테트라 아낙스의 친위 부대가 진마를 우습게 본다는 것은 알고 있었지만 한국 지부면 테트라 아낙스의 친위 부대 중에서도 삼류, 아니, 사류가 아닌가?"

아그니는 그렇게 웃으며 한 손으로 담배를 요령껏 꺼내서 입에 물었다. 권총 따위는 안중에도 없다는 듯한 자세다. 하긴 미합중국이 몇몇 할리우드 영화에서 나오는 것처럼 세계 평화와 정의를 위해 싸우는 나라라고 하더라도 제식 권총에 은 탄환을 장전했을 리는 없다. 설령 있다고 하더라도 밤의 진마에게 권총 따위야 딱총이나 매한가지다. 뭐 그런 건 본인이 더 잘 알고 있으리라.

"아……."

제니퍼 손즈가 얼어붙자 아그니는 담배 연기를 길게 내뿜으면서 중얼거렸다.

"후우… 중령 아줌마? 한 가지 충고하겠는데, 진마 상대로 총 뽑았으면 가만히 있는다고 용서가 되는 게 아니야. 알겠지? 그 정도쯤은?"

그 순간 화르륵 하고 허공에서 V자 모양으로 불꽃이 일어났다. 너무나 순간이라 제니퍼 손즈는 무슨 일이 일어났는지도 몰랐다. 하지만 곧 그녀의 몸이 허물어져 버렸다. 마치 파도 맞은 모래성처럼 차량 위로 허물어진 그녀는 타서 끊어져 버린 자신의 팔다리를 볼 수 있었다.

"아아아아!"

무지각이란 둑이 무너지면서 통증이 밀려온다. 하지만 아그니는 그녀의 숨통을 끊지 않고 앞으로 걸어갔다.

"자, 그러면 어디 마음껏 날뛰라고, 유다. 한국을 떠나기 전에 좋은 선물이 될 것 같으니까."

그는 하늘을 올려다보았다. 짙어지는 밤안개는 이제 물의 얇은 막이라고 해도 과언이 아닐 만큼 축축하다. 그래, 마치 해저에 잠수라도 한 것 같은 기분이 든다. 기묘한 괴리감. 미친 달의 주민들에게 축복이라고 할 만한 밤이다. 이런 밤은 뭐가 일어나도 확실히 일어나겠지?

"후우우우!"

그는 긴 담배 연기를 내뿜으며 안개 속으로 걸어 들어가 모습을 감췄다.


빌헬름은 모든 일을 처리하고 바이퍼의 보닛 위에 드러누워 있는 팬텀에게 다가갔다. 그의 마스터는 진마들 사이에서도 독보적인 존재, 각종 강마사법의 달인으로 유명한 자였다. 그래서 40만에 불과한 VT로도 수많은 흡혈귀의 견제를 받는 자다. 이런 자의 권속인 것은 분명히 그들의 사회에서는 영광스러운 일이겠으나, 빌헬름은 지금이라면 정말 사양하고 싶다는 생각이 들었다.

'일을 크게 벌려놓는다니까, 하여튼.'

그리고 그가 벌려놓은 일의 뒤처리는 온통 빌헬름에게 떠넘겨진다. 실제 나이야 어찌 되었든 빌헬름의 외견은 미성년자로, 미성년자 보호법과 노동법에 의해서 지켜져야 할 신분(?)인데 이렇게 부려먹다니.

"일은 정리했습니다. 이 일대에 테트라 아낙스의 정신 관제는 확실합니다."

"그래? 그거 잘됐군. 다 베드타운이라고 계산해도 깨어 있는 사람 수가 천 명은 넘을 텐데……."

"비스트는 이미 인식 장애 처리가 되어 있잖아요. 비스트 더블도. 주의할 건 기물 파손 정도뿐입니다."

빌헬름은 자신의 마스터의 총을 바라보았다. 단 세 발만 장전되는 이 무식한 리볼버는 팬텀의 사법에 의해서 인식 장애 처리가 되어 있었다. 인간의 의식에 각인되지 않도록 존재의 날을 죽여놓은 그 무기는 그야말로 현대에 어울리는 마법의 무기다. 이런 무기로 무장한 특수부대라면 파괴 임무나 잠입 임무도 수월히 해낼 것이다.

"하지만 상대방의 타깃은 배니싱 블러드의 마스터 자인일 텐데 저희에게 올까요? 저로서는 안 오는 게 더 낫다고 생각하지만. 대저 자인이란 그 작자는 천박해요. 흡혈귀 주제에 폭력배들과 노닥거리다니."

빌헬름은 그렇게 말하면서도 별로 화를 내지 않았다. 언제나 마스터의 몸을 생각하는 착한 부하이긴 하지만, 진마와 진마의 싸움이란 것은 다른 하급 흡혈귀가 함부로 끼어들 문제가 아니다. 빌헬름도 흡혈귀 사회의 일원으로서 진마들 간의 일에 주제넘게 나서는 일은 하지 않기로 했다.

"글쎄. 유다는 모든 흡혈귀를 다 적대시하니까 나도 적에 포함되지 않나? 자인도 바보는 아니니까 완전히 몸을 숨겼고 비스트는 자기들끼리 부르고 있다고. 그런 부름에 응하지 않으면 내가 사람을 잘못 본 거겠지. 그런 남자를 위해서 만들어준 물건은 아니니까."

"하지만 마스터는 다른 흡혈귀들과 다르잖아요?"

빌헬름은 선량하다는 것을 돌려서 말했다. 흡혈귀로서 인간의 자유를 제한하지 않고, 그들을 존중한다는 팬텀의 사고방식은 분명히 흔하지 않은 것이다. 그러나 팬텀의 생각은 달랐다.

"선량함을 방패로 삼는 것은 악을 넘어선 악이다. 나는 분명히 흡혈귀고 흡혈귀 사냥꾼들에게 있어서는 증오해 마지않을 적이지. 내가 착하기 때문에 나를 살려두는 흡혈귀 사냥꾼이라면 그런 자의 도덕적 자위를 위해서 나를 이용하지 말아달라고 하고 싶군. 그래, 강간당한 기분이랄까."

흡혈귀의 피를 파는 인간들이 흡혈귀의 선악을 가린다는 것은 추악한 행위일 수밖에. '오, 너는 악하니까 죽어야 해. 오, 너는 선하니까 죽이지 않을게. 악한 것들에게서는 그 생명을 약탈하고 피를 약탈해도 되지만 선한 것은 약탈하지 않거든? 나는 정의의 사도라서 말이지.' 조크라면 참 지독한 아메리칸 조크지만 웃어줄 생각이 나지 않는 성질의 것이다.

약탈자들이 그들 자신을 정의의 가면으로 가리는 것은 구역질 나지. 물론 그를 찾아올 흡혈귀 사냥꾼이라면, 그렇게 구역질 나는 짓은 하지 않을 쿨 가이밖에 없다. 실베스테르와 한세건.

"너무 쿨해서 탈이지만."

한순간… 달이 구름 사이에서 모습을 드러냈다. 그와 동시에 위이잉 하고 비스트 더블이 울었다. 아무래도 그의 기대에 어긋나지 않게 손님이 찾아온 모양이다.

"……"

다른 흡혈귀들에 의해서 공격을 많이 받았지만 유다는 상처 하나 없는 몸으로 천천히 안개를 헤치며 걸어 나왔다. 하지만 그의 방탄조끼이자 무기라고 할 수 있는 쇠사슬은 이미 많이 파손되어 쓸 수 없게 되어 있었다. 하지만 그는 비스트를 들더니 실린더를 열고 천천히 총탄을 장전시켰다.

휘이이이잉.

강한 바람이 불며 안개가 격류처럼 흘렀다. 팬텀은 빌헬름에게 눈짓을 하고 바이퍼에서 몸을 일으켰다.

"자, 그러면 시작해 볼까?"

빌헬름은 즉시 바이퍼에 시동을 걸고 도로를 따라 자리를 비켰다. 유다와 마스터는 굉장히 복잡한 관계라고 알고 있지만 그에게는 참견할 자격이 없다. 이 자리를 피해서 마스터의 걱정을 덜어주는 게 최선의 선택이다.

철컥!

유다는 비스트에 총탄을 채운 뒤 천천히 팬텀을 향해 겨누었다. 하지만 팬텀 역시 비스트 더블을 들고 그를 겨누었다. 둘 다 권총을 처음 들어보는 것 같은 무성의한 자세를 취했다.

홍콩 느와르 영화는 그리 좋은 권총 교범이 되지 못한다. 하지만 강력한 흡혈귀의 힘이 있다면 정확한 스탠스가 없어도 명중시킬 수 있었다.

쾅!

비스트와 비스트 더블의 작열탄이 교차하며 무시무시한 불꽃이 튀었다.

치이익!

그러나 유다는 그 총탄의 세례에 아랑곳하지 않고 달려들며 검을 뽑았다. 두 개의 팔은 총을 쏘면서 나머지 두 개의 팔로 칼을 뽑아 휘두르기 시작한 것이다.

"큭!"

팬텀은 즉시 뒤로 몸을 날리며 간격을 벌리려 했다. 하지만 뒤로 가는 자보다 앞으로 돌격해 오는 놈이 더 빠른 법이다. 특히 유다의 속도는 다른 흡혈귀들과 비교할 수 없을 만큼 빠르다.

쉬이익!

새카만 칼날이 안개를 뚫고 튀어나와 탁하고 끈적끈적한 어둠을 토해내었다. 팬텀은 위급함을 느끼고 위로 뛰어올랐지만 그 순간 유다는 마치 기다렸다는 듯 어깨 위에 붙은 두 개의 팔을 움직였다.

천천히… 손가락이 방아쇠를 당기자 실린더가 끼리릭 돌아가면서 해머가 뒤로 당겨진다. 뒤로, 뒤로… 그러다 결국 한계까지 당겨진 해머는 잠깐의 여유도 주지 않고, 지금까지 느리게 움직여 왔던 것을 보충이라도 하겠다는 듯 빠르게 약실에 처박힌다. 니트로셀룰로오스가 발화하면서 약실로부터 초염이 치솟고 어마어마한 가스 압이 크롬 도금된 몸체의 압력을 이기지 못하고 총탄을 밀어낸다.

이 모든 것이 슬로우 비디오처럼 천천히 눈앞에서 펼쳐졌다.

눈에 보이는데도 피할 수 없다는 것은 참 괴로운 일이다. 하지만 666그레인의 탄두와 70킬로그램의 육체 중 무엇이 더 움직이기 힘든 것인가, 그것은 자명한 것이다.

"큭!"

팬텀은 급한 대로 일단 안개로 변해 총탄을 흘려보냈다. 하지만 리볼버 주제에 작열탄을 탑재한 괴물 같은 리볼버, 사실상 손에 들고 쏘는 대포라고 불러도 손색없는 비스트는 안개로 변한 팬텀에게도 적지 않은 손상을 주었다.

치이이익!

유다는 바로 지면을 박차고 뛰어올라 안개로 변한 팬텀을 향해 그 새카만 칠흑의 검을 휘둘렀다. 팬텀은 안개에서 육신으로 몸을 급격히 전환해서 그 공격을 피하고 증축 중인 3층 건물의 지방 위로 올라섰다. 아연강관으로 공사장 외곽을 둘러친 이 건물 위에서 팬텀은 태세를 가다듬고 아래를 내려보았다.

"어?"

그러나 유다는 있어야 할 위치에 없었다. 순간 팬텀은 건물 안으로 뛰어 들어갔다. 과연 방금 전 그가 서 있던 곳의 강관이 뎅겅 잘리고 칠흑의 검을 휘두르는 흡혈귀가 사뿐히 내려섰다. 마치 검은 날개의 독수리가 내려서는 것처럼 거친 동작, 그리고 바로 팬텀에게 달려드는 저돌성! 팬텀은 즉시 몸을 숙이며 비스트 더블을 당겼다.

콰앙!

비스트 더블이 유다의 몸통을 꿰뚫었다. 어둠의 장막을 가볍게 꿰뚫고 들어간 총탄은 사슬로 보호받지도 않은 맨살을 찢고 등으로 튀어나왔다. 피와 살점이 눈보라처럼 유다의 등으로부터 튀어 나갔다.

"큭!"

그러나 유다는 내장이 산산조각 나서 튀어나오는 중상을 입고서도 외려 검을 빼 들었다. 그는 염동역장을 이용해 총알을 막아내지 않고 오히려 지향성을 부여해 관통력을 높였다. 파열되면 몸통이 날아가는 중상을 입지만 관통하면 차라리 상처를 줄일 수 있는 것이다. 내장 파편이 등으로 튀어 나갈 정도의 부상을 '줄였다'라고 한다면 원래의 부상은 상상도 하기 싫은 수준이리라.

"아!"

팬텀은 자신의 몸에 두른 어둠을 거둬 검으로 옮기는 유다를 바라보았다.

새카만 코베트 쿠페가 맹렬한 기세로 달려오더니 끼이익 하고 옆으로 돌아서며 아슬아슬하게 건물 앞에서 멈춰 섰다. 그 뒤를 이어 한 대의 검은색 오토바이가 차체를 옆으로 누이며 급제동했다.

"큭!"

바이크 위에 올라탄 청년은 즉시 몸을 차체에서 빼서 코베트 쿠페의 옆에 달라붙었다. 아니나 다를까, 무시무시한 소리와 함께 신축 공사장에서부터 새카만 어둠이 호선을 그리며 튀어나왔다.

츠칵!

콘크리트가 두부처럼 잘리는 것을 상상할 수 있겠는가? 철근이 초콜릿 도막처럼 매끈하게 떨어지는 것은? 지금 그 상상을 초월한 파괴가 저 건물 안에서 이뤄졌다.

콰르르르릉!

건물이 붕괴했다. 세건은 그 장면을 보고 얼른 오토바이 뒤쪽 보조 시트에 매단 가방을 꺼냈다. 반면 실베스테르는 바렛을 꺼내 들고 끈으로 묶어둔 포장마차 뒤로 숨었다.

"나온다."

과연 붕괴하는 건물 속에서 두 개의 인영이 튀어나왔다. 팬텀은 반대쪽 건물로 튀어 가더니 그대로 앞으로 벽을 타고 달리면서 비스트 더블을 겨눴다. 일격필살의 의지를 담고 쏘는 3실린더짜리 리볼버, 그걸 달리면서 난사하는 것은 총에 대해서 무지한—혹은 의도적으로 무시한—영화에서나 나오는 짓이지 실제로는 죽여달라는 소릴 하는 거나 마찬가지다.

쾅!

하지만 폭음은 분명히 울렸다. 유다 역시 비스트를 사용해서 반격하며 벽을 타고 달리더니 반전, 눈에 보이지 않을 속도로 사라졌다. 다만 사거리에 위치한 신호등이 크게 출렁거리는 걸로 보아서 저걸 박차고 날았다는 것은 짐작할 수 있게 해주었다.

"젠장!"

쾅!

세건이 무장을 준비하며 그 날랜 진마들의 움직임에 욕설을 내뱉을 때, 실베스테르는 이미 바렛으로 저격을 시작했다. 지상에서 콘크리트 밀림을 뚫고 저격을 한다는 것은 제정신 박힌 인간이 할 짓이 아니지만…….

"큭!"

팬텀이 비명과 함께 떨어지다가 가로등에 걸렸다.

'마, 맞았어?'

세건은 새삼스럽게 실베스테르에게 감탄했다. 저렇게 빨리 움직여서 거의 보이지도 않는 녀석을 가볍지도 않은 총으로 저격한다는 것은 인간에게 가능한 일이 아니다.

"뭐하고 있어. 진마가 이거 한 방에 죽을 것 같아? 가자!"

실베스테르는 즉시 자리를 박차고 일어나 앞으로 뛰었다. 마치 특종을 찾아 달려가는 카메라맨과 그의 조수처럼 두 사람은 호흡을 맞춰서 밤의 거리를 달렸다.

유다는 창백한 얼굴로 힐끔 뒤를 돌아보았다. 따라와야 할 팬텀이 총에 저격당해서 뒤로 고꾸라졌다. 아마도 총을 쓴 것은 한때 바티칸의 사냥꾼이던 실베스테르이리라. 그가 사용하는 바렛 정도의 총탄이 아니라면 뒤에서 쏘았다 한들 진마의 방어력을 뚫고 타격을 줄 수 없을 테니까.

"그러나……."

그는 빠르게 발아래로 지나가는 풍경들을 보다 좀 낮은 육교를 발견하고 그 육교의 교각상판을 발로 찼다. 그리고 그 반동으로 몸을 반전시켜 사뿐히 지상에 착지했다.

"으으음."

유다는 자신의 입을 한 손으로 틀어막고 신음했다. 차갑다. 몸이 차갑다. 시체처럼 차가운 몸, 과연 자신이 움직이는 것인지 아니면 꿈꾸는 것인지, 그것조차 모호한 괴리감. 이 현실감 없는 육신에 오직 하나 진실이 있다면 그것은 끝없이 찾아드는 허기다.

이 지상에 존재하는 모든 것을 먹어도 채워지지 않을 허기.

육체를 속에서부터 파먹는 듯한 고통.

보통의 인간이라면 이미 발광해서 죽거나, 그렇지 않으면 근처의 인간들을 잡아먹고 말 만큼의 고통을 이겨내며 그는 여기 서 있었다. 하지만 무엇을 지키기 위해 그는 고통에 대항했는가?

흡혈귀들의 몰살? 아니면 인간이란 종족의 보전? 그것도 아니면 사적인 사정(私情)? 그러나 어떤 이유든 아이러니가 될 수밖에 없는 건 그 자신이 흡혈귀이기 때문이다.

"아아……."

흡혈귀들이 가장 중요시하는 것이 무엇인지는 잘 알고 있다. 24계통을 그대로 유지하고 보전하는 것. 그들이 유다를 해치우려고 하는 것은 그의 계통을 말살하는 것이 아니라 그 피로 다른 흡혈귀를 강성하게 하여 새로운 진마를 만들어내기 위함이라는 것도. 물론 진마 중에는 계통의 보전을 생각하지 않는 이기적인 부류도 있게 마련이지만 모든 흡혈귀를 통솔하는 테트라 아낙스의 의지는 확고하다.

치이익.

유다는 칠흑의 검을 빼 들고 그가 달려온 거리를 천천히 되짚어갔다. 팬텀, 그리고 그를 사냥하러 온 진마사냥꾼. 어떤 형상으로든 그들의 관계는 일단 정리되어야 한다. 그러나 그때까지 자신이 자신일 수 있을까?

"크크크큭, 내 그럴 줄 알았다."

셰인은 보고 있던 만화 잡지를 내려놓고 일어났다.

"결국 테트라 아낙스의 혈족에서는 전투에 적합한 자는 나오지 않아. 내가 여기 있을 이유가 성립되는군그래."

물론 지금 아그니에게 전멸한 이들은 테트라 아낙스의 처형 부대로서도 4류에 불과한 자들이었다. 설사 1류 부대라고 하더라도 아그니 역시 진마, 이런 결과는 명약관화했지만 설마 이렇게까지 짧은 시간에 전멸하다니…….

"조심해라. 밖엔 진마투성이… 네가 테트라 아낙스의 사람이라는 것은 다들 알고 있으니까, 계통의 존속에 관심이 없는 진마가 유다를 먹고 증거를 인멸하기 위해 너를 죽일지도 모른다."

엘리엇은 그렇게 말하며 무기를 건네주었다. 은으로 만들어진 두 자루의 큼직한 쿠크리가 어둠 속에서도 희뿌연 빛을 내뿜고 있었다. 칼날 옆에는 기하학적인 도형이 새겨져 있는데 단지 장식을 위해서 상감한 도형은 아닌 듯하다.

"하하하. 형도 참 걱정도 팔자슈. 그럼 다녀오지요."

셰인은 칼날을 혀로 핥으면서 의뭉하게 웃어 보였다. 진마를 상대로 하면서도 별로 겁먹지 않은 듯하다. 그렇다고 다른 흡혈귀들처럼 정신 조작을 당한 것도 아니다.


"뭐… 그게 말이나 돼?!"

에스프리에서 파견된 사랑과 평화와 정의의 전사(자칭) 래트거닙은 머리를 벅벅 긁으며 새로 지급된 핸드폰을 씹어 먹기라도 할 것처럼 고함을 질렀다.

—그러니까 지금 다른 클랜들이 노리는 건 새로운 진마가 아

니라… 바로 유다라고.

"Crazy! 다른 놈도 아니라 유다를? 이봐, 유다는 말이지, 어린 흡혈귀들에겐 부기맨 같은 존재야. 나쁜 짓을 하면 벽장에서 튀어나와 애들을 잡아가서 그다음엔 채찍으로 때리고 밧줄이나 사슬로 묶고 강간하고 포르노 비디오를 찍어다 파는… 그런 존재란 말야."

─당신의 말에는 상당히 합리적이지 못한 부분이 있군.

전화 너머에서 캐런 몬티는 절제된 목소리로 말하고 있었다. 말투가 고요한 것을 보니 별 동요가 없는 것 같지만 그도 실은 동요하고 있으리라. 24인의 진마 중 가장 괴팍한 진마 유다가 그 수명이 다해간다는 정보는, 누가 뭐라고 하더라도 놀랄 만한 정보인 것이다.

─세피아가 죽은 시점에서 23인의 진마라고 부르는 것이 타당하지만… 유다까지 죽게 되면 어떻게 되는 거지?

"헤이, 헤이, 하루는 24시간. 진마도 24명. 그건 옛날부터의 약속이라고. 약속을 잘 지키지 않으면 콘돔 없이 하는 것이 불가능하단 말야. 응?"

─……

수화기 너머는 레트의 저질스런 농담에 대해서 입을 다물었다. 섹스를 해봐야 오르가즘을 느끼지 못하는 불감증의 흡혈귀가 왜 저런 농담을 하는 것인지. 하여튼 이런 하층민 부류의 놈들은 같은 흡혈귀가 되어서도 이해의 저편에 서 있는 존재라는 것을 절실히 느꼈다.

"하지만 차나 제대로 된 걸 주라고. 이 차는 뭐야? 혼다이라? 혼다 짝퉁인가?"

—현대다. 이 나라 자동차 기업 중 하나지. 그런 것도 모르고 파견을 나왔나?

"그래? 모델명은 액셀인데?"

—밟고 뒈지라는 뜻이지.

"뒈질 만큼 속도나 나와줬으면 좋겠다, 응? 어, 당신 지금 괜찮았어. 분발하도록 해. 재밌었다고, 그 농담."

그러자 전화가 끊어졌다. 래트는 피식 웃으면서 핸드폰을 주머니에 쑤셔 박고 차에 올라탔다.

"그래… 테트라 아낙스가 그렇게 말했다면 틀림없는 일이겠지?"

그는 그렇게 중얼거리며 시동을 걸었다.

# 7

흡혈귀들은 자신들의 힘을 자각하게 된 이래 인간 사회의 영주로서 그 위치를 확고히 하고 있었다. 강력한 육체적 능력, 그리고 오랜 수명이 주는 지혜와 부의 축적은 문명이 발달하면 발달할수록 흡혈귀들에게 힘을 보태주었다. 원시시대 자연발생, 혹은 주술에 의해서 발생한 흡혈귀의 대부분은 태양광에 의해 사멸했으나 문명이 발달하면 할수록, 즉 인간들에게 낮의 입지가 줄어들면 들수록 흡혈귀들의 힘은 강해진 것이다!

그러나 인간들은 어둠에 대해서 무지하지 않았다. 아니, 이 것은 애초에 그들에게서 비롯된 어둠이었다. 인간에게서 태어 나 인간을 잡아먹는 흡혈귀들, 그리고 그와 유사한 무수한 괴 물들을 사냥하기 위해서 이단자들이 모였다. 바티칸은 공식적 으로 괴물들의 존재를 부인했다. 또한 중세의 바티칸은 범세계 적인 종교로서의 위치보다는 세속적인 권력을 더 갈망했다.

하지만 시간이 흘러 세계의 의식이 좀 더 진보한 뒤에는, 이 미 흡혈귀들은 손쓸 수 없을 만큼 확고한 위치를 차지하게 되 었다. 문명이 발달하고 인간이 증가하면 할수록 그 인간에 기 생하는 흡혈귀들은 만성, 악성화된 것이다.

뇌명이 스쳐 지나가며 의식을 돌려놓는다. 안개가 너무 짙게 낀다 했더니 결국 하늘에서 번개가 번쩍이며 비를 뿌렸다.

쏴아아아!

줄기찬 장대비와 더불어 물안개가 깔리기 시작했다. 한 치 앞도 제대로 보이지 않는 폭우, 유다는 그 폭우 속을 천천히 거 닐었다. 진마 자인은 겁에 질려서 달아난 것 같고 그를 상대하 는 이는 현재 팬텀이다. 강력한 흑마법사이자 사법술사인 팬텀 은 굉장히 순정한 24계통의 진마. 만약 그를 죽인다면 상당히 가치 있는 흡혈귀를 죽이는 것이다. 팬텀은 진마 중 최강은 아 니지만 굉장히 영특한데다가 수완가이기 때문에 일찌감치 죽 일 필요가 있는 상대다. 하지만 팬텀 하나로 끝내서는 안 된다.

유다에게 남은 시간은 그리 많지 않으니 가급적 더 많은 놈을 죽이지 않으면······.

"크하하하하."

유다는 창백한 자신의 얼굴을 손으로 가린 채 웃었다. 보랏빛으로 창백하게 질린 입술, 눈 밑에 깔린 깊은 어둠, 시체를 연상케 하는 죽음의 한기. 이번에 웃는 것은 과연 얼마 만인가?

"웃기엔 좋은 밤이 아니군!"

그때 빗속에서 팬텀이 뛰쳐나왔다. 바렛에 의해서 타격을 입은 듯하지만 팬텀에게 최우선 순위는 유다였다. 유다는 앞으로 달려드는 팬텀을 향해 반사적으로 칼을 휘둘렀다. 깨끗한 소리와 함께 가로등이 절단되며 쓰러져 전선에 걸렸다. 전기 불꽃이 튀기며 전선이 뱀처럼 용트림치지만 팬텀은 이미 안개가 되어 유다의 공격을 피하고 등 뒤에서 구체화되었다.

"Take Back."

팬텀은 지면을 박차며 질주, 단숨에 유다를 쳐서 앞으로 날려 보냈다. 타격? 아니, 그보다 더 어울리는 단어는 '이륙'일 것이다. 정말 단 일격에 유다가 붕 떠올라 허공을 유영했다. 유다는 공중에서 몸을 돌려 균형을 회복했지만 팬텀은 마치 유령처럼 그가 착지할 곳에서 기다리고 있었다.

팬텀은 무시무시한 힘으로 날아오는 유다를 걷어차 올렸다. 그리고 하늘로 치솟아오르는 유다를 향해 비스트 더블을 갈겼다.

표적은 보지도 않고 안개가 자욱한 하늘을 향해 쏘아 올렸다. 하지만 그 단 한 발의 총성과 함께 유다의 육신이 갈가리 찢어졌다. 비스트 더블의 힘은 진마마저 제압할 만큼 강력한 것이다. 맞출 수 있다는 확신만 있다면 현대 무기의 힘은 진마의 목숨마저 위협한다.

"이런!"

하지만 상대가 상대다 보니 이 정도로 죽진 않을 것이다. 그렇게 생각한 팬텀은 즉시 리볼버의 실린더를 열었다. 내부에 남아 있는 가스의 압력만으로 실린더에 박혀 있던 묵직한 탄피들이 튀어나왔다. 팬텀은 즉시 탄을 장전시키고 다시 유다를 노렸지만 이미 유다는 위에서 보이지 않았다. 그저 거기에는 기름처럼 미끌거리는 검은 비가 내리고 있을 뿐.

"What the……?"

비스트 더블은 팬텀의 마법기 중에서도 1위 자리를 차지하는 물건이다. 인식 장애 처리, 항마모 처리가 된 것은 물론 1,000발을 쏠 때마다 갈아줘야 하는 축복받은 총열은 설사 실체가 없는 유령을 상대할 때도 효과를 볼 수 있게 구성된 것이다. 지금까지 이 비스트 더블에 의해서 죽은 라이칸스로프(Lycanthrope)[+]들은 이루 말할 수 없이 많았다. 페스트 확산의 큰 주범인 라이칸스로프, 플레이그 로드 구아르가 비스트 더블에 의해서 죽었던 사건

---

+ **라이칸스로프(Lycanthrope)** 늑대인간을 뜻하는 말이나 여기서는 변신종 전체를 칭한다. 피에 주술적 의미를 부여해서 많은 지역에서 피를 빠는 괴물에 대한 전설이 있듯, 짐승과 맹수들에 대하여 주술적 의미를 부여해 인간과 짐승 사이를 오가는 괴물들에 대한 전설도 많다. 이들 변신종은 바로 그러한 신앙과 주술을 뒷받침해 주는 존재로 작중에서는 흡혈귀에 대항하는 축으로서 나온다.

은 흡혈귀들 사이에서 진마 팬텀의 힘이 어느 정도 강력한지 널리 알리는 계기가 되었었다.

실린더를 다시 안으로 밀어 넣자 비스트 더블 전체에 마력이 충만하게 차오른다. 유다도 유다지만 흡혈귀 사냥꾼들과 다른 진마들도 걱정이다. 헤카테는 자기 부하를 죄다 잃고 성질이 머리끝까지 오른 것으로 아는데 그렇지 않아도 좀 막 나가는 헤카테가 가만히 있을 리 없다. 아마도 이 근처에서 상황이 어떻게 돌아가는지 알아보고 있을 테고, 그건 다른 흡혈귀들도 마찬가지이다. 24인의 진마는 스스로를 귀족이라고 평하고 있지만 그들이 하는 짓은 노름판에 뛰어든 도박사와 다름없다. 아니, 원래 귀족적이라는 말은 그다지 좋은 의미로 쓰이는 게 아니었던가?

"응?"

이런저런 생각을 하고 있을 때 갑자기 전신에 소름이 쫙 돋을 만큼 오싹한 한기가 찾아들었다. 쏟아지는 빗방울들을 뚫고 무언가가 빠르게 움직이고 있었다. 그것도 뒤쪽에서!

스각. 마치 종이를 가위로 자르는 것과 같은 가벼운 소리, 그 절삭음과 함께 눈앞이 깜깜해졌다. 흡혈귀로서는 눈꺼풀을 감지 않고서는 이렇게 앞이 컴컴한 경우를 경험하기 힘들다. 흡혈귀에게도 다시 암흑의 의미를 되새겨 주는 그것은 바로 유다의 암흑이다. 건물들이 밀집되어 있는 이런 공간에서는 아차 하는 순간 그나 유다나 모두 서로서로의 목숨을 빼앗을 수 있었다.

수만 가지 생각이 머리를 스치고 지나갔지만 행동의 선택 폭은 좁았다. 뛰어서 피해야 했다. 그는 다리를 쫙 벌리고 지면에 달라붙듯 몸을 숙였다.

콘크리트 건물이 버터처럼 잘리고, 그 너머를 스쳐 지나가는 시커먼 칼날이 보였다. 용케도 피했구나 하고 안도하는 것도 잠시. 어느 틈에 뒤에서 달려든 유다는 그의 목덜미를 잡고 번쩍 들어 올리더니 등으로부터 배로 거대한 칼날을 쑤셔 박았다.

"크윽… 쿨럭!"

배를 찔린 순간 팬텀은 그 칼날을 손으로 잡았다. 만약 녀석이 칼을 들어 올리기라도 한다면 팬텀은 그대로 두 동강이 날 판이다. 이 유다의 암흑에 잡히게 되면 계통 능력을 쓰지 못하기 때문에 안개화로 피하는 것도 불가능하다.

쉬이익, 주전자 주둥이로 김빠지는 듯한 소리가 났다. 팬텀에게서 흘러나온 피가 유다의 구속력과 서로 반발하면서 끓어오르는 것이다. 유다는 칼날에 힘을 실어서 팬텀을 쪼개려는 한편 비스트를 그의 머리에 겨누었다. 이대로라면 죽고 만다! 팬텀은 이를 악물고 발을 들어서 유다를 차고 앞으로 굴러 그 공격에서 빠져나왔다.

후드드득!

칼날에 묻어 있던 피와 살점이 빗소리에 섞여 바닥에 떨어졌다. 팬텀은 얼른 공중에서 몸을 반전했지만 유다는 비스트를 놓게 내버려 두지 않았다.

그러나 다음 순간 폭음과 함께 유다가 휘청거렸다. 뒤에서 다시 바렛에 의한 정밀 사격이 날아들어 유다의 육체를 관통하고 지나갔다. 양쪽의 싸움이 한쪽으로 기울어지는 순간 어김없이 사격이 가해지는 것으로 보아 상대가 노리는 것은 뻔하다.

"크으윽!"

아무리 인간을 죽이지 않는다 해도, 상대가 제아무리 한때 바티칸의 마물사냥꾼이었던 실베스테르 신부라고 하더라도 이 정도면 참아줄 단계를 지났다. 남은 것은 그를 장애로 인식하고 배제할 뿐이다!

하지만 검은 옷의 신부는 이곳에서 그 싸움을 끝내고 싶은지 쉴 새 없이 총을 쏘아댔다. 유다는 즉시 칼을 휘둘러 옆의 건물의 셔터를 후려치고 안으로 뛰어 들어갔다. 건물 안으로 끌어들이게 되면 저격수보다는 흡혈귀가 유리하다.

그러나 실베스테르는 유다를 쫓는 대신 유다에게 당한 상처를 재구성하고 있는 팬텀을 쏴버렸다. 아까 전에는 팬텀을 핀치에서 구해준 셈이 되지만 그것은 두 진마의 밸런스를 맞추기 위해서 한 것이지 결코 팬텀이 이기길 바라서 도와준 게 아니다. 양쪽 모두 힘을 쓰다 자멸해 버리는 게 이상적인 결과이리라.

"윽. 이런!"

팬텀은 즉시 빗속으로 몸을 감췄다. 유다에게 맞은 상처가 꽤 심각한데다가 바렛 역시 장난이 아니다. 상처를 입으면 입을수록 구속력이 떨어져서 다음 상처를 치료하는 데 시간이 많이 걸리게 된다. 그래도 진마니까 바렛 같은 걸 맞고도 육혈을 재구성해서 상처를 회복할 수 있는 것이다.

역시 VT 40만 대의 팬텀이 추정 VT 70만의 유다에게 도전하는 것은 무모했다. 그것도 여기저기서 다른 놈들이 어부지리를 노리느라 눈에 불을 켜고 있는 판이니 더하다. 유다도 팬텀의 비스트 더블에 꽤 심각한 타격을 입긴 했지만 무시무시하게 높은 VT는 그런 부상을 쉽게 재구성해 주니 장기전이 되면 될수록 팬텀에게 불리하다.

팬텀이 조심스럽게 사법안을 들어 주위를 살펴보니 실베스테르는 이미 아까 전 그 장소에서 철수, 어디론가로 숨어버린 뒤였다. 이 건물들의 정글 사이를 뛰어다니며 저격을 가하겠다는 심산이리라. 전황은 아무리 보아도 장기전으로 흘러가고 있었다.

사혁은 자신의 험비에서 뛰어내려서 주위를 둘러보았다. 마치 시가전이라도 벌어진 것처럼 도로 정중앙에서 아파치 헬기의 잔해가 타오르고 있었다. 비가 쏟아지고 있어서 불은 곧 잡힐 것이다. 하지만 헬기가 할퀴고 간 도시의 상흔, 그리고 그외의 다른 흔적들은 결코 비에 가려지는 일이 없었다.

아마도 테트라 아낙스의 처형 부대가 남긴 흔적인 것 같은데 보자니 참 어이가 없다.

"이 녀석들은 생각이 있는 놈들이야 없는 놈들이야? 테트라 아낙스도 또라이지. 도시 한가운데에서 흡혈귀를 상대로 헬기를 꺼내서 무슨 재미를 보겠다고."

더구나 상대는 진마가 아닌가? 흡혈귀들에 대해서 가장 잘 알아야 할 녀석들이 모르고 있다니.

"이걸 치우지 않으면 지나가기 힘들겠군. 돌아갈 루트가 있나?"

"글쎄요?"

"사람들의 정신을 제압했다고 하더라도 이 흔적마저 속이진 못할 텐데. 게다가 목숨이 위험해지면 인간이란 게 무슨 짓을 할지 모르지."

"정신 제어도 푼단 말인가요?"

"그럼."

사혁은 아파치의 잔해를 바라보며 혀를 찼다.

"치워야겠군."

그는 워커를 신은 발을 들더니 아파치 헬기의 잔해를 발로 밀었다. 잔해라고 해도 그 무게는 이만저만 무거운 것이 아니다. 그리고 미는 힘이라는 것은 결국 그 접지를 바닥과의 마찰에서 얻기 때문에 발로 미는 불안정한 자세는 큰 힘을 전달하는 데 그렇게 좋은 자세가 아니다. 그러나……

소름 끼치는 소리와 함께 아파치 헬기의 잔해가 옆으로 미끄러졌다.

"대체 유다가 고질라도 아닌데 이걸로 잡겠다니 무슨 생각을 한 거야, 이놈들."

그는 놀라운 괴력으로 아파치를 밀어버리고 다시 험비에 올라탔다. 그리고 부하들에게 생각난 듯이 말했다.

"여기 놈 중 흡혈귀 시신이 꽤 있을 테니까 다 건져 놓으라고. 알았지?"

"두목은?"

"나야 대박 노리러 간다. 한 방에 인생 역전이란 거 알지?"

사혁은 그렇게 말하며 윙크를 했다. 그러나 부하들은 그의 챠밍한 윙크를 보고도 별로 마음에 들지 않는지 대놓고 인상을 썼다.

"진마를 노려봤자 득보다는 실이 많을 텐데 왜 그런 것들에 집착합니까?"

"물론 대박이란 건 확실하지만."

"그러니까 너희들은 신경 끄고 여기서 자잘한 거나 잡아먹고 있어. 나는 대박 좋아해서 진마들 싸움에 머리를 들이밀어 볼란다."

그는 자신의 무장을 챙겨 들었다. 콜트 파이슨 357, 날 길이가 40센티는 될 법한 대형 칼이 그가 가진 무장의 전부였다. 아파치 헬기가 추락하는 마당에 이런 무기를 챙기다니, 보는 부하들도 어처구니가 없을 정도였다. 하지만 사혁은 자신만만하게 그들을 뒤로하고 안개 속으로 사라졌다.


"잘 싸우고 있군."

쏟아지는 빗속에서 우산도 없이 서 있는 한 여성이 머리칼을 쓸어 올렸다. 왼손은 바지 주머니에 넣은 채, 물에 젖은 붉은 머리칼을 쓸어 올리는 그녀는 몸의 굴곡이 드러나는 뷔스티에 위에 카디건 하나를 걸치고 있었다. 복장만 하더라도 길을 가는 남자들이 한 번쯤은 돌아볼 만한데, 그보다 더 대단한 것은 피처럼 새빨간 아름다운 머리칼이었다. 허리까지 내려오는 그 긴 머리칼은 물에 젖어서 더더욱 매끈매끈한 광택을 발하고 있었다. 군살이라곤 전혀 없는 늘씬한 몸매와 서양인치고는 부드러운 이목구비를 가지고 있어서 굉장한 미인이지만, 왠지 성격은 나빠 보이는 눈을 하고 있었다.

"아아… 정말."

그녀는 신경질적으로 머리를 쓸어 올리더니 출입을 통제하는 경찰들의 검문을 향해 들어갔다. 이 근처 미군 부대에서 아파치 헬기가 날다가 비바람에 이기지 못하고 떨어져 터진 모양인데, 그걸 미군 부대에서 연락도 없이 정리하는 바람에 뒤늦게 경찰들이 출동했다… 고 표면적으로는 알려져 있었다. 테트라 아낙스의 정신 제어력이 대단하다고 하더라도 인구 밀도가 낮은 서구와 달리 동양에서는 더더욱 많은 노력이 필요한 법이다. 한국에 파견된 테트라 아낙스의 뱀파이어 오라클만으로는 실제로 일이 벌어지고 있는 작전구역 정도나 커버할 수 있을 뿐이다.

"지금 여기는 민간인 통제구역입니다."

경찰들은 구경 나온 사람들을 통제하는 데 진땀을 흘리고 있었다. 아파치 헬기야 만들어진 지 꽤 오래된 것이지만 그것을 관제하는 시스템은 계속 업그레이드가 이루어져서, 헬기 자체가 각종 군사기밀의 집합이라고 하겠다. 아마도 그래서 한국 군경에 맡기지 않고 사력으로 그것을 회수하려 한 것이리라. 한국인들에게는 모욕적인 처사지만 분명히 그들이 취한 조치는 옳다. 남의 시가지에 헬기를 처박아놓고 자신들의 기밀 누설을 염려하는 태도는 보기 안 좋지만 '사고를 쳤으니 보답으로 우리의 기밀을 훔쳐 가라'라고 하는 것 역시 합리적인 대처가 아니다.

어쨌든 미군 관계의 범죄는 경찰에게 있어서도 곤란하기 때문인지, 그들은 이 이상한 외국인 여자를 제지했다.

"비켜."

하지만 그녀는 꽤 선명한 한국어로 경찰들에게 그렇게 말했다. 왼손은 주머니에서 빼지도 않은 채, 상당히 건방져 보이는 표정과 태도로 그녀는 경찰들에게 명령을 했다. 하지만 경찰들이 정신을 차렸을 때는 이미 그녀의 발이라도 핥을 것처럼 아양을 떨며 자리를 비켜준 뒤였다.

"약간은 귀여운 구석도 있군. 역겨운……."

그녀는 뭐가 그렇게 불만인지 투덜거리며 걸어갔다. 그때 그녀의 옆으로 차 한 대가 미끄러지듯 들어왔다. 그녀는 쏟아지는 빗줄기를 맞으며 불쾌하다는 듯 그 차를 바라보았다. 늘씬한 실버 펄 칼라의 람보르기니 미우라였다. 외국에서도 보기 힘든 최고급 스포츠카가 어째서 이곳에 와 있는가? 그것도 1960년대의 물건이…….

아니, 이걸 타고 다니는 악취미한 놈은 분명히 하나가 있었지.

"웬일이지. 헤카테? 비를 맞으면 피부 미용에 안 좋다고."

"시끄러워, 베놈. 가서 스파이더맨이나 괴롭히라고. 나는 널 상대해 줄 시간이 없으니까."

아일랜드 아스테이트의 수장 베놈은 고개를 휙 돌리는 헤카테를 바라보며 휘파람을 불었다. 새하얀 피부, 녹색 눈동자에 약간 곱슬곱슬한 금발을 가지고 있는 그는 전통적인 흡혈귀 클랜의 리더라기보다는 돈 많은 한량으로밖에 안보였다. 약간 경박하달까? 이런 녀석이 지독한 인종차별주의자라는 것은 난센스였다.

"쌀쌀맞게 구는군. 네가 마블 코믹스를 보는 사람인 줄 몰랐는걸?"

"신경 끊어. 그보다 너처럼 엉덩이가 무거운 놈이 여긴 웬일이지?"

"몰라서 묻는 건 아닐 테지? 테트라 아낙스의 예언은 들었어?"

"아아, 오늘 밤으로 유다가 죽는다는 거 말이지? 들었지."

그녀는 빗물에 젖은 아랫입술을 혀로 핥으면서 말했다.

"그 녀석에겐 받아내야 할 게 좀 많아서. 내 자식들의 핏값이라든가."

"하지만 로테이션을 잘 지키라고, 헤카테. 배신자 유다의 피를 혼자서 독점하겠다는 건 난센스야. 게다가 진마가 진마를 먹게 놔둘 것 같아?"

"너야말로. 독점할 욕심도 없으면 직접 행차하지 않았을 테지?"

"걸어갈 건가? 타지그래?"

베놈은 그렇게 말하며 옆자리를 내줬지만 헤카태는 고개를 설레설레 저었다. 고개를 저을 때마다 긴 붉은 머리칼이 흔들리면서 물방울을 주위에 뿌려댔다.

"아니, 됐어. 나는 차라는 게 성질에 맞지 않아서 말야. 그것도 네가 끌고 다니는 이 낡은 차는."

"람보르기니 미우라를 그냥 낡은 차라고 하다니……. 뭐, 그 성질에 맞는 게 그럼 뭐든 있겠나?"

"뭐라고?"

"아니. 그럼 먼저 가지. 인상 쓰지 말라고, 아가씨."

베놈은 피식 웃더니 람보르기니 미우라를 타고 앞서 나갔다.

8

어젯밤부터 공기가 좀 이상하더니 결국 기록될 만한 폭우와 태풍이 불었다.

세건에게 맡겨진 임무는 간단한 것이었다.

세건은 그 쏟아지는 비를 맞으며 도로 교통지도를 펼쳐 들고 실베스테르가 매직으로 체크한 부분을 살펴보았다. 지도책은 벌써 비에 젖어서 너덜너덜해졌지만 알아보는 데는 별문제가 없었다. 간단히 입안된 작전 계획에 의하면 팬텀은 적들을 몰아서 순환도로 쪽으로 몰아낼 것이니 예상 루트에 미리 부비트랩을 설치하고 대기하는 게 세건의 임무였다.

진마라는 것은 흡혈귀 중에서도 그 계통의 정점에 이른 것들로 인간이 상대할 수 있는 괴물이 아니다.

하지만 부비트랩이나 폭발물, 그리고 총은 누가 쓰든 상관없는 위력을 가지고 있다. 제아무리 진마가 강력하다고 하더라도 세건이 가진 USAS—12 같은 물건은 일단 지근거리에서 사격하게 되면 피할 방법이 없다.

그러나 그래서 세건에게 진마를 잡을 가능성이 있다고 하더라도 그것은 복권 당첨 확률만큼이나 희박한 것이리라. 세건이 이런 일에 끼어든 것 자체가 자살행위라고밖에는 설명할 길이 없다. 저 유다란 놈은 건물을 썰어서 부숴 버리질 않나 신호등을 밟고 날아다니질 않나, 도저히 인간이 상대할 적이 아니다.

그럼에도 불구하고 실베스테르는 세건을 대피시키지 않았다. 아니, 오히려 포인트를 정해주고 부비트랩 세팅을 맡겼다. 이게 죽어도 좋은 녀석이니 이용하겠다는 건지, 아니면 신뢰한다는 건지 모르겠다.

"그나저나 대단한 폭우다."

어젯밤부터 기상청에서 미리 주의를 줬다고는 하는데 TV에서는 연일 연예인 스캔들로 떠들어대느라 별로 알려지지도 않은 모양이다.

그러다 보니 뒤늦게 대응하느라 각 상가의 수위들이 순찰을 돌기 시작했다. 이게 미치게 만드는 것이다. 사람들이 움직여서 부비트랩을 설치하기도 곤란할 뿐 아니라 흡혈귀를 잡을 부비트랩을 만들자면 결국 폭약류를 쓸 수밖에 없는데 시가지에서 폭약을 터뜨려서 흡혈귀를 잡다니?

제아무리 미친놈이라고 해도 그런 짓을 어떻게 하겠는가? 더구나 민간인들에게 피해가 갈 수밖에 없다! 물론 이제 와서 정의의 사도 흉내를 낼 일도 없지만 그렇다고 민간인을 공격하는 것은 쓰레기다.

"부비트랩이라······."

인계철선 등을 이용한 부비트랩은 진마 급의 흡혈귀에겐 통용되지 않는다. 다차원 공간 인식 능력은 VT 만 이상의 흡혈귀라면 어떤 계통이라고 해도 상관없이 개발(開發)할 수 있는 능력이다. 마치 초음파를 쏘아내서 공간을 인식하는 박쥐처럼, 시각에 의존하지 않고 공간을 파악할 수 있으니 인계철선 따위 금방 발견될 것이다.

결국 인간들에게 피해를 주지 않으면서 흡혈귀들을 잡는다는 것은 지금의 세건에게는 불가능하다. 사이키델릭 문의 힘을 빈다고 하더라도 그것은 하급 흡혈귀의 힘을 부여하는 것이다. 흡혈귀의 왕 진마들에게 얼마나 통용될지는······.

"이러고 있을 때가 아니지."

세건은 손목시계를 바라보았다. 시각은 새벽 3시를 넘어가고 있지만 이렇게 비바람이 몰려와 일광을 가린다면 흡혈귀들의 활동 시간은 더더욱 늘어날 것이다. 경비원들의 눈을 피하며, 흡혈귀에게도 통할 부비트랩이라면 결국 몇 가지 제한된 것밖에 쓸 수 없다.

'결국 이거로군.'

파이프를 이용해서 만든 지향성 파괴통, 그걸 원격조작으로 폭파시키는 것만이 대안이 될 것이다. 세건은 가급적 인명 피해가 없을 곳을 골라 폭약을 세팅했다.

비가 무시무시한 기세로 쏟아지고 있었다. 세건은 전봇대에 매달려서 세팅에 열중했다. 클러스터링(Clustering:연결, 연쇄 폭발)을 위해서 전기 플러그를 위한 도전선을 연결하고 폭풍, 후폭풍을 고려해서 세팅을 하자니 이만저만 힘든 일이 아니다. 설치해 봐야 걸릴지 안 걸릴지도 모르는 함정을 만들다니, 세건은 한숨을 내쉬었다.

끼이이익!

그때 택시 한 대가 폭우를 뚫고 달려오다가 문득 전봇대 앞에서 멈춰 서는 게 보였다. 하긴 한국전기공사 직원의 코스튬(?)을 입지 않은 이가 전봇대에 올라가서 뭔가를 끄적거리고 있다면 충분히 수상해 보일 것이다. 게다가 세건의 복장은 누가 봐도 수상하게 새카만 색 일색이고 총과 일본도까지 메고 있다!

'하지만 용감한 택시 기사군.'

설령 위험하다고 생각하더라도 그냥 지나치는 게 인지상정(?)이거늘 저 택시 기사는 용가리 심장을 삶아 먹었는지 차를 멈추더니 이 폭우에서 내려섰다.

"여보시오!"

"…여보시오?"

조선시대에나 어울릴 법한 고풍스러운 호칭에 세건은 잠시 놀랐지만 작업은 계속했다. 남이야 보든 말든 일단 이 일은 시간 안에 맞추지 못하면 안 된다. 제한 시간을 정해준 것은 그 시간 이후 흡혈귀들을 몰고 오겠다는 것인데 그때 부비트랩이 설치되어 있지 않으면 실베스테르가 곤란할 것이다.

"무슨 일이시오?"

"꺼져. 죽고 싶지 않으면 이 일대에서 벗어나서 최대한 멀리 달아나는 게 좋을걸."

세건은 위협을 하면서 택시 기사를 보았다. 택시 기사답지 않게 온화한 얼굴을 하고 있는 그는, 이 희뿌연 빗발 속에서도 미소를 짓고 있었다.

"그러지 말고 무엇 때문에 거기 올라가 있는지 들어나 봅시다. 내가 도울 수 있다면……."

"하아."

세건은 어쩔 수 없다는 듯 고개를 절레절레 저었다. 그는 전봇대를 내려와서 큼직한 배수구 격자에 절단기를 댔다. 격자의 일부분을 자르고 금속용 테이프와 순간접착제로 파이프를 고정한다. 크로스 파이어라고는 해도 폭발물의 흔적은 그대로 남을 것이다.

"어쩔 수 없지."

세건은 머리를 긁적이고 그 택시 기사에게 다가갔다.

"그런데 그건 뭡니까? 재해대책용 뭐라도 되는 겁니까? 아, 제가 좀 무식해서……."

"……."

세건은 택시 안의 기사등록증을 유심히 살펴보았다. 어둠 속에서도 새것이라는 걸 알 수 있을 만큼 깨끗한 것을 보니 택시 기사가 된 지 얼마 안 되는 몸임에 틀림없다. 나이는 꽤 들어 보이는데 이제 겨우 택시 기사가 되다니, 생긴 것도 인텔리같 이 생겼는데 사업하다 망하기라도 한 걸까?

"……."

세건은 한숨을 내쉬고 그 사람에게 다가갔다.

"커헉!"

마치 나이프를 뽑아 찌르듯, 재빠른 몸통 찌르기가 들어갔 다. 물론 기절하지 않을 정도로 찔렀다. 이런 사람은 한 대 맞 지 않으면 정신을 차리지 못할 테니까 때린 거긴 하지만 죽일 생각은 없다.

"가서 자기 일이나 보시지."

세건은 휘청거리는 택시 기사를 부축해서 택시 안에 집어넣 었다. 장년의 택시 기사를 운전석에 처넣고 나오니 문득 뭔가 가 머리에 부딪혔다.

"흥."

세건은 자신의 머리칼에 닿은 십자가를 손가락으로 한 번 튕 기고 택시의 문을 닫았다. 그러자 곧 정신을 차린 택시 기사는 허겁지겁 시동을 걸더니 그 자리를 벗어났다.

"호의를 가지고 다가온 것 같긴 하지만……."

약간 미안한 감이 든다. 하지만 할 수 없다. 이렇게 해서라도 얼른 이 자리를 비키는 게 죽는 것보다는 낫겠지. 세건은 폭약 들을 촘촘히 세팅하고 주위를 둘러보았다. 잠깐 동안 비를 맞 았더니 손이 물에 불어서 쪼글쪼글해졌을 정도였다.

"아무래도 하나로는 부족하겠지."

세건은 가방에서 도폭선을 꺼내서 옆 건물 간판 위에 걸어놓았다. 아까 전 흡혈귀들이 싸우는 것을 보니 간판도 잘 밟고 가는 것 같은데 그때 터뜨리면 발목 정도는 날려 버릴 수 있을 것이다.

부아아아앙!

그때 빗물을 가르며 무시무시한 엔진음이 들려왔다. 세건은 무슨 일인가 싶어서 고개를 돌려보았다.

"헉! 저, 저건?"

세건은 순간 자신의 눈앞을 의심했다. 람보르기니 미우라가 도로를 달려오고 있는 게 아닌가? 대한민국에서 람보르기니 미우라라니? 하지만 상황이 상황인데다가, 돈이 많은 흡혈귀들은 차량에 꽤 집착한다는 것을 알고 있느니만큼 긴장하지 않을 수 없었다. 팬텀은 바이퍼, 실베스테르는 코베트에… 저놈은 람보르기니라?

"진마겠군."

명확한 판단 근거는 없지만 세건은 상대가 진마라고 생각했다. 진마가 아닌 놈들이 람보르기니 미우라를 끌고 다닌다면 그 세상은 사람 살 세상이 못 될 것이다(여러 가지 의미에서).

부아아아앙!

그러나 람보르기니 미우라는 세건을 봤는지 못 봤는지 무시하고 지나쳤다. 늘씬하다 못해 섹시한 차체가 물안개를 뚫고 코너를 부드럽게 도는 그 모습은 정말 보는 사람이 홀딱 반해 버릴 만큼 멋진 광경이었다.

"부르주아 같으니……."

세건은 무의식중에 그렇게 투덜거렸다. 진마가 자신을 발견하지 못했을 리가 없다. 그럼에도 불구하고 무시한 것은 어부지리를 노리겠다는 뜻이리라. 이 녀석이나 저 녀석이나 다들 손 안 대고 코 풀려고 하는 놈뿐이라니. 세건은 혀를 찼다.

그때 세건의 손목시계가 삑삑 소리를 냈다. 실베스테르가 요구한 작전 시간이 종료된 것이다. 물론 실베스테르는 정확히 어느 정도의 함정을 준비하라고 요구하진 않았지만 만들다 만 함정은 다른 함정에 대한 암시를 주기 때문에 없느니만 못하다. 제아무리 리모트컨트롤로 조작하는 류의 것이라 해도 일단 그 위치를 알려주면 진마가 당할 리 없다. 게다가 세건은 근처에 숨어서 직접 폭탄을 써야 하는 것이다.

"젠장! 정말 목숨 내놓은 짓이군."

세건은 얼른 도폭선과 체프 등의 세팅을 마무리 짓고 골목으로 피했다. 세건이 막 골목으로 들어서자마자 쉐애액 하고 전투기가 날아가는 듯한 소리와 함께 시커먼 암흑이 도로를 할퀴며 지나갔다.

콰드드득!

지진이라도 난 것처럼 아스팔트가 뒤집어지고 그 균열 위로 유다가 내려섰다. 세건이 예상한 것보다 훨씬 더 빠른 속도로 진행되어 미처 함정을 발동시키지 못했을 정도였다.

'이런······.'

게다가 팬텀은? 실베스테르는? 그 두 명은 보이지 않고 유다만 내려서서 주위를 두리번거리고 있었다.

"크우우우우우우."

죽은 사람의 눈동자처럼 퀭한 눈빛이 골목에 숨어 있는 세건을 발견했다. 죽음을 두려워하지 않는다. 그것은 흡혈귀 사냥꾼이 되면서 자신의 뼈에 아로새긴 맹세다. 하지만 인간의 감정이란 그리 쉽지만은 않은데다가 진마는 인간의 공포를 지배하는 마물들이다.

쉬익!

바람을 찢고 새카만 어둠이 세건을 향해 날아들었다. 세건은 몸을 뒤로 날려서 그걸 피했지만······.

철퍽!

물이 고인 골목길 위로 떨어졌을 때는 이미 빗물 속으로 세건의 피가 흐르고 있었다. 아슬아슬하게 스쳐 지나간 것만으로도 종아리가 찢어지고 시뻘건 피가 배어 나왔다. 하지만 세건은 물에 떨어지는 것과 동시에 뒤로 미끄러지면서 샷건을 연달아 쏘았다. 그리고 지면을 손으로 짚으면서 마치 용수철이 튕겨 오르듯 멋지게 일어났다. 그러나 유다는 이미 골목 위로 뛰어올라 벽에 한 팔만으로 매달려 있었다. 좁은 골목에서 네 발의 쇼트 셸을 쐈는데 전부 다 피해 버리다니!

"이런 젠장!"

세건은 부비트랩을 이용하기 위해 골목의 출구, 즉 유다가 들어온 입구로 뛰어나갔다. 유다는 깜짝 놀라서 벽에서 손을 놓고 자신의 발밑으로 빠져나가려고 하는 세건을 향해 덮쳐들었지만 세건은 몸을 날려서 물이 가득 찬 도로 위를 미끄러지며 위를 향해 다시 샷건을 난사했다. 그러나 유다는 어둠을 두르는 것만으로 쏟아지는 무수한 탄환을 막아냈다.

"큭!"

세건은 피투성이가 된 다리를 질질 끌면서 자리를 빠져나갔다. 유다는 너무 빠르기 때문에 이렇게 달아나 봐야 금방 추격당할 뿐! 하지만 이곳은 그가 세팅한 부비트랩이 널린 곳이다. 그것들을 활용하면 승산이 없는 것도 아니다.

"저 녀석 인간은 공격 안 한다면서!"

세건은 누구에게 풀어야 좋을지 모르는 울분을 터뜨리며 흡혈귀의 피를 몸에 주사했다. 그때 골목길에서 천천히, 유다가 걸어 나왔다.

"하아아… 아아하하핫."

기묘한 웃음소리. 틀림없이 정신이 망가진 것이다. 오랜 세월을 살아오는 흡혈귀 주제에 죄책감을 느끼고 있다면 이런 결과는 미리 예견된 것이리라. 하지만 그것과는 좀 더 다른 이질적인 느낌이 있었다. 지금까지의 흡혈귀들은 어떤 질병에 걸려 변이된 인간이라면 이자는 애초에 인간과는 다른 종이라고 느껴졌다.

"……"

하지만 지금 폭우 속에 쓰러진 채 샷건을 겨누는 세건과 유다는 묘하게 닮아 있었다. 마치 거울의 대칭면에 존재하는 두 사람처럼……

그것은 녀석이 망가져 있기 때문이다. 세건은 실소했다. 쏟아지는 빗속에서 그는 리모컨을 들고 자신을 향해 달려드는 흡혈귀를 바라보았다.

"개새끼는 모두 천국에 간다며? Go to hell son of bitch!"

세건은 리모컨을 눌렀다. 그러자 세건이 직접 제작한 클레이 모어가 연쇄 폭발을 일으켰다. 사방에서 폭풍과 베어링이 울부짖으며 아스팔트를 침대 위 이불보처럼 요동치게 했다.


9


사람들은 신이 완전하기 때문에 종교가 자연발생하였다고 믿고 있다. 그것은 기독교 이전에 존재하던 플라톤의 이데아와 닮아 있다. 헬레니즘 위에서 문명을 건설한 서방의 인간들에게는 그것이 당연하다.

완전한 것, 필연은 반드시 발현한다.

그렇기 때문에 그들은 동방 어딘가에 프레스터 존이라고 불리는 기독교의 왕이 세운 국가가 있으리라고 믿었다. 몽고에 의한 침략으로 서방 세계가 위협에 처했을 때, 그들은 프레스터 존이란 가상의 맹우, 그들을 위해 기꺼이 검을 들어줄 기독교 국가를 갈구했다. 물론 흡혈귀에 대항하는 이들 역시 같은 마음이었다.

하지만 뜻있는 교회의 인간들은 흡혈귀들에 대항하는 데 그 기력을 다 소모하였고 그렇지 않은 세속적인 이들은 자신의 사욕을 위해 전력을 다했다.

오직 한 집단, 십자군 전쟁을 통해 막대한 부를 거머쥔 성당 기사단만이 흡혈귀에 대항할 의지와 힘을 가지고 있었다. 하지만 성당 기사단은 이단으로 몰려 파멸당하게 되고 그들의 막대한 부는 허공으로 증발해 버리고 만다.

그리고 그 죄는 현대에 이르러… 테트라 아낙스에 의한 지배라는 벌이 되었다. 철권의 통치자, 영원히 군림하는 제왕. 그렇기 때문에……

반드시 파괴해야 할 마(魔)!

"크으으윽!"

팬텀은 쏟아지는 폭우 위로 쓰러졌다. 구속력에서 벗어난 피가 울컥 치밀어 올라서 바닥으로 쏟아져 흘러내린다. 계속 퍼부어대는 늦봄, 여름 초입에 걸쳐 찾아온 폭우가 그 피를 씻겨보낸다.

"네 눈물이 네 무구를 증명할 것이다. 흡혈귀여, 울어라!"

광기에 도취되어 피 냄새를 풍기는 목소리로 실베스테르가 다가온다. 유다의 공격에 의해 피를 많이 소모한 상태, 더구나 폭우와 바람에 의해서 특기인 안개화 능력을 제대로 발휘할 수 없는 팬텀으로서는 달아나는 게 사실 상책이었다. 하지만 그는 이 세상에 몇 남지 않은 강력한 마법사다. 제아무리 흡혈귀로서의 특기를 쓸 수 없다고 해도 인간에게 이렇게 밀린다는 것은 있을 수 없는 일이다.

'하긴 상대는 인간이 아니지!'

바티칸에서 선택한 대마물용 병기, 실베스테르 신부. 진정한 이름은 없이 그저 한 번의 기름 부음으로 존재를 확정당한 가련한 괴물. 하지만 제아무리 강력한 괴물이라고 하더라도 한 번 이겼고 일부러 목숨을 보전해 준 상대에게 이런 맹공을 당하게 되다니!

"너무… 안일했군."

이제와 자신을 책망한들 무엇하리. 오늘 밤 비가 온다는 것은 본능적으로 알고 있었는데도 그에 대응하지 못한 자신의 실수였다.

다시 폭음이 날아든다. 팬텀은 사법의 힘을 빌어 그것을 막아냈지만 역부족이다. 대낮에도 PSG—1에 의한 사격쯤은 막을 수 있는 팬텀이지만 바렛은 더더욱 강력한 관통력을 가진데다가 축성된 은 탄환이다. 흡혈귀의 역장 결계나 사법 결계 같은 것은 종잇장처럼 뚫고 들어와 살을 비집는다.

팬텀의 왼팔이 잘려 나갔다. 남은 부위는 너덜너덜한 상완뿐, 그 상처로부터 또다시 구속력을 잃은 피가 쏟아져 내린다.

"아… 다 큰 어른이 맞았다고 울 순 없잖아?"

팬텀은 실베스테르의 요구를 묵살하며 비스트 더블로 응사했다. 그러나 실베스테르는 이미 그 자리에 없었다. 그는 비바람 속을 빠르게 뛰어다니다 건물에 착지했다.

우우우우웅!

그의 몸에 새겨진 문신으로부터 빛이 나온다. 기하학 마법에 의해서 완성된 마법진이 비명을 질러댄다. 저 마법진은 실베스테르의 봉인, 그것이 비명을 질러댈 정도라면 저쪽도 사력을 다한다는 뜻이리라.

"아!"

부아아아!

고주파의 엔진음과 함께 승용차 한 대가 달려왔다. 배수구가 막혀 도로가 물에 잠기는데도 그 차는 마치 자신이 랜드로버라도 된 것처럼 물살을 가르고 미친 듯이 달려오고 있었다.

"흥!"

실베스테르는 바렛을 들고 그대로 그 차를 향해 쏘았다. 열심히 물보라를 일으키며 달려오던 차는 단 일격에 엔진을 관통당했다. 하지만 차량에 타고 있던 흑인 남자는 유연한 동작으로 차에서 벗어나 근처 건물의 벽에 달라붙었다.

"지저스! 내 차였으면 큰일 날 뻔했네!"

이 흑인은 좀 무책임한 말을 내뱉고 멈춘 차를 바라보았다.

하지만 그때 등 뒤에서 바람 소리가 들려왔다. 흑인은 앞으로 몸을 숙이며 물 위를 굴렀다. 그의 뒤에는 사브르를 휘두른 실베스테르가 있었다.

"와우! 진마사냥꾼 아냐!"

그 흑인 래트 거닙은 투덜거리면서 발을 들었다. 320㎜짜리 큼지막한 워커에 실베스테르의 사브르가 박혔다. 만약 이전에 사용한 클레이모어였다면 다리가 통째로 날아갔을 테지만 이 잘 휘는 사브르는 유연하게 휘면서 워커의 밑창만을 자르고 지나갔다.

"흠?"

"Fire!"

래트는 지면을 뒹굴 구르며 수류탄을 던졌다. 보통 수류탄은 그 폭발과 파편으로 사람을 해치고자 하는 무기지 투포환처럼 맞춰서 때려 부수겠다고 하는 것은 아니리라. 하지만 래트의 던지기는 그야말로 총알 같았다. 물론 실베스테르가 그런 걸 맞을 얼간이는 아니다. 그는 최소한으로 고개를 움직이는 것으로 그것을 피했다.

그러나 그때 비스트 더블이 불을 뿜었다. 실베스테르는 얼른 바렛을 세워서 총격을 막아내었지만 바렛이 박살 나며 그가 옆으로 튕겨 나갔다.

"커억!"

입이 절로 벌어지고 허파에 들어갔던 공기가 격하게 튀어 나간다. 길바닥과 벽면에 실베스테르의 피와 살점이 마구 튀어서 온통 시뻘겋게 주위를 물들였다.

"……!"

나름대로 방탄복을 갖춰 입긴 했는데도 비스트 더블이란 괴물 같은 총은 막을 방법이 없었다. 그나마 다행인 건 파열탄이 아니라 관통력을 높인 세라믹스 탄이었다는 것이다. 아마도 산

화알루미늄 세라믹스로 만든 화살과 같은 것을 탄피 안에 넣은 탄환이었을 것이다. 총탄은 그대로 실베스테르의 팔을 관통하고, 몸통을 관통해서, 반대쪽 팔까지 아예 터널을 뚫어놓았다.

'위험!'

잠깐 동안이지만 신경계가 통증으로 타오르면서 전신 기능이 마비되었다. 제아무리 실베스테르 신부라고 하더라도 이때 공격을 받으면 즉사하고 만다. 그러나 팬텀은 싸우는 대신 몸을 날려 자리를 피했다.

"지저스!"

팬텀을 죽일 수 있는 좋은 찬스였는데 어디서 나타났는지 모를 흑인 푼수 흡혈귀 하나 때문에 다 잡은 대어를 놓치다니! 실베스테르는 흑인 흡혈귀를 찾아서 주위를 돌아보았지만 그 녀석 역시 자취를 감춘 뒤였다.

그때 갑자기 지축을 뒤흔드는 굉음이 들려왔다. 세건이 있는 장소다. 부비트랩이 터진 것인가? 그렇다는 것은 유다가 그쪽으로 갔다는 이야기다.

'이런 실수를 하다니.'

흡혈귀를 몰아가서 부비트랩에 빠뜨리는 것은 어디까지나 그가 했어야 하는 일이다. 아무리 두 다리로 시속 120킬로미터 이상을 내는 유다라고 하더라도 그가 세건에게 멋대로 들어가서 사고가 났다면 그것은 몰이를 잘못해서 세건의 목숨을 위태롭게 한 그의 잘못이다.

세건은 상처 근처에 으로 흡혈귀의 피를 주사한 뒤 몸을 일으켜 세웠다. 폭풍 속에서는 아무것도 보이지 않는다. 하지만 과연 진마에게 이 폭탄들이 먹혔을까?

"이게 뭔 소리야?!"

저 멀리서 사람들이 놀라는 소리가 들려왔다. 이런, 역시 흡혈귀와 대항하는 주제에 테트라 아낙스의 정신 관제를 믿는다는 것은 어불성설이었다. 적대하는 자들의 능력을 믿고 그에 기댄다는 것은 얼마나 어리석고 추악한 일인가? 하지만 세건은 지금 그런 걸 신경 쓸 겨를이 없었다. 상대는 진마다. 만약 진마를 죽이게 된다면 그것은 죽을 운명의 인간에게는 크나큰 영광이 될 것이다. 하지만 영광?

"큭……!"

잠깐 동안 뇌리에 떠오른 생각이지만 세건은 그 자신을 용납할 수 없었다. 흡혈귀를 죽이는 데 영광? 그런 것을 노리고 싸우는 게 아니지 않나!

"쳇!"

스스로에 대한 경멸감이 끓어오른다. 폭풍의 잔영이 걷히고 그곳에는 상처투성이의 유다가 있었다. 먹혔다! 제아무리 진마의 방어력이라고 해도 C―4의 폭풍과 그 폭풍에 실려 날아오는 베어링(Bearing)은 결코 만만한 게 아니었으리라. 게다가 유다는 실베스테르와 팬텀의 공격에 의해서 이미 구속력의 상당 부분을 소모해 버린 뒤였다.

"아……."

유다는 쓰러지지 않는다. 몸이 너덜너덜해져서 등 뒤로 구멍이 보일 정도인데도 녀석은 쓰러지지 않았다. 하지만 곧이라도 쓰러질 것처럼 휘청거리고 있었다. 세건은 그것에 홀리듯 일어나며 USAS—12를 들었다.

"……."

어쩌면 진마를 죽일 수 있을지도 모른다. 그는 옆으로 돌아서 유다의 등을 취한 뒤 그곳에서부터 샷건을 겨누었다.

"피해!"

그때 그런 목소리가 들렸다. 누구의 목소리인지 모르겠지만, 세건은 반사적으로 몸을 숙였다. 그 찰나였다.

"오오오오오!"

유다의 어깨에 달려 있던 팔이 움직였다. 아니, 그의 몸에 묻혀 있던 팔이 몸으로부터 해방되었다고 보는 것이 옳을 것이다. 그리고 그의 등으로부터 팔의 원주인임에 분명한 긴 머리칼의 아름다운 여성이 빠져나왔다. 길고 치렁치렁한 머리칼, 너무나도 아름다운 몸의 곡선, 물이 차오르는 듯한 가슴, 그러나 무엇보다도 놀라운 것은 양쪽의 눈이 없고 미간 한가운데에 단 하나의 사이한 눈만을 가지고 있다는 것이다. 아니, 흡혈귀의 몸에서 또 다른 것이 나는 것 자체가 이미 놀라운 일이겠지만.

"꺄아아아아아아아!"

죽음과 재앙을 부르는 듯한 통곡이 울려 퍼졌다. 세건은 경고에 따라 몸을 숙이긴 했으나 이미 그 여성이 쏘아낸 어둠은 그의 피부를 태우고 어깨를 꿰뚫었다.

"아!"

세건은 그 순간 정신이 번쩍 드는 것을 느꼈다. 흡혈귀의 피를 몸에 주사한 상태였다. 관통상처럼 재생 필요 면적이 적은 부상은 금세 회복이 되어야 하겠지만, 이것은 달랐다. 상처 부위로부터 뼛속까지 얼어붙을 듯한 한기가 전신으로 확산되기 시작한 것이다.

"크윽……."

혈관을 따라서 죽음이 흘렀다. 얼음장처럼 차가운 무언가가 전신을 침범하면서 마침내 심장에 이르렀다. 세건은 눈앞이 깜깜해지는 것을 느끼며 앞으로 주저앉았다.

'아… 이렇게 죽는구나. 나…….'

귓속에서는 바람 소리가 윙윙 매섭게 울어대고 있었다. 차가운 비, 그리고 그보다 더 차가운 어둠이 자신을 좀먹는다. 그래… 이대로 죽는 것도 그리 나쁘지 않을지도. 세건은 그렇게 생각하며 눈을 감았다.

하지만 눈을 감아도, 안구 밑바닥에서부터 떠오르는 영상은 지워지지 않는다. 육체의 기능을 잃고 죽음으로 다가갈수록 그것은 더더욱 선명한 영상이 되어서 다가온다.

세건은 그 옛날 자신의 집으로 다시 들어간다. 변한 것은 없다. 참극은 그대로 반복된다. 그가 키우던 개 잔다르크가 그를 덮치고 가족들은 죽어 있고 흡혈귀는 여전히 자신을 기다리고 있다. 그것을 보았을 때…….

달아나라고 속삭이는 자신이 있었다.

가족들을 무시하고 자신만이 살기 위해서, 달아나라고 속삭이는 자신이 있었다.

"……."

그러나 그것도 끝, 고통밖에 남을 게 없는 인생에는 나름대로 어울리는 종지부가 찍어질 것이다. 유다는 그 거대한 쯔바이핸더를 들고 천천히 세건에게 다가왔다.

퍽!

둔탁한 소리가 들려왔다. 그리고 그와 동시에 세건의 몸이 번쩍 일으켜졌다.

"이봐. 아직 눈을 감으면 안 된다고, 친구."

사혁은 싱글벙글 웃으며 세건을 일으켜 세웠다. 비바람 속에서 얼핏 녹색빛을 발하는 그 모습은 흡사 맹수의 그것과 같았다. 세건은 천천히 고개를 들고 그를 노려보았다.

"쓸데없는 참견을!"

세건은 흡혈귀보다도 어쩌면 더 증오할지도 모르는 최악의 상대를 눈앞에 두고 이를 악물었다. 한기는 너무 극심해져서 의식을 놓치지 않고 유지하는 것만으로도 한계다. 눈앞이 가물가물하다.

"네놈처럼 지금 죽어도 좋다는 녀석은 살려두는 게 내 버릇이라 그러지."

사혁은 능글맞게 말하고 유다를 바라보았다. 원래부터 이런 날이 올 것이라고 예견된 흡혈귀이긴 하지만 저대로는 어디에도 못 쓸 놈 같다. 그동안 다른 계통 흡혈귀의 피를 너무 빨아들인 바람에 계통 순도가 많이 떨어졌다.

제아무리 흡혈귀만을 사냥해서 먹는다고 하더라도 힘을 순정하게 하기 위해서는 인간을 먹을 필요가 있다. 용질만 투여해서는 농도 상승에도 한계가 있는 법. 매질과 함께 투여한 뒤 졸이는 방법이 아니면 안 된다. 즉 흡혈귀만을 먹는 정의의 흡혈귀 따위는 존재할 수 없는 꿈이다. 그러한 현실에 눈 돌린 결과가 이것이다. 그리고 그 등에 봉인되어 있던 여자는…….

"뭐 어찌 되었든 이건 횡재구만. 진마를 거저먹게 되다니."

그는 품에서 나이프를 빼 들고 안의 배터리를 살펴보았다. 스턴 건처럼 고전압 전기가 순간적으로 흐르게 되어 있는 이 나이프는, 상대의 내부에 꽂고 사용 시 신경을 태워 즉사시킬 수 있었다. 물론 상대가 인간일 경우의 이야기이지만 흡혈귀에게도 확실히 신체 기능을 뺏을 수 있는 나이프이다.

광풍 속에서 유다는 천천히 걸어 나왔다. 그의 등에 속박되어 있는 '여자'는 유령처럼 흐느끼며 바람 소리에 화음을 넣고 있었다. 비록 인간과 다른 기괴한 눈을 하고 있지만 전체적인 이미지는 너무나 에로틱하다. 겁이란 것을 어머니 태에 두고 나온 사혁에게도 유다는 공포 그 자체였다.

"하지만 길고 짧은 건 대봐야지!"

몸은 공포를 느끼지만, 정신은 공포를 느끼지 않는다. 부서진 정신, 망가진 영혼을 가진 그는 종교에 가까운 열정으로 자신을 독려하며 유다에게 뛰어들었다.

유다는 칼을 치켜들었지만 이전까지 보여 온 그의 섬전 같은 움직임에 비하면 느려 터진 반응이었다. 사혁은 몸을 숙인 채 미끄러지듯 원을 그리며 유다의 옆으로 돌아섰다. 어찌나 스텝이 빠른지 비가 쏟아져 물이 흐르는 바닥에서 반원형으로 물보라가 일어난다.

"뭐야! 약하잖아!"

사혁은 유다에게 나이프를 찔렀다. 일단 맞으면 진마에게도 틀림없이 타격이 갈 만한 성질의 무기이다. 하지만 유다는 무표정하게 나이프를 바라보며 느릿느릿 칼을 감았다. 밖으로 내치겠다는 것이겠지만 사혁의 찌르기가 훨씬 더 빠르다.

"억!"

그러나 그때 유다의 등에서 해방된 여성 형태의 무언가가 그 손을 움직여 사혁의 손목을 잡았다. 마치 거대한 덤프트럭에 깔린 비둘기가 짜부라질 때 나는 듯한 기묘한 소리가 나더니 사혁의 팔이 너덜너덜해졌다. 단 한 번 잡혔을 뿐인데도 아래 팔뼈가 완전히 으깨져서 살점과 버무려졌다.

"크윽!"

그리고 칠흑의 검이 사혁에게 날아들었다. 팔을 잡아 자유를 구속한 상대의 목을 향해 날리는 공격은 너무나 차분하고 느렸다. 치명상을 입힐 수 있는 공격을 이렇게 무성의하게 날리는 이유는?

콰르르르릉!

그때 뇌운이 번쩍이며 빛과 그림자를 뿌렸다. 사혁은 뒤로 뛰어서 아슬아슬하게 칠흑의 검을 피하고 품에서 콜트 파이슨 357을 꺼내 들었다. 아까 전 나이프를 쥐었던 오른팔은 손목에서 손까지 완전히 으깨져서 덜렁거리고 있었다. 그는 위험해지자 그 손아귀에서 빠져나오기 위해 자기 팔을 으깰 각오를 하고 손을 뿌리친 것이다. 흡혈귀의 손을 뿌리쳤으니 그렇게 으깨지는 걸로 끝나는 게 다행이었다. 최악의 경우는 팔이 끊어질 수도 있었다. 지금 상황은 끊어진 거나 진배없긴 하지만…….

"이런 쌍! 네놈은 뼈 한 조각 안 남기고 죄다 먹어주마!"

왼팔 하나만으로도 그는 정확하게 사격을 했다. 유다는 한 팔을 들어서 무성의하게 총탄을 막으며 사혁에게 다가갔다. 아무래도 총탄으로는 저 흡혈귀를 이길 수 없을 것 같다. 그러자 사혁의 눈에서 녹색 불빛이 번뜩였다.

"아… 좋아! 좋다고! 전력을 다해보지! 어디 누가 이기나 해보자!"

그 외침이 끝나는 것과 동시에 사혁의 얼굴부터 전신이 빠르게 변형되기 시작했다. 팔뚝과 다리가 믿을 수 없을 만큼 두꺼워지며 옷이 찢겨 나가고 몸통도 무슨 탱크를 연상시킬 만큼 육중해졌다. 게다가 전신으로부터 털이 나는데… 그 모습은 한 마리 거대한 곰이었다. 사혁은 그렇게 변신하자마자 무시무시한 힘으로 유다를 향해 앞발을 휘둘렀다.

쩡!

유다는 칠흑의 검으로 그 공격을 막아내었지만 체중의 차이는 어쩔 수 없었다. 발이 부웅 뜨더니 그대로 왕복 4차선 도로를 넘어 반대쪽 건물로 날아갔다. 그러자 사혁은 신이 났는지 나름대로 포즈를 취하며 울부짖었다.

"나는 테디 베어! 흡혈귀를 멸하는 어린이의 친구다!"

"……."

세건은 멍청히 그걸 바라보다가 픽 비웃었다. 저런 실없는 미친 새끼를 봤나. 그러나 사혁이 웨어베어(Werebear)+였다는 것은 좀 의외였다. 대개 저런 변신 인간은 늑대가 주류가 아니었던가? 그러나 늑대인간이 되었든 곰인간이 되었든 흡혈귀에 맞먹는 괴물이라는 점만은 분명하다.

하지만 유다는 너절한 테디 베어(?)의 너절한 일격에 쓰러질 놈이 아니었다. 그는 맞은편 건물을 박차더니 무시무시한 속도로 달려들었다.

쾅! 쾅!

달리면서 비스트가 불을 뿜었다. 하지만 사혁은 곰답지 않게 날랜 움직임으로 피격을 피해 옆 건물 셔터에 몸을 들이박았다.

차르르릉!

건물에 매달린 모든 셔터를 출렁거리며 사혁이 안으로 뛰어들었다. 날랜 동작, 완력이라면 흡혈귀보다 훨씬 앞서는 웨어베어로서 좁은 공간을 이용해 싸운다는 것은 분명히 현명한 태

---

+ 웨어베어(Werebear) 곰으로 변하는 변신종.

도였다. 그러나 유다는 암흑을 몸에 휘감아 거대한 소용돌이를 만들며 다시 칠흑의 검을 휘둘렀다.

쉬이이익!

칠흑의 검이 소용돌이를 가르고 지나가자 그로부터 여덟 마리 암흑의 뱀이 나타나 건물을 향해 뛰어들었다. 뱀이라고 해도 굵기가 한 아름에 길이가 15미터 이상의 것이라 그 흉측한 모습이 악몽과 같았다.

암흑의 뱀은 셔터를 종이컵 우기듯 우그러뜨리고 안으로 뛰어들었다. 아마도 안에서 사혁을 찾아서 파괴만을 자행하며 돌아다니겠지. 아까 전 잠시 테트라 아낙스의 지배에서 벗어났던 인간들은 다시 그 정신 억압에 들어갔는지 눈앞에서 건물이 부서져도 그 건물을 부수는 주체는 보이지 않는 듯했다. 마치 전부 다 투명인간이 된 것 같은 그런 세상이다.

"대단한 놈들이군."

세건은 혀를 찼다. 이 많은 사람의 정신을 떡 주무르듯 주무르다니! 그것도 테트라 아낙스 본인이 아니라 그의 부하들이 하는 짓이라는 게 더 놀랍다.

하지만 이제 흡혈귀들의 율법마저도 안중에도 없다는 듯 사혁만을 추격하는 유다에게는 이성의 빛이 거의 남아 있지 않았다.

"으으음."

유다에 의해서 입은 상처로부터 냉기가 전신으로 퍼져 나갔다. 오한 때문에 몸을 사시나무 떨 듯 떨고 있었는데 그 리듬이

극히 빠르다. 윗니와 아랫니가 부딪혀 땅중 목탁 두들기는 듯한 소리를 내고 있었다.

"미치겠군."

흡혈귀의 피를 주사했을 경우 독소에 의한 공격은 그리 큰 피해를 주지 못한다. 체내에서 자체로 분해되는 독은 의식할 필요 없이 거의 무해한 것이 되고 체내에 축적되는 성질의 독소 역시 약간의 의식 작용으로 쉽게 몸 밖으로 배출된다.

하지만 그러한 능력에도 불구하고 유다가 세건에게 불어넣은 한기는 극심해지기만 할 뿐 사라지지 않았다.

"으드드드득… 제기랄!"

세건은 덜덜 떨리는 몸을 억지로 추스른 채 지면을 기어갔다. 쏟아지는 빗줄기가 식어버린 몸보다 오히려 따뜻하다. 그때 찰박찰박하고 발소리가 다가오고 있었다.

"뭐하는 거냐?"

실베스테르는 바닥에 엎어져서 거의 헤엄치다시피 하는 세건을 바라보고 의아한 표정을 지어 보였다. 그는 빗물에 젖은 자신의 머리칼을 쓸어 올리고 세건을 발로 차서 뒤집었다.

"……."

저항할 힘도 없는 세건은 그야말로 납작해진 개구리처럼 뒤집어질 수밖에 없었다. 하지만 그렇게 발로 무심하게 세건을 뒤집은 실베스테르는 세건의 상처를 보더니 품속에서 웬 나뭇가지와 물병을 꺼냈다.

"부활절에 축성한 성수와 백마술에 사용한 노간주나무다.

효과가 있기를 바란다."

"저기… 그 바란다는 뭡니까? 바란다가?"

하지만 지금 믿을 수 있는 것은 실베스테르밖에 없었다. 아무리 죽음을 각오한 세건이라지만 그래도 죽는 것보다는 사는 게 좋은지 실베스테르가 시키는 대로, 마치 허브를 끌어안고 관속에 드러누운 미이라처럼 노간주나뭇가지를 들고 성수를 상처 부위에 뿌려야 했다.

"덤프트럭에 치이지 않게 보도블록 위에 가 누워."

"…노숙자 같군요."

실베스테르는 그 말에 대답할 필요를 느끼지 못했다. 아니, 대답할 여력이 없었다. 비스트 더블에 관통당한 몸을 가지고 과연 유다와 싸울 수 있을까? 보아하니 벌써 어둠이 이 건물 전체를 너덜너덜하게 만들고 있었다.

"크아악!"

그때 건물 안에서 피투성이가 된 사혁이 튀어나왔다. 재생력과 완력 면에서 흡혈귀보다도 더 월등한 웨어베어가 변신마저 해제하고 인간이 되어서 도망쳐 나온 것이다.

"저, 저놈 뭐야!"

"……."

실베스테르는 웨어베어는 무시하고 안으로 걸어 들어갔다. 흡혈귀들이 죽고 나면 그다음은 라이칸스로프다. 이런 웨어베어 따위는 언젠가 잡아 죽여야 할 사냥감에 지나지 않지만 지금 자신은 대흡혈귀 전용으로 세팅이 되어 있다. 이 감각과 균형감을 잃기 전에 가급적 라이칸스로프 상대는 자제해야 할 것이다.

게다가 사혁이 한국에서 사냥하는 흡혈귀 수도 그리 만만치 않아서 지금이 녀석을 없애면 곤란한 건 실베스테르인 것이다. 아, 그리고 보니 세건과 이 녀석은 사업상의 라이벌이던가? 세건이 전투력을 잃어버린 사이 사혁이 그를 죽여 버리면 곤란하다. 그러나 그런 것을 귀띔해 놓는다면 세건에게는 더더욱 폐가 될 것이다. 그렇지 않아도 뒷세계에선 진마사냥꾼이 키운 뱀파이어 헌터라고 해서 세건의 일이 알려져 있는 듯하니까, 소문에 쐐기를 박는 언행은 삼가야겠다.

인정과 배려라?

실베스테르에게 있어서는 달나라만큼이나 머나면 단어지만 제아무리 대마물병기로 만들어진 존재라고 하더라도 인간의 언어 구조를 가지고 있으면 인간의 정신 체계가 성립되는 것 같다. 그게 아니면 올바른 인간이었던 세건이 종종 실베스테르도 놀랄 만큼 철혈의 의지로 흡혈귀 사냥에 임하는 것이 그의 의무감과 책임감을 자극해서일까? 어찌 되었든 그는 세건을 높게 평가하고 있었다.

"아아아아아아! 카아아아아아!"

건물은 두 개의 빌딩 사이에 지붕을 얹어서 만든 큼직한 아케이드로 아마도 의복류를 주로 파는 도매 상가인 듯했다. 그 철골 구조물의 위에는 암흑을 두른 채 울부짖는 한 남자가 있었다.

"……."

창백한 피부, 등에 봉인된 프레스터 존의 유해와 함께 어둠의 이미지 그대로를 구현한 듯한 그 존재는 한눈에 보아도 아름다운 것이었다. 성당 기사단의 대부분이 이단 신앙과 남색을 이유로 들어 화형당했을 때 그들이 항명했다 한다.

'오랜 전쟁과 금욕 생활로 황폐화된 우리에게 무슨 아름다움이 있어 육을 탐하겠습니까?'

그러나 유다의 이름을 받은 성당 기사는 처절하게 아름다웠다.

"…선배를 만나니 기분이 어떠신가?"

아케이드의 입구에는 사법 결계를 치고 서 있는 흡혈귀들이 있었다. 왼손을 언제나 주머니에 쑤셔 박은 채 허리를 넘어서 엉덩이를 가리는 긴 붉은 머리칼을 늘어뜨린 채 이죽거리는 여성과, 그 맞은편 입구에서 불만스러운 표정으로 결계를 유지하는 남성 흡혈귀. 한 명은 헤카테라고 하는, 흡혈귀들 사이에서도 둘째가라면 서러울 정도로 공격적인 흡혈귀이고 다른 한쪽은 아스테이트의 리더인 베놈이다. 그 둘이 결계를 짜서 유다의 힘을 억제하고 있는 것이리라.

"한 줌 피를 놓고 두 흡혈귀가 손을 잡았나? 폭풍우의 밤, 건배를 하기엔 잔이 위험해 보이는군."

"시인이 되었나, 실베스테르? 하긴 선배의 몰골을 접하다 보면 그럴 만도 하지!"

실베스테르의 눈썹이 잠깐 들렸다. 두 명의 진마 말고도 거기엔 또 다른 흡혈귀가 있었다. 재생하는 흡혈귀 주제에 잘도 박아 넣은 피어스, 그리고 은색의 쿠크리 두 자루……

테트라 아낙스 한국 지부 지휘관 엘리엇의 동생인 셰인이었다. 추정 VT는 9만 정도. 세피아의 에스콰이어(기사의 종자, 여기서는 진마의 종자)였던 놈이다. 지금은 테트라 아낙스에 빌붙어서 꽤 여기저기 설치고 다니는 듯하다. 그러나 실력만은 대단해서 실베스테르도 눈여겨보던 상대다.

"……"

말은 필요 없다. 팬텀에게 당한 상처는 재생되지 않고 있다. 아니, 실베스테르에게 재생 능력이라는 건 존재하지 않는다. 그저 육신을 메우고 메워서 보충할 뿐. 그는 유다를 보았다. 한때, 그 이전에 바티칸의 마물사냥꾼이었던 저 성당 기사는 이제 그 마법의 한계에 도달했다.

성당 기사단이 이단으로 몰려 죽은 2년 뒤……

프레스터 존의 탐색 여행에서 돌아온 저 기사는 동방 교회의 흔적이라고 생각되는 거대한 흑색의 관을 가져왔다. 동양의 것임에 분명한 그것에는 선명한 십자가가 새겨져 있었고 그 강직한 이단 심문관마저 프레스터 존 왕국에 대한 호기심 때문에 그의 처리를 유보했다.

프레스터 존의 성구함.

후에 그렇게 불리게 되는 관 안에는 너무나도 강력한 흡혈귀의 기록과 그녀의 시신이 들어 있었다. Juda라는 네 글자 이름에 어울리는 흡혈귀. 수비학이 안배한 관의 크기, 그리고 1467년의 어느 날…….

　처벌받아야 할 성당 기사에게는 그가 가져온 흡혈귀의 힘을 흡수해 다른 흡혈귀들과 싸워야 하는 형벌이 주어졌다. 죽어버린 시신은 그의 육체에 봉인되는 것만으로도 되살아나 지금처럼 그의 몸 안에 다른 어떤 흡혈귀도 압도하는 힘을 주었지만 이것은 세계 종교로서는 결코 행해선 안 될 죄악이었다.

　그리하여 13번째의 제자, 전내(殿內)에 들어서지 못하는 버림받은 제자는 다른 이들을 위하여 안배된 마물사냥꾼의 길을 걸어갔다. 자신의 힘을 강화해 금단의 마법을 유지하면서 인간들에게 배척받고 마물들에게 배척받으면서 싸워온 자다.

　무엇을 위해 그렇게 싸워왔을까? 안식의 땅이라는 것은 어디에도 없는데, 그러나 신은 인간에게 크나큰 부채를 지워놓고 그 죄의 대가로 무한의 봉사를 요구한다. 유다는 설사 구원이 없다고 하더라도 구원을 찾아서 죄를 전파하고 다닌 셈이다.

　그야말로 실베스테르의 내일이 아닌가?

　"…나에게 감상 따윈 어울리지 않아. 흡혈귀, 너희가 손을 잡겠다면 그것도 좋지."

　차가운 공기가 진동한다. 결계에 의해서 묶인 공간이지만 그 공간으로도 밖의 거센 비바람 소리가 밀려든다. 실베스테르는 손을 움직였다. 몸의 기능에는 이상이 없다. 약 70% 정도의 성능밖에 내지 못하겠지만 관통상을 입고 이 정도라면 양호한 것이다. 대신 바렛이 날아가 버렸지만 아직 데저트 이글과 사브르가 남아 있다. 물론 그것만으로는 진마를 해치우지 못한다.

이런 몸을 하고서는.

"아아아아아아아!"

그때 프레스터 존의 유해가 높은 목소리로 외쳤다. 비바람에 의해서 이미 심하게 흔들리고 있지만 아케이드가 쩌렁쩌렁 울린다. 공간이 일그러지는 듯한 힘의 발현은 그를 둘러싼 결계를 파괴한다. 진마 둘이 설치한 결계를 간단히 힘으로 눌러 버리는 것이다. 이미 상당한 피해를 입혔는데도 VT 저하가 믿을 수 없을 만큼 낮다. 흡혈귀의 본체는 저 뒤에 묻힌 여자이기 때문이다! 게다가 그 엄청난 구속력이란!

"이런! 믿을 수 없어!"

헤카테의 비명을 BGM으로 삼아 유다는 움직였다. 결계는 파괴되었다. 그는 자신의 앞을 막는 게 사라지자 곧장 헤카테를 향해 달려들었다. 흡혈귀를 죽인다는 것만이 뇌리에 남은 것일까? 원죄가 그를 채찍질하여 사명감과 책임감을 불어넣은 것이라면 그것은 정녕 공포스러운 것이리라. 인간으로서는 '죽음'에 이르렀는데도 모순된 죄의 허울을 벗어버리지 못했으니까.

"아아아아!"

신세이어는 말보다 확실한 교육 방법을 택한 것 같았다. 검은 칼날이 움직이자 어둠이 호를 그리며 날아가 주위의 사물들을 박살 냈다. 터무니없이 커다란 파괴! 저런 것으로는 진마를 막지 못한다. 실베스테르는 속으로 그렇게 중얼거리며 어둠 속으로 피했다. 자리를 피하긴 해야겠지만 그도 오늘 유다가 끝나리라는 것을 알 수 있었다. 이 싸움을 끝까지 지켜보고 싶다는 그런 욕망이 실베스테르를 사로잡았다. 욕망에 사로잡히다니, 그런 일은 한동안 경험해 본 적이 없다.

"치잇!"

헤카테는 왼손을 주머니에서 꺼내지 않는다. 비록 흡혈귀의 능력이 손과 무관한 것이라고 해도 저런 자세를 유지하는 것은 위험한 짓이다. 얼른 손을 빼지 않으면 위험하다. 그것도 상대가 같은 진마인 경우에야!

하지만 헤카테는 믿을 수 없는 속도로 건물 밖으로 이탈했다. 아슬아슬하게 칠흑의 검을 피한 건 좋았지만 그 결과 억지로나마 쳐져 있던 결계가 완전히 파훼되었다.

콰아아아아아!

암흑이 새카만 사슬이 되어 유다를 휘감았다. 창백한 얼굴에 선명하게 떠오른 검은 눈동자는 빛을 빨아들이는 블랙홀처럼 주위의 정기를 빨아들인다. 한계에 이른 마법은 비명을 지르고 검은 사슬의 끝자락은 어둠의 뱀으로 변화한다.

그것은 경이였다.

수백 가지 백마법의 비의를 체득한 실베스테르에게도…….

그보다 더 많은 사법을 터득했을 진마들에게도…….

지금 눈앞에서 벌어지는 이 암흑의 향연은 절망이란 두 글자가 지닌 심장의 대동맥이었다! 언어가 살아 숨 쉬고 의미가 생명을 갖는다. 천사의 힘을 빌리는 백마법과 악마를 소환하는 흑마법과도 전혀 다른 순수한 마법! 이것이 바로 좌절이란 것인가!

"아아아아아아!"

프레스터 존의 성구가 울부짖었다! 헤카테가 자리를 피한 바람에 다음 타깃이 된 베놈은 전력을 집중해서 방어를 했다. 그러나 검은 사슴은 그의 방어를 뚫고 무참히 유린한다.

차르르르륵!

칠흑의 검에 휘감긴 검은 사슴은 호선이 그려질 때마다 풀려나 주위를 맹습했다. 실베스테르도, 세인도 그 공격을 피하는데 모든 심력을 기울여야 했다. 그나마 그들을 주 타깃으로 삼지 않고 베놈을 공격하기 때문에 피할 수 있는 것이다.

"크으윽!"

베놈의 결계가 찢어지고 그를 향해 사슴들이 덮쳐든다. 이미지로 구현화된 것이지만 그 무게감과 박력은 실제의 사슴보다 더하면 더했지 덜하지는 않다.

사슴은 베놈의 육신을 탐식(貪食)했다. 무기질이 유기질을 덮쳐 파괴하는 그 장면은 끔찍하기 짝이 없는 것이건만, 그 끔찍함에 눈 돌리는 델리케이트한 영혼의 소유자는 여기 없다.

게다가 몇 입 뜯어 먹힌다고 죽을 놈도 아니다. 베놈은 사슴을 손아귀에 잡고 찢어버렸다.

"큭큭큭큭!"

광기가 발작을 하는지 베놈은 웃었다. 사슴이 지면을 달려오며 그를 덮치지만 그는 귀찮다는 듯 팔을 휘둘렀다. 녹색의 호선이 그어지며 사슴은 벽에 패대기쳐졌다.

치이이익!

베놈의 몸에서 독기가 뿜어져 나오며 주위 사물을 녹여 버렸다. 녀석도 일단은 진마다. 추정 VT는 팬텀보다도 낮은 32만이지만 그 계통이 가진 놀라운 능력—스카르라고 하는 독소 능력—은 아일랜드 아스테이트를 업신여길 수 없게 해주었다. 물론 계통 능력의 난이도가 너무 높아서 그의 에스콰이어도 저 능력을 개발하지 못했다는 게 단점이긴 하다.

덕택에 사슬 공격이 느슨해졌다.

휘리리리리릭!

그 순간 쿠크리가 날아들었다. 진마도 아닌 것이 감히 진마에게 도전하는가라고 생각을 했는데 놀랍게도 쿠크리는 암흑의 사슬과 베일을 뚫고 들어갔다. 칠흑의 검이 그것을 쳐내 완전히 파괴해 버리긴 했지만 아마 마법으로 무장된 쿠크리였을 것이다.

"스카르!"

그 한순간의 찬스를 베놈은 놓치지 않았다. 그가 자랑하는 맹독의 공격이 사정없이 유다의 몸통을 직격했다. 녹색이란 독기의 이미지가 유다의 몸통을 가격했다!

"아아아아아!"

원형의 암흑이 확산되며 주위를 뒤덮었다. 프레스터 존의 성구는 비명을 질러대고 있었다. 베놈의 공격이 정확하게 먹힌 탓이리라. 그 순간 실베스테르는 주저 없이 데저트 이글을 뽑아서 베놈을 쏴버리고 옆에 있는 셰인에게 달려들어 사브르를 휘둘렀다. 셰인은 쿠크리를 들어서 막으려 했지만 팔이 여덟 조각 나서 허공으로 떠올랐다.

그리고 이어진 검광에 의해 일도품단(一刀品斷)!

실베스테르는 셰인을 세 토막으로 쪼개 버리고 그 쿠크리를 발로 차서 갑작스런 공격에 무방비가 된 베놈의 가슴에 날려 넣었다.

"스카릇!"

베놈의 발작적인 반격이 실베스테르에게 날아들었다. 피하는 것은 늦었다. 그렇다면 저놈의 목숨을 취할 뿐이다.

시이이익!

독기가 육신을 태웠다. 하지만 실베스테르를 저지할 수는 없었다. 사브르의 칼날이 빙글 돌며 바람을 찢었다.

너무나도 빠른 기능적인 동작. 고기를 정육하는 백정의 칼질처럼 능숙하게 늑골 밑에서 폐부를 쑤시고 대퇴부를 찔러 오금 안의 대동맥을 쑤셔 팠다. 넓적다리를 가르며 빠져나온 칼날은 무릎 부분에서 피의 둑을 터뜨리고 반전된 칼날은 고도를 높이며 이번엔 오른쪽 팔을 자른다. 맹독이 전신을 태우고 있는데도 육신은 기억하고 있는 대로 작업을 수행한다. 정상적인 인간의 육신이었다면 맹독이 가져오는 고열과 고통, 각종 기능장애로 인해서 불가능하겠지만 의지가 육체를 초월한 존재, 육체를 초월해서 존재하는 그에게는 의미가 없다.

"크아아악!"

베놈은 극심한 타격을 입고 쓰러졌다. 진마를 죽인다는 것은 힘들지만, 죽인다면 지금밖에 없다! 이 무슨 절호의 기회란 말인가!

하지만 문득 밖으로 뛰쳐나간 유다에게 생각이 미쳤다. 프레스터 존의 성구라 불리는 그 여자 흡혈귀의 의식이 유다를 지배하였을 때, 베놈의 독을 피하기 위해서 그것은 무슨 해결책을 취할까?

대답은 간단하다.

육체를 갈아타면 된다.

하지만 그것은 단련되어 있는, 훌륭한 근골의 남성이어야 할 것이다. 제아무리 흡혈인자가 근력을 비정상적으로 늘려준다고 하더라도 그 능력은 육체에서 기인하는 능력이다. 근골이 받쳐 주면 받쳐 줄수록 효율이 높아지는 것이다.

단련된 육체라……

마약에 의해 파멸의 길을 걷고 있기는 하지만 근골 면에서는 훌륭히 단련된 육체가 지금 밖에서 비를 맞으며 무방비한 채로 버려져 있다. 한세건이라고 하는 그 육체는 순수한 인간 헌터라고는 믿을 수 없을 만큼 열정적으로 흡혈귀들을 죽여왔다. 그동안 갈고 닦은 기술과 힘은 보통 인간의 것을 수배 상회하는, 어쩌면 인간이란 종의 한계점에 도달했을지도 모르는 퀄리티였다. 적어도 그 정도의 키, 그 정도의 체구에서는 그만큼 완성도 높은 전투력은 성립되지 않으리.

잠깐이지만 망설였다.

그리고 망설였다는 사실 때문에 실베스테르는 또다시 놀랐다.

정말 오래간만에 느껴본 감각이다. 실베스테르는 칼날을 베놈의 목에 대고 발을 들었다.

콰득!

실베스테르는 베놈의 목뼈를 끊어버리고 뒤돌아서서 밖으로 나왔다. 독기가 전신을 태우는데도 그건 문제되지 않는다. 말하자면 세건이란 놈은 실베스테르가 만든 예술품이라 그것이 남에게 훼손되는 것을 원하지 않는다. 자기가 만든 것을 남이 파괴하게 허락하는 예술가는 없을 것이다. 그런 예술가의 손아귀에서 예술품을 파괴할 수 있는 것은 오직 둘뿐일 것이다. 하나는 운명, 다른 하나는 그 자신이다.

이런 감상적인 논리를 떠나서, 또 다른 유다가 태어나는 것은 그렇게 바람직한 현상이 아니다. 하지만 밖으로 뛰쳐나왔을 때 그곳에는…….

"카아아아아하하하하하하하하!"

어부지리란 게 이런 것일까? 쓰러진 유다의 시신 위에서 사혁이 웃고 있었다.

"아하하하하하하하하하핫!"

광소하고 있다. 입가엔 베놈의 독기가 남아 있어서 계속 살을 태우고 있는데도, 재생력과 독기가 서로 싸우며 줄다리기를 하는데도 그 녀석은 웃고 있었다. 세건은 어디에 있는지 보이지도 않았다. 하지만 한 가지 분명한 것은 최악의 결과가 되었다는 것이다.

"……."

그러고 보면 지금 건물 안에서도 뭔가를 먹어치우는 소리가 들려왔다. 베놈은 목뼈를 끊어놨다고 죽을 흡혈귀는 아니지만… 그래도 그 정도면 차려놓은 밥상이었다. 뭐 좋은 현상이다. 흡혈귀들끼리 서로서로를 먹으면 구속력을 상쇄하는 과정에서 막대한 VT 손실을 가져온다. 계통 능력의 개발도 그리 순조로운 것은 아니니 VT만 높아져 봐야 진마 자격도 없는 괴물이 될 뿐이니까.

"라이칸스로프가 흡혈귀가 된다는 것은 유례를 찾기 힘든 일이지만… 이 경우는 불가능도 아니겠군."

프레스터 존의 성구라면 그런 게 가능할 것이다. 두 개가 하나가 되는 것이니까. 그런데 저 사혁은 뭐가 그리도 좋은지 천박하게 웃었다.

"하하하하하! 고마워! 진마사냥꾼! 당신 덕택에 한 방에 인생 역전을 했다고. 하하하하하! 이로써 나도 영생자다!"

"……."

실베스테르는 순수라는 단어를 그리 자주 쓰지 말자고 결심했다. 이 순수하게 욕망만으로 움직이는 놈이 내보이는 추악함이란! 인내의 경계를 찢어발기고 더럽힌다. 비록 적이지만 죄로 인해서 고통받는 영혼인 유다는 순결하고 아름다웠다. 그 아름다운 존재를 파괴하고 그 자리를 대신한 이것은 순수한 욕망의 덩어리로, 순수한 악이라고 불러야 할 것이다.

어찌 되었든 지금의 육신으로는 진마를 물리치는 게 불가능하다. 실베스테르는 혀를 차고 절뚝거리며 자신의 차로 향했다.

"…뭐, 슬슬 해가 뜨니 나도 철수할까? 나야 상관없지만 아가씨는 잠을 자두지 않으면 피부가 상하거든!"

녀석도 호기스럽게 말했지만 베놈의 독기는 보통 강력한 것이 아니다. 발작하는 유다와 호각으로 싸웠을 뿐 아니라 치명상까지 입힌 놈의 성명절기다. 게다가 방금 전 흡혈귀와 융합을 했다면 완전하지 않을 터… 승산은 반반인가.

"……"

그러나 실베스테르는 한 명, 진마는 아직도 많이 남아 있다. 1:1로 장기말을 교환하는 것은 이쪽이 수에서 우세를 점하고 있을 때 선택해야 할 전법, 지금은 물러설 때다. 하지만 실베스테르는 어둠 속으로 몸을 감추기 전에 잠시 발을 세웠다.

"아… 세건이라면 못 봤어. 걱정하지 말라고."

얄밉게도 사혁은 실베스테르의 마음을 읽고 있었다. 실베스테르는 한 번 코웃음 친 뒤 자신의 차를 향해 걸어갔다. 아… 그러고 보니 가져가야 할 물건이 있던가?

실베스테르는 바닥에 떨어진 칠흑의 검과 비스트를 주워 들었다. 동방 교회에서 발굴한 칠흑의 검은 치천사 급 마법검을 능가하는 강력한 마법 무장이었다. 유다는 죽었지만 그 검에 서린 암흑은 아직도 사라지지 않고 칼날을 휘감고 있었다.

"…이거 굉장한 것을 봐버렸는데."

래트 거닙은 지금 눈앞에서 벌어진 일들을 보고 몸이 덜덜덜 떨리는 것을 주체할 수가 없었다. 진마 둘이 죽고 새로운 진마 둘이 태어났다. 그것도 한 놈은 마이다스의 손, 연금술사라는 안 좋은 별명을 가지고 있는 흡혈귀 사냥꾼이고 다른 한 놈은 클랜이 소멸한 세피아의 에스콰이어라니! 오늘 밤은 정말 배덕의 밤이었다.

"으으으으으!"

그의 떨림과는 별개로 옆에서 인간이 신음하고 있었다. 한세건이라는 이 인간, 길바닥에 그냥 누워 있으면 죽을 것 같아서 끌고 오긴 했지만 어떻게 해야 할지 모르겠다.

"…차도 망가졌는데."

월급쟁이 같아 보이는 캐런 몬티는 차를 부숴 버린 걸 알면 화를 낼 것이다. 곤란하지, 곤란해. 하지만 일단 택시라도 잡아야겠다. 이런 폭풍우 속을 달리는 택시가 있다면 이야기지만.

그러나 그의 마음을 읽기라도 한 것처럼 택시 한 대가 달려오는 게 보였다. 그것은 세건이 주먹으로 두들겨서 쫓아 보낸 택시 기사가 모는 중형 택시로, 택시 기사는 뭔가 불안해 보이는 얼굴로 다시 이곳으로 돌아오고 있는 중이었다.

"오우! 택시! 택시!"

래트는 길바닥으로 나가서 그 택시를 잡아탔다. 뒷좌석에는 뻣뻣하게 굳어버린 세건을 집어 던지고 그는 운전석 앞에 타서 누구나 알아듣기 쉬운 생활영어로 말했다.

"Go ahead!"

배덕의 밤, 죄인들의 밤은 그렇게 막을 고했다.

그러니까 이상주의자는 쉽게 절망하고 타락하고 만다. 그것 자체가 인간에게 주어진 원죄인 것이다. 이상과 현실의 괴리, 이상 자아와 현실 자아의 모순, 지배와 피지배……

에덴이란 이름의 동물 농장에게서 사육당하기를 거부했을 때부터 생긴 모순이란 이름의 원죄.

# 第17夜

연옥

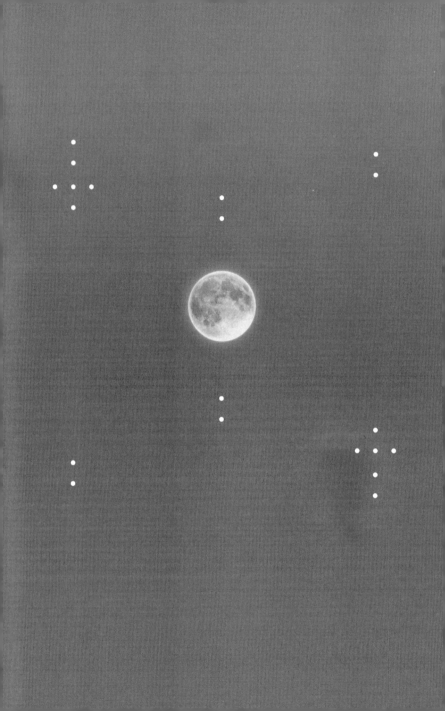

# 1

…그러니까 단테란 놈은 참 파렴치한 놈인 거다. 굳이 예를 들자면 지하철에서 여자에게 다가선 치한이라고 할 수 있겠지. 에이 설마? 그 정도는 아니다. 누구나 상상력을 펼칠 자유는 있잖아? 조금 풍자가 들어간 게 있긴 하지만. 문제는 그게 종교적 열의로 해석된다는 거지. 이사야도 무하마드도 아닌데 말야. 뭐 희극은 희극이지. 그때 당시에는 재밌었다고, 이거. 지금 읽기엔 지루하지만. 아, 그래. 현대인들은 TV나 게임 같은 게 많이 있으니까 지루함을 참고 보는 글 읽기라는 게 힘들겠구나. 보르헤스가 대한민국에서 태어났으면 쪽박을 차고 있을 거야. 틀림없어.

인간들의 대화라는 것은… 늘어놓으면 참 이해하기 힘들구

나. 간극이 없는 회화란 정보 전달의 주체가 되지 못한다. 그런 생각을 하면서 세건은 눈을 떴다.

"어?"

모르는 곳이라서 처음엔 좀 놀랐다. 하지만 생각해 보면 세건에게는 어디나 낯설 수밖에 없었다.

그러나 그렇다고는 해도 이건 이상하다. 세건은 십자가가 걸려 있는 웬 다락방에서 깨어난 것이다.

"……."

세건은 주위를 둘러보았다. 골방이라고 부르는 게 적합한 방, 사람의 가구와 옷가지가 없다면 사육장이라고 불러도 이상하지 않을 만큼 살풍경한 곳이다. 자신의 몸을 살펴보니 옷이 갈아입혀져 있다. 그렇다는 것은 옷 안에 들어 있던 총기류들 역시 어디론가 사라졌다는 말이다. 아니, USAS—12는? 그 총화기는 흡혈귀를 죽이기 위해 바티칸이 대우 정밀에 사주해서 만든 게 아닐까 싶을 만큼 강력한 것이어서 잃어버리고 싶지 않았다. 물론 길바닥에 그게 버려져 있는 것만으로도 신문 한 칸쯤은 차지하게 될 테니까 그런 쪽으로도 우려를 돌리지 않으면 안 된다.

그런데 여기는 어디일까?

세건은 다시 의식을 되돌려 주위를 둘러보았다. 프로테스탄트의 냄새가 물씬 풍기는 2층 방, 도시 외곽의 야산 위에… 아마도 무단으로 지어진 게 아닐까 싶은 허술한 건축물이다. 이런 걸 무단으로 지을 수 있다면 손재주가 대단한 것이겠지만,

블록으로 쌓아서 만든 벽을 보나 슬레이트를 얹은 지붕을 보나 수제작 건물임이 틀림없다. 가재도구가 있어서 집이라는 것을 아는 것이지 사실 농가 창고와도 별 차이는 없다.

그럼 아까 전에 들려온 소리는 무엇이지?

"쳇."

소리가 다시 들려온다. 뜻도 모를 소리, 염불을 외우는 것 같은 소리, 누군가를 저주하는 소리… 그런 소리가 현실의 소리와 경계를 분명히 한 채 들려온다. 아, 그래. 저것이 현실이 아니라는 것은 잘 알겠다. 그러나 알고 있는데도 들려온다. 현실이 아닌 소리가 들려오는 것이다.

"혼팅(Haunting)?"

사이키델릭 문의 부작용 중 하나, 혼팅 증상이 일어나기 시작한 것일까? 언젠가는 이런 일이 일어날 것이라는 건 알고 있었지만 예상보다는 너무 빠르다.

"하… 신기한 경험이로군."

속삭이는 것 같고, 때로는 흐느끼는 것 같다. 계속 누군가가 비웃어대는 것도 같고, 고통을 이기지 못하고 헐떡이는 것도 같다. 보통 사람이라면 공포나 노이로제에 시달리겠지만 세건은 그런 것도 참아줄 만하다고 생각했다. 왜냐면 그가 살고 있는 곳은······.

믿을 수 없을 만큼 고요하기 때문이었다.

아무도 없는 방, 아무도 없는 거실, 아무것도 없는 공간.

뼈에 고독이 사무치게 되면 유령 따위는 반가울 뿐이다.

세건은 일어났다. 손발이 묶여 있지 않은 걸 보니 흡혈귀들에게 잡혀 온 건 아닌 것 같고, 햇빛을 받아도 통증이 느껴지지 않으니 흡혈귀가 된 것도 아니다. 죽음의 한기도 사라져 있는 것 같으니… 실베스테르의 치료가 먹혔던 것일까?

"기독교의 성수가 통하다니… 실감이 안 나서 웃기는데."

흡혈귀와 싸우는 월야의 주민 주제에 세건은 그렇게 투덜거렸다. 마치 성수가 먹히지 않아서 죽기를 바라던 사람 같은 말투다. 그러나 같은 기독교라도 여기는 프로테스탄트의 건물 같은데, 세건에겐 전혀 인연이 없는 곳이다. 아, 그리고 보니까 얼마 전에 사이비 교회를 상대한 적이 있었다. 그러나 그때의 교회는 완전히 와해되어서 지금은 자취를 감췄다. 게다가 세건이 아무리 부상자에 굶주려 있다고 해도 손발도 묶지 않다니 그 점도 충분히 이상하고. 세건은 지금이라도 성인 남자 일개 소대쯤은 때려눕힐 만큼 건강하니까.

"아아아아!"

그때 아이들의 외침 소리가 들려왔다. 세건은 깜짝 놀라서 벽에 붙어 있는 대나무 효자손을 집고 밖을 바라보았다. 무기라고 하기에는 초라하지만 맨손보다는 나으리라.

"우아아아아아!"

"아우우우우!"

그야말로 괴성이라도 좋을 소리는 아이들이 내지른 고함이었다. 한눈에 보아도 정상인이 아닌 그 아이들은 소아마비에라도 걸린 것 같다. 아니, 정정, 소아마비다. 소아마비와 저능아,

그들 사이에 섞여서 일반인으로 보이는 아이들이 있다. 모두들 입은 옷에서 땟국물이 질질 흐르는 것으로 보아 경제적 사정도 그다지 좋지 않은 듯하다. 그렇다면 여기는 보육 시설인가? 그렇다면 도대체 그는 왜 여기에 있는가?

"…내 나이에 길바닥에 쓰러져 있다고 고아원에 보낼 리도 없을 텐데?"

더구나 이곳은 합법적인 고아원 같지도 않다. 세상에는 주체할 수 없는 자비심 때문에 종종 법이 허락하지 않는 복지시설을 만드는 복지가 있다. 그중에는 기부금을 떼어먹고 복지원에서 젊은 여성들을 골라 건드리는 쓰레기들도 있다는 것이 사회적인 통설이었다. 물론 공공연하게 떠들 말은 아니다. 음담패설보다 더한 것은 인간의 사회에 대한 믿음을 저버리는 말이니까. 실상은 아무도 믿지 않고 있는 주제에 누군가가 그 말을 꺼내면 울분을 몰아서 저주하는 것, 그런 것의 일환이라고 할까나?

하지만 그런 곳이라고 하더라도 세건이 여기에 와 있는 것은 불가해한 일이다. 적어도 옆방에서 흡혈귀의 기척을 느끼기 전에는…….

"곤란하군."

세건은 얇은 베니어 합판으로 만들어진 벽 너머에서 느껴지는 흡혈귀의 기척에 대해서 그렇게 평했다. 아직 해는 붙어 있지만… 슬슬 떨어져 가고 있다. 그런데 지금 그에게는 무기도 없다.

'죽일까?'

맨손으로 흡혈귀를 죽일 수 있을까? 태양이 지키고 있다면 가능하다. 하지만 지금 그는 배가 고프고 힘이 없다. 부상의 후유증은 제아무리 흡혈귀의 피를 이용한 것이라고 하더라도 극심한 생명력 소모를 가져오기 때문에 빨리 낫지 않는다. 겉으로는 멀쩡하더라도 속은 골병이 들어 있으니까 한동안은 아파서 골골대는 게 정상인 것이다. 더군다나 유다의 암흑은… 아, 지금은 그걸 생각할 때가 아니다. 세건은 현실로 돌아왔다. 지금은 저 옆방의 흡혈귀가 우선순위다.

삐리리리리릭~

그때 주책없는 핸드폰 소리가 울렸다. 요즘의 핸드폰은 다들 MP3플레이어 뺨치는 음질을 자랑하는데 이것만은 철없는 올드 타입이다. 뭐 시대를 20년은 되감았다고 해도 믿을 만한 풍경이니까 어울린다고 하겠는데, 그 핸드폰이 옆방에서 울린 소리라면 다르다.

영어로 지껄이는 그놈의 목소리는… 태반이 알아들을 수 없는 소리였다. 세건도 어학은 좀 공부를 했지만 이 녀석은 말이 너무 빠르다. 다행히 대부분은 Fuck이 차지하고 있어서 그 뜻을 알기 어렵지 않았다.

"아, 액셀? 부서졌는데. 하하하. 너무 그러지 말라고. 어차피 모든 물질은 엔트로피 증가에 의해서 붕괴하게 마련! 지금 부서질 놈도 언젠가는 부서질 운명이었다고. 자네가 타고 있을 때 망가져서 길바닥에 쓰러지면 그거 얼마나 곤란하겠어? 내가 탔을 때 망가져서 참 다행이지. 하하하하하하."

래트 거닙은 그렇게 핸드폰에서 말하다가 문득 수화기를 접었다.

"이런! 통화권 이탈이네. 바이바이!"

—어이! 어이!

전화기 너머에서는 그런 소리가 들렸지만, 그는 즉시 핸드폰의 배터리를 뽑아버렸다.

"자, 그럼… 듣고 있었지, 소년?"

"……"

"아, 이런. 영어는 못 하나? 세계어라고. 영어 정도는 배워두지 않으면……."

"Sucks… Vamp crap has a good ass on face."

세건은 어처구니가 없어서 중얼거렸다. 래트 거닙은 혀를 찼다.

"You can dare Vampire by bare hands? WOW~ I make it! I got a superman!"

흡혈귀를 맨손으로 상대할 수 있냐고? 물론 불가능하지. 그리고 밤이 되면 그건 더더욱 불가능해지지. 세건은 자리에서 일어났다. 그때 방의 문이 벌컥 열렸다. 흡혈귀라고 생각했는데 그것은 웬 소녀였다.

"아, 일어났어요?"

화장기 하나 없는 순박한 얼굴의 소녀는 살포시 웃으며 방 안으로 들어왔다. 작업용 앞치마를 두르고 있고 토시를 팔에 끼우고 있는 걸로 봐서는 방금 전까지도 일을 하다 올라온 것 같았다.

"여긴?"

"아, 천사의 집이에요."

그랬군. 처음부터 그런 시설이라고 생각은 했었지만. 세건은 고개를 끄덕였다.

"저는 왜 여기 와 있는 거죠?"

"그야 친구분이 데려오셨어요. 아, 이틀 동안 혼수상태여서 얼마나 걱정했는데요. 배 안 고프세요?"

"이틀 동안?"

세건은 놀랐다. 친구분이라는 것은 아마도 이 옆방의 흡혈귀를 말하는 것 같은데 이틀 동안 세건을 살려뒀단 말인가? 그는 어이가 없어서 웃었다. 하긴 그때의 강력한 비바람은 태풍이 할퀴고 지나간 흔적이다. 단 하루 만에 날이 갤 리는 없지.

"하하. 어처구니가 없군. 아, 저기……."

세건은 그녀를 바라보고 말을 꺼내려다가 입을 다물었다. 내 총이 어딨냐고 물어볼 수는 없지 않은가? 총과 도검류는 죄다 저 흡혈귀가 파기했을 것이다. 그러나저러나 이상한 일이군. 한국어도 할 줄 모르는 놈이 어떻게 이 구석의 프로테스탄트 복지시설을 알았을까?

결국 직접 이야기해 보지 않으면 안 된다. 세건은 그녀를 지나서 옆방으로 걸어갔다.

"자, 컨버세이션 타임이다, 흡혈귀. 그 후로 무슨 일이 일어났지?"

이틀 전 두 명의 진마가 외압에 의해서 세대 교체를 하게 되었다. 셰인은 베놈, 사혁은 유다를… 이 두 명이 진마를 잡아먹고 새로운 진마가 되었다. 이 일에 대해서 흡혈귀들은 일제히 반발했다.

VT가 높은 흡혈귀는 그 자신의 혈족 능력이나 그 외 각종 능력을 개발해 진마가 된다. 아스테이트 계통의 흡혈귀는 강력한 독소 구현화 능력을, 유다의 경우는 암야(暗夜)의 능력을 그 계통 능력으로 가지고 있었다.

그리고 VT가 아무리 높아도 그러한 계통 능력을 제대로 발휘하지 못하면 그것은 진마라고 할 수 없다. 정야와 창영도 그런 이유로 흡혈귀들에 의해서 추격받고 있는 게 아니었던가?

더구나 사혁 같은 경우는 흡혈귀들에겐 전통적인 적, 라이칸스로프(Lycanthrope)이자 뱀파이어 헌터였다. 그런 놈이 진마라는 거대한 이권을 보고 손바닥 뒤집듯 태도를 바꿔 진마의 자리를 차지하려 하다니…….

아니, 생각해 보면 녀석은 애초부터 흡혈귀가 되길 원하고 있었는지도 모른다.

그러나 문제는 그게 아니다. 저 사혁이 테트라 아낙스에게 받아들여졌다는 것이 문제인 것이다. 인간에게도 흡혈귀에게도 불쾌한 일이지만 테트라 아낙스의 입장에서는 제어할 수 없는 유다를 대신해 테트라 아낙스의 권위를 인정하고 알아서 기는 신마 하나가 탄생하는 것이다. 거절할 이유는 없다. 게다가 유다는 권속도 없는 흡혈귀가 아닌가?

그런 의미에서 더더욱 문제가 되는 것은 베놈을 먹어버린 세인이었다. 원래 세피아가 죽고 떠돌아다니는 몸을 테트라 아낙스가 거둬주었더니 이놈은 쓰러진 베놈의 피를 마셔 진마가 되었다. 아일랜드 아스테이트의 계통 능력 중 고등 기술이라고 할 수 있는 스카르, 이쉘 등의 독소 부여 능력은 아직 개발하지 못했지만 원래 세피아의 에스콰이어였던 자답게 능력의 개발 속도가 매우 빨랐다. 이틀밖에 지나지 않았는데 진마로서 갖춰야 할 대부분의 능력은 개발해 버린 뒤였다.

"그래서 녀석은 람보르기니 미우라를 공짜로 얻었다는 것이지! 무수한 아일랜드 아스테이트들의 흡혈귀들과 함께!"

래트 거닙은 호들갑스럽게 말했다. 그 앞에서 세건은 라면 국물을 마시면서 눈을 흘겼다. 이놈의 흡혈귀는 세건이 무력하다는 걸 알면서도 죽이지 않는다. 오히려 뭐가 좋은지 신 나게 떠들어댄다. 일단 기력을 회복하고 무장을 되찾게 된다면 가차 없이 죽일 테지만 이야기 상대로서는 나쁘지 않다.

한국어를 못 하는 게 흠이긴 하지만 그래도 유쾌한 이야기 상대가 아닌가!

"다들 불만 없나? 자신들의 주인이 바뀌는데?"

"없을 리가 있나? 하지만 어쩔 거야. 진마가 없으면 이국에서 바보되는 건 그들인데. 적요당 해체되는 걸 못 봤나? 와우! 아주 화끈했다고. 한때의 명가가 박살 나는 건 금방이란 거지!"

래트는 과장된 행동으로 어휘의 부족을 대신했다. 세건이 영어를 잘 알아듣지 못하니까 답답하다(사실 고교 중퇴의 학력치고는 지나치게 잘 알아듣고 있다만). 그렇지만 이 녀석이 현재 한국에 존재하는 흡혈귀 사냥꾼 중에서는 2위라니… 믿을 수가 없었다.

"…사혁은?"

세건은 다 빈 라면 그릇을 내려놓고 김치 그릇 뚜껑을 덮었다. 이 시설의 아이들이 모여서 연신 신기하다는 듯 쳐다보는 게 마음에 걸리지만 그는 애써 아이들을 무시했다.

"아, 알케미스트. 그 친구는 새로운 진마가 된 것 같은데? 이전까지 자기 동료였던 헌터들을 죄다 죽여 버리고, 창고에 모아두었던 흡혈귀 피도 다 마셔 버린 뒤 룰루랄라 테트라 아낙스에 충성하러 달려간 모양이야."

"…사혁 이 개새끼가!"

그 순간 세건은 주먹으로 바닥을 후려갈겼다. 나무로 만들어진 바닥이다 보니 세건이 주먹 한 방을 내려찍은 것만으로 건물 전체가 흔들거렸다.

"으와아아아앙!"

아이들은 그것만으로도 놀란다. 이 시장통 같은 곳의 아이 대부분은 불우한 환경 때문에 주위 사람들에게 학대와 구박을 받아왔을 것이다. 폭력적인 세건의 모션만으로 울 정도라면 상황이 좀 심각하다 하겠다.

"거 좀 조용히해 줘요. 당신들 너무 험하게 하니까 애가 놀라잖아요. 좀 주의해 주세요."

노파가 말하는 것도 조심스럽다. 자신들보다 어린 사람들, 그것도 엄밀히 말하면 침입자들에게도 조심스럽게 대한다. 그것은 교양이 있어서라기보단 그들이 약자이기 때문일 것이다.

사회적 약자만 잔뜩 모아다 놓은 이 바닥은 유리 조각 위를 맨발로 걷는 것과 같은 그런 긴장감이 있었다. 조금이라도 잘못하면 상처주고, 상처받는 그런 콤플렉스의 균열 위.

"……."

하지만 긴장감과는 별개로 세건은 화가 났다. 사혁이란 놈이 흡혈귀를 겁탈하든 그를 위해서 무고한 인간을 죽이든 간에… 결과적으로 그가 흡혈귀를 죽이기 때문에 참아줄 만하다고 생각했었다. 실제로 참지는 않았지만 그의 추악한 행위는 완전한 약탈—목숨의 약탈—에 부가되는 일종의 세금이라 생각하고 참아줄 수 있었다.

하지만 그게 아니었다.

흡혈귀를 사냥하는 자들은 도덕적으로 올바를 리가 없다. 그들이 사용하는 것은 불법적인 폭력, 그 폭력으로 흡혈귀들의 피를 약탈하고 그 돈으로 입에 처넣을 빵을 번다.

그런 이들에게 면죄부, 아니, 죄에 따르는 벌이라는 것이 있다면 그것은 바로 그들의 자기 파멸이었다. 자신을 깎아가며 흡혈귀와 싸우고 궁극에는 죽어버린다. 그러한 희생을 통해 악행을 저지른다 해서 악행의 속성에 숭고함이 더해지진 않으련만 최소한의 양심이라는 것은 자기 파멸에 박차를 가한다.

비유해 말하자면 세건은 백혈구였다. 흡혈귀라는 질병을 잡아먹고 죽어가는 백혈구. 그러나 사혁은 그 흡혈귀라는 질병을 잡아먹고 자신을 증식시키는 바이러스다. 흡혈귀보다 훨씬 더 악성의 존재인 것이다.

"이러고 있을 때가 아니군! 내 무기는 어쨌지?"

세건은 자리를 박차고 일어나서 래트를 바라보다가 문득 자신이 어처구니없는 소리를 했다는 것을 알았다. 흡혈귀가 흡혈귀 사냥꾼의 무기를 돌려줄 이유가 없다. 왜냐면 어떤 흡혈귀 사냥꾼도 흡혈귀와 타협하지 않기 때문이다. 그들이 백혈구로서 자신들에게 파멸이란 벌을 가해왔다면… 그것은 강철의 율법이 되어 그들의 의식 기반을 받치고 있을 것이다. 건축물로 치자면 그것은 토대. 어떠한 이유로도 바뀌지 않는 인생의 토대인 것이다.

"뒷산에 묻어놨지. 하지만 적어도 내가 백 킬로미터는 달아난 뒤 찾으라고. 응?"

하지만 래트 거닙이란 이 레게 머리 흑인 뱀파이어는 도저히 이해할 수 없는 정신 구조를 가지고 있었다. 절대로 친구가 될 수 없는 흡혈귀 사냥꾼에게 무기의 소재를 순순히 일러주다니? 세건은 원하는 대답을 얻은 주제에 재차 물어보았다.

"왜 그걸 말하는 거지?"

"글쎄. 왜일까나?"

래트는 그렇게 말하고 자리에서 일어났다. 그때 문이 열리고 웬 상년의 남자 한 명이 들어왔다. 세건은 그 남자를 보고 깜짝 놀랐다. 택시 기사의 유니폼, 노란 와이셔츠를 걸친 그 남자는 분명히 이전 세건이 주먹으로 재워서 내쫓았던 그 사람이다.

"아, 정신을 차렸군요. 아까 전에 전화로 들어서 알고는 있었지만, 정말 다행입니다."

"아, 예. 신세를 졌군요."

세건은 정중하게 인사를 했다. 자기가 주먹으로 때려눕힌 상대에게 이런 보살핌을 받는다는 것은 참 껄끄러운 일이다. 그래서일까?

잠시 침묵이 찾아들었다. 침묵이라고 해도 소리는 없어지지 않는다. 여기는 많은 사람이 살고 있는 보호 시설. 수많은 아이의 목소리와 늙은이들의 목소리가 뒤섞여서 들려온다. 하지만 세건과 그 택시 기사는 잠시 말없이 서로를 바라보았다. 그때 앞치마를 두른 소녀가 다가왔다.

"아빠! 오셨어요?"

"아, 그래. 별일은 없었고?"

"예."

그녀는 웬 검은 옷을 가져와 그에게 내밀었다. 택시 기사는 그 옷을 받아 들었다.

"하?"

목회자들이 즐겨 입는 검고 수수한 옷이다. 프로테스탄트의 목사 중에서도 이따금 저런 걸 입는 곳이 있다. 너무나 많은 종파로 갈려 있어서 어딘지는 모르겠지만 택시 기사가 취미로 입을 만한 물건이 아니라는 것쯤은 알고 있다. 즉 저 택시 기사는 목사가 본업이라는 것이다.

"이런, 목사님이셨군요."

세건은 머리를 긁적였다. 악당이라고 생각할 테지? 물론 세건은 지금 이대로도 훌륭한 악당이다. 지금까지 무수히 많은 생명을 죽이고 그 피를 약탈했으니까 이 이상 훌륭한 악당이 또 어디 있겠는가? 하지만 그 목사는 환하게 웃었다.

팬텀은 한국에 장기 체류할 각오를 굳히고 오피스텔을 사들였다. 나름대로는 검소하게, 남들 눈에 띄지 않도록 조심해서 처리한 일이지만 오피스텔의 한 플로어 전체를 사들이는 짓은 길 한가운데에서 발가벗고 드러눕는 것보다도 훨씬 더 눈에 띄는 일이다.

"으으윽."

그곳에서 팬텀은 자신의 몸을 복구하고 있었다. 실베스테르 신부의 공격을 너무 많이 허용한 것 때문에 한때 VT가 5만까지 떨어지는 극심한 쇼크를 맞이하기도 했다. 그러나 곧 VT는 회복되어서 현재로써는 37만 정도… 약 4만 정도의 VT를 하룻밤 사이에 잃어버린 것이다.

"대단하군. 실베스테르……."

이런 일을 당한 것은 정말 오래간만이다. 패배라는 걸 겪어보지 못한 것은 아니지만 그것은 상대가 같은 진마였을 때다. 그는 긴 소파에 드러누워서 한숨을 내쉬었다.

전신이 무겁다.

테트라 아낙스의 지배는 그날 밤의 사건 이후로 더더욱 강력해져서 이제는 손쓸 방법이 없을 정도가 되었다. 테트라 아낙스의 지배를 피하고자 조커들을 수집한 그였지만 지금 같은 경우는 오히려 테트라 아낙스의 힘을 증대시켜 주기만 한 것 같았다. 진마들이 세대교체를 하게 된다면 당연히 현재의 영주 테트라 아낙스에 대한 충성을 증명하기 위해 갖은 아양을 떨게 된다. 테트라 아낙스는 어쩌면 일이 이렇게 될 것을 알고서도 그냥 방조한 게 아닐까? 아니, 틀림없이 방조했으리라. 지금까지 그런 식으로 흡혈귀들을 통치해 왔으니까. 자신의 손은 더럽히지 않는다. 언제나 남의 손을 이용해서 자신들의 욕망을 충족하는 사악한 예지자들.

역시 예지와 정신 지배의 힘을 가지고 있는 테트라 아낙스에게 저항한다는 것은 부질없는 짓이었을까?

아니다. 테트라 아낙스의 지배를 인정하는 것은 흡혈귀에게 있어서 정체다. 그는 그것을 인정하는 순간 목표를 잃고 방황하게 될 것이다.

"여어, 몸은 이제 좀 나았나?"

그때 문이 열리고 하와이안 셔츠의 남자가 들어왔다. 동남아시아계의 젊은 남자의 모습을 취한 그것은 그들 사이에서는 진마 아그니라고 불리는 강력한 흡혈귀였다. 원래 진마들은 그다지 동족 의식이나 동료 의식이 강하지는 않지만 팬텀은 한 번 이자를 구해준 적이 있었다. 그래서 이자는 그 은혜를 갚기 위해 팬텀을 구출해 줬다… 고 하면 무슨 은혜 갚은 동물 시리즈의 미담 동화가 되겠지만 실상은 그렇지 않다.

팬텀에게 빌붙어서 이래저래 귀찮게 하며 이틀간 떨어지지 않은 것이다. 그리고 하는 짓을 보아하니 앞으로도 떨어질 생각이 없는 것 같았다.

"마스터, 괜찮으시죠?"

그 아그니와 함께 쇼핑을 다녀온 빌헬름은 노골적으로 불쾌한 표정을 지으며 아그니에게서 빠져나오더니 팬텀에게 다가왔다. 팬텀은 소파에 드러누워서 빈 수혈 팩을 쓰레기통에 던져 넣었다.

"…VT 손실이 좀 크지만 지금은 괜찮아."

그러자 빌헬름의 얼굴에 당혹한 표정이 떠올랐다. 아그니가 곁에 있는데 그런 것을 솔직히 말하는 것은 얼마나 위험한가. 힘이 쇠해졌다는 것을 밝히는 것은 설사 상대가 자신의 종자라고 하더라도 위험한 일이다. 진마의 세대교체는 에스콰이어가 그 주인을 물어버리는 경우가 대부분이었으니까.

"이런, 이런. 그러니까 다이어트는 몸에 나쁘다고. 지금부터라도 인간들을 잡아먹어 보는 건 어때?"

"사양하도록 하지. 그러나저러나 아그니, 당신은 계속 여기 있을 건가?"

"왜? 내가 있어서 곤란하기라도 하나?"

아그니는 능청스럽게 그렇게 물어보았다. 그러자 빌헬름이 나서서 노발대발하며 말했다.

"당연하죠! 테트라 아낙스가 보면 반역자라고 해도 할 말이 없다고요. 마스터를 도와주신 건 고맙지만 계속 이러시면 저희가 곤란합니다!"

"하아. 당찬 꼬마로군그래. 알았다, 알았어. 내가 너희에게 피해라도 줄까 봐 그러냐?"

아그니는 그렇게 말하며 빌헬름의 머리를 쓰다듬었다. 어린 아이의 모습을 하고 있긴 하지만 속은 늙은이인 빌헬름을 이렇게 대하다니… 상대가 진마가 아니라면 빌헬름은 벌써 분기탱천해서 난리를 쳤을 것이다. 하지만 그는 화를 삭이며 덜덜 떨리는 목소리로 말했다.

"충분히 폐를 끼치고 있습니다."

"이런, 이런. 박정한 말이군. 이 넓은 곳을 쓰면서 말야. 나도 방 하나 좀 달라고 하려 했더니만. 역시 가난한 흡혈귀는 골방에 가서 인스턴트 카레나 해먹어야 하나?"

아그니는 그렇게 능청을 떨더니 가지고 온 비닐 봉투에서 과일 푸딩을 몇 개 꺼내 자신의 주머니에 쑤셔 박고 자리를 떨치고 일어났다.

"그러면 방해꾼은 이만 사라져 주지. 테트라 아낙스에서 좋은 정보가 들어오면 또 알려줘."

"그러지."

팬텀은 쓴웃음을 지으며 그렇게 말했다. 결국 저 친구와도 협력 관계가 되어버린 것 같다. 이것도 나름대로 인덕이라면 인덕이라고 하겠는데 좋은 쪽으로 작용할 것인지는 모르겠다.

그는 테트라 아낙스가 아니니까.

"예지력이라……."

2

양준일 목사는 독거노인과 장애아들을 모아서 소망의 집이라는 복지시설을 만들었다. 하지만 복지시설에 대해서 국가가 지원하는 금액은 거의 없다고 봐도 좋을 만큼의 수준이라 나머지는 후원금으로 꾸려 나가야 한다. 그러나 목회에서 힘이 없는 양준일 목사는 후원자를 많이 모을 수 없었다. 그러다 보니 임야 몇 평을 사들이고 이렇게 불법적으로 건축물을 지어서 사람들을 받을 수밖에 없었다.

"그런 이유로 택시를 몰고 다닌다는 건가? 대단하군."

래트는 그 말을 듣고 고개를 끄덕였다. 대단하다. 이따금 종교인 중에서는 이렇게 자신의 행복을 돌보지 않고 사회를 위해 이바지하는 사람들이 있다. 뭐, 편하게 사는 그로서는 절대로 흉내 낼 수 없는 것이지만 그 일을 하는 이들에 대한 존경심 정도는 가지고 있었다.

"…일단 겉으로 드러난 것으로는 말이지."

하지만 세건은 심사가 뒤틀려 있는지 퉁명스럽게 말했다. 래트는 혀를 차며 그런 세건을 바라보았다. 비록 영어로 말하고 있어서 남들에게 들릴 일은 없지만 여기 사람들을 죄다 적으로 돌려도 이상하지 않은 발언이다. 래트는 머리를 툭툭 쳤다.

"이런, 이런. 썩은 심보를 가지고 있구만. 응. 세상은 말야. 러브&피스야."

"발기부전의 흡혈귀가 러브&피스를 말하다니 우스운데?"

"무슨 소릴 하는 거야! 발기는 한다! 내 것은 싱싱한 연어처럼 펄떡거리며 일어난단 말야! 요는 불감이라서 문제인 거지! 하려면 할 수 있어! 다만 이 세상은 원래 기브&테이크라고. 그러니까 내가 즐겁지 않으면 할 필요가 없잖아. 안 그래? 아, 물론 우리 클랜에는 비장의 섹스 기법이 내려오고 있어서 상대가 흡혈귀라면 아무런 부담도 없이 할 수 있다고. 가르쳐 줄까?"

"흠, 난 영어 잘 몰라."

세건은 그렇게 둘러대고 의자에 앉았다. 하지만 이 흡혈귀는 집요하게 말했다.

"그래, 그럼 더 자세히 말해주지. 우리의 불감증이라는 것은 구속력 때문에 존재하는 거야. 그래서… 우리는 그것을 해제하는 나름의 방법을 개발하게 되었는데. 오, 쉿, 물론 상대도 흡혈귀 여자여야 해. 그런 전제가 있긴 하지만……."

이번에는 몸짓까지 섞어가며 말하고 있었다. 물론 세건은 고개를 돌려서 그를 외면했다. 창밖은 어둡고 TV에서는 저녁 뉴스로 연신 폭풍우에 대한 피해를 역설하고 있었다. 그러고 보면 이런 허름한 건물이 용케도 비바람을 견뎠구나. 세건은 그렇게 생각하며 고개를 끄덕였다. 옆에서는 래트가 알아들을 수 없는 영어로 떠들어대면서 연신 허공에서 허리를 흔들고 있었다.

지금 당장에라도 죽이고 싶다는 마음이 싹튼다.

"그런데 어째서 오늘 밤도 여기서 지내게 된 거지?"

지금 당장에라도 해칠 수 있다면 해치고 싶다. 하지만 무기도 뒷산에 묻혀 있고 바이크도 길거리에 방치한 채라 어떻게할 도리가 없다.

게다가 이곳은 차도 잘 다니지 않는다. 그런 곳이니까 이런불법 건축물을 지어놓고도 한 번도 안 걸린 것이겠지.

"아, 불편하시죠? 내일 아버지가 데려다 드린다고 하셨으니까 그때까지는 꼭 참아주세요."

세건이 드러내 놓고 싫어하는 기색을 보였기 때문일까? 작업용 앞치마를 두른 소녀는 세건에게 그렇게 말해주었다.

"아니, 괜찮아요. 아, 아까 전에 라면 잘 먹었어요."

"죄송해요. 제대로 된 식사가 아니라서. 그럼……."

그녀는 뭐가 그리 기쁜지 만면에 미소를 띤 채 자리를 비켰다. 그러자 래트가 휘파람을 불며 세건에게 다가왔다.

"야, 인기 좋은데? 관심 있나 보다."

"…당신들 생각은 언제나 그런 쪽인가? 양키?"

"하하하하. 설마. 어쨌든 그녀도 이런 산속에서 제대로 된남자를 못 봤을 거 아냐. 안 그래?"

"학교 다니는 것 같은데?"

세건은 그렇게 대꾸하다가 문득 정신을 차렸다.

"다가오지 마!"

흡혈귀의 완력은 무시무시한 것이라 손닿는 거리까지 접근시켜서는 안 된다. 저 녀석이 지금은 실실 웃고 있어도 언제 마음을 바꿔서 죽이려고 덤벼들지 모르는 것 아닌가! 물론 그게 현실성이 없다는 것은 확실하다. 죽이려면 잘 때 죽일 것이지 왜 사람 살려놓고 다시 죽인단 말인가?

"…거참, 섭섭하게 그러네. 같은 베개를 베고 잔 사이에."

"카악!"

"오오, 화났다, 화났어. 좀 더 화내봐. 좀 더!"

이렇게 되면 화내는 쪽이 바보 같아진다. 세건은 '네놈은 언젠가 꼭 죽여주마' 라고 속으로 곱씹으며 고개를 돌렸다.

"녀석, 귀여운 면이 있구나. 부끄러운 거지?"

"……"

세건은 잠시 호흡을 고른 뒤 일어나는 것과 동시에 팔꿈치를 래트의 턱에 찔러 넣었다. 하지만 역시 레트는 흡혈귀답게 맞서서 일어나며 그 공격을 피했다.

"하하하하. 보이, 알고 있었다고, 그런 거. 의외로 알기 쉬운 성격인데?"

"제기랄!"

세건은 공격을 거뒀다. 무기가 없는 이상 저 흡혈귀가 압도적으로 우월하다. 하는 짓이 유들유들하긴 하지만 모든 행동거지에서 여유가 배어 나오는 것에서 그가 굉장히 강력한 흡혈귀라는 것을 알 수 있었다. 물론 강해봤자 진마만 하지는 못하겠지만 적어도 맨손으로 이길 수 있는 상대는 아니리.

그렇다면 무기를 되찾고 녀석을 죽일 뿐이다.

"와아아아아."

그때 한 아이가 침을 질질 흘리며 세건에게 다가왔다. 세건은 반사적으로 걷어차려다가 깜짝 놀라서 멈췄다.

"아, 놀아달라고 그러는 거예요."

자원봉사자로 보이는 보모 아줌마가 웃으면서 말했다. 놀아달라고? 어떻게? 세건은 그렇게 반문하고 싶었지만 말이 안 나왔다. 그러는 사이 아이는 세건의 다리에 매달려서 열심히 침칠을 하면서 웅얼거렸다.

"으윽……."

어차피 이곳에서 빌린 옷이긴 하지만 옷에 침칠하는데 좋아할 사람이 어디 있겠는가? 하지만 세건은 그대로 굳은 채 아이를 바라보았다.

사실 세건은 황폐하다. 황폐한 인간을 동경하는 부류의 사람들, 차갑고 탁하고, 어두운 자를 좋아하는 부류가 꽤 있는 것은 사실이지만 그것을 감안하더라도 세건의 황폐함은 도를 지나쳐 있었다. 자신의 죽음을 전제로 흡혈귀를 사냥하는 백혈구. 죽음이란 것은 모든 생명체에게 주어진 것이지만 누구나 살아 있을 때는 가급적 죽음에서 멀어지게 마련이다. 하지만 그는 죽음을 등지고, 그리고 그것을 흡혈귀들에게 부여한다. 죽음과 항상 함께하는 인간이란, 다른 인간들에게 있어서 얼마나 거북한 존재인가?

그럼에도 불구하고 이 아이들은 그저 세건이 눈에 익지 않기 때문에 다가온다. 이런 야산에 갇혀서 언제까지나 보모들만을 상대하면서, 이따금 찾아온 사람들에게 자신의 불행을 몸으로 역설하면서 평생을 살아갈 수밖에 없는 아이들은 그러한 불행에도 불구하고 낯선 사람을 좋아한다. 그들의 공간이 한정되어 있다면 밖에서 유입되어 오는 것은 설사 독이라 하더라도 반길 것이기에…….

"제기랄."

여기엔 패배주의의 냄새가 짙게 배어 있다. 낙오자들, 사회가 아니라 태어날 때부터 낙오된, 신에 의한 낙오자들이 즐비한 곳. 세건은 자신의 죽음을 향해 폭주하는 주제에 그런 것을 싫어했다. 사회의 동정심과 자비심으로 목숨을 보전하는 패배자들의 집합소. 그렇게 패배해도 받아들여질 곳이 있다면 그것은 얼마나 달콤한 유혹인가?

다시 환청들이 들려온다. 생각에 조금만 잠기면 어디선가 속삭이는 소리들이 먼 곳에서 불어오는 삭풍처럼 들려온다.

"어이어이. 알라바마의 흑뱀을 보여주지. 재밌게 놀자고."

그때 래트의 말이 들려왔다. 알라바마의 흑뱀이라는 것은… 영화 풀 메탈 재킷에서 알라바마 출신의 흑인 병사가 자신의 남근을 두고 하는 말이었다. 세건은 그 말을 듣고 퍼뜩 정신을 차렸다. 이놈은 대체 애들 상대로 뭘 보여주겠다는 건가!

"이봐!"

"응? 왜?"

"대체 그걸 보여주고 재밌게 어떻게 논다는 거지?!"

"오, 알고 있었어? 그야… 입에 넣는다든지 손으로 만진다든지, 뭐 여러 가지 있잖아."

"그런 짓을 했다간 주간지에 난다고."

"아하하하. 하긴 나 정도면 그런 데 날 만한 인물이지. 포르노 영화사에서 제의도 많이 온다고."

"……"

세건은 속으로 '개자식'이라고 중얼거렸다. 흡혈귀인 주제에 지나치게 낙천적인데다가 능글맞다. 아, 그래. 무기를 되찾으면 이놈부터 죽여 버려야겠다고 세건은 다짐, 또 다짐했다.

그러나 지금은 어쩔 수 없다. 무관계한 인간들을 말려들게 할 수 없다. 정말 말려들게 할 경우 세건에게는 다른 이들처럼 정신을 조작하는 힘이 없으니 다 죽여 버리는 수밖에 없는 것이다. 그러나 그런 짓은 제아무리 세건이라고 해도 하고 싶지 않았다. 마치 살인귀 같잖은가?

'아니, 나는 사실 살인귀던가?'

부인할 수 없는 사실이지만 흡혈귀라고 인간과 크게 다르지 않다. 악성의 흡혈귀는 괴물이라고 하지만 그렇지 않은 흡혈귀들은 이성도 감성도 모조리 가지고 있다. 다만 육체적 능력이 뛰어나고, 그들의 사회가 좀 더 스트레스가 심한 사회이기 때문에 자제가 부족할 뿐. 사실 남들보다 좀 더 뛰어난 능력을 가지고 있으면 인내심의 바닥이 얇아지는 건 인간이든 흡혈귀든 매한가지다.

세건은 그러한 흡혈귀들을 죽여온 것이다.

"어쨌거나 떨어져라."

세건은 아이들을 밀쳐 내고 보모들을 흘겨보았다. 차가운 눈동자에는 얼핏 푸른 안광이 스쳐 지나갔다. 그것은 흥성. 인간에서 비롯한 흡혈귀들의 피가 다시 인간에게 돌아왔을 때 나타나는 파멸의 증상. 인간의 몸에 아직도 내재된 신비가 흡혈귀의 피란 맹독에 의해서 깨어나며 발하는 사이한 빛이다. 보통의 인간들이 그것을 보고 그냥 넘어갈 수 있을 리가 없다. 실제로 모두들 세건이 한 번 쏘아보는 것만으로 마치 빙하 속에 갇힌 매머드처럼 굳어버렸다. 그 정적은 너무나 고요해서 환청이 더더욱 심하게 들려온다.

나 참. 어쩔 수가 없구만. 세건은 체념하고 주위를 둘러보았다. 거기엔 웬 나무 조각 블록이 있었다. 어처구니없게도 각목을 깎고 니스 칠을 해서 만든 것으로 아마도 돈을 절약하기 위해 여기서 직접 만든 것 같았다. 하긴 아이들 장난감 블록 따위 부르주아의 사치다.

'나는 어렸을 땐 주로… 컴퓨터를 가지고 놀았었지?'

블록이 비싸다 한들 어디 컴퓨터만 할 것인가? 세건의 집은 꽤 잘사는 편이었으니까 돌이켜 보면 세건이야말로 부르주아였다. 넉넉한 집안, 잘 먹고 잘살던 어린 시절. 아아, 이곳의 인간들에 비추어 보면 누구라도 행복한 어린 시절을 보낸 것이 아닌가?

'빌어먹을!'

자신의 추억을 자극하고 무언가에 감사하기 위해서 자신보다 열악한 존재를 바라본다는 것은 더할 나위 없는 사디즘이다. 동정심의 반면에 존재하는 그 사디즘, 우월감이란 것을 세건은 용서할 수 없다.

"좋아. 블록을 쌓아볼까?"

세건은 나무 블록을 쌓아서 순식간에 높다란 탑을 만들어냈다. 사이키델릭 문의 반복적인 투여로 세건의 감각은 면도날처럼 예리해진 상태이기에 이런 일도 가능했다.

그는 블록을 잔뜩 쌓은 뒤 밑에서부터 하나를 빼냈다.

"따라 해봐. 하나씩만 뽑는 거다."

"오우! 두 번째는 내가 하지."

래트는 뭐가 신이 났는지 두 번째 블록을 빼냈다. 세건은 그를 노려보았다.

"애들이 하게 해."

"사람이 많을수록 재밌는 거야, 이런 건."

"사람도 아닌 주제에."

"햄스터도 아니잖아?"

"흥."

아이들의 차례가 돌고 나서… 세건과 래트 역시 다시 블록을 뽑았다. 이건 애초에 반칙이다. 감각이 중요한 이런 게임은 계속 진행하다 보니 어느 틈에 세건과 래트의 대결이 되고 말았다.

"한꺼번에 다섯 개씩 뽑기다."

래트는 그런 말도 안 되는 룰을 제시하고 무시무시한 속도로 손을 움직여 블록들을 뽑아내었다. 그렇게 빠르게 블록을 뽑아내었는데도 탑 자체는 미동도 하지 않는다. 아이들은 그것을 보고 와아, 하고 경탄했다.

'이게 경탄할 일이냐 녀석들아? 인간이 이런 거 할 수 있을 리 없잖아?!'

이미 인간의 속도를 넘어섰다. 보면 의아해야 할 텐데 놀라는 걸로 끝나다니.

"에잉."

세건도 손을 움직여 다섯 개의 블록을 빼냈다. 그 순간 그걸 본 래트의 눈에 이채가 감돌았다.

"역시……."

"응?"

"아니, 아무것도. 내 차례인가?"

래트는 다시 다섯 개를 뽑아내었다. 이제 더 이상 공학적으로 지탱될 만한 모습이 아니다. 결국 세건이 뽑아내려 할 때 탑이 무너지고 말았다.

"뭐야, 져버렸군. 괜찮아. 내기도 뭣도 아무것도 아니었잖아?"

세건은 그렇게 말하며 손을 털긴 했지만 찝찝해하는 것은 누가 보더라도 알 수 있었다. 흡혈귀에 대한 증오심이 너무 강해서 뭘로든 흡혈귀에게 지는 것은 인정하지 못하는 것 같다. 그런 주제에 당장 래트에게 달려들지 않는 것은 무기가 없기 때문인가? 그렇다면 그의 증오는 마치 북극의 만년설처럼 차갑고 음울한 것이리라.

그러한 증오심도 놀라운 것이지만 래트는 세건의 움직임을 보고 놀라고 있었다. 비록 그에게 지긴 했지만 이 녀석의 움직임은 이미 말기 증상에 가깝다. 아마도 혼팅의 단계에 접어들었을 것이다. 이니그마에 상처를 입히는 맹독을 부어서 싸운 결과 영혼의 그릇이 한계에 달하게 된다. 이것에 금이 가서 생명력이 무서운 속도로 소모되기 시작하면 육체가 그 자신을 보호하기 위해 흡혈인자를 만들어내어 그도 역시 흡혈귀가 되고 만다.

하지만 혼팅이라는 것은 그것과는 다른 것이다. 흙과 유약으로 구운 그릇의 유약이 닳아서 물을 흡수하는 것과 마찬가지로 그릇의 형상은 유지한 채 생명력이 빠져나간다. 그렇게 되면 육체는 자각 증상도 없이 파멸하게 되고 그 쇠약해진 틈을 타서 악령들이 깃들게 된다. 충만한 생명력으로는 도저히 보이지 않는 악령들의 세계. 그곳에 한 발을 걸친 채 현실 속을 살아가게 되는 것이다.

그럼에도 불구하고 이 녀석은 이성을 유지하고 있다.

"으음, 애들을 놀게 한다는 목적에서 많이 벗어나긴 했지만 결과가 좋으면 다 좋은 거지."

래트는 무거워진 가슴을 뒤로하고 주위를 둘러보았다. 아이들은 세건과 래트가 열중해서 승부하는 모습을 보고 가슴이 뜨거워진 것 같았다.

역시 사나이들의 대결은 시대를 초월해서 가슴을 뜨겁게 하는 무언가가 있구나. 이런 아이들에게 알라바마의 흑뱀을 보여

줘서 그들의 세계를 좀 더 넓혀주는 것은 어떨까? 래트는 그런 걸 진지하게 고민했다.

"그럼 목욕할 시간이다."

그때 노파들이 안으로 들어와 아이들을 데려갔다. 가족에게 버려진 독거노인들을 데려와서 일자리를 주면서 사실상 그들을 보호한다. 약자들끼리 서로서로의 상처를 핥아주는 꼴이 되겠지만 예산이 제한되어 있는 복지 시스템으로서는 효과적이라고 생각한다.

'왜?'

세건은 그것을 보면 기분이 나빠지는 것일까? 그때 분주히 움직이는 사람들 사이로 목사가 걸어 들어왔다. 그는 바닥에 앉아서 블록을 정리하는 세건과 래트를 보더니 특히 세건을 향해 물어보았다.

"잠시… 이야기를 할 수 있을까요?"

"예."

올 게 왔군. 세건은 그렇게 생각했다. 총기와 도검을 들고 심지어 그를 직접 때리기까지 했는데 뭔가 추궁이 없다면 그게 이상하다. 어디까지 말해야 할 것인가. 어떻게 거짓말을 해야 할 것인가? 그것은 미리 준비해 놓았다. 세건은 그래서 변명을 하기 위해 목사를 따라갔다.

"여기서 이야기하죠."

신발들이 즐비하게 늘어선 신발장이다. 교목실 따위 없었다. 으리으리한 공간, 사실상 복지시설에 수용된 사람들과 분리된 목사만의 공간이 없는 것이다. 하긴 이런 창고 같은 건물에 그런 것이 있다면 그게 더 이상하지. 하지만 꽤 비밀스러운 이야기가 될 텐데 이런 곳에서 이야기한다는 것은 말이 되지 않는다.

"음."

왜 세건은 자신의 정체가 탄로 날 우려를 하면서 이 목사의 말을 듣는 것일까? 그를 때려눕히고 택시를 빼앗은 뒤 뒷산으로 달려가서 무기를 되찾고 저 흑인 흡혈귀를 죽여 버리면 될 일이다. 만사 해결이랄까?

그러나 그런 짓을 하면 여기 사람들이 어떻게 될 것인가는 쉽게 상상할 수 있었다. 손님에게 내놓는 식사가 봉지라면 두 개를 양은 냄비에 끓인 것이 전부라면…….

그런 짓을 할 수 없다?

세건은 자신에게도 선이란 가치가 살아 있다는 것을 알아채고 경이로워했다. 상대가 흡혈귀라면 그는 죽인다. 어린아이든 어른이든, 여자든 남자든, 선하든 악하든 모든 것에 대해서 공평히 죽음을 행사하기 위해서는 자신의 정당함을 포기할 수밖에 없다.

정당함을 포기하면 남는 것은 수단의 합리성뿐. 즉 그 수단의 합리성을 취하지 못하면 흡혈귀를 사냥할 수 없을 만큼 인간이란 나약하다.

"그러니까……."

흡혈귀 사냥에 관계가 없다면 정당성을 취해도 된다는 뜻?

그렇다면 세건은 그들에 대해서 올바른 태도를 취해도 될 것이다. 다만 한 가지 원하는 게 있다면 이 목사가 괜히 설교라도 하겠다고 나서는 것이다. 경찰을 부르거나 설교라도 하겠다면 저 목사의 턱을 부숴 버리고 싶은 충동을 참기 어려울테니까.

"자, 이걸……."

그러나 목사가 건네준 것은 포켓 성경이었다. 세건은 화가 나는 것을 넘어서 어처구니가 없어서 그를 노려보았다.

"받아요. 글자로 이뤄진 것이니까 언젠가 너무 심심할 때 읽어볼 만할 겁니다."

"…그럴 리는 없다고 생각되는데요?"

세건은 어학 공부와 기계, 파괴 공학 등을 공부하고 있다. 고등학교의 기초가 부족한지라 수학도 다시 공부하고 있으니 그가 공부하는 양은 실로 엄청나다 하겠다. 대학 교수들에게도 이따금 이메일을 보내서 자문을 구하고 있는데다가 육체 역시 단련한다! 이런 한심한 책 따위를 볼 시간이 없는 것이다!

"화를 내는 겁니까?"

"쳇."

얼굴에 쉽게 표정이 떠올랐기 때문일까? 목사의 표정이 어두워졌다. 세건은 마지못해서 그걸 받아 들었다. 뭐 이런 거, 쓰레기통에 던져 버리거나 하면 끝날 일이니 겉으로 고집부릴 필요는 없겠지. 생각해 보면 세건이 지닌 신념은 종교와 대립하진 않는다. 받아들이는 시늉도 못 할 것은 아니다.

"뭐, 이걸로 총탄을 막았다는 소리도 심심치 않게 들려오니까."

세건은 그걸 받아 들고 목사를 흘겨보았다. 목사는 만면에 웃음을 띠고 있었다.

"그래요? 총탄에서 목숨을 지켜주다니 성경책도 기뻐할 겁니다."

이렇게까지 사람이 좋으면 할 말이 별로 없다. 이런 사람들에게 세상의 어둠을 보여주고 괴로워하는 모습을 보며 즐기는 것도 좋겠지만 흡혈귀 사냥꾼의 어둠은 월야의 주민들만이 공유할 수 있는 것이다. 아……

'아무것도 모르는 주제에 선을 논하지 마!'

결국 말하고 싶은 것은 그것이었을지도 모른다. 하지만 세건에겐 그런 말을 할 자격도 없다.

"사실 저도 옛날엔 성격이 매우 나빴죠. 지금도 목회자로선 충분히 실격이에요."

목사는 그렇게 말했다. 그가 성격이 나쁘다고 말하는 것은 도저히 상상하기 힘들어서, 마치 모든 늙은이가 자신이 한때는 김두환이나 시라소니랑 친구였네, 어쨌네 하면서 허풍을 늘어놓는 것 같았다. 그리고 설령 성격이 나쁘다고는 해도 한때 폭주족 동료를 총으로 쏴 죽인다거나 트레일러 안의 흡혈귀들에게 샷건 탄을 두 드럼 정도 퍼부어서 도살장 꼴을 만든다거나, 일본도로 흡혈귀를 여섯 동강 내고 피를 질질 흘리며 기어가는 놈의 후두부를 워커로 찍어서 깨뜨린다거나 하진 않았으리라.

그럼에도 불구하고 그는 세건을 보며 말했다.

"나도 역시 복지원 출신이었으니까 말이죠."

그는 씁쓸한 미소를 지었다. 어린 시절을 생각하는 것일까?

"어렸을 때부터 불만이 많았어요. 복지원은 대개 종교 기관에서 운영하는 거라 미사도 하고 기도도 하고… 그런 것부터 짜증 났죠. 날 먹여 살린다고 종교를 강요하다니. 값비싼 포교 활동이다. 그렇게 생각했죠."

그렇다는 것은 어렸을 때부터 꽤나 주관이 있는 꼬마였다는 뜻이리라. 보통 그런 것은 무방비한 상태에서 이루어지는 세뇌와 같았을 테니까. 하지만 지금 목사의 옷을 입고 있는 것을 보면 또 그게 안 먹힌 것 같지는 않은데?

"뭐… 제가 목사가 된 계기가 듣고 싶습니까?"

"약간은."

사실은 본인부터 굉장히 말하고 싶어 하는 것 같다. 목사는 만면에 미소를 띠며 말했다.

"그러니까 그렇게 해서 저는 방황을 했었습니다. 나쁜 친구들을 좀 사귀었고……."

그때 세건은 실베스테르나 케네스 양을 떠올렸다. 으음. 이 정도면 확실히 나쁜 친구다. 나쁜 친구가 맞다. 친구라고 해준다면 말이지만.

"당신처럼 그런 일을 해서 돈을 벌기도 했었습니다."

"……."

물론 이 목사는 아무리 보아도 흡혈귀 사냥꾼으로는 어울리지 않는다. 세건을 무슨 깡패쯤으로 착각한 게 틀림없으리라. 그렇지 않으면 래트 거닙처럼 정체를 모르는 흡혈귀를 이렇게 살인하기 좋은 외진 곳에 끌고 들어왔을 리 없으니까. 저 녀석이 착한 흡혈귀여서 망정이지 아니었다면 대량 학살이 벌어졌을 것이다. 방금 전까지 블록을 빼내는 자신의 몸놀림을 보고 놀라서 입을 벌린 채, 침이 떨어지는 것도 모르고 열중하던 무력한 인간들을 무자비하게 학살하고 피를 마셨겠지.

　"아윽……."

　가슴이 아프다. 착한 흡혈귀? 큭, 그런 생각도 했나? 게다가 저 저능아 백치들이 죽는 게 어디가 어때서? 어차피 사회의 자비심에 빌붙어 먹는 거지들이다!

　'아니야.'

　"저런… 몸 상태가 아직 안 좋으신가 보군요."

　"아뇨. 괜찮아요."

　세건은 자신의 몸을 걱정하는 목사에게 그렇게 대답했다. 그러자 이 푼수 목사는 다시 자신의 이야기로 돌아갔다.

　"얼른 돈 벌어서 벗어나려고만 했죠. 아니, 그때는 분명히 벗어나 있었어요. 비록 폭력배 사무실에서 일수 찍는 일을 하고 다니긴 했지만 거기서 먹고 자고 하면서 양복도 해 입고, 잘 살았거든요."

　대체적으로 깡패를 동경하고 들어간 따까리들의 전형적인 경험담이다. 세건은 그렇게 생각했지만 입을 다물었다. 기분

좋게 이야기하는데 끼어들 생각은 없다. 이런 사람에게 신세를 졌다면 이야기 정도는 들어줘야겠지. 사실 이야기도 그렇게 재미없는 것은 아니고 말이다. 비웃어주고 씹어주는 재미가 넘친달까. 잘살아서 고작 양복 해 입는 거냐 하고…….

"그렇게 한 이 년 정도 산 것 같아요. 그때 우리 목사님이 외국인 목사셨는데… 어떻게 알았는지 사무실에 직접 찾아와서 막 끌고 갔어요."

"헤에?"

예의상 놀라는 시늉을 해주자 목사는 되게 좋아했다. 그렇지, 말도 안 통하는 외국인 목사가 악하고 깡밖에 없는 깡패들 사이로 들어와서 애 하나 끌고 갔다는데 누가 놀라지 않을까.

하지만 반대로 생각해 보면 조직원 한 명을 생판 모르는 양키가 끌고 가는데 다들 쳐다보고만 있었다니. 참 어지간히도 조직에서 비중이 없었구나 하는 걸 알 수 있었다. 뭐 일수 찍으러 돌아다니는 놈은 워낙 많아서 다방 빚 갚으라고 마담이 오기만 해도 내준다지만.

그러나 목사는 자기 회상에서 빠져나오려고 하지 않았다. 그 외국인 목사가 얼마나 진솔한 마음으로 그에게 다가갔는지 그것만은 알 수 있었다. 세건은 목사의 한심함을 비웃으면서도 그런 것에는 조금 질투가 났다.

아, 저렇게 누군가를 무조건적으로 사랑하는 사람이 있구나. 그래서 그런 깡패 따까리나 하던 인간이 이렇게 변했구나 하고…….

"저는 화냈죠. 어째서 나를 거기로 데려가려고 하느냐. 나는 가난한 것은 죽어도 싫다. 여기 있으면 세끼 밥은 먹고, 나에게 들어가는 돈만큼 여기 아이들에게 주면 될 거 아니냐! 그래서 화를 냈어요. 사실 그동안 번 돈 중 일부는 꼬박꼬박 보냈거든요."

"……."

세건은 할 말이 없었다. 바보 같은 사람. 나쁜 짓 해서 돈을 벌었으면 자기나 잘 먹고 잘살 것이지 그 돈이 뭐가 대수라고 그런 데 갖다 바치나. 영혼을 팔아서 번 돈으로 남의 영혼을 구원하겠다니 어불성설… 한 사람이 희생해서 그걸로 다른 사람이 살 수 있다는 것은 그게 가당키나 한 일일까? 가당하다면 누가 희생을 자처할까? 바보 같은 사람, 바보 같은 녀석들. 하지만 바보도 되지 못한 채 구천을 떠도는 망귀와 같이 변한 자신이 그런 말을 할 처지가 아니다.

"사실 나는 목사님이 싫진 않았어요. 아무리 내가 하고 싶은 일이 있고 여기서 뜻을 펼치지 못한다고 해도 목사님은 아버님이었는걸요. 이 세상에 나에게 잘 대해준 분은 목사님이었어요. 오직 하나뿐. 그 머나먼 타국에서 여기까지 와서 전혀 관계도 없는 아이들에게 밥을 주고 옷을 주고 집을 주고… 가족을 줬어요. 아플 때면 목사님은 언제나 아이들과 함께 있었어요. 말도 통하지 않았는데, 마지막에는 목사님도 한국어를 꽤 하시게 되었지만 그래도 말도 통하지 않는데 머리맡에서 계속 아이들을 쓰다듬고… 몇 번이나 몇 번이나 그랬는지 몰라요. 상티 푸스 때문에 아이들이 발광했을 때. 알죠? 장티푸스가 어떤 병 인지? 전염병처럼 아무도 다가가지 않을 때 아이들을 데려다 가… 손수 옷을 갈아입히시고 그랬어요."

"……."

더 이상 비웃을 수가 없다. 싸늘한 눈초리로 어느 정도쯤 그 어리석음을 경멸하면서 자신을 지키는 일을 할 수 없다. 설령 그가 납득할 수 없는 종교적 열정 때문이라고 하더라도 세건은 절대로 그런 짓을 하지 못할 테니까.

아! 수많은 사람이 사회 사업에 대해서 비웃더라도… 그들 수천 명 중에 하나도 그 복지 사업에 뛰어들지 않는다. 하다 못해 포장된 선의라고 하더라도 동전 한 푼 내지 않는 이가 대다수이다. 그렇다면 그들에게 무엇을 비웃을 자격이 있단 말인가?

추악한 이성이 동정과 자비를 이겨내고 그 위에서 영광스런 전쟁을 회고하며 승리감을 만끽하더냐? 아아, 그러하구나. 동 정과 자비가 그대를 어리석게 하지 않기를! 하지만 어리석지 못한 그대는 얼마나 똑똑한가? 올곧은 마음을 버리고 그대는 얼마나 많은 것을 얻었나?

젠장할!

네놈은 얼마나 똑똑해서 얼마나 이득을 보았길래 남들을 위 해 희생하는 자들의 어리석음을 비웃느냐 말이다! 빌 게이츠쯤 되고 나서 비웃어보시지? 지폐 다발로 성을 짓고 나는 누가 뭐라고 해도 내 인생에서 현명하고 똑똑하고 잘났다. 그렇게 말한 다음에 어디 남에게 단지 자비로웠다는 이유로 비웃어보라! 민초 주제에 민초끼리 비웃기는!

"아……."

"하지만 그 뒤로도 나는 몇 번이나 속을 썩이면서도 꼬박꼬박 교회에 돈을 부쳤었는데, 어느 날 목사님이 통장을 하나 건네주시더군요."

목사는 눈을 감았다.

"내가 부친 돈이 한 푼도 안 쓰이고 고스란히 그곳에 담겨 있었어요. 처음엔 화가 났어요. 물론 정당한 수단으로 번 돈은 아니지만 어째서 한 푼도 받지 않았는지. 여기는 언제나 돈이 없어서 가난에 허덕이고 있었는데, 어째서 그걸 받아들이지 않았는지. 나는 그렇게까지 더러운 놈일까 하고… 하지만 사실 더러운 놈이 맞았죠."

"그런 이유 때문이 아닌 것 같은데?"

세건은 그렇게 중얼거리곤 신발장으로 시선을 돌렸다. 시장 바닥에서 천 원, 이천 원에 팔 듯한 플라스틱 슬리퍼와 고무신이 즐비했다. 개중엔 매직으로 솜씨 좋게 그려둔 피카츄가 있는 것도 있었다. 여기 아이들도 TV 정도는 보지만 캐릭터가 들어가 있는 물건은 아무래도 비싸다. 그래서 이런 걸로 소유욕을 대신하는 것 같았다.

"목사님은 그 돈은… 내가 죄를 지어가며 번 것이기 때문에 나를 위해 써야 한다고 하셨죠. 검정고시 서류와 함께 그걸 건네주셨을 때는 솔직히 당황했어요. 이제 와서 공부 따위 나에게 어울리는 것도 아니고, 그렇다고 나를 위해서 돈을 쓴다는 게……."

아아, 없지. 세건은 동감했다. 돈이라면 썩을 정도로 있지만 자신을 위해서는 쓸 일이 별로 없다. 아내와 자식, 가족을 이루고 살면서 그들을 먹여 살리고 그런다면 모를까 이 세상에 혼자뿐인 인간에게는 용도가 없다. 각박한 세상이라 남을 위해서 산다는 게 얼핏 이해가 가지 않는 일이지만… 인간의 눈에는 자신이 보이지 않기 때문에 남의 눈동자에서 자신을 확인할 수밖에 없는 것이다. 가장 강력한 자기애도 그것은 남을 통해서 구현될 수밖에 없는 일. 자신을 사랑하는 일마저 남에게 의존해야 하기 때문에 인간이란 더더욱 고독한 존재일지도 모른다.

"충분히 들었어요."

세건은 고개를 돌렸다. 하지만 목사는 계속 자신의 이야기를 했다.

"결국 나를 위해서 하는 일이 이게 되어버리더군요."

목사는 그렇게 말한다. 하긴 그런 사람을 능가할 수는 없었을 테니까. 그에게 은혜를 갚는 방법은 오직 하나… 그가 했던 것처럼 남에게 베푸는 것이다. 위대한 능력자의 무상한 사랑에는 보답할 방법이 없기 때문에 그렇게 남에게 베푼다. 이게 기독교의 기본 교리 중 하나였던가?

"…졸리군요. 안녕히 주무세요."

세건은 그렇게 말하고 목사에게서 도망쳤다. 그러니까 뭘 어쩌라는 거지? 세건 보고 목사라도 하라는 건가? 세건은 잠시 목사의 복장을 한 자신을 떠올려 보았다.

"실베스테르가 펄펄 뛰겠군."

프로테스탄트의 목사라니. 어처구니가 없어서 세건은 웃었다. 왠지 울 것 같은 표정을 하면서 계속 웃었다.


# 3


넓은 데 비해 기자재가 없는 황량한 사무실, 마치 아직 입주가 되지 않은 새 건물처럼 깔끔함과 황량함이 교차한 그곳에서는 한 남자가 앉아서 전화를 귓가에 대고 있었다.

"그러니까 말이지. 내가 정식 클랜으로 받아들여졌다고. 아하핫! 게다가 보라고. 파인더가 철수했어! 그야말로 무주공산! 옛날부터 한국이란 곳은 마음에 들지 않았지만 마음이 바뀌었어!"

우드득 뼈를 씹는 소리가 들려온다. 남자는 뭐가 즐거운지 계속 떠들면서 입에 물고 있던 뼈다귀를 옆으로 뱉었다. 골수가 깨끗하게 빠진 인간의 늑골 파편이 곁에 쌓였다.

"크크크크크킄!"

피는 이미 구속력을 확장해서 모두 다 빨아들인 뒤다. 그가 고용했던 흡혈귀 사냥꾼들은 모조리 그에게 죽어서 흡수된 뒤였다.

"그러니까 말야, 돈으로 사는 관계를 원했다고. 나를 신뢰 따위 하지 말았어야지. 하하하하하. 이제 어떻게 할까? 응? 그 애송이 진마들, 정야와 창영을 먹어야겠지?"

새로운 진마가 된 사혁은 의자에 앉아서 테이블 위에 발을 얹은 채 수다 떠는 가정부처럼 전화기를 붙잡고 놓을 줄 몰랐다. 정야와 창영의 소재는 확실하지 않다. 그 녀석들은 기껏 진마의 피를 얻은 주제에 싸울 수 없다는 건가? 창영은 몰라도 정야란 것은 정말 쓰레기이다. 비록 오랜 시간이 필요한 일이긴 하지만 진마의 피를 얻었으면 계통 능력을 개발해서 자신의 힘을 늘려 나가야 할 것이 아닌가? 아니면 다른 흡혈귀들이 더이상 그녀를 찾지 않고 방치해 주길 바라는 건가?

어리석은 일이다. 정말 그녀를 찾지 않고 방치해 주길 원한다면 더더욱 힘을 개발해서 진마에 어울리는 권위를 갖춰야 했다. 사용법도 모르는 보물을 가지고 있으니까 노려지는 게 아닌가!

─내게 원하는 게 뭔가?

수화기 너머에서는 차분한 목소리가 그렇게 물어보았다. 오랜 악우가 진마가 되었다는 사실에도 별로 놀라지 않는다. 그저 너무나 따분해서 미칠 것 같으니까 네놈의 개소리도 들어주마, 짖어보아라, 잡견. 이렇게 말하고 싶은 듯하다.

"내 풍수반 정도는 속일 능력이 있는 상대 같으니까 말야. 신산술의 원공요가 만든 법보가 없나 해서 말야."

─말하지만 나는 마물사냥꾼이라 네놈과 만나면 적이 될

텐데?

상대는 화산에서 정식으로 도술을 수련한 도사. 아메리카에서, 그러니까 사혁이 흡혈귀 사냥꾼이던 시절에는 동료였던 자다. 하지만 사혁이 흡혈귀가 된 이상 그들은 적이 될 수밖에 없다.

"택배로 보내달라고. 대금은 지불할 테니까. 아니면 내가 헌혈이라도 해줄까?"

―매력적인 제안이긴 하지만 나는 적에게 귀중한 법보를 팔만큼 바보가 아니라서. 목을 준다면 생각해 보지. 진마의 목이라면 법보 하나쯤 아쉬울 것 없겠지.

"그건 터무니없는 바가지다. 내가 없는 사이 상도를 벗어났군그래."

―조금은 장사가 뭔지 알게 되었다고 할까? 자, 그럼 전화 끊도록 하지. 진마가 된 주제에 수신자 부담 전화로 해외 통화를 걸다니.

그 말과 함께 상대는 전화를 끊었다. 사혁은 큭큭 웃으면서 잔뜩 쌓인 인간의 뼈를 바라보았다. 무슨 양념통닭의 뼈다귀를 모아둔 것처럼 골수마저 빨아 먹은 뼈의 잔해들이 지저분하게 쌓여 있었다.


그날 새벽, 세건은 래트를 따라서 자신의 무기가 파묻힌 야산으로 찾아갔다. 야산이라고 해도 폭풍이 오고 난 뒤는 하늘을 꿰뚫는 준봉 못지않은 험준함을 자랑했다. 세건은 토사가 흘러내려서 계곡을 메워 버린 길을 바라보며 앞으로 걸어갔다. 이런 곳에 무기를 묻다니? 이거 찾을 수나 있을까?

"아, 산이 무너져서 묻혀 버렸다."

래트는 속 편하게 그렇게 중얼거리고 손을 탁탁 털었다. 역시 폭풍우가 너무 심했다. 그 복지시설이 산사태에 묻히지 않은 게 용할 정도의 폭풍우였으니까.

"한 백 톤 정도의 토사를 파내면 찾을 수 있을 것도 같은데 어때? 손을 삽으로 삼아서 열심히 파면 가능할지도 몰라."

"됐다."

세건은 이 녀석을 여기서 죽인다는 계획을 포기하고 말았다. USAS—12가 훌륭한 무기이긴 하지만 세상에서 한 자루만 있는 것도 아니니 다시 구할 수 있다. 이 정도로 파묻혔다면 경찰이나 다른 이들도 그리 쉽게 발견하진 못할 테니까 한동안 안심일 테고.

그러나 이 녀석을 지금 죽이지 못한다는 것은 아쉽다. 마치 자신에게 불리한 증거를 은폐하고자 하는 자들의 심정 같다고나 할까? 흡혈귀 모두가 악하지 않다는 것은 각오하고 있지만 이렇게 유쾌한 녀석을 보면 흡혈귀의 존재 그 자체를 무작정 말살하려 하는 자신이 한심하게 여겨진다.

물론 그 마음에 변함은 없다.

"그러면 나는 먼저 가도록 하지. 목사님에게 설교 좀 듣고 그 썩은 마음을 어떻게 고치라고, 친구. 그리고 성금은 아메리칸 익스프레스 카드로 하는 거야. 아하하하핫!"

"젠장."

세건은 어처구니가 없어서 래트를 바라보았지만 그 녀석은 흡혈귀의 육체적 능력을 발휘해서 바로 야산을 넘어갔다.


결국 세건은 목사의 택시를 타고 서울 시내로 돌아오게 되었다. 양준일 목사는 목사가 본업이고 택시 기사로 돈을 버는 입장이다 보니 고되긴 해도 시간에 비해서 돈이 많이 벌리는 밤 시간을 뛸 수밖에 없었다. 그런데 단지 손님이라는 이유로 세건을 태우기 위해 아침부터 일에 나선 것이다.

"친구분은 먼저 가셨나 보네요. 그 외국인 친구분."

"아, 예. 바빠서요."

녀석과는 친구가 아니라고 하고 싶지만 일일이 해명하는 것도 우습다. 그들이 오해한다고 해서 세건이 딱히 피해 보는 것도 아니고 사실이 뒤바뀌는 것도 아니니까. 세건은 시트에 몸을 기대었다. 차가 달리면서 바람 소리가 들려온다. 그리고 그 바람 소리에 섞여서 환청이 들려온다.

'아아아아아아!'

무의미한 비명에서부터……

'죽여! 죽여! 죽여! 죽여!'

광기에 찬 함성.

'미워, 증오해. 저주해!'

원한에 가득 찬 질시의 소리.

'갖고 싶다, 갖고 싶다, 갖고 싶다……'

충족되지 않는 끝없는 소유욕.

그 외에도 무수히 많은 것이 도시 전체를 휘감은 스모그처럼 끈적끈적하다. 창밖을 통해서 바라본 도시의 정경은 그러한 원념이 소용돌이치는 거대한 관념, 그 자체였다. 저 회색의 콘크리트 정글을 휘감고 있는 무수히 많은 사람의 원념과, 그 원념에서 태어난 망귀들, 혹은 진짜로 죽은 사람이 남긴 그 유령들이 뒤섞여 강을 이룬다.

세건은 그러한 것들을 바라보면서 혀를 찼다. 앞으로 이러한 세계에서 살아 나가야 한다니 그것은 지독히도 끔찍한 일이다. 이러한 소리를 들으며 산다면, 보통 사람은 단 하루도 버티지 못할 것이다.

다만 세건의 경우는 불쾌감이 공포보다 더 강하기 때문에 짜증만 날 뿐이다. 그런 생각을 하며 고개를 돌릴 때 문득 세건은 미터기가 안 돌아간다는 것을 발견했다. 택시가 미터기를 안 켜?

"미터기 껐어요."

세건은 양준일 목사에게 그렇게 말했다. 하지만 목사는 만면에 웃음을 지을 뿐이었다.

"도심으로 가는 데까지 태워 드리는 것뿐입니다. 어차피 거기서부터 장사를 시작해야 하니까요. LPG가스를 혼자 쓰는 것보단 그렇게 쓰는 게 더 유용하지 않겠어요?"

"……."

정말 짜증 나는 인간이다. 세건은 그렇게 속으로 곱씹었다.

저 많은 인간을 택시 기사로 먹여 살리려면 좀 더 돈에 대해서 욕심을 가져야 할 텐데.

"그럼 어디서 내리겠습니까?"

"집 앞까지……."

세건은 무의식중에 그렇게 말했다. 아, 물론 그보다는 바이크를 되찾아야 한다. 되찾아서 집으로 끌고 와야 하지만, 그건 나중에 하기로 하자. 지금 중요한 것은 이 참을 수 없을 만큼 순수한 인간을 어떻게든 하는 일이다. 그런데 어떻게?

그러는 사이 택시는 어느새 세건이 지시한 위치에 와 있었다. 택시 면허를 딴 것은 얼마 되지 않은 것 같은데, 그래도 길을 찾는 능력이 뛰어난 걸 보니 제법 많이 몰았구나 싶었다. 하긴 택시 면허를 따자마자 매일을 쉬지 않고 돌아다녔겠지. 그렇지 않으면 그런 산속의 허름한 복지시설의 운영비 따위 절대로 나오지 않을 테니까.

"……."

흡혈귀를 죽이고 그 피를 약탈하는 것만으로 거금을 만지는 세건에게는 푼돈에 불과한… 그런 돈을 벌기 위해서 매일매일 택시 영업을 한다? 그건 정말 상상도 할 수 없는 고역이었으리라. 게다가 신분이 목사인 이상 차를 몰면서 그 흔한 욕 한마디 안 했을 테고, 취객이 미쳐서 시비를 걸든, 차 안에 구토를 해서 더럽히든 그저 만면에 웃음을 띠고 대했을 것이다. 당장 세건만 해도 그의 복부에 멋지게 주먹을 꽂아 넣었던 인물이 아닌가?

"여기서 잠시 기다려요."

세건은 아지트인 단독주택 앞에서 내렸다. 목사는 그걸 보고 의외라는 듯 중얼거렸다.

"큰 집이네요. 가족은 있습니까?"

"아니요. 어쨌거나 잠시 기다려요."

세건은 그렇게 말하고 안으로 뛰어 들어갔다. 원래대로라면 사람을 자신의 아지트로 다가오게 하지 않았을 것이다. 그러면 자신의 정체가 밝혀질 테니까. 하지만 지금의 세건은 뭔가 이상하다. 정신적으로 부서져 있다고 할까? 눈앞에서 사람이 토막 나도 꿈쩍도 안 할 인간에게 이만큼의 정신적 타격을 주다니. 세건은 왠지 오기가 동하는 것을 느꼈다. 그는 아지트로 들어가서 금고를 열고 안에서 돈을 꺼내 옆에 보이는 배낭에 넣었다. 대략 3~4,000만 원 정도 집어넣었을까? 작은 배낭이다 보니까 그 정도만 넣어도 안이 가득 차버렸다. 돈을 좀 구겨지지 않게 잘 넣었으면 괜찮았을 텐데, 하지만 이 정도면 되겠지? 세건은 그 가방을 들고 아지트 밖으로 걸어 나왔다.

"아!"

하지만 그곳에는 택시의 흔적도 찾아볼 수 없었다. 이 빌어먹을 목사는 사람 말을 말 같지 않게 들은 것 같다. 그새를 못 참고 달려가다니. 세건은 돈을 집어넣은 배낭을 땅바닥에 떨어뜨렸다.

"왜?"

환청이 들려온다. 오전 10시의 골목길은 너무나 한적해서, 다만 들리는 것은 환청뿐이었다.

"으윽!"

속이 울렁거린다. 사람이 없어진 골목, 그 골목에서는 환청의 주인들이 살고 있다. 망령들이란 것은 어떻게든 이 세상에 관여하고 싶어 하지만 그 매개가 없기 때문에 관여하지 못한다. 하지만 인간 중 유달리 영력이 뛰어나서 그런 망령들을 보는 이들이 있었다.

망령들은 그런 이들을 그냥 내버려 두지 않는다.

"…점입가경이라더니 그 말이 딱이군."

세건은 투덜거렸다. 이렇게 인적이 없는 시간에, 혼자서 악령들과 연결 고리를 갖게 된다면 그것들은 당돌하게도 살아 있는 인간의 육신을 삼키려 한다.

어쨌든 지금 자신에게 다가오는 망령들은 특별한 마법적 수단이 없어도 배제할 수 있는 나약한 것들뿐이다. 세건이 기백을 보이기만 하면 마치 봄날 햇살에 눈이 녹듯이 녹아서 사라지는 잡령들… 하지만 밤이 되면 어떨까?

"일단 바이크를 되찾은 뒤 아르쥬나에 가봐야겠군."

세건은 그렇게 생각하고 혀를 찼다. 바이크도 회수해야 하고 무기도 새로 구해야 한다. 그것도 지금까지처럼 대흡혈귀용만이 아닌, 강력한 마법사나 도사, 승려가 만든 영적인 무기가 필요하다. 정히 단조된 강철에는 악령 퇴산의 힘이 있다고 알려져 있지만 집 안에 있는 일본도들은 죄다 양키들이 만든 가짜니까 잡령을 베는 힘 따위는 없을 것이다. 이제부터는 흡혈귀뿐만 아니라 악령들에게도 대항해야 하는 것이다.

세건이 바이크를 찾고 아르쥬나에 도착했을 때는 이미 해가 서쪽으로 뉘엿뉘엿 기울고 있는 저녁 무렵이었다. 거대한 빌딩 숲 사이로 사라지는 태양은 하늘을 붉게 물들이고 그 황혼의 구름들 사이로 꿈틀거리는 구름들, 거대한 대도시 전체를 장악한 인간들의 염(念)이 붉게 달아올라 들끓는다. 세건은 그것을 차가운 눈으로 바라보며 바이크에서 몸을 내렸다.

"얼마 안 되었지만 오래간만에 온 것 같군."

달력상으로는 며칠 지나지 않았지만 그사이에 많은 일이 있었던데다가 부상을 입어서 짐짝처럼 누워 있었기 때문에 더더욱 갭이 크게 느껴진다. 세건은 바이크를 길가에 세워놓고 아르쥬나의 안으로 들어갔다. 문을 열자 예의 황동종이 딸랑거리며 손님의 진입을 알려주었다.

"어서 와. 오래간만이네."

김성희는 만면에 웃음을 띠고 그를 맞이했다. 손님이 없는 시간, 카운터에 앉아서 휴식을 취하고 있던 이진혜는 자리를 박차고 일어났다.

"아, 실비가 기다리고 있었는데. 불러올까?"

"됐어요. 그보다 저기⋯⋯."

"참, 그 사람이 이거 맡겨놓고 갔는데. 너 오면 주라고."

김성희는 세건이 미처 말을 꺼내기도 전에 카운터 위에 웬 커다란 짐짝을 올려놓았다. 나왕목으로 만들고 흑사와 니스로 마감이 되어 있는 그 상자는 길이만 해도 약 160센티미터에 폭도 꽤 되었다. 마치 실베스테르가 가지고 다니는 바렛의 케이스 같달까?

"이건?"

"열어봐."

세건은 주위를 둘러보았다. 사람들은 얼마 없고 이진혜만이 곁에서 호기심 가득한 눈길로 그것을 바라보았다. 세건은 조심스럽게 케이스에 손을 댔다.

"아!"

그것만으로도 망령들의 환청이 멀어진다. 겁을 먹고 있는 건가? 세건은 케이스를 열었다.

위이이이잉!

안에는 가죽으로 된 칼집에 곱게 싸인 칼 한 자루가 있었다. 잠깐 뿐이지만 눈에 그 인상이 완전히 박혀 버린 검. 그것은 며칠 전까지만 해도 진마 유다가 사용하던 칠흑의 검(Noctis D. spatha)이었다.

실상 이 검은 프레스터 존의 탐색 중 동방 교회에서 발굴해 낸 마검(魔劍) 중에서 가장 뛰어난 것이다. 상상을 초월하는 강력한 마법에 의해서 만들어진 칠흑의 검은 강력한 고대의 악령마저 무찌르는 힘을 가지고 있었다. 하지만 이렇게 귀한 것을 세건에게 넘기다니? 게다가 그것만이 아니다.

"이건?"

칼 밑에는 한 자루의 리볼버가 들어 있었다. 그것은 유다가 사용하던 3실린더 리볼버로⋯ 비스트였다. 세건은 그 묵직한, 그러니까 마치 덤벨과 같은 무게의 권총을 들어보았다.

"⋯이것도 말입니까?"

"응."

"⋯⋯."

세건은 그것들을 다시 케이스에 넣었다. 대체 무슨 생각일까? 비스트는 몰라도 이 검은 중요한 보물이자 미술품이다. 호경기 때, 일본이 버블 경기로 한창 과열되어서 그 돈으로 세계 곳곳의 미술품 가격을 10배 이상 뛰어오르게 했을 때 경매장에 내놓았다면 천 억 단위의 황당한 가격이 붙어도 이상하지 않았을 물건이다. 그도 그럴 것이 프레스터 존에서 발견된 신비한 마검이 아닌가?

"와아, 지금 그거 뭐야?"

"아, 칼이에요. 골동품이랄까?"

세건은 놀라워하는 이진혜에게 그렇게 말했다. 그러자 그녀는 세건을 바라보았다.

"분명히 장난감 같지는 않았는데 골동품이야? 얼마나 할까?"

"돈으로 환산한다는 게 무의미하기는 한데."

세건은 그렇게 중얼거리며 김성희를 바라보았다. 그러자 김성희는 웃으며 말했다.

"요새는 불경기니까 가격이 많이 떨어졌을 거야. 시가로 환산하면 한 천만 달러 정도 하지 않을까?"

"…농담이죠? 천만 달러면 얼마야 그게?"

이진혜는 그렇게 놀라워했다. 그도 그럴 것이 아무리 아르쥬나가 그런 장사를 하는 곳이라지만 이런 작은 가게에 그런 비싼 게 있을 리 없다. 게다가 두 사람이 너무나 태연하게 회화를 주고받고 있으니 더더욱 믿지 못할 것 아닌가? 다만 그 검은, 전혀 관계가 없는 사람이 보더라도 대단하기 때문에, 너무나 대단하기 때문에 단순히 농담이라고 생각할 수도 없었다.

"그럼 고맙게 쓴다고 전해주세요. 그건 그렇고 저 요즘… 이상한 게 보이는데 쓸 만한 물건 있어요?"

세건은 남들이 들으면 당연히 미친놈 취급할 소리를 아무렇지도 않게 말했다. 흡혈귀 사냥꾼으로서 파멸에 이르면 이를수록 현실과 환상의 경계가 사라지고 그 자신이 곧 현실에서 어긋난 존재가 되기 때문에 그것을 알리는 것은 자신의 목숨이 얼마 남지 않았다는 것을 알리는 것이었다. 하지만 그런 의미를 알고 있는 주제에 김성희는 미소만을 짓고 있었다. 이 여자는 이래서 좋다. 동정 따위 하지 않으니까. 눈앞에서 사람이 죽어도 눈 하나 깜빡하지 않을 주제에 아름답고, 애교가 있고, 그러면서도 어른스럽다. 요사스럽다고 할까?

"상당한 고급품들이 없는 건 아닌데. 대부분은 각 협회원이 아니면 팔 수가 없는 물건인데? 나는 대행 판매를 하기 때문에 그런 걸 함부로 팔 수가 없어."

그렇게 말하지만 여기에 도사나 퇴마사 같아 보이는 인간들이 물건을 사러 오는 경우는 별로 못 본 것 같다. 그도 그럴 것이 지금 서울은 흡혈귀 천지인데다가 뱀파이어 헌터들도 괴멸당한 바람에 그들에게 정보를 제공하는 파인더도 철수한 상태다. 이런 곳에서 마(魔)에 대항해 싸운다는 것은 자살행위나 다름없으니까 자신의 혼신을 마모해 가며 싸우는 이들을 제외하곤 그런 짓을 못 하겠지. 아니면 이미 다 죽어버렸다거나?

"그래요? 그건 좀 아쉽군요."

하지만 어설프게 이제 와서 마법을 배우기보다는 도구를 이용하는 것이 더 나으리라. 그런 의미에서 실베스테르는 칠흑의 검을 준 것이겠지.

세건은 의자에 몸을 기대었다.

앞으로 어떻게 될 것인가를 생각하면 가슴이 답답하다. 아무리 죽음을 도외시한 그라고 하더라도 지금은 더 이상 그럴 수 없을 만큼 좌절하고 있었다. 흡혈귀들은 그 힘이 너무나 강대해서 이제 대부분의 흡혈귀 사냥꾼은 죽고 말았다. 게다가 사혁은 흡혈귀 사냥꾼들에 대해서 잘 알고 있었다. 아마도 케네스 양도 알고 있을 테니까⋯ 무기의 원활한 공급을 방해하기 위해 그를 죽여 버릴지도 모른다.

"이래저래 여기도 목표가 될지 모르겠군요."

실베스테르와 세건만이 한국에 남는다면, 흡혈귀들도 더 이상 여기에 특혜를 베풀지 않을 것이다. 아르쥬나를 파괴하고 흡혈귀의 오랜 적, 진마사냥꾼 실베스테르를 제거하리라. 왜냐면 그들은 완벽주의자가 많은 듯하니까. 다른 흡혈귀 사냥꾼들을 일소했다면 남은 두 명 역시 제거하고 싶겠지?

"그렇겠지?"

김성희는 걱정스럽다는 표정으로 세건을 바라보았다. 그러고 보면 이 아르쥬나라는 가게는 카페로 전향해서는 안 되는 일에 종사하고 있었다. 불법적인 물건을 거래하는 주제에 사람들이 들락날락거리는 찻집이라니 이상하다.

"어쨌거나… 관계없는 사람을 끌어들이지 않으려면 슬슬 이 가게 정리하는 게 좋을 것 같아요."

"어? 그게 무슨 말이야?"

이진혜는 빈 테이블을 치우다가 가게를 정리하란 말을 듣고 깜짝 놀라서 세건을 쏘아보았다. 이곳은 일이 고되긴 하지만 그만큼 시급이 세기 때문에 만족스러운 일터였다. 경영이 어려운 상황도 아닌데 정리하라니… 세건이 악독 부동산 업자쯤으로 보이는 게 당연할지도 모른다.

"그럴까. 음, 결국 백일몽이구나. 이런 것도 좋았는데. 커피 끓이는 걸 좋아해서 말이지."

김성희는 이진혜의 반응에도 불구하고 웃으면서 자신의 머리를 쥐어박는 시늉을 했다. 세건은 그녀를 보고 피식 웃었다.

"자, 그럼 저는 이만, 짜증 나는 인간 하나를 상대하러 가야 할 것 같아서. 아, 그러면 실베스테르에게 전해줘요. 고맙게 쓰겠다고."

세건은 그 자리를 빠져나왔다. 원래는 부적 같은 것을 얻어서 악령들에 대항하고자 한 것이지만 부적보다도 더더욱 쓸 만한 것을 손에 넣었다.

달이 뜨지 않는 밤, 플렉스 메디칼의 헬리포트에는 큼지막한 에어버스 한 대가 내려서고 있었다. 에어버스는 무거운 몸체를 헬리포트에 안착시키고 문을 열었다. 안에서 걸어 나온 이는 긴 금발의 여성과 그녀의 옆에 따르는 소녀였다.

"어머, 마중 나와 있었네요?"

소녀는 발랄한 목소리로 헬리포트의 앞에 마중 나온 엘리엇과 그의 수행원들을 바라보았다. 엘리엇은 최근 동생인 셰인이 진마가 되어서 입장이 곤란하게 된 줄 알았는데 여전히 한국의 뱀파이어들을 총괄하는 테트라 아낙스 한국 지부장 자리를 차지하고 있었다. 그만큼 테트라 아낙스가 그를 총애하는 것인지 아니면 지금 일어나고 있는 이 세대교체가 테트라 아낙스가 원하는 것이었는지, 그건 모를 일이다.

"흐음. 먼 길 오시느라 수고하셨습니다."

"어머, 농담도."

흡혈귀의 왕이 이동에 수고를 하는 경우란 없다. 특히 에어버스로 날아왔을 경우는 더더욱. 그래서 마리아는 웃어 보였다.

"다들 얼굴이 벌레 씹은 표정이군."

그녀와 붙어 있는 흡혈귀 메시아는 기립하고 있는 흡혈귀들을 보았다. 요 며칠간 일어난 세대교체는 고정된 흡혈귀 사회에 있어서 대변혁이었다. 당연히 불만을 갖는 흡혈귀가 많게 마련이다. 친구가 어느 날 복권에 당첨되어서 리무진을 타고 나타나 버스 정류장에 기다리고 있는 자신을 보고 '홋!' 하고 웃어준 뒤 지나가는 걸 보면 이유 없이 화가 치밀어 오르는 것과 같은 이치랄까?

"다른 이들은?"

"아, 좀 늦었군!"

말이 끝나기가 무섭게 헬리포트에 한 사람이 모습을 드러내었다. 그는 백색의 코트와 이탈리안 슈트를 입은 금발의 미청년, 로우 깁슨이었다. 물론 밤의 신분은 진마 팬텀, 현재 흡혈귀들이 사용하는 마법의 대부분을 개발해 낸 사법술사였다.

"그렇긴 한데 최근 많이 노는 것 같군. 싸움에 쓸려 들어가서 VT를 사만 정도 잃었다며?"

"벌써 소문이 났나?"

팬텀은 자신을 보고 말을 걸어오는 메시아를 보고 물어보았다. 그러자 메시아는 피어싱된 혀를 찼다.

"우리의 떠벌이 예언자가 다 말했지."

"골치 아프군, 그 입. 접착제로 붙여 버릴 수도 없고."

팬텀은 실소하면서 엘리엇을 바라보았다. 다른 흡혈귀들은 다들 지금 일어나는 일에 대해서 불만을 가지고 있는데 이 엘리엇이란 흡혈귀는 그와 가장 가까웠던 동생이 진마가 되었다는데도 별다른 동요가 없었다. 그만큼 형제간에 우애가 좋은 것인지 아니면 그런 것을 원래 신경 쓰지 않는 성격인지… 어느 쪽이든 간에 나름대로 대단한 녀석이라고 생각된다. 괜히 진마도 아닌 주제에 테트라 아낙스의 대행자로 다른 진마들을 통제하는 게 아닐 것이다.

"나머지는?"

"일단 들어오시죠. 밤바람은 아직 찹니다. 특히 헬리포트의 바람은 말이죠."

"그럴 필요가 없다고 생각되긴 하지만 따라주지. 헤카테는?"

"먼저 와 있습니다."

엘리엇은 그렇게 말하고 안테나 위를 가리켰다. 그곳에는 과연 붉은 머리칼을 흩날리는 미녀가 한 명 있었다.

"먼저 와서 기다리고 있었나? 약속 시간 이십 분이 넘도록?"

"…흠. 알면서 가만히 있는 쪽이 더 질이 나쁘다고."

그녀는 억지를 부리면서 안테나에서 아래로 뛰어내렸다. 그걸 본 엘리엇은 한숨을 내쉬고 안경을 고쳐 썼다. 이놈의 진마라는 녀석들은 이따금 자존심이 너무 세서 누가누가 약속 시간에 가장 늦나로 자신들의 영향력을 확인하는 버릇이 있었다. 그들이 그만큼 오래 살면서 할 짓이 없어졌기에 그런 사소한 것에 집착하는 것이겠지만. 나름대로 귀여운 면이랄까?

뭐 진마의 하수인에 불과한 그가 진마를 귀엽다고 여기면 그것은 크나큰 죄가 된다.

"그런데 이번엔 무슨 일이지? 우리에겐 선택권이 없는 걸로 아는데. 자인은 잘 도망쳤나?"

"그게……."

엘리엇은 말끝을 흐렸다. 웃긴 일이지만 자인은 그 후 행방불명이 되고 말았다. 유다는 말하자면 블록버스터 같은 것이라

삼류 러브코미디에 불과한 자인 정도야 유다에 밀려서 깨졌다
한들 부끄러울 게 없다.

아니, 정말 부끄러울 게 없진 않지만 힘이 약한 쪽이 당하는
것은 당연한 것이다. 하지만 그 후 행방불명이라니.

"다른 흡혈귀에게 죽기라도 했나?"

헤카테는 고개를 까딱거리며 엘리엇을 바라보았다. 엘리엇
은 어깨를 으쓱해 보이며 한숨을 내쉬었다.

"아직 사멸은 확인되지 않았습니다."

"그럼… 그 진마들은? 정야와 창영인가?"

"…아직 이 나라에 있습니다."

그들은 건물 최상층에 위치한 스카이라운지로 이동했다. 안
은 원래 직원들이 이용할 수 있는 카페 겸 레스토랑으로 되어
있는 곳이지만 지금은 손님이 없었다.

회견장으로 쓰기 위해 400석이 넘는 스카이라운지를 다 비
운 것이다. 하긴 에어버스를 타고 다니는 시점에서 이미 돈이
썩어서 주체할 수 없다는 것을 사방팔방에 선포하고 다닌 것이
지만.

"그럼 이번에는 또 무슨 일로 부른 거지? 애송이들을 진마로
인정한다고 일방적인 통보를 한 주제에… 응?"

메시아는 험악한 눈초리로 테이블 위에 발을 올리고 엘리엇
을 바라보았다. 원래는 테트라 아낙스에게 터뜨려야 할 불만이
지만 테트라 아낙스는 진마마저도 상대를 해주지 않기 때문에
그 대리인에게 화를 풀 수밖에 없었다.

"이제는 모여서 다들 전기 코드라도 붙이고 종이봉투라도 붙일까? 나 그런 거 좋아하는데. 왜 가난한 사람 흉내 내는 거 말야."

팬텀은 그렇게 말하며 웃었다. 그러자 헤카테는 아랫입술을 깨물었다.

"왜 그 빌헬름이란 애 보고 밥상 봐 오게 하고 반찬이 이게 뭐냐, 주인을 뭐로 아는 거냐! 하면서 밥상도 뒤집고?"

"그렇지!"

"그리고 소주를 병으로 까서 마시는 것도 하고?"

"오오, 잘 아네."

헤카테와 팬텀은 죽이 맞아서 그렇게 노닥거렸다. 엘리엇은 그 말을 듣고 안경을 꺼내 닦기 시작했다.

"당신들을 여기까지 오게 한 것은 사실 다른 게 아니라, 한국을 완전히 진압하는 것에 대한 이야기입니다."

"완전 진압?"

메시아는 눈을 크게 뜨고 엘리엇을 노려보았다. 물론 대부분의 흡혈귀 사냥꾼이 죽고 파인더마저 철수한 상황이지만 여기서 완전 진압이라면 상대할 적은 진마사냥꾼이다.

"진마사냥꾼을 공격하자고? 말하지만 그 녀석은 만만한 상대가 아니야. 팬텀도 그 녀석에게 꽤 당했잖아."

"하하하하하하."

팬텀은 난처한 표정을 지어 보였다. 팬텀뿐만이 아니라 베놈도 그 실베스테르에게 공격을 당해서 쓰러진 바람에 죽어버린

게 아닌가?

"단지 완전 진압이란 걸 이루기 위해서 진마사냥꾼에게 싸움을 거는 것은 그리 현명한 짓이 아닌데. 비록 파문당했지만 녀석이 쓰는 검은 아르젠트 하르페시언이었어. 서방 교회의 보물이 파문당한 자의 손에 들려 있다는 것은 아직도 그들의 유대 관계가 끊기지 않았다는 말이지."

메시아는 그런 말을 하며 테이블 위에 놓인 블루베리 파이를 잡아서 마리아에게 건네주었다. 마리아는 그걸 포크로 찍으면서 마치 어린아이처럼 좋아했다.

팬텀의 눈에 문득 이채가 떠올랐다.

"아르젠트 하르페시언. 그걸 쓰게 된 건 유다가 날뛴 다음인데… 이번 건에 메시아는 안 뛰어든 걸로 아는데?"

"물론 감시했지. 왜? 뒤에서 당신들 두들겨 맞는 거 구경한 게 그렇게 미운가?"

메시아는 대놓고 그런 말을 했다. 그러자 방금 전까지 가만히 있던 헤카테가 일어났다.

"당연히 화나지! 말이라고 해? 이 도둑고양이 같으니라고! 숨어서 기회만 노리고 있었나 보지?"

"너도 별로 열심히 싸우진 않던데, 헤카테? 자식들의 원수를 갚는다는 것치고는 상당히 기가 빠져 있지 않았나?"

"호오? 그 말은 기회를 노리고 있었다는 걸 인정하는 거로군! 이 반시체 같으니!"

헤카테는 즉시 자리를 벌려서 그랜드 피아노 위에 올라섰다.

메시아 역시 자리를 박차고 일어났다. 하지만 엘리엇도 팬텀도 그들을 말리려고 하지 않았다. 저렇게 쉽게 사생결단을 낼 수 있었으면 지금까지 흡혈귀의 사회가 유지되지 않았을 것이다.

"이런, 테트라 아낙스계 진마끼리의 싸움은 금지된 사항이라는 걸 알고 그러시는 겁니까? 알고 있는 거라 믿겠습니다. 예의상 한 번 말하는 거니까 신경 쓰지 마시고 부디 한 번 사생결단을 내보시지요?"

엘리엇은 아예 배짱을 부리며 차를 마시고 있었다.

"아, 그럼 안 먹는 거야?"

마리아는 테이블 위에 있는 음식들에 손을 뻗쳤다. 이렇게 되면 싸우는 쪽이 바보가 되는지라 둘 다 김이 빠져서 손을 놓았다.

"알았어. 뭐 그럼 어쩌라는 거야? 모두 모여서 진마사냥꾼을 습격해서 떡을 칠까? 그리고 흡혈귀 만세인 세상을 만들자고?"

헤카테는 피아노 앞에 내려서더니 건반을 두들기기 시작했다. 영화 사운드 오브 뮤직에서 나온 도레미송을 치고 있는 그녀는 조소하고 있었다.

"아니. 그것을 할 사람들은 정해져 있습니다. 제가 여러분을 부른 것은 그 일의 경과를 지켜봐 달라는 것이죠."

엘리엇은 자리에서 일어났다.

"그러면 저는 일이 바쁜 관계로 이만 실례하도록 하겠습니다. 여러분은 부디 자리에 남으셔서 좀 더 즐겨주시지요. 설마 그들이 누구냐고 물어보진 않으시겠죠?"

엘리엇은 의미심장한 미소를 지었다. 불이 꺼진 스카이라운 지는 오직 야경의 빛을 받아서 안을 비추고 있었다. 비록 분위 기에 어울리는 곡은 아니지만 피아노도 울리고 있고, 꽤 좋은 분위기에서 엘리엇은 어둠 속으로 사라졌다.

"…호오, 그럴 생각인가?"

메시아는 엘리엇의 말에서 속뜻을 읽어내고 만족스러운 웃 음을 지었다. 그동안 흡혈귀들이 모두들 다 지니고 있던 불만 을 해소하는 데는 그것만큼 좋은 방법이 없을 것이다. 새로운 진마들은 진마사냥꾼을 처리해서 자신의 자리를 확실히 굳힐 수 있다. 다른 이들은 흡혈귀의 적 하나를 손도 안 대고 제거할 수 있어서 좋다. 이래저래 통치자가 내세울 만한 훌륭한 해결 방안이라고 생각된다.

'그래서야 기반이 흔들릴 일이 없잖아?'

팬텀은 그렇게 생각하고 혀를 찼다. 이리된 이상 한세건이라 는 그 꼬마가 정말 플렉스 메디칼을 폭파시키길 기다리는 수밖 에 없을지도?

## 4

세건은 야구 모자를 눌러쓴 채 나직이 한숨을 내쉬었다. 날 이 더워져서 슬슬 방탄복을 입고 다닐 수가 없다. 물론 방탄조끼 정도는 입을 수 있겠지만 전신을 감싸는 방탄 소재의 옷은 도저히 입을 수 없는 것이다. 열에 의한 실신이나 탈수도 기능을 빼앗기 때문에 억지로 입는 것도 바보짓이다.

"나는 뭘 하고 있는 거지?"

그는 동이 트는 하늘을 바라보며 긴 한숨을 내쉬었다. 방금 전까지 보통 사람은 기절하고도 남을 만큼의 훈련을 끝마치고 칠흑의 검에 의존해 악령들을 피한 뒤 아지트로 돌아가는 길이다.

훈련을 빼고 나면 세건이 할 짓은 아무것도 없다. 훈련, 훈련, 그리고 폭약과 중장비 등에 대한 공부. 흡혈귀에 대한 증오로 계속 살아가고 있는 세건은 증오라는 불꽃이 사라지면 그대로 사그라질 숯덩이와 같았다.

"……."

한 번도 자신의 길을 돌이켜 보지 않는다는 것은 그게 인간이 아니란 뜻이리라. 세건은 인간이기 때문에 자신의 길을 돌이켜 본다. 그때마다 후회도 하고, 괴로워도 하지만 그는 이제 와서 자신의 길을 돌이킬 수가 없었다.

"…하, 이 몸도 얼마 남지 않았지."

세건은 허리에 차고 있는 칠흑의 검에 손을 얹었다. 그리고 뽑아서 허공에 휘둘렀다.

치이이익!

공기를 죽이는 소리와 함께 검은 호선이 허공을 가른다. 꽤 빠른 속도. 하지만 그는 다시 칼을 칼집에 넣고 재차 뽑았다.

그 행위를 반복하면 반복할수록 칼날의 속도는 빨라져서 나중에는 바람이 불어 지면의 쓰레기들을 날려 버릴 만큼 맹렬해졌다.

"이건 이미 인간이 아니군."

사이키델릭 문도 쓰지 않았는데 이 정도라니… 세건은 자신의 몸 상태를 보고 솔직히 경악했다. 이니그마의 파괴에 의해서 영혼과 육체의 경계가 허물어지면서 육체가 점차로 변이되는 것인지, 그게 아니면 흡혈귀의 피를 많이 이용한 바람에 육체 변이가 되어서 이런 능력이 나오는 것인지 모르겠다. 어느 쪽이 되었든 세건의 파멸이 얼마 남지 않았다는 것을 알려주는 것이다.

"흡혈귀가 되면… 목숨을 끊는 수밖에 없겠지."

세건은 아지트의 입구에 바이크를 세우고 안을 살펴보았다. 아무도 없는 조용한 집 안… 이런 곳에서 살다가, 흡혈귀가 되면 자신의 손을 이용해서든 남의 손을 이용해서든 죽어야 한다.

"즐겁군, 이 상황이……. 하하하. 왜 비행기를 몰고 빌딩에 들이박는지 알 것 같은데."

세건은 동쪽 하늘을 바라보며 심호흡했다. 피로가 몸에 쌓여서 몸을 녹여낼 듯하다. 피를 토할 듯이 고독한데, 사실은 지금 이 순간도 죽음이 두렵고, 흡혈귀가 되는 게 두려운데도 가슴에는 절대로 배반하지 못할 칼날이 있었다. 자신의 살을 자르고 뼈를 끊으면서까지 맺은 맹세…….

"……."

세건은 문득 가슴속에 손을 넣었다. 안에는 포켓 성경과, 가족사진이 들어 있었다.

"제기랄!"

세건은 불에 댄 것처럼 손을 뺐다. 문득 한때 읽었던 요시카와 에이지의 미야모토 무사시가 생각났다. 사사키 코지로와의 결투를 앞에 두고 미야모토 무사시는 신불을 깎다가 그것을 쪼갠다. 자기와의 싸움에 신을 개입시키면 지금까지 살아온 '자기'라는 것이 사라져 버린다. 애초에 신을 믿는 이였다면 모르되 죄로 몸이 더러워진 세건은 이제 와서 신에게 의탁할 수 없었다.

"모든 죄를 씻고, 어떤 경우에도 나를 사랑해 준다고? 그런 거… 무리다! 무리야!"

설사 정말로 모든 죄를 용서해 주는 신이 있다고 하더라도 본인이 용서를 하지 못하는데, 신이 용서를 해주면 어쩌란 말인가? 죄가 용서받아 벌이 없어진다고 하더라도 죄를 범했다는 그 사실, 그 기억은 사라지지 않는다. 사람은 과거로부터 미래를 만들어가야 한다. 그렇기 때문에 기억이 존재하는 한 죄는 사라지지 않는다. 벌이 오지 않는 것이 용서라면 그런 용서는 필요 없다. 지은 죄에 대하여 벌이 온다면 그것은 차라리 즐거운 것. 벌이 괴로우면 괴로울수록 자기 자신을 용서하게 될지도 모르니까.

세건은 지하실로 내려가는 계단의 앞에서 주저앉았다. 졸려.

잠은 쏟아지는데 잠을 자면 언제 자신이 흡혈귀가 될지 모르겠다. 이러다 꿈을 꾸면 단테처럼 지옥과 천국을 지나는 여행을 하지 않을까? 세건은 정녕 지옥의 입구 같아 보이는 지하실을 바라보고 실소했다.

일단은 잠을 자자…….

벌은 언젠가 확실히 온다. 그래, 이 육체의 파멸 자체가 벌이다. 애초에 세건이 흡혈귀 사냥꾼이 되면서 기대했던 그 벌이다.

가슴이 두근거리는 것은 공포라기보단 기대다. 그 기대가 충족될 것을 기다리며, 소풍 전날의 어린아이처럼 밤잠을 설치는 것이다. 그러니까 일단은 잠을 청하고, 기력이 회복되면 흡혈귀들을 죽여야겠다. 좀 더 많은 흡혈귀를…….

"이런… 이제 완전히 한국은 끝났군."

래트 거닙은 혀를 차며 신문을 보았다. 주가가 폭락하고 있다고 연일 경제면에 시뻘건 그림들이 붙어 있었다. 한글은 하나도 모르는 래트이지만 그림만 봐도 그게 뭘 의미하는지 알 수 있었다.

그때 주방에서 계속 중얼거리는 소리가 들려왔다.

"정말 시끄럽네. 그래서 뭐야? 아, 액셀은 미안해. 하지만 그 차는 정말 위험했어. 제작사에서 흡혈귀들을 제거하기 위해 제작 공정에 폭탄을 숨겨놨음에 틀림없어. 갑자기 그냥 알아서 펑 터졌다니까?"

"전에는 하늘에서 UFO가 떨어져서 충돌해서 터졌다며?"

"그러니까 그 폭탄이 UFO를 부르는 폭탄이었던 거지!"

래트는 자신을 보고 계속 시끄럽게 구는 몬티에게 그렇게 말하고 손을 저었다.

"뭐 다른 일 있나? 응? 친구, 같은 주제로 계속 이야기하는 것은 말야, 오직 '사랑해'라는 고백에 대해서만 허락된 일이라고. 자네가 나를 사랑한다면 나는 나름대로 받아줄 준비가 되어 있긴 하지만."

"…Shit. 아, 어쨌든 이제 일어날 일은, 흡혈귀에 의한 완전 섬멸이야! 흡혈귀 사냥꾼 전부를 제거할 거라고!"

"전부라고 해도 남은 놈이 얼마 없잖아?"

래트는 그렇게 중얼거리다가 벌떡 일어났다.

"뭐? 그게 정말이야?"

"알고 있을 거 아냐? 그놈들 일 처리하는 방식은?"

"오, Shit! 퍼킹 쉿! 굉장히 강렬하구만. 역시 그 친구들."

래트는 투덜거렸다. 흡혈귀 사냥꾼이 얼마 남지 않았기 때문에 완전 제압한다고 하지만, 상대는 진마사냥꾼과 그의 제자다. 절대로 호락호락한 상대가 아니라는 것은 알고 있다.

"어떻게 할 거지? 우리는 방관해야 하나?"

"상부의 지시로는, 음… 무슨 일이 벌어지는지 감시하라고 했으니까. 진마사냥꾼을 상대로 하는 거라면 제아무리 진마들도 고생 좀 하겠지. 특히 그중에는 신참들이 공을 다투다가 다치는 경우가……."

"노련하군. 그러니까 이건 지금 그 귀찮은 신참들에게 내린 숙제라는 거잖아?"

래트는 테트라 아낙스의 수단에 재차 감탄했다. 그는 들고 있던 신문을 접어서 소파 밑에 쑤셔 박고 일어났다.

"그럼 내 임무는 그걸 감시하고 알려주는 건가? 혹시 이번에 진마가 피투성이가 되어서 쓰러져 있으면 그거 먹고?"

"먹지 마!"

몬티는 비명을 질렀지만 래트는 벌써 망상에 들어간 모양이다.

"먹지 말라고 해도 신선할 때 먹지 않으면 안 되잖아? 아, 혹시 내가 다 먹는 게 싫어서 그래? 한입 줄까?"

"…마치 눈앞에 진마가 쓰러져 있는 것처럼 말하는군?"

"그래. 오오, 젠장. 헤카테였으면 좋겠어. 그 여자 죽여주게 예쁘잖아? 으잉? 아아, 물론 나이는 나보다 많지만 연상도 좋지, 그런 멋진 여자라면."

"이해 불능. 그만하고 빨리 일이나 할 준비하지?"

"일이라는 게 이건가?"

래트는 그렇게 중얼거리며 구슬들을 가리켰다.

"이 나라 속담에 구슬이 서 말이라도 꿰어야 보배라는 말이 있지."

"한 개 꿸 때 오십 원 준다며? 별로 보배가 아닌 모양인데?"

래트와 몬티는 그렇게 중얼거리며 놀라운 손놀림으로 빠르게 구슬들을 꿰었다.

"몰라. 하여튼 보배라고 하는 속담이 있다는 거지."

"어이, 이거 다 꿰면 얼마나 나오는 거야? 정말 보배면 우리가 떼어먹고 팔아버리는 게 어때?"

"삼만 원 받을 수 있어. 낮에 나가지 못하는 우리가 밤에 일을 해서 돈 벌 만한 게 이거밖에 더 있어? 그나마 인간보다 손이 훨씬 빠른 걸 다행으로 여겨야지!"

"쳇, 돈 벌기 힘들구만."

"참고로 네가 부순 액셀은 당시 구매가가 오백만 원이나 하는 물건이라고."

"골동품 시장에서 말이지?"

"시끄러워."

두 흡혈귀는 그렇게 떠들면서 구슬을 꿰어 보배(?)를 만들었다.


그날은 매우 공기가 맑고 바람이 시원한 날이었다. 여름이 다가오고 있는데도 공기는 선선한 게 올여름은 그다지 덥지 않을 것 같았다. 이상 기후라고 할까? 한 해 여름이 미치게 더우면 그다음 해의 여름은 거짓말처럼 시원한, 이런 날씨가 최근 계속되고 있었다. 그만큼 세상 전체가 오염에 찌들었다는 뜻이리라.

이렇게 좋은 날 세건은 바이크를 몰고 케네스 양에게 쳐들어가 새 USAS—12와 K—1소총을 얻고 복지시설을 향해 달려갔다. 돌아가면서 새삼 느낀 것인데 정말 길이 더러운 곳이었다.

다행히 세건은 오프로드에 익숙하기 때문에 바로 산길을 기어올라 복지시설에 도착할 수 있었다.

"…쳇."

세건은 시설의 입구에 택시가 주차된 걸 보고 혀를 찼다. 역시 밤에 일을 하려고 낮에 들어와 쉬는 것 같았다. 세건은 그런 목사의 속 좋음에 혀를 차고 안으로 달려갔다.

소나무 냄새와 흙 냄새가 진동하는 땅 위에서는 아이들이 놀고 있었다. 신록은 완전히 살아나고, 꽃가루도 이미 뿌린 뒤 그저 성장에 전념한 잣나무나 소나무 등은 하염없이 자라났다. 세건은 바이크를 나무 옆에 세우고 천사의 집이라는 그 보육시설로 다가갔다. 주위 텃밭에서 일하고 있는 노인들은 며칠 전 세건을 본 주제에 그사이 얼굴을 까먹었는지 놀란 눈을 하고 바라보고 있었다.

"아아아아아!"

오히려 백치 같은 아이들은 세건을 알아보고 팽이를 돌리다 몰려오고 있었다. 그 팽이도 나무를 깎아서 만든 것이었다.

"아, 형이다."

"…누가 네 형이야?"

세건은 투덜거리며 아이들의 머리를 잡고 더 이상 접근하는 것을 말렸다. 지금 입고 있는 옷은 방탄복이기 때문에 애들이 침을 바르면 대책이 없기 때문이다. 하지만 그게 어쩌다 보니 아이들의 머리를 쓰다듬는 꼴이 되었다.

"아, 젠장. 어이, 목사님 있냐?"

세건은 아이들에게 물어보고 곧 후회를 했다. 이런 녀석들이랑 무슨 회화를 한단 말인가? 하지만 아이들은 손을 들어서 사무실을 가리켰다.

"저기요."

"……."

그 죄 없는 모습, 무구한 모습에 세건은 상처받았다. 이런 아이들이 숨어 있는 이 땅에, 세건은 무슨 욕망을 가지고 이곳에 다시 왔는가?

"하하하하. 있구나."

택시가 주차되어 있는 걸 본 시점에서 알고 있었지만 세건은 아이들에게 예의상 그렇게 물어보고 건물로 향했다. 젖빛 유리로 대충 세워진 입구 문을 열고 들어가니 막 신발장을 털고 있는 여자아이가 깜짝 놀라서 세건을 바라보았다.

"아… 안녕하세요."

"응? 학교 갈 시간 아닌가, 지금?"

세건은 시계를 살펴보았다. 시간은 오전 9시… 고등학생이라면 지금쯤 도시락을 까먹고 책상에 엎어져 잠을 청할 시간이었다.

"아, 학교는 안 가고 집에서 공부하고 있어요."

"…공부는 무슨. 이런 곳에서 잘도 하겠네요. 힘들지 않아요?"

세건은 혀를 찼다. 그 목사라는 인간은 제 딸이나 학교를 보낼 것이지 여기서 일을 시키고 있단 말인가? 확실히 앞치마를 아직도 두르고 있고 재봉틀이 쉴 새 없이 돌아가는 걸 보니까 일을 하고 있는 것 같았다. 한창 놀고 공부할 나이에, 세건이 흡혈귀 사냥꾼이 되기 전엔 당연하다고 생각했던 그런 일반적인 학생의 생활마저 누리지 못하다니.

약간은 불쌍하다고 생각되었지만 동정을 하면 자신의 마음마저 약해질까 봐 세건은 누구도 동정하지 않는다. 그 자신도 동정을 받는 걸 싫어하니까 피차일반!

"목사님 만나러 왔는데, 음… 아니다."

목사는 너무 마음이 곧아서 거절할 가능성이 있다. 세건은 그래서 배낭을 그 여자아이에게 건네주었다.

"받아요. 그걸 어떻게 태워 버리든 묻어버리든 맘대로 하라고 전해줘요. 그럼 난 이만."

세건은 그렇게 무책임한 말을 남기고 다시 왔던 길을 돌아갔다. 소녀는 세건의 뒷모습을 보고 깜짝 놀라서 가방을 바라보았다. 크지도 작지도 않은 붉은색의 배낭에는 설마 들었을까 하는 물건의 감촉이 느껴지고 있었다.

"…마, 맙소사!"

그녀는 놀라서 세건의 뒤를 따라가려고 했지만 세건은 이미 바이크에 올라타고 헬멧을 쓴 뒤였다.

"후후후후후후. 하하하하하하!"

헬멧 안에서 푸른 불꽃이 번뜩였다. 마치 인간에게 타락의 씨앗을 뿌리고 기뻐하는 악마처럼 그는 웃었다!

부아아앙!

바이크는 폭음과 함께 산길을 따라 사라졌다. 그녀는 깜짝 놀라서 계단을 두세 개 한꺼번에 뛰어내렸다.

펄럭!

그 순간 새의 날갯짓과 같은 소리와 함께 가방으로부터 지폐들이 쏟아졌다.

"아!"

텃밭에서 상추를 캐고 있던 노인도… 방금 전 팽이를 치고 있던 아이들도, 그 모든 시선이 일순 지폐 다발로 모였다.

'제발 멈춰줘!'

그녀는 속으로 비명을 질렀다. 제발 그만해 줘! 하지만 지폐 다발은 멈추는 일없이 계속 쏟아져 나왔다. 마치 인간의 욕망을 그대로 그려낸 듯한 지폐 다발들이 계속 쏟아져 바람에 흩날렸다.

그것과 동시에 사람들이 움직였다.


"하하하하하! 아하하하핫! 아하하하하하!"

세건은 웃으며 달리고 있었다. 튜닝한 엔진에 맞춰 단 속도계는 벌써 시속 170킬로미터를 넘어가고 있었다. 도로의 요철이나 바닥에 페인트로 칠한 표지에만 걸려도 가벼운 바이크는 금세 날아올라서 수 미터씩 떴다. 세건은 속도에 몸을 맡긴 채 계속 달렸다.

"……"

너무 웃어서 더 이상 목소리가 나오지 않는다. 그럴 때 웃음은 흐느낌으로 바뀌었다.

무슨 짓을 한 것일까?

스스로도 모르겠다. 돈을 준다는 것은 분명히, 기부 행위다. 세건에게는 돈 따위 많이 있으니까 그 정도는 아무것도 아니다. 어차피 쓸 일도 없었으니까. 하지만 과연 그것이 순수한 의미에서 던진 기부인가 하는 것이다.

순수한 의미에서 던진 기부라는 게 있을 리 없다. 목사에게 주었다면 어떻게든 관리했을지도 모르지만 딸을 통해서 준 거다! 학교도 못 가고 재봉틀을 돌려서 가방을 만들면서! 몇 번이나 손이 부르트도록 일하는 그 딸에게 준 거라고! 아하하하핫! 나는 악마냐? 그게 무슨 일이 될지 몰랐다고? 하하하하. 알고 있었어. 기대하고 있었어. 그렇게 되길 바라고 있었다고!

왜? 왜? 왜?

그들이 네게 무엇을 했는데? 호의를 베푼 것밖에 없었잖아? 하지만 어째서 너는 그런 짓을 했지?

그런 짓? 그게 뭐? 고작 3~4,000만 원 정도 가져다줬을 뿐이야. 그 정도 기부는 사람들이 이따금 한다고. 신문이나 라디오 같은 것을 못 봤나? 나는 다만 나에게 필요 없지만 그들에겐 너무나 필요한 것을 주었을 뿐이야! 악의가 있을 수도 있지만 그것은 모든 인간이 갖는 두 가지 모습이야!

하하하. 한세건, 한세건. 너란 인간은 변명을 해서는 안 돼. 이제 와서 뭐가 두렵다는 거지? 악이 되고, 어둠이 되고, 마(魔)가 되는 것이 두려운 건가? 저런 작고, 자금 운영이 확실히 분리되지 않아서 목사가 직접 택시 기사로 뛰는 단체가 갑자기 떨어진 거금의 기부금을 감당할 수 있을 거라고 생각했단 말이야? 세상은 시스템으로 이루어져 있어. 단돈 몇천 원이 없어서 쩔쩔매던 사람들 앞에 들고 달아나기만 하면 되는 현찰을 뿌려놓고 커다란 사회복지 재단처럼 그 돈이 제대로 운영되길 바라다니. 네가 그런 낙천주의자인 줄은 몰랐는걸? 네가 던진 돈은 저 정도로 엉망진창인 복지시설에겐 폭탄이나 다름없다고. 몰랐다고 하진 않겠지?

"크아아악!"

세건은 가방에 매달린 칠흑의 검을 뽑았다! 치이익 하고 공기를 태우는 암흑의 소리가 거센 바람을 뚫고 들려왔다. 세건은 그 검을 휘둘러 바람을 가르고 악령들을 떨궈냈다.

'하하하하하! 이제 와서 뭘 하는 거지? 부숴 버린 것은 되돌릴 수 없어. 너는 연옥을 파괴하고 그 안에 있는 인간들을 죄다 지옥에 처넣은 거라고! 아주 훌륭했어! 한순간 약해지려고 한 너 자신을 다잡기 위해선 차선이 아니었나? 나에게 있어서 최선은 그 여자아이를 범해 버리고 인간들을 죄다 죽여버리는 거였지만 네놈은 결국 물러터진 놈이니까 그렇게는 못했겠지? 하하하. 잠깐이나마 성경에 손을 댄 네놈은 최악이었다고.'

악령인지, 그게 아니면 자신의 목소리인지 모를 것은 검의 힘에 밀려 사라지며 조소하였다.

세건은 그 목소리가 사라진 뒤에도 의미 없이 포효하고 웃고 또 웃었다. 하지만 이제 마음만은 확실해졌다.

'자아, 그럼 지옥으로 가볼까!'

실베스테르는 차가운 물속에서 정신을 차렸다.

"비스트 더블… 굉장하군."

보통의 총이라면 상처를 재구성하는 데 그리 오랜 시간이 걸리지 않았으리라. 하지만 영체점유의 힘을 가진 마법의 총은 피해자의 영체를 관살(貫殺)한다. 그것은 의지의 힘으로 육신을 움직이고 있는 실베스테르에게는 더할 나위 없이 치명적인 무기다.

"몸통하고 머리는 여벌이 없는 내 몸이니까."

실베스테르는 천천히 수면으로 떠올랐다. 수면이라도 해도 빛 한 점 없는 이곳은 어디가 위고 어디가 아래인지 분간할 방법이 없다. 그저 평형감각이 이끄는 대로 위로 올라간 그는 곧 공기가 있는 공동에 도달했다.

"흐음."

물 밖으로 걸어 나와 옷을 챙긴 그는 테이블 위에 놓여 있는 비스트를 집어 들었다. 권총이라고 하기엔 지나치게 큰, 잉그램이나 스콜피온 같은 기관단총보다도 훨씬 더 큰 이 커스텀 리볼버는 원래 진마 팬텀에 의해서 만들어지고 유다에게 넘어가 많은 흡혈귀를 죽인 마물이다.

"유다……."

바티칸은 마법을 사역하지 않는다. 적어도 공식적으로는 그렇다. 하지만 대부분 서구 마법사의 사회적 신분이 수사였다는 것은 의심할 여지가 없는 사실이다. 성직자라는 선택받은 직책에 있는 이들은 연구에 연구를 거듭할 여유를 갖는다. 중노동에 시달리는 일반 농민이나 노동자 계급이 마법을 연구할 여유가 있는 것은 아니니 당연한 일이다.

그러니까⋯ 마법을 사역하지 않는다는 바티칸의 공식 입장과 달리 가톨릭이야말로 현존하는 가장 거대한 마법사 집단인 것이다.

질적으로는 많은 군소 마법사 집단을 아우르는 그노시스 의회와 삼합회화된 중국의 도교 집단이 앞설지 모르나 사회적 역량과 인원 면에서 바티칸의 힘은 압도적이다.

하지만 어둠에 묻힌 흡혈귀들의 조직과 달리 공식적으로 모습을 드러내고 있는 바티칸은 결코 함부로 행동해서는 안 된다. 그래서 그들은 성당 기사단을 버리고, 유다를 버리고, 팬텀의 농간이 있기는 했지만 바티칸을 위해서 살아왔다고 해도 과언이 아닌 실베스테르마저 버렸다. 그리고 그 후에 실베스테르를 능가하는 엑소시스트는 아직 나오지 않았다.

물론 '아퀴나스의 검'이라든가 'R' 같은 집행자들이 있기는 하지만 그들은 아직 이렇다 할 성과를 거두지 못하고 있었다. 실베스테르의 전성기에 비하면 부족한 감이 있다. 종교의 권위가 실추되어 감에 따라서 집행자들의 힘도 더불어 약해지고 있는 것이다.

"⋯아르쥬나도 위험해지겠군."

실베스테르는 간단히 그렇게 추론했다. 흡혈귀들의 일이니까… 그들의 생각, 정확히는 그 정점에 존재하는 테트라 아낙스의 생각은 너무나 합리적이기 때문에 알기 쉽다. 하지만 압도적인 힘의 차이가 있기 때문에 상대의 다음 수를 읽는다고 해도 대책이 없다.

한국에 있는 그 많은 흡혈귀를 상대해야 한다. 물론 그것은 그가 원하는 바이다. 아무리 흡혈귀가 많다고 해도 그는 즐겁게 그 싸움에 응할 것이다. 하지만 흡혈귀들에게서 아르쥬나를, 정확히는 김성희를 지켜야 한다면 다르다. 지킨다는 것은 숨지 못한다는 것. 물론 김성희 역시 보통 인간은 아니지만 그 많은 흡혈귀를 상대로 얼마나 도움이 될 것인가. 자신이 없다.

"그렇다면 믿을 수 있는 헌터는 이제 세건뿐인가?"

이 바닥에서 동료가 될 사람은 그 녀석뿐이다. 외국에 있는 뱀파이어 헌터들을 불러들이는 것도 좋겠지만 오늘 밤이라도 공격을 해올 적들을 상대로 그런 원군은 너무 느리다. 더구나 흡혈귀 사냥꾼들의 사이라는 것은 태평양의 가로폭과 견줄 만큼 벌어져 있기 때문에 지원을 요청한다고 외국에서 배나 비행기를 타고 날아올 리가 없다.

"…흠."

실베스테르는 방탄 처리가 된 검은 신부복을 입고 그 위에 검은 롱 코트를 걸쳤다. 케블라와 세라믹스 밴드가 들어 있는 이 코트는 소총탄도 막을 수 있는 것으로 방열이 안 되기 때문에 여름에 입을 물건은 아니다.

"…이런 물건을 막는 건 무리겠지만."

그는 테이블 위에 놓여 있는 비스트를 들고 그것을 코트 안쪽에 끼워 넣었다. 그리고 서방 교회의 예술품, 백은의 검을 허리에 찼다. 바티칸에서 파문당하긴 했지만 200만 달러라는 저렴한 가격에 빌려 올 수가 있었다. 물론 바티칸은 명화나 기타 예술품처럼 전시를 전제로 빌려준 것이지만 실베스테르는 그것을 원래 목적—마물을 사냥하는 데 사용하기 위해 빌린 것이다. 칠흑의 검에 비하면 격이 떨어지는 무기이긴 하지만 흡혈귀를 상대하는 데는 그 정도로도 충분하다.

"…밤은 다가오고 싸움은 예비하지 않으면 안 되지."

실베스테르는 긴 은발을 코트 위로 늘어뜨리고 앞으로 걸어 나갔다. 그를 기다리고 있는 애차가 어둠 속에서 늘씬한 유선형의 자태를 자랑하고 있었다.


아일랜드 아스테이트의 모든 흡혈귀가 도열해 있었다. 마치 군대를 연상시키는 듯한 그들의 모습이 인간들에겐 보이지 않는지 주차장을 지나는 사람들은 부지불식간에 그들의 모습을 무시하고 사라진다. 그들이 아직 테트라 아낙스의 가호를 받고 있다는 뜻이리라.

"로드, 당신의 뜻은 잘 알았습니다."

"그러니까 우리가 당신의 진마 자리 쟁탈을 위해서 싸워야 한다는 거군요."

흡혈귀들은 건방진 태도로 그렇게 말하고 있었다. 원래 그들의 로드가 죽었을 경우 그 뒤를 잇기로 되어 있던 에스콰이어 존 베이스는 자신의 자리를 대신 차지한 셰인에게 반발해서 클랜에서 탈주해 버렸다. 남아 있는 이들도 그러고 싶은 마음이 굴뚝같기는 하지만 아무리 그래도 테트라 아낙스의 가호를 벗어나면 그다음의 인생은 그야말로 전락이라고 할 만한 것이다. 지금처럼 강변의 주차장에 모여서 사열하는 것 따위는 꿈도 못 꾸고 밤이라도 함부로 걸어 다닐 수 없다. 제아무리 허약한 인간을 잡아먹는 일이라고 해도 들키게 되면 흡혈귀 사냥꾼이나 군경찰에 의해서 죽게 된다.

"그래. 싫다면 지금 당장 달아나는 것도 용서하겠다."

"……."

"그럴 수 없다는 것을 잘 아시면서 말씀하시는군요."

테트라 아낙스의 비호에서 벗어나는 건 흡혈귀에게 있어서 파멸과 같은 일이다. 죽음을 뛰어넘은 흡혈귀에게는 파멸이란 더할 나위 없는 고통이다. 어지간해서는 죽지 않을 테니까 파멸의 바닥을 기어 다니다가 결국 죽게 될 때까지… 얼마나 오랜 시간을 고통받아야 하는 것일까? 진마에게 대항하면 결국 파멸밖에 없다. 그러니까 그들은 복종한다.

겉껍질만이라도 그것은 흠잡을 데 없는 복종. 그러니까 더 이상 할 말이 없다.

"그러면 준비하겠습니다."

흡혈귀들은 그렇게 말하고 자신들의 위치로 이동했다. 그러자… 곧 주위의 모든 흡혈귀가 사라졌다. 밤의 도로를 달리는 자동차들의 소리가 아득하게 들려온다. 조용하진 않구나.

"쳇… 정말 별 볼 일 없군. 진마라고 해도."

셰인은 자신의 팔을 들었다. 팔뚝의 혈관이 검게 변색되어 있어서, 그의 무익한 시도의 반동을 잘 알려주고 있었다. 독액화 현상을 이루려고 하다가 오히려 자신을 중독시키고 만 것이다.

"제기랄."

그가 기대어 앉은 람보르기니 미우라의 보닛이 찌그러졌다. 원래부터 진마 세피아의 에스콰이어였던 몸이다. 진마의 능력을 개발하지 못할 이유가 없다. 아니, 없었어야 했다. 그러나 베놈의 혈인 능력 스카르는 지독하게 고난이도의 힘이라 사용할 수가 없다.

하긴 스카르는 의지에 의해서 상대의 혈액을 독소로 바꾸는 힘이다. 일단 시야에 있으면 회피하는 게 불가능한 독소 공격, 더구나 어정쩡한 독소가 아니라 진마마저 목숨이 날아가는 강력한 독소 공격이다. 그런 것을 아일랜드 아스테이트의 모든 이가 다 쓸 수 있었다면 밤의 세력 구도는 벌써 옛날에 변화하고도 남았으리라.

하지만 그렇다 하더라도 진마인 그가 쓸 수 없다는 것은 문제다.

결국 자신이 껍데기뿐인 진마이고, 클랜의 인간들도 적요당이 와해되는 것을 보아서 따르는 것일 뿐 진짜 그를 로드로 인정하고 있지 않다는 것도 알고 있다.

그렇기 때문에 진마사냥꾼을 잡을 생각이다. 그래도 명색이 로드인 이상 그의 부하들은 명령을 듣지 않을 수 없다! 어차피 말도 잘 안 듣는 이 부하들을 전부 죽여서라도 진마사냥꾼의 목을 치겠다! 그렇게 된다면 조금쯤은 진마로서의 위치를 차지할 수 있겠지.

"쳇. 그런데 어디서 굴러 들어온 쥐새끼지? 응?"

그는 쿠크리를 들어서 등 뒤에서 람보르기니 미우라를 향해 일직선으로 걸어온 그림자를 향해 던지려 했다.

"그럴 필요 없어."

"흥."

상대가 먼저 백기를 들고 나와 흥이 빠진 그는 쿠크리를 내려놓았다.

"무슨 일이지, 인?"

상대는 적요의 에스콰이어, 적요가 죽은 다음에는 적요당의 당주였던 인이다. 이제 적요계 흡혈귀는 대부분 이 나라에서 철수를 했건만 저 녀석만은 분노를 이겨내지 못하고 이 땅에 남아 있다. 아니, 분노라기보다는 사명감이리라. 흡혈귀에게 사명감이라니 우스운 노릇이지만 그런 것이라도 없으면 무슨 재미로 기나긴 인생을 살까. 아일랜드 아스테이트도 유색인종에 대한 배제 작업을 즐기며 살아오지 않았나!

"설마 진마사냥꾼을 넘겨달라는 건 아니겠지?"

"아니. 나는 그저 그 녀석 한 놈이면 충분해. 진마사냥꾼 옆에 빌붙어 있는 꼬마 하나면!"

"꼬마라… 방해만 하지 않는다면 딱히 상관없겠지, 그런 녀석. 어디 할 수 있다면 해봐."

"고맙군, 셰인."

인은 자신에게 세건을 넘겨준 셰인에게 고개를 숙여 감사했다. 아직 셰인을 진마라고 인정하지 않는 그 태도는 성질을 긁었지만 셰인은 참았다. 어차피 그도 자신이 진마라는 자각이 없으니까. 적어도 진마사냥꾼을 잡기 전에는 자신이 진마라는 것을 확신할 수 없다!

하지만 만약 진마사냥꾼 실베스테르의 목을 따 오면 제아무리 콧대 높은 진마들도 그를 인정하지 않을 수 없으리라!


양준일 목사는 자신의 사무실에 설치된 군용 야전침대에서 몸을 일으켰다.

"으으으음! 벌써 이런 시간인가?"

창밖이 붉게 달아오르는 것을 보며 그는 기지개를 폈다. 전신에서 우드득 소리가 나는 것이, 매우 괴롭다. 충분히 잠을 잔 것 같은데도 목이나 전신이 뻐근한 것이 그동안 계속된 강행군 때문에 만성피로가 쌓여 있다는 것을 알 수 있었다. 잠을 자도 잔 것 같지 않은 피로, 이런 상태로 차를 몬다는 건 자신의 목숨뿐 아니라 고객의 목숨을 위험하게 하는 나쁜 짓이라는 걸 잘 알고 있다.

하지만 하루라도 쉬게 되면 그것은 누군가가 굶어야 한다는 뜻이 된다.

그렇기 때문에 그는 자신의 사무실을 열고 밖으로 나갔다.

"응? 무슨 일이지?"

사람들이 자신을 돌아본다. 당황, 불안, 그리고 의심이 담긴 눈동자로 그들은 그를 쳐다보고 있었다.

있을 수 없는 일이다. 아니, 있을 수 없다는 것은 자기 과신이다. 그러나 지금까지 없었던 일이라는 것만은 확실하다. 마치 전장에 깔리는 초연처럼 탁하고 무거운 그 분위기는 걷히는 일없이 더더욱 짙어지기만 한다.

"무슨 일이지요?"

그때 문이 열리고 땀을 흘리고 있는 소녀가 들어왔다. 그녀는 이마에 흐르는 땀을 닦고 붉은 배낭을 아버지에게 내밀었다.

"예선아? 이게 뭐지?"

"열어보세요."

"…어?"

목사는 정말 놀란 표정을 지어 보였다. 안에는 마치 쓰레기라도 담은 것처럼 지폐가 꾸깃꾸깃 쑤셔 박혀 있었다.

"이, 이건?"

"그 사람이에요. 전에 아버지가 데려온 그 사람이… 이렇게 많은 돈을 줬어요."

"아. 그, 그래? 그렇게 어린 사람이 어디서 이런 큰돈이 났을까?"

양준일 목사는 가슴이 두근거리는 것을 느꼈다. 그 청년은 아무리 보아도 위험해 보였으니까 합법적인 돈은 아닐 것이다. 하지만 이건 죄다 현찰이니까 사실 사용하더라도 별문제가 없을 것 같다. 아… 견물생심은 인지상정이거늘 설사 성직자라고 하더라도 어떻게 이 많은 돈을 보고 그 가슴이 움직이지 않을까? 택시를 10시간 정도 몰면서 이 손님 저 손님 받아가면서 녹초가 되어도 가스비, 자동차 정비비를 빼면 얼마 남지 않는다. 그 돈을 가지고 쌀과 라면을 사고 수도세와 전기세를 내면 그것만으로도 모든 돈은 바닥이 난다. 목회자 중 아는 사람들이 헌금을 내줘서 지원을 하고 있긴 하지만 그것 역시 바닥을 알 만한 사람들이라 큰 기대를 걸 수 없다. 당장 이 정도의 돈만 있으면, 자신 때문에 고생하는 딸을 학교라도 보낼 수 있고, 수도세와 전기세를 해결하는 것은 물론 집도 수리할 수 있다.

"하지만 돌려줘야 해."

근원을 알 수 없는 돈을 받을 수는 없다. 나중에 문제가 되는 것도 되는 것이지만 지금 돈이 없다고 해서 죽는 것도 아니다. 딸인 예선이에게는 미안하지만 부정한 돈으로 학교를 보내는 것보다는 검정고시로 졸업을 하는 게…….

"그, 그런데… 저 김씨 할아버지가 자식들 보고 싶다고 차비를 달라고 하는데요."

"응?"

김씨 할아버지라면, 젊은 시절 도박으로 재산을 다 탕진하고 가족들과 불화를 겪다가 작년 겨울에 노숙자가 된 것을 양 목사가 직접 거둔 사람이었다. 그의 가족은 그를 뿌리 깊게 증오하고 있기 때문에 거리낌 없이 부모를 버리고 이사까지 갔을 정도니… 이제 와서 그 가족을 찾아간다고 해도 받을 것은 냉대뿐이다. 그러니까 그런 일에 귀한 돈을 쓸 수는 없다. 무엇보다도 이 돈은 돌려줘야 하는 것이다!

"그것뿐만이 아니라 애들 학비도 밀려 있어요."

"아…….."

아이들 중 학교 통학이 자유로운 아이들은 모두들 초등학교에 보내고 있었다. 한 사람당 육성회비는 만 원 이하이지만 그게 모이면 역시 적지 않은 돈이 된다. 텃밭에 뿌리는 종자도 사야 하고 비료도 사야 한다. 비바람 때문에 부서진 집을 수리하고 땅을 파다 부러진 삽도 보충해야 하고, 생각해 보면 돈 나갈 일 투성이다! 게다가 이 돈이 들어오는 건 사람들이 다 본 모양인지 다들 어떤 기대를 하고 목사를 바라보고 있었다. 그동안의 삶이 너무 괴로웠으니까 그 돈으로 생활이 개선되기를 바라는 그런 사람들의 눈초리…….

"안 돼! 이 돈은 그럴 수 없어! 정체가 확실하지 않은 사람에게 받은 것을 함부로 쓸 수 없다고! 마침 그 사람의 집을 알고 있으니까 돌려주러 가야겠구나."

"아, 아빠!"

예선은 문득 그런 아버지를 말렸다. 아버지가 말하는 게 정론이라는 것은 알고 있다. 그렇긴 하지만… 그렇긴 하지만 이런 거금을 돌려준다는 것은 말이 안 된다. 비록 제대로 된 복지 시설은 아니지만 엄연히 뒤에는 제대로 된 목회가 있고 양 목사 역시 목회자다. 기부라는 것이 없이 이 많은 사람을 이끌고 살 수는 없다! 그게 설령 더러운 돈이든 뭐든 간에… 일단 들어온 기부는 법적으로 여기의 것이 아닌가!

"응?"

그러나 양 목사는 뭘 그러냐는 듯 태연한 표정으로 돌아보았다. 아, 어쩌면 이렇게 태연하고 욕심이 없을까? 그녀는 솔직히 화가 났다. 학교도 그만두고 아이들의 뒷바라지를 하면서 열심히 재봉틀 앞에 앉아서 낡은 옷들을 수선하고 가방을 만드는 동안, 그녀 또래의 소녀들은 거리로 나가 휴일을 만끽하고 연예인에 열광하며 남자 친구들을 만난다.

그런 상황 때문에 아버지를 원망한 적은 없었지만 왜 그는 이렇게 물욕이 없을까? 딸이 얼마나 고생하고 있는지 알면서도 너무 정론적이고 너무 올곧아서 무서울 정도다.

"그래요! 그거, 거 애가 뭐하는 사람인지 모르지만 그렇게 나빠 보이지도 않고……."

할머니 한 분이 일어나 알 리도 없는 세건의 도덕성을 변호해주었다. 이런 곳에 그런 거금을 선뜻 던지는 것을 보면 그리 나쁘지 않은 사람이라고 지레짐작해 버린 것 같았다.

"그렇지만……."

"알고 있다. 미안하다."

그는 자신의 딸의 머리를 쓰다듬고 배낭을 들었다. 딸은 잠시 그 배낭의 끈을 강하게 움켜쥐었지만 그것도 잠시 곧 힘없이 손을 놓았다.

"자, 잠깐! 목사님!"

"안 돼요. 이 돈은 저희가 쓸 게 아닙니다. 그러니까 죄송한 일이지만 여러분, 다들 참아주세요."

양 목사는 그렇게 사람들에게 말하고 밖으로 나갔다. 그때 앞뜰에서 나뭇가지를 치고 있던 김 노인이 전정가위를 내려놓고 목사에게 비굴한 표정을 지으며 다가왔다.

"목사님, 벌써 나가시게요?"

"아, 예. 아무래도 오늘은 일이 좀 일찍 있을 것 같아서요."

"저 예선이에게 말했는데 들으셨는지?"

김 노인은 비굴한 표정을 지으며 웃고 있었다. 그 입가에서 술 냄새가 풍기는 것을 보니 또 어디서 술을 구해서 마신 것 같다. 그렇다고 안의 돈을 훔치거나 물건을 내다 판 것도 아닌데, 어떻게 해서 그렇게 술만은 끊이지 않고 구하는지 신기했다. 아침마다 산길을 따라 나가서, 다방 같은 곳에서 구걸을 한다는 이야기가 사실일지도 모르겠다. 이 김 노인은 젊은 시절 방탕한 삶을 살며 자신의 모든 것을 축낸 사람이라 얼굴에 흉터가 고스란히 남아 있었다. 도박판에서 놀다가 칼도 맞고, 양아치 짓도 했었다고 자신의 인생을 고백하던 이 남자는, 그 죄의 흔적뿐만 아니라 죄를 범하는 성향마저 아직 버리지 않은 듯 간사한 눈길로 빨간 배낭을 훔쳐보았다.

모진 풍상을 이기고 나온 사람이 고작 이런 돈에 비굴해지나 하는 생각이 잠시 들었지만 양 목사는 고개를 저었다. 그는 개인적 감정을 배제한다. 목회자로서 단지 자신이 할 수 있는 가장 최선의 일을 할 뿐.

"죄송합니다만 이 돈은 저희가 쓸 게 아니에요. 이건 원주인에게 돌려주러 가겠습니다."

"아, 목사님. 그렇지만……."

"예?"

"……."

목사가 태연하게 쏘아보았기 때문에 김 노인은 입을 다물었다.

"그나저나 서울에 살던데 이거 참… 가기 힘들겠군요."

"…새끼가."

"예?"

"이 호로새끼가. 뉘를 핫바지로 아나."

김 영감은 그렇게 중얼거리고 방금 전 떨어뜨렸던 전정가위를 집어 들었다.

"누가 네놈 속셈 모를 줄 알아? 그래, 너도 저것도 다 내가 그렇게 우습게 보인다 그거지?"

"……."

"가족을 만나러 간다는 거 아냐. 누가 그걸로 도박을 한대? 아니면 어디 내가 이 나이 먹고 계집질을 한대? 응?"

"이건 저희가 쓸 돈이 아닙니다."

"그래서… 기껏 그 차비를 못 준다는 거야? 응? 단돈 오십만 원. 아니, 삼십만 원만 줘! 응? 나도… 나도 이러고 싶지는 않네."

노인은 가위를 쥔 손을 덜덜 떨고 있었다. 하지만 원래 도박에 빠진 사람은 손을 잘라도 쉽게 도박을 잊지 못하는 법이다. 정말 차비라면 애초에 저 정도의 금액을 부르지 않았으리라. 목사는 재고의 여지가 없다는 듯 고개를 젓고 택시를 향해 걸어갔다. 그때였다.

콱!

순간 목사는 눈앞이 붉어지는 것을 느꼈다. 얼굴이 찢어지고 피가 왼쪽 눈으로 흘러 들어가 세상의 절반이 붉게 보였다. 김 영감은 놀랍게도 역 앞에서 얼어 죽을 뻔한 그를 구해준 은인에게 가위를 휘두른 것이다.

"뭐, 뭐야? 무시하는 거냐?! 내가 젊었을 때는 말야. 한 성질 했다고! 앙! 지금 늙어서 이러니까 머리에 피도 안 마른 녀석이 날 무시하는 거냐?"

"아! 아빠!"

예선이는 깜짝 놀라서 피투성이가 된 아버지를 바라보았다. 그러나 그때 양 목사가 손을 들어 그녀를 제지했다. 그리고 김 노인을 쏘아보았다.

"뭘 도끼눈을 뜨고……."

그러나 그 말이 끝나기도 전에 양 목사는 손을 뻗어서 김 노인의 팔목을 잡아채고 전정가위를 빼앗아 들었다. 퍽 하는 둔탁한 소리와 함께 잣나무에 전정가위가 꽂혔다.

"…술이 과했군요."

양 목사는 그 말만을 남기고 택시에 올라탔다.

세건은 케네스 양으로부터 새로운 무기를 사들였다. 전에 써서 이미 맛이 들어버린 USAS—12와 새로 들어온 비스트의 총탄, 그리고 각종 부비트랩용 폭약을 사들인 것이다. 요 며칠 안에 흡혈귀에 의한 대대적인 공격이 가해지리란 것은 기정사실이었으니 대비를 해둬야 했다.

물론 실베스테르는 세건에게 도와달라는 말 따위는 입이 찢어져도 안 할 인간이다. 하지만 흡혈귀들이 아르쥬나를 공격해서 없애 버리게 되면 세건으로서도 골치 아픈데다가 무엇보다도 그렇게 많은 흡혈귀가 모이는 이벤트다. 흡혈귀라는 상대에 대하여 품는 살의, 그것만이 세건에게 있어서 가장 순수하고 격렬한 감정이었다. 그 감정이 없어지면 살아 있다는 것을 실감하지 못할 정도로.

"그러면 미리 세팅을 하러 가볼까?"

도심 한가운데 폭발물을 설치하는 것은 제정신 박힌 인간이 할 짓이 아니지만 소수의 흡혈귀 사냥꾼이 다수의 흡혈귀를 상대하기 위해선 폭약에 의존할 수밖에 없다. VT 만 이하의 흡혈귀는 공간 인식 능력에서 인간과 별반 다를 게 없기 때문에 트랩에 의한 공격은 대단히 효과적이다. 그렇기 때문에 정말 마음 놓고 폭탄을 설치하면 열 마리든 백 마리든 잡종은 두렵지 않다. 마음 놓고 설치할 수 있다면 이야기지만. 세건이 그런 생각을 하고 짐들을 챙기고 있을 때 문득 아지트 앞 골목에서 엔진음이 들렸다. 중저음, 그러나 휘발유 엔진과는 다른 경쾌

함과 경박함이 갖춰진 소리. LPG가스를 쓰는 영업용 택시의 엔진음이다.

"젠장, 그러고 보니 여길 알고 있었지."

세건은 투덜거리며 주위를 둘러보았다. 담을 넘어서 도망치는 것도 방법이겠지만 바이크가 정문에 있으므로 그럴 수 없다. 세건은 손질하지 않아서 엉망인 화단을 바라보고 그 위에 올라서서 담 너머를 살펴보았다. 역시 그 택시다. 자고 일어나면 일하기 바쁜 몸일 텐데 돈 한 푼 안 생기는 이런 곳으로 달려오다니⋯⋯. 하긴 그 돈을 던져 놓고 왔는데 일어나자마자 바로 다시 일하러 나가면 그게 바보긴 하지. 그렇지만 어째서 여기에 왔단 말인가? 돌려주려고?

'정말 싫은 인간이군.'

하지만 그런 생각과 달리 세건은 저런 인간을 그다지 싫어하지 않았다. 너무 선량하고 올곧아서 바라보면 자신이 부끄러워질 정도로 바른 인간. 그런 사람이 행복해지기를 원하는 마음이 자신에게 남아 있다는 게 신기하다.

'응?'

하지만 문득 피 냄새가 풍겨 왔다. 그것에 정신 차린 순간 세건은 가볍게 담을 넘어서 택시를 향해 달려갔다.

"아!"

땅거미가 지는 그 어둠 속에서도 선명히 보이는 출혈!

택시 기사는 피에 물든 얼굴을 하고 운전석에 앉아 있었다. 예상은 했다. 거대한 재단도 아닌 곳에 그런 돈이 현찰로 들어갔을 경우 사람들이 틀림없이 반목하리라는 것쯤은 알고 있었다. 그러나 그렇다고는 하더라도 그 결과를 눈앞에서 본 순간 자신이 없어졌다. 자신이 무슨 메피스토펠레스라고 사람들에게 악의 씨앗을 뿌려놓고 즐거워한단 말인가?

"돌려주려고 왔습니다."

목사는 차에서 내렸다. 그리고 붉은 배낭을 세건에게 내밀었다. 하지만 세건은 고개를 저었다. 악의가 있든 없든 그것은 돌려받을 수 없다. 줬던 것을 돌려받는 것은 세건의 정책이 아니다.

"필요 없으니까 가져요. 법적으로 문제가 있는 돈은 아니니까."

"자신도 속이지 못하는 거짓말은 하는 게 아닙니다."

양 목사는 화가 난 듯했다. 땅거미가 지고 어둠이 깔린 골목 길에서 두 사람은 서로를 마주 보았다.

"하아, 물론 법적으로 따지면 나 자체가 불법이긴 하지만 그 돈 자체는 뒷조사 당할 일도 없는 깨끗한 돈입니다. 아니면 당신은 불법일 가능성 때문에 그 정도 금액을 받아들이지 못할 만큼, 지금 자신이 지키고 있는 사람들이 소중하지 않다는 겁니까?"

"…이런 돈은 불화의 씨입니다."

"그렇단 말이죠? 흐음, 하지만 나는 그거 돌려받을 생각이 없는데. 필요도 없고."

세건은 무뚝뚝하게 말하는 목사를 보고 웃었다. 그러나 목사는 무뚝뚝하게 세건에게 배낭을 내밀었다.

"…물론 갖고 싶습니다. 저것만 있으면 건물도 수리하고, 낡은 세탁기도 고치고, 제 딸애를 학교도 보낼 수 있겠죠. 하지만 그래도… 그래도 그걸 받아서는 안 된다는 생각이 듭니다."

"나에겐 아무짝에도 쓸모없는 쓰레기였으니까 준 건데 필요 없다면 어쩔 수 없나?"

세건은 그렇게 중얼거리고 목사의 손에서 붉은 배낭을 받아 들었다. 그리고 지포 라이터를 꺼냈다.

치익!

돌이 마찰되는 소리와 함께 불길이 일었다. 세건은 그것을 배낭 밑에 대고 깡통으로 만들어진 쓰레기통으로 던져 넣었다.

"무, 무슨?!"

"……."

세건은 웃고 있었다. 비뚤어진 입술, 공허한 눈동자. 그럼에도 불구하고 웃는 얼굴이 너무나 매력적이라서, 마음을 빼앗길 정도로 아름다워서 지금 같은 비상시가 아니라면 계속 바라보고 싶을 정도였다. 하지만 지금은 돈이 불에 타고 있다.

"아!"

정신을 차려 보니 양 목사는 배낭을 집어 들고 있었다. 자신의 것도 아닌데, 돌려주려고 왔을 뿐인데도 그게 타고 있다는 걸 생각하니 하염없이 안타까워서 그만 손을 대버린 것이다.

"…아아아아아. 이, 이건……."

"후후훗."

세건은 마치 악마라도 된 것처럼 웃으며 녹색으로 물들인 머리칼을 쓸어 올렸다. 그 요기가 너무나도 강해서 양 목사는 흠칫 놀랐다. 이자는 지금 남을 타락시키고 기뻐하고 있다. 성자를 유혹하고 타락시키는 옛날이야기의 악마처럼… 하지만 그럼에도 불구하고 기뻐하는 모습이 너무 허무하고 쓸쓸해 보인다.

"그 돈은 아무래도 당신의 것인가 보군요."

세건은 목사를 보고 웃으면서 바이크에 올라탔다.

"어서 가요. 아니면 뭔가? 그 정도로는 부족하다는 뜻인가요?"

"나, 나는… 나는……."

"흥. 결국 당신은 그 정도인가?"

세건은 비웃음을 흘리곤 헬멧을 썼다. 그리고 맹렬한 속도로 골목길을 벗어났다. 하지만 양준일 목사는 그런 세건의 모습을 다만 멍청히 바라볼 수밖에 없었다. 이제는 그 모습마저 사라져도… 타다 만 돈 가방을 들고 그저 바라볼 뿐.

아아! 결국 나뿐 아니라 누구도 저 사람을 구할 수 없겠구나!

양준일 목사는 그렇게 절망하고 말았다.

· ☾ · See you next moon ·